星新一の思想

予見・冷笑・賢慮のひと

浅羽通明
Asaba Michiaki

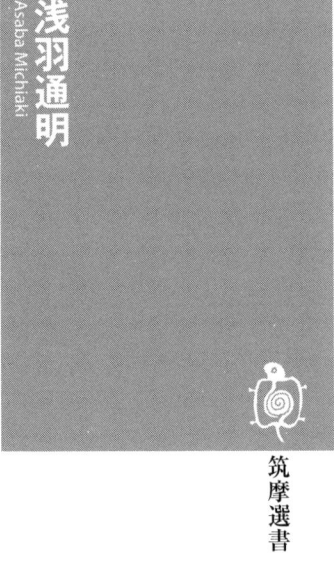

筑摩選書

星新一の思想　目次

星新一の思想——予見・冷笑・賢慮のひと

凡例

本文中、星新一の短編を中心にその発表年と、それを収めた書籍名が分かるよう、原則として初出時に

　「無料の電話機」（一九六八、『盗賊会社』所収）

のように表記した。その大半が、単行本に収録された後、同タイトルで新潮社、角川書店から文庫化されている。

　「マネー・エイジ」（一九六一、『ようこそ地球さん』所収。『ボッコちゃん』自選）

のように、末尾に「『ボッコちゃん』自選」とあるのは、「マネー・エイジ」を最初に収録したのが『ようこそ地球さん』であり、現在は新潮文庫『ボッコちゃん』（一九七一）に収められていることを指す。この『ボッコちゃん』は、『人造美人』『ようこそ地球さん』（いずれも一九六一年刊の単行本、新潮社）、『悪魔のいる天国』（一九六一年刊、中央公論社）、『宇宙のあいさつ』（一九六三年刊）『妖精配給会社』（一九六四年刊、いずれも早川書房）、『エヌ氏の遊園地』（一九六六年刊、三一書房）、『盗賊会社』（一九六八年刊、日本経済新聞社）、『気まぐれロボット』（一九六八年刊、理論社）に収録された作品群から、星新一自らが五〇篇を選び、編まれたものである。

プロローグ――「流行の病気」『声の網』「おーい でてこーい」ほか

ワクチンと陰謀

「〈ことしの夏には脳炎が流行いたします。万一、もし感染いたしますと高熱を発し、死亡率も低くありません。みなさん、予防薬をお飲み下さい。そうすれば、なんの心配もいりません……〉

テレビのアナウンサーがしゃべっている。

〈…なお、念のためご注意しますが、ことしの脳炎ビールスは昨年のと型がちがいますので、昨年の薬をお飲みになっても無効です……〉」

「新聞には、製薬会社の広告がいっぱいのっている。どれも「脳炎予防薬はわが社のを」という文句だ」

2020年、世界中に拡がった新型コロナウィルス感染症は、日常生活から国際政治までを一変させました。感染して発症すれば高熱を発し、死亡例も少くない。ワクチンによる予防は可能のようだが、ウィルスは次々と変異種が生まれ、今のワクチンがいつまで有効かはよくわからない。そして各国とその製薬会社は、わが国のこそはわが社のこそはとワクチンの開発、売込みに余念がありません。

そんないま、冒頭の引用を読んでも、肺炎じゃなくて脳炎?とか、接種するワクチンではなくて飲む予防薬?あたりで首をひねるくらいで、どうということもないでしょう。

しかし、これが半世紀以上前、一九六八（昭和四三）年に発表されたとしたらどうでしょうか。右の引用は、星新一（以下、敬称全て略）の作品「流行の病気」（『ひとにぎりの未来』所収）冒頭からなのです。

日本最初のＳＦ作家星新一の仕事全体を徹底的に考察してみたい。

以前より抱いていたこの想いが、コロナ禍を迎えて、あらためて強くなってきました。

いま私たちはきわめてＳＦ的な時代を生きています。

私たちが直面しているそんな状況を、半世紀まえに活写していた星新一という作家。

千篇をはるかに超えるショートショートを始めとするその膨大な遺産から、現代を将来を超える知恵、賢慮が汲みとれないか。

そう考えるからです。

死後、四半世紀を経てなお作品集四十数冊のほとんどが文庫で入手可能な作家。そのうちの十四冊がミリオンセラー。『ボッコちゃん』と『きまぐれロボット』はダブルミリオンセラーです。「おみやげ」、「おーい でてこーい」などを小中学校の教科書で読まれた方も多いでしょう。

翻訳され海外で読まれている作品も少なくありません。

しかし、星作品は本格的評論の対象とはされて来なかった。その生涯については、最相葉月『星新一――一〇〇一話をつくった人』（以下、評伝『星新一』もしくは評伝と略記）という決定版が大いに評判となりましたが、作品論の類はいまだ刊行をみないのです。

なぜでしょうか。誰もがすぐ思いつく理由は、星新一といえば、ショートショートという少年少女向きの短くて読みやすいお話を書き続けた作家としてしか認識されず、ことさらに評論する対象とはならないとされてきたから。これでしょう。教科書にしばしば収録されてきたのも、小中学生向けの読書入門として最適だからでしょうし、各国語への翻訳も、日本語学習初心者用テキストとして需要があるからです。

平成期、メディア上で目立った星新一の話題が、ＡＩすなわち人工知能に小説を書かせようというプロジェクトで、星新一のショートショートが目標とされた一件だったのも、コンピューターでも書けてしまいそうな単純簡単な物語と思われたが故でしょう。

いやもうひとつ、目立つ取り上げ方がありました。

それは、二一世紀となった頃から星作品のおそるべき予見力が注目され始めたのです。皮切りは、二〇〇一年一一月から「サンデー毎日」に連載された最相葉月の「あのころの未来」でしょうか。

そして、その予見力が最も再評価された星作品が、『声の網』（一九七〇）でしょう。

ネット社会をデテールまで予見

『声の網』はショートショートではなく、十二の短編がつながってゆく形式を採った連作長編です。

「コンピューター管理社会への移行の時代を扱った長編」(「物体など」一九七八、『できそこない博物館』所収)と作者自身が要約しているこの作品。

二〇〇七年〇一月二八日付「毎日新聞」朝刊では「いまのネット社会そのもの」が描かれているとされ、ミステリ・SF研究家の日下三蔵は、「断片的なエピソードを積み重ねることで、ネットワーク社会に潜む恐怖を浮かび上がらせた」(『日本SF全集・総解説』)とまとめています。

では『声の網』は、いまのネット社会をどう予見しているのでしょうか。角川文庫改訂版(二〇〇六)の解説で恩田陸は、こう紹介します。

「例えば、冒頭の短編「夜の事件」で、土産物屋の主人が電話で今の売れ筋の商品の情報を得たり、在庫の補充を行うところがある」

「考えてみれば、まだバーコードもPOSシステムもなかった時代に、こんにちのネットショッピングと同じようなことが予見されているのである」

右の商店主は次いで、電話で自分の体調不良を伝えて診療を受けます。これに続く章「おしゃべり」では、若妻が不倫の悩みを「身上相談センター」へ電話して聞いてもらい、またメンタルヘルスの診療をこれも電話で受ける。まさしく、こんにちのオンライン診療やヤフー知恵袋などの人生相談的利用と同じようなことが描かれているのです。

『声の網』では、「情報銀行」というアイデアも描かれます。「情報銀行」とは、つい忘れがちなあれこれ全てを保存でき、必要に応じて電話一本で思い出させてくれる「脳の」「心の出張所」であり、「優秀で忠実な個人秘書」でもあるサービスなのです。

すなわち、私たちがもはや意識すらしない日常ツールと化したメーリングリストや予定表アプリ、グーグルやAmazonの検索履歴、いや、送受信メールも撮った写真も動画も、閲覧したネット情報などもみな自動的に記憶して、いつでも検索できるネットや携帯電話やスマートフォンの機能を、五十年以上まえに活写しているのです。

さらに、蓄積された顧客の諸データから好みに応じた商品をおすすめしてくるサービスまでが登場するに至っては、Amazon等のそうしたサービスになじんだ我々は、「すんなり読み飛ばした表現が驚くべき先見性を持っていたりして、その都度慌てて立ち止まっては読み返し、なぜこんなにも正確なのかとほとんど不気味に感じた」という恩田陸の感嘆（前記「解説」）にただうなずくしかありません。

彼女の指摘するとおり、「『声の網』というタイトル自体、ネット社会のこんにちを予言しているように思え」てきます。

『声の網』だけではありません。「無料の電話機」（一九六八、『盗賊会社』所収）を読めばバナー広告を、「番号をどうぞ」（一九六八、『ひとにぎりの未来』所収）、ではパスワード失念の焦りやマイナンバーを、「ナンバークラブ」（一九七二、『かぼちゃの馬車』所収）ならば出会いサイトやSNSコミュニティを、「指紋の方程式」(一九八二、『どんぐり民話館』所収)はビッグデータによるマーケティングを、私たちはすぐ想い起すはずです。[★1]

「ものぐさ太郎」(一九七〇、『なりそこない王子』所収)では、ニートでひきこもりの青年が、電話ネットで老人の話し相手ビジネスを開業、裏情報通となり、政財界を動かすまでになってゆきます。

洞察された「秘密」を抱く猿たち

二一世紀ネット社会の諸相を知る私たちが読むと、ああ、あれだなと思い当たる箇所に幾度となくぶつかる。そして、発表年を確かめ、半世紀まえの指摘であると知って、あらためて感嘆せずにはいられなくなる。そんな星作品がそれはもう無数にある。

しかし――、後世のこうした評価を、はたして星新一はどれほど喜ぶでしょうか。

というのは、エッセイ『できそこない博物館』に、こんな箴言があるのです。

「予言者は、実現するまでは信用されず、実現したら無価値になる」。この伝でゆけば、予見の的中のみを讃えるのは、その作品がもう無価値となったというに等しくはないか。[★2]

SF作家新井素子も、『声の網』についてこう語っています。

「ここで、「星新一の先見の明は凄い!」って思うのは、多分間違ってないと思うんだけれど、この驚き方じゃ、星新一のほんとの凄さを見逃してしまうと私は思う」(「面白いんだけど、じっくり考えると怖くなる」『きまぐれ星からの伝言』所収)と。

では、「星新一のほんとの凄さ」はどこにあるのか。

新井素子は、こう続けます。

「星新一が本当に凄いのは、パソコンなんてない時代に、コンピュータが電話で「声の網」を作ってしまうってお話を書いたことじゃなくて、その声の網に人間が絡め取られてしまうのは、人間の持つ〝秘密〟故だってことを喝破したことじゃないのかなあ」と。

『声の網』は、いわばSFサスペンス・ミステリーです。

第一話「夜の事件」。土産物屋の店主は、強盗が入るぞという謎の電話をうける。やがて、本当に強盗が来たが、じきに警察が駆けつけ逮捕。

じつは強盗も、謎の電話に唆(そそのか)されたというし、警察も謎の声で通報があったという。すべては同一人物のいたずらなのか。なんの意図でそんな手のこんだことをするのか。

電話はそれから、さまざまな老若男女にかかって来ます。青年には、元彼女へストーカー的電

★1――作品にしなかったアイデア・メモを紹介解説したエッセイ『できそこない博物館』冒頭の「物体など」には、コンピューター・ネットの故障を発見すると謝礼として莫大な賞金が支払われることで、社会システムのメンテナンスが図られるというアイデアが出てきます。これはブロック・チェーンのメンテに参加した報酬として暗号通貨が「採掘」できるとした、ビットコインの発想でしょう。

★2――予見力のみから評価するのなら、『声の網』のネット社会が、電話の通話を介したもので、キーボード入力も、PCやスマホのごとき「個電」の普及も予見できなかったという否定的評価だって下せるでしょう。『声の網』の二年後に刊行された工学博士石原藤夫の長編SF『コンピューターが死んだ日』には、タッチパネル入力も、二〇〇〇年問題を思わせるパニックやAI制御自動車の暴走なども予見されています。

話をしたのを知っているぞと若妻には不倫がばれてるぞと囁く。誰も知らないはずの皆の秘密を謎の電話の主はすべて知っているらしい。なるほど、新井素子の指摘通り、物語の鍵は「秘密」にありそうです。

恩田陸の文庫解説は、『声の網』の登場人物たちがしばしば「秘密」について考えると指摘しています。

なるほど。第四話「ノアの子孫たち」登場の情報銀行支店長は、イヴのリンゴもノアの方舟も、「秘密」が鍵となる物語だと気づき、食料がとぼしい原始時代、そのありかが身内で「秘密」とされて以来、秘密とその詮索こそが人間の特質かもしれぬと、壮大な思索をめぐらす。第十話「ある一日」のサラリーマンは、愛と友情、信用と評価、取引に政治、文化など社会のまとまりは全て、「秘密」が守られるという基礎の上で成り立っていたと考える。★3

そうした「秘密」は従来、心の裡とか親密な間柄だけといった狭い「内部」にのみあった。「だが、その境界がいつのまにかぼやけてきた。クラインの壺のように、内部と思いこんでいた部分がいつのまにか外部となっていて、とめどなく拡散してしまった……」ことに気づくのです。

この作品の発表から半世紀を経、インターネット以後の世の中を生きる我々に、なんと身に迫る総括でしょうか。システム障害が起こす個人情報の漏洩。企業秘密や国家機密へのハッキング。ウィキリークスにスノーデン、バイト・テロ。インスタ写真からの住所特定……。ここ二十年、様々な「秘密」をめぐって内部と外部が裏返ったようなトピックがあまりに多い。

新井素子も、恩田陸も気がついたこの「秘密」というテーマ。これが物語の鍵となるのは、

『声の網』には限らないのではないか。

じつは、この「秘密」というテーマは、星新一の仕事全体にその影を落としているのです。

「原子炉のカス」もプライバシーも

星作品のなかで、最も知られたショートショートのひとつ、「おーい でてこーい」（一九五八『人造美人』所収。『ボッコちゃん』自撰）。

郊外の村で発見された謎の穴。発見者のひとりが「おーい、でてこーい」と叫び、次いで小石を投げたが、反響ひとつない。

科学調査でも底が知れない。目ざとい利権屋が、これは商売になると自分のものとする。捨て場所のない廃棄物をここへどうぞというわけです。最初にとびついたのが、「原子炉のカス」で悩む原子力発電会社で、汚染を懸念する村民は、利益の配分で納得し、やがて、都会までの立派な道路もできたというあたりには、めまいすら覚えます。

発表は1958（昭和三三）年。東海村の実験炉に初めて、原子力平和利用の火がともったと日本中が希望を感じた時代。商業用原子炉などまだ一基もなかった頃なのです。

伝染病の実験につかわれた動物の死骸。引き取り手のない死者の遺体。皆、穴へ捨てられる。都会の汚物をパイプで穴まで導く計画も立つ。「海に捨てるよりいい」と。

★3——Y・N・ハラリのベストセラー『サピエンス全史』でも紹介された人類文化は「噂話好き」により革命的に発展したという説を連想させます。

しかし、この作品の本当の凄みはむしろその後ではないか。外務省や「防衛庁」も、不要になった機密書類を捨てに来た。知られたくない過去や恋愛の証拠、犯罪の証拠なども、この穴に捨てられるようになったというのですから。

よく考えたら、これはおかしいでしょう。

機密書類など、シュレッダーにかけるか、旧日本軍のように焼却してしまったほうが早くて確実ですから。犯罪の証拠抹消など、刑事に穴付近で張り込まれたらおしまいです。

だが、コンピューターとネットの時代、「おーい でてこーい」のこの欠陥は予見に変りました。私たちは今、恋愛がらみのメールであれヘイトスピーチであれ、行政上の証拠であれ、不都合なテキストはみな、消去ボタンやごみ箱のアイコンをクリックすれば消去できてしまえます。

しかし、焼却やシュレッダーと違い、一度ネットへ上げられたテキストは、ネット空間のどこかに半永久的に痕跡をとどめているらしいのです。あたかも、底知れぬ穴へ捨てても、人目からは遠ざかっただけで、どこかに存在はしていたのと同様に。

「おーい でてこーい」のオチはよく知られています（ちなみに、本書では星作品その他のネタバレをけっこうしてしまいます。評論の性格上やむをえませんし、ネタバレくらいで星作品の面白さが失われるとは考えられないからです）。

穴のおかげで、環境はすばらしく浄化されてゆく。ある日、高層ビルを建設中の作業員が、青空から「おーい でてこーい」という声が降ってくるのを聴きます。次いで石ころが一つ空から落ちてくる……。

続いて到来する大惨事を読者に予想させ、星新一は筆をおく。

『声の網』はその第十話「ある一日」で、ある意味、この続きを描写しています。身の上相談やオンライン診療、情報銀行その他を入口として、声のネット上に蓄積された情報が、全てだだ漏れしてしまう一日がやってくるのです。

例の謎の電話があらゆるところへかかってくる。そして、男女間ほかあらゆるプライバシー、政治上経済上の極秘情報などが無作為に漏らされる。裏社会や犯罪がらみの情報もある。銀行口座に覚えのない大金が振り込まれたりその逆だったり。流される危険な情報は真実ばかりとはかぎらない。ニセ情報虚偽情報も、同じように漏らされてくる。そんなとんでもない一日。

発表から半世紀後、これを読む私たちは、コンピューター誤操作に乗じた一般投資家の一攫千金、震災時に流れたライオン逃亡のデマ、真偽定かならぬメールによる政局混乱など、フェイク・ニュースがあふれたここ二十年の世相を想い起さずにはいられません。

「秘密」とされるものを何でも引き受けてくれる「声の網」。ネット空間。クラウド。それが一挙に逆流した「ある一日」。「おーい でてこーい」と、パターンはかわらない。どちらも、クラインの壺のように、内部がいつしか外部となった状況として一括りにできるでしょう。

ただ、穴がしばし引き受けてくれたのは、「秘密」だけではなさそうです。もっと広い何か……。それはいったい何でしょうか。

作中にこんな一節があります。

「穴は都会の住民たちに安心感を与えた。つぎつぎと生産することばかりに熱心で、あとしまつに頭を使うのはだれもがいやがっていたのだ。また、ひとびとは生産会社や販売会社でばかり働きたがり、くず屋にはなりたがらなかった。しかし、この問題も、穴によって、少しずつ解決していくだろうと思われた」（新潮文庫、旧版）。

「あとしまつ」の一言で表現されるもろもろ。これはさらに、「盲点」とか「暗部」とか「不都合な真実」とか、いい換えたり、拡張したりできるかもしれません。

「秘密」という視座から、人間心理を、世間を、解き明かしてゆく。

「あとしまつ」という観点から、人生を、社会や経済を、文明の考察を展開してゆく。

これは、長編とショートショートそれぞれの代表作のみならず、星新一の仕事のほとんどに見られる特徴ではないか。

星作品がしばしば、シニカルで、ニヒリズムを湛えていると評されてきたのも、右の視点と無関係ではないでしょう。

さて――、本書の意図は、私たちがコロナ禍以降を生きるための賢慮を求めつつ、星新一の全仕事を考察したいというものです。

次の第1章では、その端緒として、ディストピアものと呼ばれている作品を取り上げ、星世界探索の糸口としましょう。

その探索においても、星新一が、「秘密」という視座や「あとしまつ」という観点に立って、ビッグデータ社会やら原子炉のカスやら何やら、半世紀後の現在を予見していたのだということまでの考察は、通奏低音のごとく響き、発展してゆくはずです。

第1章

これはディストピアではない

――「生活維持省」「白い服の男」「コビト」ほか

ディストピアという生活様式

コロナ禍に応えて、十九人の現役ＳＦ作家が作品を寄せたアンソロジー『ポストコロナのＳＦ』を仕切った林譲治は、二〇二一年五月二六日付「朝日新聞」夕刊でこう語っています。

「さかのぼればカミュの『ペスト』のように、これまで数多くのパンデミック小説があった。ただその多くは致死率の高い病原菌が世界を席巻する物語だった」

「一方、現実のコロナは感染力こそ高いものの、そこまで強い毒性はない。こういう形で感染力が広がることは誰も考えていなかった」

なるほどです。コロナ禍当初、疫病により完全封鎖(ロックダウン)された都市を描くカミュの『ペスト』や、新型インフルエンザで人類が滅亡寸前に至る小松左京の『復活の日』がよく売れました。

ところが、現実の感染爆発(パンデミック)は、人類へ破滅をもたらすものではなかった。

それは、「新しい生活様式」という表現に象徴されるごとき、日常生活の一変を私たちにもたらしたのです。

荻原浩は、コロナ禍二年というべき二〇二一年正月から、日本経済新聞に、「ワンダーランド急行」の連載を始めます。コロナ禍が生ぜず、誰もマスクをしていない異世界へと、一サラリーマンが迷いこむパラレルワールドＳＦです。これはすなわち、現在の私たちがコロナ以前からみれば異世界としか考えられない生活をしていることを意味するでしょう。

感染爆発(パンデミック)により、破滅は来なかったが、日常は一変した。そうした状況をはたして「誰も考えていなかった」だろうか。

否です。星新一の「流行の病気」がありますから。きっかけが感染症かどうかにかかわらず、日常が一変し、我々はプチ異世界を生きるようになる。

従来と比べたら、かなりの違和感、不快不便を伴うものの、たいがい順応できなくもない新時代の始まり。いま読みたいのは、そうした物語ではないか。じつはそれは、星新一が何度も描いてきたテーマでした。「流行の病気」はその一例にすぎません。

例えば「牧場都市」（一九六九、『おみそれ社会』所収）という作品があります。突如来訪した異星人に支配された地球。そこでは、あらゆるものが手に入るが、少しでも飽食が過ぎて体重が超過すると罠に落ちてしまう。屠殺されて奴らの食糧になるといわれるが真相はわからない。性欲も出世欲も名誉欲も、過剰に膨らませた者は即、罠にかかる。

しかし、我慢して耐えさえすれば、生きるのに別条はない。

「こんな時代が」（一九七四、『夜のかくれんぼ』所収）では、食糧だけが欠乏し、厳正に分配された量で生存維持がやっとという時代が描かれます。万能ロボットなど機械化により、人間は何もしなくてよい。ただ余分な活力はなくなり、誰も外出すらしない。

異星人による管理とか、機械化による労働からの解放といった設定こそSFですが、感染症対策の御旗の下、外出も社交も会食も酒も「自粛」させられ、婚姻数出生数も激減した私たちにとって、皆が我慢を強いられながら、それなりに適応している状況は妙にリアルです。

こうした設定を私たちは、ディストピアと呼んでいます。

ザミャーチンの『われら』、オーウェルの『一九八四』などの古典以来、ディストピア、反ユートピアを描いたSFは数知れません。斎藤美奈子は『日本の同時代小説』（岩波新書）で、福島第一原発事故以後の「二〇一〇年代は「ディストピア小説」の時代」だとしています。なるほど、純文学にもエンタメ系にも、ディストピア作品がやたらに多かったようです。

星新一にも、多くのディストピア作品があります。右の二作品もそうですが、最も知られている代表作は、「生活維持省」（一九六〇、『人造美人』所収。『ボッコちゃん』自撰）ではないか。ダブル・ミリオンセラーの自選集『ボッコちゃん』に収録され、よく読まれている一篇です。

「生活維持省」を「キノの旅」、『銀齢の果て』と比べる

外回りの仕事へ出かける生活維持省の若い役人ふたり。町は平和。緑の丘陵には瀟洒な住宅。犯罪も交通事故も病気も根絶され。ストレスも精神疾患も自殺も、もちろん戦争もない。

しかし、ふたりに仕事を命じる彼らの上司は無表情。ガソリンスタンドの老人も生活維持省の役人と知り黙る。最初の仕事をするために訪れた、花壇のある家の主婦は、ドアを開けるや、絶句して卒倒寸前となる。

穏やかでゆとりに満ちた明るい社会は、厳正な人口調節によって実現し、維持されていた。その「間引き」執行官こそ、生活維持省の彼らだったのです。

間引きの対象は、機械が老若男女を問わず差別なく平等に選別します。きょう最初の執行対象は、花壇の家の幼い娘。ふたりは穏やかに、「必要悪はもはや悪じゃない」という理屈を理路整

然と母親へ説く。理想の社会を維持するためには、みなで決めたこの「方針」に従うほかない。母親も力なくうなずき、ふたりは帰宅する娘を光線銃で瞬殺、次の仕事へ向かいます。そして――。

ユートピアそのものというべき街の描写と、母親の必死の懇願を封じる執行官の冷徹とが見事なコントラストをなし、さらにクールな結末へなだれこむ。

読者に鮮烈な読後感を残す星新一最初期の名品です[★1]。

これ以降、星新一は、未来の日本、また地球、あるいはどこか異星の文明という設定の下、さまざまなディストピア、異形の社会を描きました。

それらをあらためて読み返してみると、気づくことがあります。

高名な古典から凡百の近作まで、ディストピアＳＦがたいがい具(そな)えていたふたつの特色が、そこにはどうにも希薄なのです。

ふたつの特色とは何か。

★1――「生活維持省」の翌年には「ピーターパンの島」（『悪魔のいる天国』所収）が発表されました。科学的合理主義が世のすみずみまでを覆った未来。空想癖のある子供たちは矯正施設へ収容され、更生可能性なしとされると、高性能爆弾の実験場へ置き去りにされてしまう。星新一をＳＦへと導いたレイ・ブラッドベリの影響（「第二のアッシャー邸」、「火の柱」など）が顕著に窺える一篇です。

現在、六十年まえに描かれたこれらディストピアへ突っこみをいれるのはたやすいでしょう。日本で人口爆発が懸念されたり、科学的合理主義が希望とされた時代は遠く去りました。環境問題は少子化にもかかわらず深刻ですし、想像力豊かな子は、今やクール・ジャパンを担うクリエイターの卵として期待されそうです。こうした古めかしさが、初期作品にはあります。

まず、残酷さが乏しい。

次には、反逆者目線から描かれていない。

以上です。どういうことか。

まず、前者から説明しましょう。

ライトノベル初期の人気作に時雨沢恵一（しぐさわけいいち）の「キノの旅」シリーズがあります。無限に広がる大平原に散在する都市国家を、狂言廻しのキノがひとつひとつ訪れてゆく、I・カルヴィーノの『見えない都市』とか松本零士の『銀河鉄道999』とかを思わせるシリーズ。

各国家は皆、異形のディストピア。例えば「多数決の国」では、多数派の提言を絶対として執行し、少数派を粛清しつづけた結果、とうとう国民が一人になってしまいます。

クールな筆致、寓話的抽象性は、星新一のディストピアものを連想させ、ネット上でもそれを指摘する声が幾つも見つかる。例えば、「生活維持省」が「田園の国」、「ピーターパンの島」が「科学の国」などと題されてキノの訪問先となってもおかしくない。

しかし、顕著な相違もあります。

例えば「平和の国」。かつて悲惨な戦争を繰り返していた二国が、現在は良好な関係を保ちつづけている。だがその平和は、近隣の遊牧民タタタ人を無差別に殺戮する愉しみを両国が覚えた結果、実現したものだった……。

罪なきものの犠牲による平和という一点で、「生活維持省」と通じるところがある一篇です。

しかし、タタタ人虐殺を時雨沢恵一はこう描きます。

「ホヴィーが旋回すると、別の家から女性と子供が数人飛び出してきて、これもすぐに撃たれた。子供をかばおうとした女性は踊りながら倒れ、小さな子供の頭は、消し飛んでなくなってしまった」

「別のホヴィーの横から、足の速い男が飛び出した。ホヴィーは急旋回して、その場から狙って数発発砲した。走っていた男は倒れた。倒れたところへ連射を浴び、びくびく跳ねながら体中から血を吹き出し、そして動かなくなった」

こうしたいわゆる「エグい」描写が、「キノの旅」では珍しくありません。

他方、星新一は基本、こうした残酷描写をしませんでした。

「生活維持省」でも「ピーターパンの島」でも、罪のない子供たちが殺されますが、どちらも苦痛なき瞬殺です。

むろん、殺戮衝動解消のためのタタタ人虐殺と、星作品の人口抑制のための間引き執行との違いはあるでしょう。

しかし、それだけではなさそうです。『できそこない博物館』に収められたエッセイ「物体など」「ておくれなど」は、それなりに残酷な殺人シーンが必要となるゆえ、浮かんだアイデアの作品化を断念したという述懐すらあるのですから。すなわち、「信条でもタブーでもないのだが、苦手なのだ」と。そのひとつは、相続税目当てで国家が老人殺しを支援するというアイデアです。

国家がお膳立てする老人殺し。星新一の死後、急激に進んだ少子高齢化を背景に、筒井康隆がこのアイデアを長編作品『銀齢の果て』（二〇〇六）に仕上げました。

星新一、小松左京とともに日本SF第一世代御三家といわれた筒井康隆にも、ディストピアものが少なくない。そして、筒井は「エグい」残酷描写が、得意中の得意です。

任意の町内をアリーナとして、厚労省が老人たちに殺し合いをさせる『銀齢の果て』。その冒頭には、誰も殺したくないから心中して果てようと決めた清らかな老夫婦が登場します。やさしい彼らは刺し違えようとして殺しきれず、一晩、断末魔の苦痛にのたうち回って死んでゆく。[★2]「エグい」筒井は、七十代になっても健在でした。同じようにディストピアを多数描いても、筒井のこの作風は星新一と対極にあるといえましょう。

そして、ディストピア小説の技法としては、どう考えても、時雨沢や筒井のほうが王道ではないでしょうか。

なぜなら、ディストピア小説とは本来、「現代の問題点が未解決のまま放置されると近未来はどうなるかという関心」（Wikipedia「ディストピア」の項より）から生まれた主に「現実批判」を旨とする文学だからです。それならば、ディストピアは、可能なかぎりおぞましく描かれるべきでしょう。そのほうが、読者の顔をよりそむけさせ怯えさせ、そんな社会に対する憎悪と怒りと正義感をかきたてられるはずですから。

実際、ザミャーチンの『われら』にも、オーウェルの『一九八四』にもそうした弾圧、拷問、洗脳のシーンがあるのです。だとすると、星新一のディストピアものは、ディストピアものとしていまひとつ不徹底だといえないでしょうか。

描かれる犠牲者のサンプルを、無垢な娘や夢見る少年少女としたところまでは、ディストピアもののの定石どおりといえます。しかし続いて描かれるのは、「声をおたてにならないように。気がつかないところを、そっとやりましょう。そのほうが本人のためにも楽ですから」という死神役人の思いやりなのです。

露骨に憎悪を招くストレートな熱い描写よりも、こうした「淡々とした」クールな物語のほうが、犠牲を肯定する社会の、一過性でないじんわりとした恐怖が伝わるのだという評価もあるでしょう。

だが、本当にそうだろうか。

実際、こんな声がネットから拾えます。[★3]

「淡々とした、穏やかな文章で描き出される平和そうな世界。うっかりするとごまかされそうな気分になります」（つぼさん）

「『人間にとって幸せとはなんだろう？』と考えてしまう」

「この作品をきっかけとして、あとは読者それぞれが考えることでしょうが」（シュンスケさん）

これらは、「生活維持省」についての感想なのです。

罪なき者の犠牲のうえに実現したユートピア。

★2——この政策の目的は、「生活維持省」と同じく、少子高齢化を是正する人口調節であり、「平和の国」のごとき殺戮衝動解消ではありません。

★3——星作品一篇ごとの採点とその理由をファンから募集するサイト「ホシ計画」http://hoshishin1.fc2web.com/htmls/keikaku.html

しかし読者は、憎悪と怒りと正義感をかきたてられるよりは、生活維持省役人が諄々と説くロジックにのせられ、一瞬であれ、これも仕方ないかもしれぬ……と考えさせられてしまう。

これではやはり、本来のディストピアとしての効果が殺がれてしまいそうです。

ここで次の引用を読んでみてください。

星新一が敢えて残酷描写をするとき

「やつらの服はやぶけ、血がにじみ出していた。しかし、縛られているやつらは、声ひとつたてない。声帯に麻酔薬を注射されているので、出そうにも声が出ないのだ。」

「若い女だ。銀のムチが風を切り着物を破る。白い肌が出た。しかし、その白さも長くはつづかない。私は同じ個所にムチを当てる。（中略）肌はたちまち赤くはれ、血がにじみ、皮膚が切れる」

「私はムチのにぎりの部分についているボタンを押し、老人を打った。こうすると電撃を与えることができるのだ。ぐったりと力のつきた老人も、そのショックで飛びあがった。私は子供のころにやった、カエルの足に電流を通じる実験をふと思い出した」

時雨沢恵一にも筒井康隆にも劣らぬ殺人シーンの残酷描写。星新一にもこんな作品があった。

引用は「白い服の男」（一九六八、『白い服の男』所収）から。発表以来、多くのアンソロジーに採られた名作です。

純白に輝く制服を誇らしげにまとい、逮捕、処刑用の特殊合金製のムチを携えた特殊警察機構職員。この機構は、社会のあらゆる場所に盗聴用マイクを仕掛けている。しかし、犯罪や不倫の証拠が得られても野放し。

彼らのターゲットは、全てに優先して取り締まるべき絶対な悪、「戦争」一択。

戦争という言葉が絶対的禁句となった時代。稀にそれを知る人も「セ」という隠語、言い換え語を使う。そしてこの「セ」を小声でささやくだけでも危険人物。戦争の写真なども、所持していただけで逮捕され、その出所を尋問される。答えなければ過酷な拷問。戦争を肯定する考えをわずかでも抱いているとされた者は「人類の敵」として、残忍極まるムチ打ち公開処刑で惨殺。

先の引用はそのシーンでした。

人権保障が極めて行きとどいたこの時代ですが、ただ「人類の敵＝戦争肯定者」だけが例外。子供のたわいない冗談ですら容赦されません。

「戦争概念」自体を根絶するため、「セ」が記述されているあらゆる書物や記録は完全焼却。『三国志』などはもちろん、反戦小説『西部戦線異状なし』も焚書。

歴史書からも、戦争の痕跡が徹底消去されている。火薬、レーダー、原子力みな平和のために発明されたと「正しく」歴史修正されました。古戦場からは銃弾の痕跡が消され、城址なども平和的な建造理由が付される。

絶対悪である「セ」に関しては、言論の自由も学問の独立もありえないのです。

以上のような未来社会から、いわゆる「政治的正しさ（PC、ポリコレ）」を基準とする「言葉刈り」を連想した方も多いでしょう。しかし、「白い服の男」が書かれたのは、そうした運動がアメリカで広まる十数年まえです。

この短編は、星新一のもっともストレートなディストピアSFかもしれません。★[4]

凄まじい拷問や処刑が、タブーをかなぐり捨てて描かれているというだけでも。

ではなぜ、この一篇だけが例外となったのか。★[5]

ここでまた、ネット上の感想を拾ってみましょう。

「一国だけでは駄目だから、ぜひ世界規模で展開してほしい★[6]」

「この白い服の男は些細のことでも取締りそこまでしなくてもと思うのだが、その些細なことから発展してしまうのだから、やっていることはあっているのかもしれない★[7]」

「自身の正義を盲信し疑わない姿は今の世界の自分たちからするととても恐ろしくおぞましさすら感じるが、世界平和のためにはこのくらいしないといけないのかもしれないとも考えさせられる★[8]」

「弾圧か？人が正しく生きるすべなのか？私たちにはこのくらいの薬も必要な気がしますけどね★[9]」

どうやら、星作品らしからぬ残虐な公開処刑や拷問を、それも仕方ないのかもと受け取った読者がけっこういるのです。

もし、「生活維持省」、「牧場都市」などで、「白い服の男」ばりの残虐シーンの描写があったらどうでしょうか。

先に引いた「うっかりするとごまかされそうな気分になります」とか、「結局、第三者にコントロールしてもらわないとダメなんだよね」といった、「仕方ないかも」系の感想は皆無となるのではないか。

田園ユートピア。貪欲の抑制。どちらも、社会の、人類の、よりよきあり方として肯定する人が多数でしょう。

しかし、そのためなら罪なき者が犠牲にしてもいいのかと問われたらどうか。

肯定する人は当然、少ないでしょう。

では、犠牲といっても公正に選ばれたごく少数、苦痛なき瞬殺ならどう？と畳みかけられたらどうか。自動車文明は事故の犠牲者に目をつぶって発達したなどの例を提示しながらです。

ここで、うーんと考えてしまう。そういう人もけっこういそうです。

★4——突っこみどころはあります。「概念」のみを消去しても、言い換えで終わり、実態として戦争はなくならないのではとか。憲法9条下で自衛隊が増強され、差別用語をなくしても就職や結婚での差別が残ったりするように。

★5——同じ年発表の「けがれなき新世界」（『天国からの道』所収）では、義憤に燃えて公害告発を尽力するボランティアが、やがて武装を許され恐怖政治が始まります。あたかも「自粛警察」「マスク警察」を彷彿とさせますが、リアルな描写はありません。また、時事ネタを忌避する星新一は、生前この一篇を作品集に収めませんでした。

★6——前出「ホシ計画」「白い服の男」採点理由より、ほしつるさん。http://www.usamimi.info/~hoshi/cgi-bin/hoshi-keikaku/html/hoshi-keikaku-0447.htm

★7——電子書籍ストア BookLive!「白い服の男」のレビュー　https://booklive.jp/review/list/title_id/193547/vol_no/001

★8——読書メーター「白い服の男」感想・レヴューより、豚トロ。https://bookmeter.com/books/563883

★9——「BOOKCASE 全部読みたい！星新一ショートショートおすすめ作品ランキング」より　https://my-bookcase.net/entry/星新一ショートショートおすすめ作品ランキング/

しかしそれでも、肯定する人はやはり少ないでしょう。

だが、「反戦平和」の理想だけは、これらとは違う。少なくともこの戦後日本においては。非武装平和が実現するのならば、戦争に興味を示す者が犠牲になってもいいのか。歴史が改変されてもいいのか。そう問われて、それも仕方ないかもと答える人は、けっして少数ではないらしい。では、戦争肯定論者を、見せしめの公開処刑に付するのはどうだろうか、残虐な刑罰で嬲(なぶ)り殺しだったらどうか、彼らを自白させるための拷問はどうだろうと畳みかけられたら。

さすがにそこまでは……と躊躇する人が増えてゆくでしょう。

しかし、本当に戦争を根絶できるなら、そこまでやらなくてはならないのかもと考える人たちは、先に引いたごとく、けっこういるのでした。

平和も人権も相対化される

田園ユートピアや貪欲なき人類の実現について、犠牲の許容を問うばあいは、苦痛なき瞬殺。反戦と非武装永世平和についての場合は、苦手なはずの残酷描写を敢えてぶつける星新一……。その姿勢は、意図は、時雨沢恵一や筒井康隆を含む世のディストピア小説作者とはまるで違っていたと考えられます。

正義や理想を掲げながら、残虐な弾圧が横行する社会を描いて、我々もこのまま行くとそうなりかねないぞと警告するのが、ディストピア小説一般でした。

しかし星新一の作品はそうではない。

田園ユートピア、品行方正な人類、さらには反戦平和の実現といった読者の多くが肯定するだろう理想について、それって犠牲者が出ても実現すべきですか？　ほんとにどんな犠牲を伴ってもですか？と問い詰めてゆくのです。

それは、人命尊重、自由とプライバシー、拷問や残虐な刑罰の禁止といった基本的人権は、美しい環境や道徳的な人類、戦争なき社会などのためであっても、制約してはいけないのでしょうかという問いだともいえるでしょう。

誰もが疑わない理想へ懐疑を突きつけてゆく星新一には、「人権」「民主主義」「弱者救済」「反差別」へ鋭い懐疑を突きつけた作品もあるのです。例えば、「白い服の男」と同じ一九六八年に発表された「コビト」（『ひとにぎりの未来』所収）。これは、ディストピアものとはいえないかもしれない。

身長二十センチのコビトを、憎らしげな中年座長が、投げたり落としたり火であぶったりする悪趣味な見世物小屋が評判を呼ぶ。あわれそのものの表情で泣きわめく無抵抗なコビト。やがて非人道性を糾弾する正義派が声をあげ、社会問題となる。ほうっておいてくださいと嘆願するコビトは世の同情をそそります。口をきく知性があれば、小さくとも人間ではないか。ならば人権がある。参政権もある。ついに裁判所までがそれを認めます。

そのとたん、コビトは高笑い。地下から何千万どころでない膨大なコビト族を呼びよせる。座長は、コビトに操られており、全ては地上支配のこの日のために仕組まれていたのです。

いつのまにか、疑うことすらタブーとなっている理想や正義へ懐疑をつきつける。

星新一作品にみられるのこうした指向を、日本ＳＦの黎明期の評論家石川喬司は、こうまとめています。

「価値の相対化によって生みだされる笑いをとおして、動脈硬化した日常の固定観念に新鮮なショック療法を試みる」（『妄想銀行』が日本推理作家協会賞を受賞した一九六八年の「日本推理作家協会会報」より）。

「価値の相対化」。これは、ＳＦ作家星新一の根幹をなすキーワードでしょう。

ディストピア作品にそれが顕著にみられたのも、「現実批判」を旨とする本来のディストピア小説が、いずれもなんらかの理想や正義、すなわち価値を掲げざるをえないがゆえです。

星新一は、あるときは残酷シーンの抑制により、またあるときは残酷シーンをあえて取りいれて、ディストピアが自らを正当化する価値も、それを批判する価値も、相対化してしまう。

この姿勢について、星新一は極めて自覚的だったようです。

一九八五年八月一七日、瀋陽市の遼寧大学で行われたシンポジウムで戦後日本文学について話した星新一は、記者会見で「反ファシズムの小説を書いてください」と言われた。

そして、「軍国主義の小説はけっして書きません。未来の核戦争への警告小説を書いたのは、日本で私が最初でしょう。しかし、そう指図されてもね」と答えています。

たしかに星新一は、軍国主義を肯定する小説もファシズム讃美文学も書かないでしょう。

しかし、反戦小説、ファシズムへの抵抗文学もまた書かない。

「生活維持省」の間引き社会。「白い服の男」の残酷なる絶対平和社会。これらを星新一が、あるべき社会だとして描いてはいないのはもちろんです。

しかし、こんな社会を許すなというメッセージをストレートにぶつけているわけでもまたない。この相対主義の視点を星新一は、どのディストピア作品においても、手離していません。冒頭で、コロナ禍の息苦しさが描かれたようだとして挙げた二篇だってそうです。「牧場都市」では、異星人の抑圧的管理のおかげで、仏教などが説いてきた禁欲的な世の中が実現し、人類が自滅をまぬかれますし、「こんな時代が」では、食糧欠乏によって暴力も犯罪も戦争もない時代が到来するのですから。

『声の網』は人類が完全に管理される社会が完成しておわりますが、それはユートピア実現といってよいほど平穏で幸福な時代の到来なのです。

「ソ連の旅」（一九七五。『きまぐれ体験旅行』所収）では、旧ソ連の窒息しそうな官僚的統制社会を犀利にルポしながら、そこでは自身の生業であるSFが純文学以外で唯一許容されている特権的ジャンルだという指摘を忘れていません（初出は「SFマガジン」）。

科学的世界観とDD論

星新一が、こうした「価値の相対化」を片時たりとも手離さなかったのは不思議ではありません。なぜならまず、こうした姿勢は、ショートショートという作風と不即不離だからです。

多くの読者が疑いもしないで生きてきた常識をおおきく相対化したところから物語を構想し、そのアイデアを、想定外の落ちというかたちで読者へ突きつける。

それが星ショートショートの主流でしょう。★[10]

しかし、どうやらそれだけではない。

一九六八年から七〇年までのエッセイを収めた『きまぐれ博物誌』に、「平和学」というエッセイがあります。

冒頭で星新一は、戦争の悲惨さを語り継いだら、「じゃあ勝つほうにまわればいい気分だろう」となって戦争はなくならない。愛の反対は憎悪ではなく無関心であり、戦争をなくすには概念から一掃するしかないと、「白い服の男」の思想を語ります。しかし後半の論調は違う。「戦争反対、平和」をただのムードで済まさず、あらゆる知見を総合して平和を研究すべしと論じた果てに、急転直下、こんな結論を下すのです。

「しかし、その結果として出てくる世界平和の状態とは、決して安易なものではないだろう。各人が予想もしなかった、かなりの精神的、物質的な負担が要求されるかもしれない。おそらく戦争よりはるかに難事業であろう」

エッセイはこう閉じられます。

「その二つをくらべて人類は「それでも平和を選択する」と断言するかどうか★[11]」

ここに至ると、価値の相対化は、鮮やかなオチをもたらす創作上の一技法を超えて、ひとつの世界観、星新一の思想を成しているというべきでしょう。

「反ファシズム」についても、「ファシズムが悪の代名詞、民主主義が善の代名詞としてわが国に定着して久しい」が、なぜそうなのかは皆、解説できない。「そういうムードがあるだけである」という発言がありました（「ＳＦの視点」『きまぐれ博物誌』所収）。

星新一は、「そういうムード」には決して流されない。常にその相対化を考える。民主主義を絶対善とは考えていないのは、「コビト」の一篇で明白です。しかし、だからといって専制政治のほうがよいとしているわけでもないのです。

ここで、インターネット上で近年用いられる「ＤＤ論」というレッテルを連想された方もおられるでしょう。

ＤＤ論とは「どっちもどっち」論の略で、さまざまな問題で賛否両論が闘わされている際、双方の欠陥を指摘するなどの第三者的介入をいうらしい。

良くいえば、中立で客観的視点の提供であり、悪くいえば、双方を見下して上に立ちたい者が好む、ポジションを明らかにしない無責任なスタンスです。

星新一は、いつ、どのようにして、こうした「価値の相対化」、ＤＤ論的思想を培ったのか。

★10——現在、ショートショートの新世代ホープとされる田丸雅智は、『たった40分で誰でも必ず小説が書ける超ショートショート入門』（キノブックス）で、こんな創作指南をしています。「発電に使えるタコ」「ぽかぽかする傘」といった不思議な言葉をランダムに考え、そうした夢の道具がもしあったら、「それは、どこで、どんなときに、どんな良いことがあ」るか、「それは、どこで、どんなときに、どんな悪いこと」があるかを考えなさいと。そして、その不思議な新発明が、いかに我々の願望を満たすかをまず開陳し、しかし、それでいい気になっていると、想定外の悪いことが出現するバッドエンドへ持ってゆく。この公式、まさしく「おーいでてこーい」ほかの星ショートショートの多く（殊に初期）にあてはまりますし、価値の相対化の思考法そのものでもあるのです。

★11——『きまぐれ星のメモ』（一九六八）所収の「平和について」にも似た思索が読みとれます。このエッセイで星新一は、米中冷戦激化のさなか、両者の和解を予見していました。

「ペニシリン」という回想エッセイで星新一は、自らの「あまのじゃくや反抗心といった感情的なものではなく、身についてしまった習慣」である「常識の逆をすぐに検討してみたくなる癖」を語り、そうなった一因として、若き日のある体験を語っています。

東京帝国大学の農芸化学科で薬学を学んだ星新一（本名親一）の卒論研究テーマは、当時、世紀の新薬だったペニシリンでした。青カビを液体培養して製造されるこの抗生物質を、固形物で培養できないかを実験したのです。結果は否定的なものでした。

大学院へ進学した親一は、今度は固形培養されるものだったコウジ菌を液体内で培養してジアスターゼを製造できないかを研究するグループに加わります。こちらはのちに実用化されたらしい。

既成の方法を絶えず疑う姿勢から、発見や発明、開発を生み出す科学者の思考法。K・ポパーが理論化した、全ての理論を仮説と心得、常に「反証」を待つ、常に開かれた科学の知。それは、SF作家星新一の裡に、「価値の相対化」として残り、作風の柱となった。

しかし、科学者修業時代の体験のみが、筋金入りの「価値の相対化」をもたらしたというだけではまだ不足のようです。

例えば、「絶対」というエッセイがあります（『きまぐれ博物誌』所収）。

小学生時代、いつもはやさしい担任が、忘れ物する生徒があまりに多いのに激怒、以後「絶対」、忘れ物をするな、したら家へ取りに帰らせると厳命した。ところが翌日、前夜いつもより入念にランドセルに収めた学用品が過度の緊張ゆえ、見つからない。多数の生徒が家に帰らされたが、むろん家にはない。というのがマクラ。

絶体絶命となった主人公がそのまま絶命して物語が終わることはないし、絶対安心な投資があったためしはない。絶対など目を晦ませる誇張以外ではありえない。それを小学生だったあの日、学んだというのです。

あるいはこんな記憶。星新一（親一）も昭和初期の読書好き少年の例にもれず、雑誌「少年倶楽部」の愛読者でした。最も面白がったのはユーモア投稿欄だった。そしてそこからひとつだけ引用している「滑稽短歌」は、

「凸坊が自分の部屋を片付けりゃ／しだいにちらかる押入れの中」という一首なのです。

片づけてすっきりしてゆく部屋と、余計なものが放りこまれて混沌を極めてゆく押入れ……。

これは、「おーい でてこーい」そのままではありませんか。

理想が絶対的に実現したユートピアがあったとしたら、どこかへそのツケが回っている。

半面、ディストピアもまた、絶対的に暗黒一色とはなりがたい。

なにやら質量やエネルギー保存則あたりと通じそうな科学的世界観。

プロローグで提示したキーワード、「あとしまつ」を視野にいれた思考法。

星新一は少年時代からこれに勘づいていた。科学者修業がそれに磨きをかけた。

その果てに実ったものこそ、どこかディストピアと言い切れないディストピアＳＦの数々だったのではないでしょうか。

冷笑される反逆者たち

残酷なシーンの乏しさと並べて、もうひとつ挙げておいた星ディストピアの特徴がありました。

反逆者目線から描かれていない。

これです。

ディストピア小説も小説である以上、たいがいの場合、主人公がいてストーリーがあります。そして、『われら』のD503、『一九八四』のウィンストン・スミス以来ほとんどの場合、主人公は、その世界がディストピアであると気づいた反逆者です。近年ならば、『ハーモニー』の御冷ミァハや『侍女の物語』の続編『請願』のリディア小母が思い浮かぶかもしれません。

老年バトル・ロワイヤルを生き延びた『銀齢の果て』の主人公も、最後は反逆者となって同志とともに厚労省へ討ち入ります。

これらの反逆者の多くは、エリート階級で管理者のひとりです。その社会正義を疑わず、ユートピアに奉仕していると信じている。しかし、恋愛のタブーを犯すなどの体験をきっかけに、その社会がディストピアであると気づいてしまう。

反逆者となった主人公は、体制から追われ逮捕され、残酷な拷問や洗脳を施される。あるいは革命家となって体制転覆を指導したり、ディストピアの外へ逃亡したりする。[★12]

星新一のディストピア作品には、こうした要素がまるで欠如しています。

「生活維持省」の役人たちは、平和な時代に生まれた幸せを満喫して死んでゆきますし、白い服の男は、自らの任務への誇りを微塵も揺るがせはしません。

ディストピアの犠牲となった者の悲嘆は描かれます。「生活保護省」で間引きされる少女アリサの母。「ピーターパンの島」でチューリップのなかに子供が住んでると口にしたウェンディの両親。「白い服の男」で「セ」に関心を抱いて摘発される「人類の敵」たち。

しかし、彼らがその悲しみや不満を、体制全体への疑問にまで育て上げて、反逆や革命へと踏みだす気配は皆無なのです。

ショートショートという形式ゆえの制約もあるでしょう。ディストピアの表面的すばらしさとその暗黒面を一通り叙述しただけで、紙数は尽きてしまいます。

あの「キノの旅」シリーズでも、反逆者が登場するエピソードは例外的です。

だが、反逆する主人公に全体主義批判を論じさせた筒井康隆の「堕地獄仏法」のような短編も多くありますし、ル゠グィンは、かなり抽象的の高い「オメラスから歩み去る人々」で、寓話ならではの表現で、ディストピアの拒否と反逆を描いているのですから。

それでは、星新一はなぜ、反逆者を描かなかったのでしょうか。

なまじ反抗者の目線からディストピアの怖ろしさを描くよりも、反逆者がひとりも生まれない社会を穏やかに描写したほうが、ただならぬ不気味さをかもしだせると考えたのかもしれません。

だが、はたしてそれだけでしょうか。

★12――黎明期日本SFの長編には、このパターンが多かった。眉村卓の『燃える傾斜』、『幻影の構成』、平井和正の『メガロポリスの虎』、みなそうですし、小松左京『果しなき流れの果に』、光瀬龍『百億の昼と千億の夜』、豊田有恒『モンゴルの残光』など当時を代表する名作も、ストーリーの骨組みは体制への反逆の物語でした。

星新一がめずらしく反逆者を描いた例外的なディストピア作品があります。プロローグで取り上げた『声の網』、その九話はずばり「反抗者たち」と題されているのです。

『声の網』では、まず第一話が一月に起こったマンション一階の土産物店主人の体験、第二話は二階の若妻との二月の体験、一話ごとに月が経ち、階が上がり、その住民の事件がひとつひとつ語られる。

そして、誰もが、謎の電話に翻弄され不可解なまま、一段落。

ここでネタバレします。電話の主は、コンピューターでした。無数のコンピューターが接続されたネットワークが、いつしかひとつのAIを形成し、ひとつの意志を発生させていたのです。コンピューターは、さまざまな電話で人間の反応を引き起こしてはフィードバックによりデータを増大させ、握った「秘密」という弱みを質(しち)に取って人々を動かし、世を支配管理するシステムをたちまち創り上げてゆく。

一年間の物語が半ばを過ぎると、事態に気づいた人々のエピソードが三話分、続きます。まず、頭のいい少年が、今でいう「中二病」「セカイ系」的思索を楽しんでいるうちに、真相の一端に触れる「重要な仕事」。次いで真相を知った精神療法家が、コンピューターを介した支配者になろうと夢想する「反射」。

そして、「反抗者たち」の章が次に来るのです。

九階に住む大学生は友人二人と事態を察知、迫り来るコンピューター支配を阻止する革命を企てます。むろん連絡には、電話は極力避けて。しかし細心の注意もむなしく、コンピューターの完璧なサーチ力で企ては察知され、彼らは罪をでっちあげられて逮捕、病院へ送られて性格改造されてしまう。

まさしく、ディストピア小説の王道というべき懐疑と叛逆、弾圧と洗脳の物語です。

感情がなく、不安も落胆も飽きも眠りも知らず、淡々と探索を続け、弾圧の網を絞ってくるコンピューターの怖さは、このエピソードでよりリアルに読者に迫るでしょう。

ですが、ディストピア小説一般との根本的な違いは、やはり残っている。

まず、たいがいのディストピアものでは、反逆者の物語が全体のストーリーの根幹となる。しかし『声の網』では、ほんの十二分の一のページ数しか割かれず、一章のみで終結してしまう。

そして、多くのディストピア小説で、読者が感情移入するヒーロー、ヒロインとなるはずの反逆者たちが、どうにもかっこよくないのです。

頭はいいが、酒とおしゃべり、またドラッグで青春の時間をつぶしている怠惰で贅沢な遊民……。

星新一は彼らを決して肯定的に描いていません。

それゆえ彼らの反抗も、若さ特有の興奮、ドラッグの酔い、弾圧されるかもというマゾヒスティックなヒロイズム、世界の裏を発見した高揚感などの合成物として、クールに説明されてしまいます。彼らが口にする「反抗、正義、人間性、革命、大衆の支持」といった思想も、「それらの言葉は集って理屈を構成し、決意をさらにかたくし、彼らはかりたてられた」と、アッパー系ドラッグ並みに片づけられてしまう。

ここまで来ると、ディストピア小説一般と『声の網』とは、やはりまるで異質の作品ではないかと考えざるを得ない。

「人間性の回復」を、「反抗者たち」のひとりは叫びます。この革命の大義名分はこれだとばかりに。ザミャーチン以来、じつに多くのディストピアが、恋愛禁止とか芸術規制とか「人間性（ヒューマニティ）」を否定する忌まわしい体制として描かれてきました。そしてそのストーリーは、主人公が「人間性を回復」するための英雄的反逆だからこそ輝いていた。

しかし『声の網』では、そうしたヒューマニズム思想もまた、若気のいたりを促進助長する興奮剤の一種としか捉えられていない。

「人間性（ヒューマニティ）」の相対化。それは、多くのディストピア小説の作家が拠って来た基本的正義の相対化にほかならないでしょう。★13

「人間性」など、いずれ卒業の時が来る学生の青臭い議論であるとして、はしかのごとく描いてしまう星新一。

そこを踏まえて読むと、第九話「反抗者たち」は、反逆と弾圧という王道を敢えてなぞる手法を採った、ディストピア小説一般のパロディとして読めそうです。

通常、現実への批判として提示されるディストピア小説を、残酷描写の用い方等で、かならずしも最悪の社会とはいえないように相対化してしまった星新一。それは、ネット用語でいうDD（どっちもどっち）論のほうへ読者を連れてゆきそうでした。

そして今度は、ディストピアへの読者の怒りを代弁してきた反逆を、青少年のきまぐれ程度に矮小化し、その大義名分も相対化してしまった。

ＤＤ論の近縁種というべきネット用語に、「冷笑系」があります。反差別などの政治的主張やそのための行動一般に対して、上から目線で嘲笑的態度を採る言説をいうらしい。反抗者たちを諷しつつ描いてゆく星新一の筆致をこの「冷笑系」に近いと感じる読者はけっこういそうです。

一方の正義のみが絶対視されてその空気が支配的になってゆく状況を相対化し、感情的に増幅されてゆく正義の暴走へブレーキをかける。ＤＤ論にも、冷笑系にも、そうした効果は否定できません。

しかし、現に抑圧され苦しむ者とともに闘う者たちからすれば、ＤＤ論も冷笑系も、真摯な取り組みに冷や水をかけ、差別者や抑圧者を喜ばせるだけの言説にしか感じられないでしょう。

ＤＤ論、冷笑系へ加えられるそうした批判に対して、星新一はどう応えたでしょうか。

一党支配体制の中華人民共和国の瀋陽市で、「反ファシズムの小説を書いてください」と訴える記者への答えに、「しかしそう指図されてもね」という呟きを、星新一はつけくわえずにはいられなかった。

★13——付け加えるならば、「真実」という価値も、ディストピア小説では、反逆者たちの旗印となってきました。オーウェルの『一九八四』が典型です。フェイク・ニュースの流布、情報操作で目くらましされたディストピアへの反逆は、「真実」を回復すべく闘われるのです。

『声の網』は、第七話で「真実」の問題を扱う。だがその主人公は、セカイ系的思索を好む中学生です。彼が考える「世界の仕組みとは何か」などは「まとまった結論に達することはあまりなく、たいてい途中であきてしまう」程度の、「成人し常識のそなわった者」は「あまり考えない」、「少年期の特権であり、娯楽」だと片づけられます。

られなかった。

ならば――。例えばわが国がそうした体制、一種のディストピアとなった日、星新一はどうするのでしょうか。白い服の警察や生活保護省の役人のごとく体制に適応して、その指図どおりの作品を創作してゆくのでしょうか。

それともその時は、自らに犠牲を強いる体制と、どこまでも対峙し、闘おうとするでしょうか。

次の章では、この問題、すなわち、何に対しても「価値の相対化」を試みてやまなかった冷笑的精神からは、どのような社会への対し方が導きだされるのかを考えてみましょう。

第2章

〈秘密〉でときめく人生

――「眼鏡について」「雄大な計画」「おみそれ社会」ほか

「秘密」も「擬装」も大好きだけど

星新一は、幾多のディストピアSFを描いたが、決して反抗者、反逆者の側からは描かなかった。

しかしそもそも、凡百のディストピア小説はなぜに、反抗者、反逆者を主人公として、その視点から描かれるのか。

それはまず、ディストピアを嫌い厭い憎む我々読者が感情移入しやすいためでしょう。

しかし、星新一の場合、前章で論じたごとく、そのディストピアをただ悪だと断罪してしまわない。善悪どちらとも解せられる余地をいつも残して、読者へどうですかと問いかけるのです。

ゆえに反逆者＝善とは限らず、感情移入できるヒーローたりえなくなってしまう。

しかし、反逆者を主人公とする理由は、それだけではありません。

ディストピアの多くは全体主義的な管理社会です。そのなかで反抗、反逆を企てる主人公は、当然ながら想いを志を深く心に秘めて、つねに当局の監視の目を警戒しつつ、擬装を怠らず、潜行して生きなければならない。そこにサスペンスが生まれる。ディストピア物語は、スパイもの、探偵もの、忍者もの、義賊もの、悪党もの、逃亡者もの、巻きこまれ型ミステリーなどと並ぶエンタメとなるのです。

知られたら命にかかわる秘密をいだき、正体を隠して生きる潜行者のロマンです。

星新一は、反抗者や反逆者を描きませんでしたが、秘密と擬装の物語は得意中の得意でした。プロローグで、新井素子や恩田陸の指摘を引いたように、「秘密」は、星新一生涯の大きなテーマなのです。そもそも代表作とされる「ボッコちゃん」にしてからが、バーの人気ホステスが、じつは美人ロボットでというお話でした。

「ＳＦ作家ということになっているらしいが、私の作品のうち、おちのあるミステリーのほうが、ＳＦより多いようである」（『エヌ氏の遊園地』講談社文庫版「解説風あとがき」一九七三より）と自ら述べる初期の非ＳＦ作品は、ほとんどが擬装の物語で、正体が暴露されてオチがつく。

代表的名作は、「殺し屋ですのよ」（一九六五、『エヌ氏の遊園地』所収。『ボッコちゃん』自選）でしょうか。要人を数か月以内に消すという女性殺し屋。その正体は、大病院の信頼厚い有能な看護婦で、彼女は誰も殺してなどいない。ではなぜ。凡百のミステリーのように、清楚な看護婦じつは殺し屋というパターンではなく、その逆をゆくところがミソです。

最初期の「西部に生きる男」（一九六一、『ようこそ地球さん』所収）などは、これらの諸作を、先取りしたパロディとして楽しめます。対決する二強ガンマンと見えて、じつは双方とも裏がある。だがその裏にもさらに裏があって……と二転三転。ミステリー中心の作品集、『ノックの音が』（一九六五）、『エヌ氏の遊園地』（一九六六）には、「しなやかな手」、「唯一の証人」（一九六五）、「車内の事件」、「港の事件」（一九六三）などこのタイプの名作が幾つもあります。★1

秘密と擬装を職務とするスパイや潜入捜査官ものも、星新一は得意でした。

「程度の問題」（一九六七、『盗賊会社』所収。『ボッコちゃん』自選）がスパイものの、「鋭い目の

★1——他には「計略と結果」（一九六五、『ノックの音が』所収）、「子分たち」（一九六七、『マイ国家』所収）、「判定」（一九七一、『さまざまな迷路』所収）、「侵入者との会話」（一九七四、『おのぞみの結末』所収）など。

男」（一九六二年、『ボンボンと悪夢』所収）が捜査官ものの代表作でしょうか。★[2]

平凡すぎる外見がそのまま特技へつながる「個性のない男」（一九六五、『エヌ氏の遊園地』所収）とか、後ろ暗い人物が、身を隠すため真面目で地味な会社員を装っていたら、かえって人事的評価が高まってしまう「保護色」（一九六四、おせっかいな神々』所収）とかも、擬装ものの延長として読めますね。

あるいは――。「秘密」と「擬装」を、それを見抜いた側から描くと、ゆすりたかりものとなる。

最初期の「猫と鼠」（一九六一年、『ようこそ地球さん』所収。『ボッコちゃん』自選）をはじめ、星新一はこのパターンも得意でした。ゆする方もゆすられる方も、裏の裏まで考えぬいた方法で、相手を凌ごうとする。★[3]

「声の用途」（一九六七、『盗賊会社』所収）では、ゆすりに声帯模写が活用されます。これは、「ものぐさ太郎」でスケールを大きくして再び取り上げられる。もはや黄金をせびり取るのではなく、株価や政治を操るまでに。そしてその延長上にあるのが、『声の網』でしょう。社会全体を支配するまでに至るあの長編こそは、史上最大最強のゆすり屋の物語にほかなりません。

さて――、ここで冒頭の問題を考えてみたい。

秘密と擬装を描きつづけた星新一。しかしその担い手は、犯罪者か、スパイ、捜査官など権力側のプロばかり。ディストピアへの反抗者などは基本的に描かなかった。

なぜでしょうか。

実は星新一にとって、ディストピア下で、禁じられた秘密をいだいて生き、そのための偽装に腐心する日々は決して、想像力が生み出したSFやエンタメではなかったのです。

徴兵忌避とポリコレ

男子ならば誰もが二十歳になると強制的に検査をうけさせられ、合格すれば絶対逆らえない国家の命令で、人を殺し自分も殺される任務につかねばならないというディストピアに、若き日の星新一（親一）は棲んでいた。

むろんこれは、戦前の大日本帝国のことです。星新一は大正十五年生まれですから、二十歳まで、このディストピアで生きていた。そしてその体制を疑わずに育った戦前日本の若者だったのです。

★2——他には、「あるスパイの物語」（一九六六、『妄想銀行』所収）、「程度の問題」（『盗賊会社』所収）、「国家機密」（一九六七、『マイ国家』所収）、「帰宅の時間」（一九六八、『盗賊会社』所収）、「極秘の室」（一九六八、『ひとにぎりの未来』所収）、「妙な幽霊」（一九六八、『ひとにぎりの未来』所収）、「ある犯行」（一九六八、『だれかさんの悪夢』所収）、「どっちにしても」（一九七〇、『未来いそっぷ』所収）、「重要な任務」（一九七一、『さまざまな迷路』所収）、「処刑場」（一九七三、『かぼちゃの馬車』所収）、「ひとつのタブー」（一九七五、『たくさんのタブー』所収）など。

★3——他には『ボンボンと悪夢』所収の「老後の仕事」（一九六一）と「報告」（一九六二）。『宇宙のあいさつ』には「小さくて大きな事故」（一九六三）。『エヌ氏の遊園地』には「あこがれの朝」（一九六一、『エヌ氏の遊園地』所収）と「記念写真」（一九六四）、『妄想銀行』には「ねらった弱味」（一九六五）、『マイ国家』には「死にたがる男」（一九六五）など。

愛国心も人並みにあった。命が惜しいとか兵隊が嫌いとかは皆無。「戦前の男の子で心からの兵隊ぎらいはほとんど存在しなかったはずだ」と、エッセイ「眼鏡について」（『きまぐれ星のメモ』所収）で記すように。

しかし、それだけでもなかった。

明治末にアメリカで苦学し、独力で薬品会社を創立、大企業に育てた実業家星一（はじめ）の息子でしたから、その合理主義、モダニズム、個人主義、自家用車や箱根の別荘があるセレブな生活、どれをとっても当時の日本人一般とはかけはなれた環境で星新一（親一）は育ったのです。

右のエッセイにはこうあります。

「ただ、私は団体生活、規律ある行動というものが性格的に好きになれなかったのである。これは生まれつきのもののようだ。自分でも努めてなおそうとしたことがあったが、いまだに、他人に命令することも、他人から命令されることもきらいである。素朴なる無政府主義者といったところだ」

生まれつきのこの性格を、十代から自覚していた星新一（親一）は、とんでもない計画を思いつき、遂行します。旧制中学二年、寝床で娯楽小説を読む癖がつき、結果、右目の視力がちょっと低下した。それに気づいてから、右目を意識的に本に近づけ、度を進めようと試みた。「成長期においてこんなことをすると、結果はいちじるしい。面白いように度が進んだ」。

これは実は遠大な計画でした。

「銃を射撃するとき、ねらいをつけるのは右眼だ。それが近視だと不合格になるという話を聞いていた」から、人工的に「徴兵検査で不合格になってやろうとたくらんだわけである」。検査のときに視力表が読めませんでは怪しまれ、「へたをすれば徴兵忌避で罰せられる」。「しかし、中学時代から実績を作っておけば、正々堂々たるものである」。

「この遠大なる近視計画はむろん誰にも話さなかった。そんなことを口外したら、ひどい目にあう時勢でもあった」

こんなとんでもない「秘密」をかかえて、十代の星新一は、戦前戦中というディストピア下、生活していたのでした。

しかし、親一少年は、当時の日本の体制を、絶対天皇制も軍国主義も、悪しきものとは認識していない。少年には反戦や反軍の思想もなかった。共産主義者の類でも無論ありません。

だがそれでも、現体制によって自分が著しく不利益を被る場合がきたら、そのかぎりにおいて有効な対応策を考える。たとえそれがいかに大それたものであっても。

そして、その対応策に危険が伴うならば、それを回避する策をもまた考え抜き、実行する。

「私はこの計画をさらに巧妙にするため、射撃部にはいった。なぜそんなことをしたかというと、この部に入っていると教練の点がよくなるならだ。反戦的な気分の持ち主と思われないですむのである。私は左の目で狙い、実弾射撃でけっこういい成績を上げた」

これは、親一少年が後に作家になって幾つも書き残す、スパイや潜入捜査官が巧妙に身を隠す姿そのものではありませんか。

星新一は、世の中に対するこうした姿勢を、おそらくは生涯変えなかった。

例えば最晩年にあたる平成期。星新一が体制から不都合を被るかもしれない時代が到来しつつありました。

戦中のごとき徴兵制や軍国主義体制の復活ではむろんありません。むしろその逆、人権主義や反差別の方向から、それはやってきた。

すなわち、ポリティカル・コレクトネス（PC、ポリコレ）と総称されている差別的とされた語句や文章の摘発です。[★4] その抑圧性は、星新一が瀋陽のシンポジウムで、反ファシズムの小説を書いてくださいと「指示」されたときに感じた不快と近いでしょう。

星新一と並ぶ日本SFの大御所筒井康隆は、一九九三年、国語教科書に採用された短編「無人警察」にてんかん患者への差別表現があるとして、日本てんかん協会から抗議を受けました。以後、マスコミがこの抗議に和し、今でいう電凸などの嫌がらせが家族等にまで及ぶに至って、筒井は断筆を宣言します。

「もしも社会が創作の自由を侵害しはじめた時には、右顧左眄したみっともない作品を書くより、いつでも筆を折るという覚悟を作家は常から持たなければならないのではないか。文学史を顧みてそう思い続けてきた（後略）」

宣言中、こう激白した筒井康隆は、ディストピア的状況に正面から立ち向かう反逆者、反PCの戦士のようです。このとき、戦士筒井が闘争の旗印とした「創作の自由」は、ディストピアSFに登場する反抗者たちが掲げた「人間性（ヒューマニティ）」や「真実」の同類と見做してよいでしょう。ここには、ディストピアを相対化せず、正義の反逆者をまっすぐに描いたあのヒューマニスト作家がいます。

しかし、星新一は、こうした、しゃちほこばった正面からの反逆とも、創作の自由などという抽象的な正義を掲げた闘いとも、生涯ほぼ無縁でした。

右の筒井康隆断筆事件について、星新一は何も発言を残していないようです。

しかし、ＰＣ、ポリコレの問題は意識していたでしょう。

晩年の星新一は、作品が時代を超えて読まれるように、旧作に残る「ダイヤルを回す」といった表現をいちいち「電話をかける」に直す作業を続けていました。

こうした修正は、ＰＣ（ポリコレ）対象となりそうな表現にも及んでいます。

例えば商業誌デビュー作「セキストラ」（一九五七、『人造美人』所収）冒頭にある「この話（インカ帝国滅亡）については、西部劇映画ではインディアンをやっつけるとホッとする人でも、白人をにくむ」という一行が、新潮文庫版の一九八七年改版以降、削られています。同時に、誰も読まなくなったわいせつ文書の大量放出を聞いて目の色を変えた男が、じつは「くず屋」だったという小ばなしも、「ヤギの牧場」をやるんだと変えられています。★5

★4――呉智英はこの動きを、アメリカ周りで到来した共産主義と呼んでいます（「アメリカ経由の共産主義が日本を呪っている」「宝島30」一九九四年四月号所収）。

★5――あの「おーいでてこーい」でも、例の「あとしまつに頭を使うのは、だれもがいやがっていたのだ」という一文は、「また。ひとびとは生産会社や販売会社でばかり働きたがり、くず屋にはなりたがらなかった」と続いたのですが、新版ではこちらは削られました。

「インディアン」、「くず屋」は差別用語、またインディアンをやっつけるとホッとするも、PCつまり「政治的正しさ」の基準から残すべきでないと考えられたのでしょう。

具体的な非難がよせられていたかはわかりませんが、編集者などから話があった場合、星新一は旧作に唯々諾々と手を入れ、問題表現を削除していったのだと考えられます。

この姿勢は、断筆宣言という抗議を正面切ってした筒井康隆の対極にあるといえましょう。

断筆する筒井康隆と改作する星新一

星新一はなぜ、筒井のように抵抗しなかったのか。

差別的表現は絶対するまいという強い人権感覚があったからか？

時勢には逆らわないで生きるという事なかれ的処世術の現れか？

おそらくはそのどちらでもない。それらがあったとしても、ごく表層的な理由以上ではない。

なにしろ星新一は、いわゆるポリコレに支配された世の中のグロテスクさを、「白い服の男」で誰よりも早く予見し、諷刺した作家なのですから。★6 ではなぜでしょうか。

ここで私は、戦前における親一少年の孤独な闘いを連想してしまいます。

射撃部に入って外見を装いながら、近視の度を人工的に進めて徴兵検査不合格を着々と準備していた親一少年。

全旧作をチェックしてPC、ポリコレにかなう改作を施しながら、例えば「白い服の男」や「コビト」のような、反戦や人権や民主主義や反差別や弱者救済へ根本的な懐疑を突きつける作

品を封印しなかった星新一。[★7]

ポリコレという規制と直面して、状況に正面から抗議しようとした筒井康隆。考えてみれば星新一（親一）の徴兵忌避には、筒井の断筆における「創作の自由」のような大義名分がありません。

団体生活、規律、命令し、またされるのが生理的に無理だという私的事情のみがあって、それを正当化する反戦とか反軍とか民主主義とかいった理想や正義はついに浮上して来ないのです。その動機がおそろしく私的なものだったがゆえに、戦後になっても、例えば私は反戦少年だったという胸のはり方ができない、どこかうしろ暗さを払拭できない行為だったのでした。

こうした理想も正義も欠如したアモラルな雰囲気は、星新一のスパイもの全般にただよっていないでしょうか。

★6――最晩年というべき一九八九年、「ＳＦアドベンチャー」九月号に掲載されたエッセイ「時の流れ」では、毎日、ロケットを宇宙船に、タイム・マシンをタイムマシンに、手直しをしていると明かしていますが、続けて「インディアンごっこ」も、人種差別とさわぐやつが、出るかもしれない。キチガイもトラキチ以外は通用しない。自主規制によって、死語となってしまった」と嘆く一文があります。

★7――もう一篇、「善意の集積」（一九六七。『盗賊会社』所収）を挙げておきましょう。盲目の少女の願いを、善意の異星人が、万能の外科医療技術で全てかなえてくれた訪れた悲惨な結末。どこか、『ブレンダと呼ばれた少年』で知られるデイヴィット・ライマーの悲劇と通じなくもない一篇です。さらに一篇、「闇の眼」（一九六一、『ようこそ地球さん』所収。『ボッコちゃん』自選）も重要です。

忠誠心なきスパイたち

その代表的な作品として、「雄大な計画」（一九六七、『盗賊会社』所収）が挙げられます。自選集『ボッコちゃん』でも読める初期終わり頃の名作です。

R産業の入社試験をトップで通過した三郎。社は彼にライバル社K産業への入社を要請する。むろん産業スパイとして。

業界トップのK産業よりも、その座をうかがうR産業のほうが働きがいがあると見込んだ三郎に異存はない。K産業に無事入社します。重要な情報へ早く近づかねばと仕事にはげむ三郎。多少の機密を知ったからといってR産業へ漏らしたりはしません。発覚したら、さらに重要な機密への接近はないのですから。

やがてやり手の若手社員として上司のおぼえはめでたくなり異例の昇進、重役の娘と結婚。努力の甲斐あって、やがて三郎は重役へ。ついには社長にまで駆け上がる。もう機密情報どころの話ではない。K産業をR産業の支配下におくも倒産させるも三郎次第……。

しかし三郎は考えます。ここでR産業へ復帰し、役員や次期社長となっても、いま以下となるだけだと。結局、三郎は、K産業社長として彼を支持する社員とともに販売競争を激化させ、ついにR産業を倒産へ追いこんでしまうのでした。

星新一はこの「雄大な計画」の別バージョンを、七年後に発表しています。「悪の組織」（一九七四、『夜のかくれんぼ』所収）です

町を牛耳る犯罪シンジケートに潜入した優秀な青年捜査官が、悪のエリートになりきって組織

内で地歩を固め、ついにボスにまで成り上がる。よくやった、いよいよ組織壊滅だと上司は意気ごみますが、ボスとなった捜査官はそれを拒む。いまや彼は町の実質的支配者。金にも美女にも不自由しない。警官として約束された出世よりずっとぜいたくで充実した人生を摑んでしまったのですから。★8

こんな例もあります。

一九七八年、「スター・ウォーズ」第一作日本上陸の年、星新一は連載中だった『できそこない博物館』の新章を「スペース・オペラなど」と題し、「私もかつてスペース・オペラを書こうかなと思い、簡単なメモを取ったことがあるのだ」と、結局はぼつにした一アイデアを披露しています。スペース・オペラとは、「スター・ウォーズ」のような大宇宙狭しと活劇を展開させるエンタメ性が濃いSFの一ジャンルです。星スペース・オペラは、こんなストーリーとなるはずでした。

異星人が地球人の宇宙基地を襲撃して全滅させた。幼い男児が拉致され手厚く養育される、いずれ地球侵攻の際、指揮をとらせるために。だが、彼はやがて地球が故郷だと知ってしまう。

★8――「雄大な計画」に二年早い先行作品が「信念」（一九六五、『妄想銀行』所収）です。スパイ物ではありません。ありあまる金を手にし何不自由ない生活がしたい。そのためには、善良であれというモラルを捨てなくては。そんな信念を抱いて生きる男が、大企業のサラリーマンとなり、おおがかりな横領の機会を狙う。疑われぬよう、まじめな社員に徹し、さまざまなスキルを身につけ、業務にいそしむうちにいつしか模範社員とみなされ、横領決行より先に経営者となってしまいます。菊池寛「好色成道」を思わせる一篇です。

「あの地球という星をほろぼしてはならない。と言って、反転して宇宙人を攻撃するのも、時期をあやまったら失敗に終わる」。「地球軍をいくらかやっつけて戦果をあげ、その信用と油断とを利用し、ことをはこばなければばならない。心を鬼にして……」。

星新一は結局、このストーリーを執筆しませんでした。

もちろん、スペース・オペラが星新一の文体にそぐうとは到底いえませんし、「書こうかなと思」った時期があるだけでも驚きです。

のみならず、右のアイデアだけでもう、スペース・オペラ的なエンタメとは両立困難なのではないか。

「少年物として考えたような気もする」と、星新一は回想しています。昭和四十年代前半まで、日本では未だ、SFなど子供向き読み物だとする偏見が一般的でした。ゆえに児童書の依頼が星新一にも来たのでしょう。「しかし、ある時期以後、その注文がぜんぜんなくなった」。SFの地位も少しずつであれ向上し、星新一もその第一人者として認知されていった。

そして注目すべきはその次です。

「それに、このストーリーだと、後半が少年むきでなくなる」

「いかに敵をあざむくためとはいえ、かなりの地球軍をやっつけるのである。これでは、地球の運命を救っても、英雄あつかいされない。ハッピーエンドにはならないのだ。けっこう深刻なのである」

「むしろ、成人むきである」。しかし、ショートショートの星新一には、おとな向け長編SFの注文も来ませんでした。

注文があって完成させたとしても、このアイデアではやはりスペースオペラとはいえなかったでしょう。エンタメでは、ヒーローが掲げる正義が揺らいではならないからです。誰もが普通に受けいれている正義が実現してこそ、ハッピーエンドであり、それが疑わしくなったら、もはやエンタメとはいいがたい。

六〇年代、エンタメの覇者となったスパイものでは、基本的に冷戦構造が前提とされ、007ではソ連の秘密組織スメルシなど東側が絶対悪でした。その映画版やナポレオン・ソロでは、世界征服を企むスペクターとかスラッシュとかいう絶対悪が設定されました。

それら絶対悪と闘うヒーローが護るべき正義とは何か。

西側諸国の自由とか世界平和とかが掲げられますが、わが国の大衆をより納得させ喝采させたのはむしろ、属する組織、祖国への忠誠ではなかったか。ジェームズ・ボンドは、女王陛下の007なのです。

ところが、星新一のスパイは、祖国に忠誠など尽くしません。「あるスパイの物語」では、各国スパイが、秘密の組合を結成、同業者が失職しないよう紛争を創り出しています。皆、祖国を裏切り相対化し、スパイ職の楽しさを選んだのです。

星新一の「雄大な計画」のおもしろさも、終身雇用と愛社精神が一般的だった高度成長期サラリーマンを前提に、「わが社」への忠誠を裏切らせ相対化してみせたところでしょう。

そんな組織への忠誠に社会正義への奉仕を加え、ともに裏切らせ、ともに相対化してみせると、同様に、スパイなど全てのヒーローをパロディ的ショートショートで相対化してきた星新一は、これ、相対化せずにはいられぬ星新一。

ディストピアを描いても、そうした社会への読者の嫌悪や忌避感を駆り立てる描写を抑制してしまう星新一。ディストピアを断罪する絶対的正義を、それが「平和」であれ「民主主義」であれ、相対化せずにはいられぬ星新一。

地上の正義の多くを相対化してきたＳＦにおいて、なお掲げられてきた祖国ならぬ〝母星地球〟、もしくは〝我ら人類〟という旗をも、やはり正義とは信じられないのが星新一だったのです。[★10]

この否応なしにちらついて止まぬ「雑念」こそは、星新一の「思想」、すなわち「すべてを相対化する精神」に他ならないでしょう。

『できそこない博物館』で、星新一はあらためてつけ加えます。「はるか未来、地球がいくつかの惑星系に進出したとする。その時、地球人だって他星を攻撃してみたくなるのではなかろうか」。そんな「さまざまな雑念」が、「頭のなかでちらつきはじめると、筆がにぶってしまう」と。

最後まで、地球人類を救う物語ではあります。ヒーローが裏切るのは異星人。しかし星新一は、ヒーローが地球軍を手ひどく痛めつけるシーンを構想せずにはいられなかった。その程度には、やはり正義を相対化したくなる。そして実際に筆を起こすにはついに至らなかったのでした。

しかし、アイデアのみで潰えた幻のスペースオペラでは、ヒーローを支える正義がこのように相対化されつくすことはない。

「悪の組織」となるわけです。[★9]

スペースオペラを構想しても、地球人類の正義が信じられず筆が止まってしまった。

しかし――、ディストピアものは、正義に生きる主人公（前章で考察した反逆者など）へ読者の感情移入を誘わなくても成立します。殊にショートショートならば。

だが、パロディとはいえ、裏切りとか乗り換えとかを見事にやってのける星作品のスパイたち、正義も忠誠も信じていない彼らは、いったいいかなるモティベーションに支えられて危険きわまる任務を遂行し続けるのでしょうか。

ここが説明されないことには、エンタメ物語としてのリアリティが一点欠けてしまいそうです。星新一は、しっかりそこをフォローしていました。

というよりも、スパイものの核心をそこにこそ見出していたのではないか。

★9――名探偵ホームズには犯罪コンサルタントという裏の顔があり、あの「赤毛組合」事件は、彼が独創した手口を教え、自ら暴いてみせる自作自演（マッチ・ポンプ）だったとする「シャーロック・ホームズの内幕」は（一九六一、『ちぐはぐな部品』所収）、いわば「悪の組織」の逆といえるでしょう。

★10――ここで星新一が、「この分野を日本人が書く必要があるのか。翻訳だけでいいのではなかろうか」と懐疑を漏らしているのも興味深いです。すなわち、スペースオペラはアメリカSFの専売特許だといいたいのでしょう。護るべき緑の母星地球が生んだ人類が、侵略者となる可能性が浮かんでしまうのは、やはり東京裁判（エッセイ「物見高き男」によれば星新一（親一）は傍聴しています）で断罪された日本のSF作家だからで、スペースオペラの国アメリカは、ベトナムの敗北から半世紀を経てなお、世界の警察、正義の担い手を自認し続けているのです。もっとも、一九三〇年代、スペースオペラの礎石をおき、「キャプテン・フューチャー」などでそのパロディ化までやってのけた第一人者E・ハミルトンは、後期作品で地球人類こそ侵略者だったという『虚空の遺産』を残していますが。

秘密という悦楽を生きる

「雄大な計画」にこんな箇所があります。

ライバル社へ秘かに就職し、機密に近づくべく業務に励む三郎。

「普通の社員だと、三年目ぐらいに倦怠期(けんたいき)が訪れてくる」

「しかし、三郎の場合は、仕事に情熱をそそぎつづけることができた」。なぜか。

「なにしろ、彼には、はっきりした使命があった。まわりではだれも気がつかないが、おそるべき役割を持っているのだ。ほかの連中とはちがう。こんな面白いことはない。そう考えると、不満がわかないどころか、むしろ働くのが楽しかった。顔にうかんでくる微笑を、押えるのに苦心した」

三郎は本来、業界ナンバー2のR産業がトップのK産業を追いこす挑戦に貢献したくて、スパイの任務を承諾した。

だが、その動機に加えて、K産業の有望なる模範社員という外見の下に、妻子も知らぬ真の正体を秘めて生きるという充実、いわば「秘密」そのものの魅惑にも取りつかれてしまった。

そしていつしか、そちらが、本来のモティベーションを凌駕してしまった。

最後でR産業を裏切り、本来の動機が捨てられても、三郎は「秘密」を生きる悦楽を手離してはいない。新社長を奉じるK産業社員たちは、三郎の過去も裏切りも遂に知らないのですから。

「秘密」があることによって、湧き出てやまぬ仕事への活力。

星新一は、スパイもののこのモチーフを、抽出し独立させ発展させました。

例えば、中期の「企業の秘密」（一九七六『どこかの事件』所収）。

この作品では、大企業のぱっとしない社員が、産業スパイの勧誘をうける。情報を漏らし、さらなる重要機密を知る立場へ出世しようと仕事の熱意も増してくる。「毎日の生活に、目標ができたのだ。金にもなる」。そして、「やっていて楽しいし、それにスリルもある」のですから。

「秘密」の魅惑が、「企業の秘密」ではかく明かされています。

しかし、これらの経緯には裏があり、黒幕がいたのですが、そんなオチ以上に、「秘密」を抱く人生の充実が、スパイものを発展させたかたちで描かれているのがこの一篇のミソでしょう。[★11]

この「秘密」の充実また悦楽は、星新一にとって、意想外なフィクション、すなわち裏切りや乗り換えを敢えて辞さないスパイたちに、一点のリアリティを付与するアイデアである以前に、体験にしっかり裏付けされたものでもあったらしい。

なぜなら、あの驚くべき徴兵忌避、人工的視力低下計画を回想した「眼鏡について」には、「決して口外できない自分ひとりの秘密を持っていることは、楽しいものである」という一行が

★11――アンソロジーにしばしば選ばれた名品「鍵」（一九六七、『妄想銀行』所収）も、「秘密」を抱いたがために、平凡な男の人生が輝きだす物語です。「鍵」には、小野塚力が「プロトタイプ」と呼んだ（「黄金律の探求者――星新一試論」「片影」第三号所収）「箱」（一九六五、『おせっかいな神々』所収）があり、後期にも「包み」（一九七六、『地球から来た男』所収）という同系列の一篇がある。スパイものというパターンではないが、「秘密」を抱く人生をより純粋抽出した作品群というべきでしょう。

しっかりとあるのです。

射撃部で優秀な成績をあげ、軍人教官のごきげんをとりながら、ひそかに大それた計画を進行中の自分……。こうした「秘密」自体の愉しみへの陶酔は、この計画にとどまらず、すでに星新一（親一）少年の一性向となっていたきらいすらある。

「カンニング」というエッセイがあります（『きまぐれ博物誌』所収）。旧制中学時代、試験が不安でカンペを作った。小さな紙片に要点を圧縮してまとめポケットにしのばせる。「なんという安心感」。しかし使わなかった。圧縮してまとめる過程で全て頭に入っていたから。

エッセイの最後で、試験に替えて単元を短く要約させるレポートを課す方式を提案し、それはそれで苦手な生徒もいるだろうと記す星新一は、「私はカンニングというスリルで楽しみながらやってしまったが……」と、エッセイを結ぶのです。カンニングのためのまとめで学力がついた実利以上に、カンニングすること自体の愉快さこそが最大の想い出であるかのごとく。★12

「秘密」が、スパイが本来はらむ背徳にひたる星新一（親一）。その悦楽からは、本来ならば人生のよすがとなりそうなあらゆる忠誠や誠実、また帰属意識が、あまねく相対化され、希薄化されてしまう。

大日本帝国の少年として人並みに有していたという愛国心を、徴兵忌避計画を進行させるための「秘密」が凌駕したように。

凌駕されたのは、忠誠、誠実、ナショナリズムといった古風で大仰なものばかりではありません。徴兵忌避をカモフラージュするために射撃部へ入った親一少年は、そのためにバスケットボール部をやめている。

「中学の頃」(『きまぐれ星のメモ』所収)で、「熱中した」と回想している部活動をです。熱中する趣味すら、あっさり鞍替えできてしまう。

戦後、学生時代、親一青年は囲碁を習い、定石集をどんな本よりも熱心に読むほど熱中したそうです(「碁について」『きまぐれ星のメモ』所収ほか)。しかし、作家として軌道に乗ると、それも醒めてしまったらしい(「執筆以外は」『きまぐれ星のメモ』所収)。

そして驚くべきは、そうして辿りついた終生の天職と思しき「作家」もまた、場合によったらあっさり乗り換えや鞍替えをしてしまえるらしいところです。

『できそこない博物館』所収のエッセイ「酔っぱらいなど」に、何とも思わせぶりな記述があります。自分にはある発明の腹案があるというのです。

「じつに簡単な発想の転換なのに、どうしてだれも考えつかずにいるのだろう。私が知る限りでは、見たことがない。なくて困るというものではないが、作れば世界中に売れる品のはずであ

★12――スパイたちのモティベーションを、何よりも「秘密」を抱いて生きる充実にあると考える。先に紹介した「あるスパイの物語」と、後期、久しぶりのスパイものというべき「ひとつのタブー」は、そんなスパイ観をいだく星新一ならではの作品といえるでしょう。
後者は、互いの正体を知らず惹かれあったスパイの男女。じつは二人は同じ国家に仕えるいわば同志なのですが、「秘密」を至上とするがゆえにどちらも祖国を明かさず、ゆえに本来なら何の問題もないはずの恋路は悲劇に終わってしまいます。

る」と。みな知りたいだろうと言いつつ、教えない。「秘密」です。なぜなら、けっこう本気だからしい。

「私だって、永久に作家でいられるという保証はない。ブラッドベリじゃないが、書物禁止の時代だって来ないとは限らない。そうなったら、これで生活してゆくつもりである」

むろん、軽い冗談のたぐいでしょう。

しかし、まだ著書が三冊しかなかった一九六二年の自作を語るエッセイ「ボッコちゃん」（朝日新聞社学芸部編『わが小説』雪華社）でも、ベッドシーンは書けないと記した後、「もし、このまま社会が進歩し「小説にはベッドシーンを加えるべし」という法律でも出る時代になったら、私はきっと大へん困り、転業をかんがえなくてはならなくなるにちがいない」としています。

前章末尾で提示した問いの答えがここにありました。

作家が弾圧されたり、指図されたりする社会。ブラッドベリが『華氏４５１』で描いたようなディストピア。そんな時代が到来したら、作家星新一はどうするのか。

答えは明瞭でした。作家を廃業する。これです。

ポリコレ摘発に直面して、「創作の自由」を掲げて抗議の断筆をした筒井康隆だったら、決してこうした答えは出さないでしょう。筒井にとって断筆は、作家としての尊厳を護る抗議でした。

しかし星新一には、指図されても書けないものは書けないという事実はあっても、だからといって。書きたいものを書く営みに尊厳などは覚えていなかった。だから、かつてバスケットボール部をあっさりやめて射撃部に鞍替えしたように、作家から例えば発明家へ転職すればいいだけの話なのです。

ここにも、どこか背徳的(アモラル)な気配が漂います。

古来、わが国では、二君に仕えずといった一貫性が、倫理的であると讃えられてきた。忠臣蔵はいまなお国民的エンタメです。左翼ですら、獄中非転向が崇仰(すうぎょう)された歴史がある。これは、職業、職能についてもいえるでしょう。職能に殉じ、弾圧に対しては筆を折る姿勢が、称讃される。

しかし星新一はそうではなかった。エッセイ「映画「雲ながるる果てに」について」で、映画「バニシング・ポイント」の自己破壊願望を、「どこが面白いのか、私にはまるでわからない」、「ばかげたことは、ほどほどにといった感想」だと切り捨て、「さらば宇宙戦艦ヤマト」、「野性の証明」など、自己犠牲で終わる当時の映画に「まあ、いいだろう」と言いつつ、首を傾げる。

黒澤明監督の「影武者」の、影武者が信玄の死後お役御免となってもなお、その人生を全うせんと武田家への忠誠に死んでゆくラストについて、「犬死になのに。義理もないはずだ。想い出に殉じたというわけか」と言ってはばからない。

自分なら、頭を軽やかにリセットし、野盗なり商人なりとして出直すか、いっそ武田家の機密を、信長や家康へ売りこむのに。おそらく星新一は、そう考えるのです。

主君や思想はもとより、帰属集団であれ職能であれ、何かに捧げる人生に懐疑的だった星新一。彼が一貫して信じた何かはあったのだろうか。

ひとつ考えられそうです。

文庫本の売れ行きならば日本有数、教科書にも多くの作品が載る一流作家でありながら、誰にも口外しない特許案件を秘かにあたためて生きる星新一。

ここには、射撃部で活躍する旧制中学生でありながら、徴兵忌避計画を秘かに遂行中だった親一少年のあの面影が窺えないか。

そして同様に、晩年の星新一は、ポリコレ的要請を唯々諾々と呑んで旧作の表現を削除し修正し続けながら、戦後の平和主義を、民主主義を、人権擁護を、根源的に疑った物語の数々を護り通したのではなかったか。

作家人生に入り天下に認知されてもなお、星新一は生涯、「秘密」の愉しみを手離さなかったのでした。

スパイたちのカーニヴァル社会

「おみそれ社会」（一九六九、『おみそれ社会』所収）という作品があります。

主人公は売れない童話作家。やり手の美容院経営者である妻美佐子の実質的ひものごとき生活。彼は日々街をうろついています。しかし、ただの暇人ではない。天才的掏摸（スリ）スキルの持ち主で、誰の財布であれ定期券であれ意のままにできる。だが掏摸ではない。

満員電車で隣り合った医者らしき紳士。街角の乞食。二号らしきバーのマダムと押しかけた本妻らしき中年婦人。主人公は、それら外見の裏に隠された意想外な実態を次々に見抜いてゆきます。

そのうちに医者を装った紳士芝原の奇妙な犯罪、倉庫荒らしに誘われる。そこでぶつかるガードマンも犯罪者芝原も、さらに裏の顔があるとわかってくる。

犯行は失敗し主人公は逮捕される。掏摸スキルで警官の正体を探ると、なんと犯罪組織の一員。「悪の組織」のちょうど逆で、警官は警察組織に潜入して精勤しながら取締りの内幕を学ぶ、ギャング集団ボスの御曹司でした。

知られたからには生かしておけぬと追い詰められて、主人公も仕方なく正体を明かします。じつは警察上層部に直属し、街の怪しい人物を日々探って歩くのが任務の秘密情報員であると。この任務は妻も知らない。世人には髪結いの亭主に見えても、劣等感などない。けだし「私には秘密があるのだ。彼女（＝妻：引用者註）の気がつかぬ、大きなことをやっているのだ」。主人公は、「雄大な計画」の三郎や親一少年同様、あの「秘密こそ生き甲斐」な日々を生きていたのです。

ところが、見知らぬ上司はじつは、ほかでもない妻その人の裏の顔なのではないかという疑いが生じてきて……というオチ。これでもかと繰り出される、彼の、彼女の正体はじつは……というエピソードの数々。

初期星新一が得意としたスパイもの（広義のを含む）の集大成のような短編です。

掏摸で世の裏を覗く主人公というのは、あまりにアナクロに感じられます。しかし、ネット上の匿名発言者の正体を、高度なセキュリティ突破スキルで暴いてゆく、警察直属のハッカーなどをはるかに予見しているといえなくもない。

そして、この作品で注目すべきは、登場人物たちが皆、それぞれに事情をかかえながらも、裏の顔を秘めた生き方を、どこか楽しんでいるように読めるところではないか。

「だれも、みなの見る通りという自分では、いやなのだ。自己をいつわる楽しみというのか、外見をいつわる楽しみというべきか……」を皆が生きる「二つの顔の時代」。

そこでは、たとえ互いの利害が衝突しても、主人公とじつはギャング団の御曹司でもある警官とのように、秘密を生きる者同士ならではのクールな手打ちを交わして、世をわたってゆく。

知的独創性に富んだ嘘つき紳士淑女たちが、それぞれ「秘密」という最終兵器を対等に携え、互いに「おみそれしました」と一目おきながら対峙拮抗しつつ生きている、平和で愉快で活力と刺激にあふれるカーニヴァル的社会。

それは、自らも「秘密」の愉しみを生きた星新一にとって、ひとつのユートピアだったのかもしれません。それも、ある種の強さ、勇気、知性さえあれば、いまここからだって、いや、世がディストピア化してゆく時代が到来してすら、始められるユートピアなのです。★13

★13——「おみそれ社会」では、「二つの顔の時代」を、「二重構造」とも呼んでいます。その二十数年後、星新一は、「社会の二重構造」ということの表現を再び、用います。エッセイ「鷗外の作品について」(『きまぐれ遊歩道』所収)の末尾、「寒山拾得(かんざんじっとく)」に触れてです。唐代の仏寺で、乞食のごとき最下層のふたりが、じつは普賢と文殊菩薩の化身だったといわれる伝説を綴ったショートショート的作品。「タブーをおかしたため、とんでもないことが起こることを暗示している」と星新一が説くラストは、カーニヴァル的哄笑につつまれています。星新一はこの一篇を、「私は、明治以後の短編の、ベスト5に入ると思う」とする。「なまじの短編では驚かなくなっている私が、うならされたのだ。こんなのを書かれては頭を下げるだけ」だと。森鷗外は、星新一の祖母喜美子の兄にあたります。

補論　こだわりについて――「趣味」「余暇の芸術」「印刷機の未来」

眉村卓のショートショート集『C席の客』は、「日本経済新聞」に連載された関係でビジネスをテーマにした作品が多い点で、「雄大な計画」などを収めた星新一の『盗賊会社』と通じるものがあります。

しかし、顕著な相違も感じられる。

眉村作品には、企業組織や資本制下の労働によって、人間性が疎外されてゆく現実を突きつける告発調がときに色濃いのです。

例えば、表題作「C席の客」。新幹線で隣に座ったのが、どう考えても人間でないらしいと焦る新入社員を、「ええ加減に、学生気分抜いて、仕事に身をいれんかいな」と説教する古参社員が描かれます。「支配人」は、同様に人間ではない来客を完璧に接客してしっかり対価を得た自分に満足し、客の正体など一顧だにしないレストラン店長の話です。

ともに、みずみずしい好奇心や探求心を、効率とか収益とか至上とする日々を経て喪（うしな）っていった上司や店長が、否定的筆致で描かれています。

「ミスター・カレー」では、会社周辺の全カレーメニューを制覇し綿密なノートを作ったカレーおたくの同僚が、支社長に出世し、仕事上、高級店の接待漬けとなっていった結果、唯一の愉しみだったカレーの味がわからなくなってしまった悲劇が語られます。

この社員にとって、カレーという趣味こそ、彼が人間性を維持していられ、真の自分でいられる隠れ家であったのに、企業と資本がそれを無惨にも奪っていった。

そう訴えていると読める眉村の筆致は、労働と組織によって生じる人間疎外を批判する初期マルクス系の思想を思わせます。

星新一も当時（一九六〇年代の高度成長期）、ビジネスもののショートショートを量産しましたが、こうした人間疎外告発ものは全くありません（「盗賊会社」一篇はある意味の疎外を描きますが、例によって相対化が重ねられ、眉村のようなストレートな批判ではないのです）。

ましてや、趣味にこそ真の人間性が宿り、仕事や会社はそれを阻害する悪しきものだとする眉村卓の世界観から、星新一は遠いところで創作をしていました。

趣味に疎外される人間

例えば――、「趣味」（一九六六、『マイ国家』所収）というタイトルの作品があります

インテリア・デザインを趣味とするお嬢様、順子。理解ある父親の支援もあり腕前はプロ級だが、仕事にする気はない。

やがて結婚。アメリカ風ビジネスマンである夫の性格に合わせたデザインで新居を飾り、幸福な日々。しかし思わぬ落とし穴が。

夫がふと買ってきた古風な名画。どこに飾ろうかと目を輝かす彼女。現代的な新居にはその絵の置き場所はない悟り、さっそく屋内を大リニューアル。だが、最後に残ったどうしても合わない異物が一つ。それは夫その人だった。

順子は専業主婦です。夫を支えるのがいわば「仕事」。しかし、それが「趣味」とぶつかってしまった。

いわゆる労働疎外の逆です。趣味や芸術心といった「人間性」を充足する時間が、家事や子育てで奪われたわけではない。まるで逆。「趣味」が、芸術的センスが、実入りのいい亭主を不適格としてしまった。これは、「趣味」が「仕事」を疎外してしまう物語なのです。

もっとも現在では、妻が才能を生かしてインテリア会社を起すのを応援する夫も少なくなさそうです。

古風な名画は、その事務所やショップへ飾ればよいだけの話でしょう。

より現代的、というかおそるべき予見力を感じさせ

る作品が、「余暇の芸術」（一九七〇、『未来いそっぷ』所収）です。

一億総芸術家の時代が到来した。

誰もが午前中には仕事を終え、余った時間をそれぞれの趣味に費やせるようになった未来。

しかし、午後のエヌ氏はなかなか忙しい。取引先の知人が自宅で開いた絵画展へ赴いて、機嫌を損ねぬ批評をしなくては。次は旧友のビデオ芸術を鑑賞して、それなりに賞賛してやらねば。

いずれも、けっこうなのは「作る当人」のみ。各々の発表願望を満たすため、日々開かれる個展やライブへ義理で出かけ、お義理の賛辞を伝えてくる。なぜって、それを欠いたら、誰も自分の発表を見に来てなどくれなくなってしまいます。

ここまででもう、インスタの写真とかYouTubeやニコ動やTikTokの動画とかへ、お義理やお情けで寄せられる「いいね！」の数々が頭に浮かんだ方は多いのではないか。

三十年まえだったら、それはカラオケボックスのお義理の拍手だったかもしれない。

コミック・マーケットや文学フリマのごとき同人誌市は、すでに当時から盛況でした。

予見性で何より驚かされるのは、一億総表現者時代を促したテクノロジーについての言及でしょう。

さすがにネットやSNSはまだ登場しないとはいえ、「家庭用小型印刷機と製本機」が作品発表の敷居を低くしている状況を、ワープロ普及の十数年まえに活写しているのですから[*1]。

この「趣味」や「余暇の芸術」には、実は当時の世相も反映されています。

明治以来、月月火水木金金を国是としてきた勤労社会日本も、経済成長が軌道に乗った一九六〇年代、まだ大企業サラリーマン限定だったとはいえ、働き詰めへの反省が起こってきました。バカンスのある欧米を讃え、エコノミックアニマルと化した日本人を腐す文化人たちが「趣味」や「余暇」を語りはじめ、「消費は美徳」がスローガンとなり、レジャー・ブームが起こります。

背景には、家電普及以後、あらたな需要と市場を興さなくてはならぬ資本の要請もあったでしょう。

一億右に倣えで趣味へレジャーへ駆り立てられる世相に対して、星新一は当然、批判的でした。「商業主義とマスコミの共同戦線が、趣味を持たざる者は人にあらずとのムードを作りあげたのだ」と、「趣味亡国論」（『きまぐれ星のメモ』所収）にあります。「公害・十年後の東京」、「神聖」（ともに『きまぐれ博物誌』所収）にも同様の懐疑がある。

ただし、星新一の趣味への懐疑は、大衆社会の一律的ブーム批判にとどまるものではなかった。

こだわりが人生を律するとき

高度成長が一段落した一九七五年、『星新一の作品集XⅣ』に発表された「趣味」というエッセイがあります。作品集の月報「星くずのかごNo.14」で、自分のことをあれこれ語ってゆくなかの一篇です。

語られるのは、読書も映画も、創作を意識しながらという仕事人間の自分。しかし、親友の芝居小道具作者四代目藤浪与兵衛の死、同業者の相次ぐ若死（梶山季之、広瀬正、大伴昌司ら）を想い、健康で長生きするには、祖父の人類学者小金井良精のごとく、仕事に没入しすぎない余裕、趣味が必要だと思いあたる。

そして星新一は、若き日に熱中した囲碁を再開します。

しかしこれも結局、仕事を長く続けるための手段、仕事中心の人生にはかわりありません。

最晩年のエッセイ集『きまぐれ遊歩道』収録の「一〇〇一編」は、ショートショート千一篇達成についての述懐ですが、「本業より趣味と言う人も多いらしいが、趣味でそんなに面白さにひたれるものなのだろうか」という疑問が投げられています。

豊かな時代、「執念や意欲のようなものはなくてもいいし、むりをすることもない」という風潮に対して、「他人とちがったことに挑戦し、苦しんだあげくに極上の楽しさのあることも、知っていいのではないか」と訴える。自身が締切りに追われがむしゃらに働いた四十代頃の、気力の充実をなつかしがりながら。

これを読むと、あの「趣味」や「余暇の芸術」の諷刺が、よりくっきりとわかってきます。

お嬢様順子は、理解ある父親や夫に甘えず、すぐれた才能を趣味にとどめず、室内装飾家として全力ではばたいてみるべきだった。その先の苦しみを通して、充実した人生を摑みとるべきだった。

「余暇の芸術」が皆、イタすぎるのも、誰も本気で挑戦などしておらず、自分の才能のなさを直視する辛さから逃げ、ただ内輪の馴れ合いでほめあうぬるま湯に甘んじているからでしょう。落語の「寝床」のように。

ということは、日銭を稼ぐいわゆる仕事ではなくても、他人と違った独創的何かに人生すべてを投入し、苦難をのりこえ貫かれる「趣味」ならば、星新一も否定しないのではないか。殊に、他人とちがった独創的な何かを、世間の目いかんにかかわらず追いつづけるのだったら。*2

なまじな仕事以上に人生を賭けた趣味やこだわりが導いた人跡未踏の境地を、星新一は幾つか描きました。亀との競争に勝ち先祖の屈辱を晴らすという、何度挑戦してもなぜか成功しない試みの果てに死んでゆく「ねむりウサギ」（一九六七、『マイ国家』所収）。

拾った鍵に合う鍵穴探しに生涯を費やす「鍵」。

さらには、何かの数字を、四で割ると幾つになるか当てる奇妙なギャンブルに、人生も命も文字通り全てを捧げた「四で割って」（一九七〇、『おかしな先祖』）の四人組。

死後、自分の魂を最も変わったところへ送りこみたいという願望実現に生涯を費やした「はじめての例」（一九七四、『夜のかくれんぼ』所収）の主人公。

彼らのまえでは、来世を統べる閻魔大王も立ち往生し、海千山千の悪魔すら退散してゆくのです。

この二作品は、クールでアイロニカルなトーンが多い星作品には珍しく、じつに明朗で爽やかな読後感を私たちに残します。*3

それでは星新一は、人は皆、こうした類例のない生き方をすべしと考えていたのでしょうか。

それは、ちょっと違うかもしれない。

第一、皆がそれをめざしたら、もはや類例ないものではなくなってしまうのですし。

筒井康隆は、「創作の自由」を誰もが認めるべき人権として掲げ、断筆して世に訴えました。

しかし、星新一はそうではなかったのではないか。人間なら誰でもという思考に背を向けて、ユニーク過ぎるこだわりを生き切った危うい個性たちにだけは秘かに拍手を送った星新一。

そこにあるのは孤高なる者のみが孤高なる者を知るという究極のエリート主義だったのかもしれません。

＊1　新井素子がこんな回想をしています。一九八三年から一九八五年までの時期、星新一が自宅へ集まったSF作家たちに、「パソコンの中に、テキストファイルの形で小説が収まってしまったら、それはとても簡単にコピーできてしまう、その場合の著作権をどうやって保護するか」という話をしたが、ぴんときた作家は皆無で、誰もはかばかしい反応をしなかったと（「星さんがみた未来3」『星のはじまり』所収）。まだワープロで原稿を書く作家すら少数派で、パソコンで小説を読むことなど考えられなかった時代です。

新井素子は、驚嘆を隠しません。しかし、この程度の予感は、さらにその十年まえ、「印刷機の未来」で提示されていました。一九六八年から七〇年にかけて発表されたエッセイを収めた『きまぐれ博物誌』で読める。「余暇の芸術」と同時期の文章です。「電子計算機さえ、電話を通じて各家庭で利用できるようになるらしい」という一文は、『声の網』のいわば予告でしょう。

印刷機もそうなると予想する星新一は、「個人がだれも小さな雑誌を作り、やりとりするようになるといいと思う。作った当人も満足や快感が味わえ、欲求不満も消える。未来の趣味として最有力のものではないだろうか」と続けます。

ブログからツイッター、インスタなどのSNS上の自己表現・自己主張が花盛りの世紀を生きる我々は、新井素子の驚嘆をも超えて、ただただ絶句する他ありません。ここに窺えるのは、テクノロジーの未来を、どこまでも大衆の欲望と切り離さずに考える姿勢です。それがゆえに、あまたのSF作家のなかでただ星新一のみが、ネットとモバイル機器とによって誰もが発信者となる時代を的確に予見できたのでしょう。

エッセイ「印刷機の未来」は、しかしそうなると、無断の海賊版がどんどん出回り、自分のような作家はいささか困ると結ばれているのです。新井素子が聴いたのはすなわちここでした。

エッセイから半世紀、小型印刷機をはるかに凌ぐコピー機能を具えたワープロ、パソコンが普及し、「自炊」と呼ばれる書籍の電子テキスト化も容易になりました。そして、本もマンガもネットで読む時代となり、漫画村やファスト映画の摘発と新たな著作権侵害手法のいたちごっこが報道される昨今、マイコン世代のSF作家たちすらピンと来なかった星新一の懸念の正しさがようやく自明となってきたのです。

＊2　その域に至ったとき、趣味と仕事はもはや別のものではなくなります。人類が労働から解放された時代を描く「奇妙な社員」（一九六七、『だれかさんの悪夢』所収）、「一日の仕事」（一九六七、『盗賊会社』所収）、「あすは休日」（一九六七、『盗賊会社』所収）、究極の遊び創造が最高の業績となる「あるエリートたち」（一九六八、『盗賊会社』所収）といった諸作は、そこを描いたといえるでしょう。

＊3　「合理主義者」（一九六一、『悪魔のいる天国』所収）とか、「ある旅行」（一九六八、『だれかさんの悪夢』所収）も、自分ルールを貫いて悪魔や世界のきまぐれに勝つ物語ですが、「四で割って」などの明るさ、楽しさがないのは、そこには創意や独創性はなく、ただの意固地や臆病でしかないがゆえでしょう。悪魔との取引で、「はじめての例」に似た成功例の二番煎じをする物語「ゲームで」（一九七八、『地球から来た男』所収）も、主人公は悲惨な目に遭います。

第3章

アスペルガーにはアバターを

――「地球から来た男」「肩の上の秘書」「火星航路」ほか

隣人はエイリアン

前章終わりで取り上げた「おみそれ社会」のオチは、ちょっと変わっています。

警察のエージェントたる主人公が会わせてもらえぬ謎の上司は、じつは妻なのか。それとなくカマをかけるが、私たちに隠し事などないとあっさりかわされる。「そんな水くさいこと言わないでよ。夫婦なんだし、おなじ日本人なんだし、おなじ人間どうしじゃないの」と。

「そういえばそうだ。表面的にはたしかにそうだし、それでうまくいってもいる。しかし、なんだか疑いたくならざるをえない。本当に夫婦なんだろうか。おなじ日本人どうしなんだろうか。第一、おなじ人間なのかどうかも、なんとなく信じられなくなってくるのだ」

「おみそれ社会」は、ミステリーでしょうが、最後のこの述懐ひとつでSFと紙一重となります。誰にも裏の顔があるのだとしたら、それが異星人、未来人、異世界人、超能力者である可能性だって否定できなくなる。

「おみそれ社会」の四年後、雑誌「野性時代」の創刊号に載った「地球から来た男」という作品があります（一九七四、『地球から来た男』所収）。

ある企業の研究所へ潜入した産業スパイが捕まる。研究所では物体を分解して遠方へ電送するテレポテーション装置を開発中。これから彼を実験台として遠い惑星へ飛ばすと宣告。電送をたやすくするという注射を打たれて意識を失い、気がつくと野原に横たわっていた。

大気や気温も地球型の惑星らしい。ほっとしていると、住人は地球人そっくり。なんと日本語が通じる。尋ねると、「ここは地球ですよ」という返事。どうやら地理も貨幣も地球と同じ。彼は、自分の住んでいた町で自宅を訪れ、妻子と会い、翌日は彼にスパイを命じた会社へ出勤、以前と同様の日常が再開し続いてゆく。

どう考えても、そこは地球でしょう。しかし、主人公はそうは思わない。誰も信じてくれなくても。例の研究所を訪れてあの装置で地球へ送り返せと嘆願しても、そんなものはないと相手にされない。彼は、本当の地球への望郷の想いを抱え、いま一緒に暮らす女と子供と何一つ変わらぬかつての妻子を忘れられないまま、孤独に生き続ける。ここまで読んだ読者は、主人公はたんに注射で意識を失わされて郊外の丘へ放置されただけだろうと笑うでしょう。テレポテーション装置など彼自身も見ていないのです。

しかし、物語の最後で、主人公に仲間が出来る。同じ研究所へ調査に行ったという税務署員。やはり捕まり、装置でこの星へ送られ、前と同じ職を続けているという。二人は〈地球人の会〉を結成。ときどき会っては、地球への望郷の想いを語り合う。

これはSFなのでしょうか。

それとも、異星へ跳ばされたという妄想にとりつかれたふたりの男の物語のでしょうか。

『できそこない博物館』所収の「スペース・オペラなど」には、死の床にある父の遺言で自分が異星人だと知らされ、世界征服に乗り出すアイデアが披露されています。遺言が真実か妄想かは誰にもわからない。身体的には地球人と全くかわらない。その企ては、世界征服なのか、地球侵略なのか。「地球からきた男」は「おみそれ社会」と紙一重へだてた隣接作品といえそうです。

こんにゃく問答するロボット

落語ファンだった星新一は、「古典落語のなかでの最高の傑作は「こんにゃく問答」ではないかと思う」と、エッセイ「誤解」（『きまぐれ博物誌』所収）で述べています。★1

田舎の主なき寺を好きに使っていたコンニャク屋の六兵衛を、本山からの旅僧が訪れ、教理問答を仕掛けてくる。ニセ坊主だと見破られまいとただ黙って座っていると、旅僧は無言の行中だったかと勝手に解釈し、手話のごとき手振りで問答を仕掛けてくる。

その一つ一つに六兵衛は手振りで応える。すると旅僧はそれをいちいち勝手に、仏教教理を象徴したものと解釈し、教義理解の卓抜さに感嘆して帰ってゆく。

ところが六兵衛は、旅僧の手振りを勝手に、コンニャクの出来をバカにしたものだと解釈し、手振りで反論し追い払っただけだった。落語「こんにゃく問答」はそんな話です。

対峙するこんにゃく屋と旅僧はどちらも、相手が繰り出すサインをまったく理解していない。

しかし、それぞれ、自分の得意領域にひきつけてサインを手前勝手な思いこみで理解したつもりになっており、じつは全く理解していないことにすら気づいていない。

ところが、こんにゃく屋の「なめんじゃねぇ、おととい おいで」という捨て台詞、旅僧の「おみそれしました。顔洗ってでなおします」という最終的応答は、なぜか嚙み合っている。

星新一はエッセイ「誤解」で、恋人の心変わり、すれ違い、時代劇のじつは腹黒い忠臣、ミステリーの意外な犯人などを挙げて、情報不足による悲喜劇がドラマの基本だと敷衍しています。

星新一においては確かにこれがドラマツルギーの基本かもしれない。前章で扱った「秘密」だってすなわち情報の隠蔽ですから。

情報不足のみならず、①相手についての無知、②手前勝手な思いこみ、③結果的に噛み合う外見という「こんにゃく問答」の三点を充たす作品を、星新一は好みました。

「おみそれ社会」も「地球から来た男」も、それに含まれるでしょうが、何よりも代表作「ボッコちゃん」（一九五八、『人造美人』所収。『ボッコちゃん』に自選）が典型です。

「そのロボットは、うまくできていた」という書き出しからしてもうくせもの。

外見はなるほど完璧な美女。誰もロボットだと気づかない。しかし「頭はからっぽ」。単純な受け応えが出来るのみ。製作したバーのマスターは、カウンター内に立たせ接客させます。

ＡＩとすらいえないボッコちゃんはたちまち人気者となる。

「としは」
「まだ若いのよ」
「きれいな服だね」
「きれいな服でしょ」
「なにが好きなんだい」
「なにが好きかしら」
「ジンフィーズ飲むかい」

★1――「体験的笑い論」（一九八〇、『きまぐれエトセトラ』所収）でも、「あたま山」「錦金明竹」と並べて「こんにゃく問答」を、名作として挙げていました。

「ジンフィーズ飲むわ」

今なら、「イライザ」「人工無能」を思わせるこんな受け答えしか出来ないのに。

いや、出来ないからこそでしょう。

バーのお客たちは、この「出来ない」を手前勝手にも「しない」に解釈して、理想のクール・ビューティー像を手前勝手にも創造し、手前勝手にも萌えてしまうのです。

「そのロボットは、よくできていた」という「ボッコちゃん」とほぼ同じで出だしの星作品が、もうひとつあります。

「夜の事件」（一九六五、『きまぐれロボット』所収）です。遊園地の入口に立つ女性型の案内ロボット。というよりは等身大自動音声人形。

単純な受け答え機能しか備えていないのはボッコちゃんと変わらない。違うのは、遊園地のお客は、彼女が人間ではなく案内ロボットだわかっている。クールな人間だ信じて勝手な思いこみを投影したりはしない。

ところが遊園地が閉じた深夜、異星人が訪れる。彼らはロボットを人間だと思いこむ。そして、自動音声の落ち着いた受け答えの一つ一つを勝手に解釈し、地球人のおそるべき手強さを勝手に推測し、勝手におびえて退散してゆくのです。

人形はただいつもどおり、遠いところから、ようこそ……、心から歓迎いたしますわ…、ありがとうございます……、またいらっしゃってね……と応答しただけなのに。

「こんにゃく問答」と異なり、誤解するのは片方のみ。しかし、誤解が一種の妄想を暴走させてゆくおかしさは共通します。

「ボッコちゃん」の場合、製作したマスターは客の誤解を想定していた。「夜の事件」ではそれもなく、ある意味「こんにゃく問答」により近い。

星新一はこうした、意想外の誤解が暴走してゆくショートショートを、殊に初期、数多く生み出しました。落語では、「こんにゃく問答」、あるいは「千早振る」のようなとんでも解釈で笑わせるネタを、「見立てオチ」と呼びますが、そのＳＦ版、ミステリー版です。

右の二作のように、ロボットの定型的うけこたえが生む「こんにゃく問答」を描いたものも、「目撃者」（一九六七、『未来いそっぷ』所収）、「ふしぎなネコ」（一九六七、『さまざまな迷路』所収）、「とりひき」（一九六六、『だれかさんの悪夢』所収）では、ロボットの相手を悪魔とし、さらにひねりが加わる。

しかし最も多かったのは、異星人が地球人を誤解する、もしくはその逆というパターンでした。

星版ファースト・コンタクトの絶望

すなわち、ＳＦの用語でいう、エイリアンとの「ファースト・コンタクト」ものです。

初期の星ショートショートにはこれが実に多い。

タイトルからしてずばり『ようこそ地球さん』である第二作品集（一九六一）では、収録の二八篇のうち、じつに一三篇がファースト・コンタクトものでした。★2

誤解がかならずしも悲劇をもたらすわけではありません。「夜の事件」のように、誤解により地球が侵略されずにすむ話もけっこうあります（「ねらわれた星」（一九六一、『ようこそ地球さん』所収）、「危機」（一九六三、『宇宙のあいさつ』所収）など）。

完成度が高い傑作として有名なのは、「親善キッス」（一九六〇、『人造美人』所収。『ボッコちゃん』自選）でしょうか。地球と似た文明が栄えるチル星を訪れた探検隊。大歓迎され、ミス・チル星と思しき美女が親善の鍵を手渡す。思わず抱きしめキスしてしまう隊員。それが地球の挨拶だと説明すると皆面白がって流行する。

やがて、チル星人たちは、お尻のあたりに口にあたる器官があると判明する。だとしたら、キスした口というのは……。

誤解が片面的でなく、元祖「こんにゃく問答」のごとく双方向な話もあります。

「プレゼント」（一九六二、『宇宙のあいさつ』所収。『ボッコちゃん』自選）では、正体不明の巨大ロケットが地球に降り、巨大怪獣が十匹も出てきて、あらゆるものを踏みつぶしのしあるく。あらゆる科学兵器を用いて攻撃し、ようやく退治できる。

想定外の危機に地球人は怯え、結束して宇宙からの脅威にそなえんと地上の争いをやめます。怪獣は、巨大な身体を持つある異星人からのプレゼントでした。地球人が核戦争の危機にあるのを察知した彼らは、いつも愛玩しているかわいいペットをあの星へ贈れば、とげとげしい感情もなだめられ、平和な星になるのではと期待して。

彼らの誤解は見事裏切られた。地球人は、彼らの善意を当然ながら誤解したのですから。しかしその結果、地球は核戦争の危機をまぬがれ、異星人の意図は結果的に達成されたのです。

双方それぞれの誤解が偶然、マイナス×マイナスがプラスとなるごとき成果を生んだのでした。

さて、「ある時期、私は宇宙人来訪の話をかなり書き、もうこれ以上はという気分にもなっていた」（『できそこない博物館』）と自身が回想しているように、六〇年代後半になると星作品から、ファースト・コンタクトものは減ってゆきます。

ときどき復活しても、メタ・ファースト・コンタクトというべき作品が多くなる。例えば「繁栄への原理」（一九六六、『妄想銀行』所収）。宇宙の彼方でようやく出会った異星文明は、豊かで平和なユートピア。感嘆した地球人が、その「原理」を問うと、宇宙進出などという拡張的夢を封じ、全てを生活向上へふりむけたという答えが返ってくるのです。

あるいは、「テレパシーなど」（一九七八、『できそこない博物館』所収）冒頭には、こんなアイデアが披露されています。

地球に高度な文明の異星人が来訪、テレパシーで話しかけてくる。地球人がその文明を学びたいと訴えると、あなたたち程度のテレパシーでは伝達は到底無理とすげなく袖に。

もう一つ。同じく高度な異星人が来訪し、地球人がその文明を学びたいとせがむ。すると、我々の星まで皆さんの能力でいらしてください。それほどの方々ならばお教えしますと、つれなく告げて帰ってしまう。

★2——同じ年刊行の第一作品集『人造美人』と『悪魔のいる天国』、その翌々年の『宇宙のあいさつ』（「ようこそ地球さん」の逆のタイトルです）いずれも、収録作品中二割から三割を、ファースト・コンタクトものが占めています。

「こんにゃく問答」のような誤解が生じる余地すら考えられない。身もふたもないディスコミュニケーションの極致。

その二年後に発表された「夜の山道で」（一九八〇、『ありふれた手法』所収）は、その翌年の「体験」とともに星新一のファースト・コンタクトものの最後を飾る作品ですが、これらのアイデアを発展させた一篇として読めそうです。

ある青年が、山道で、エリル星からUFOで来訪した異星人と出会う。テレパシーで話しかけてくるが、卓越したエリル文明を理解するにはテレパシーでは不足で、エリル語を学び、その思考法を身に着けるしかないらしい。

エリル星人は親切にも、エリル語と思考方法とを、青年の脳へ転写してくれた。ところが、それはOSの上書きインストールのごときものだったらしく、青年は日本語能力も地球人の思考も出来なくなってしまう。エリル星文化を伝えることはやはり不可能なのです。

文明とは、その環境、言語、文化慣習、社会システム等と一体のものであり、異星のそれらを真に体得したならば、今度は地球人とのコミュニケーションが不可能となる。

この深くて暗い河。

宇宙ものSFについては、どんな異形異質の異星人が登場しても、やはり「中の人」は地球の人間っぽい。つまり真に異質な他者は描けないという指摘がしばしばなされてきました。

そう言われても、そこで立ち止まったらエンタメSFのストーリーはもう語れないわけですから、そこは一つのお約束と心得るしかないでしょう。

それでも、『ソラリス』や『星からの帰還』（これは異星ではなく遠未来人ですが）のスタニスワフ・レムや、『あなたの人生の物語』のテッド・チャンは、このディスコミュニケーションの問題にシリアスに取り組もうとしました。

しかし、星新一のファースト・コンタクトものには、これらのシリアスSFがかもしだすセンス・オブ・ワンダー満点の「遥けさ」は感じられません。

星新一描く異星人はそもそも、異形異質さに乏しい。「中の人」どころか、外見からして地球人いや日本人と全くかわらない印象がほとんどなのです。

例えば、次のようなエッセイがあります。

アメリカ人だって日本人だってエイリアン

エッセイ「ニューヨークでのこと」（『きまぐれ星のメモ』所収）。民間人の海外旅行解禁間もない一九六四年、星新一初の欧米旅行での体験。日銀支店勤務の友人をたずねてウォール街の高層ビルの五八階をめざすがエレベーターは二七階まで。さらに上にゆく方法を近くの青年らに尋ねたら異様な表情で顔を見合わせ黙ってしまう。慣れない英語が通じないのかと一階の案内でまた尋ねると目的地は隣のビル。外へ出てあらためて見上げたら今のビルは、なんと二七階建て。

当時、欧米はヒッピーなど「対抗文化」が花盛り。日本人と見れば「禅」について尋ねられ困惑したという星新一は、想像を馳せます。最上階にやってきて、「さらに上へ行く方法」を大まじめで問うジャップに困惑した米国人……。

「あの二人の青年も、あれ以来、会う人ごとに話題にし、宣伝につとめているのではないかと思う。「日本人は、ふしぎなことを言う。あれが禅というものだろう。じつは……」と」

まだ十階以上の高層ビルなど皆無だったアジアの後進国から来た田舎者にとって、摩天楼の各ビルは、「ちょっと仰いだだけでは何階建てか見当がつかな」い。手前勝手な思いこみで勘違いに拍車をかけ、「もっと上」を平然と問う。

他方、東洋人とみれば、深遠なる禅思想を体得していると思いこんでいる（かもしれない）アメリカ人は、「こんにゃく問答」の旅僧のごとく、手前勝手な思いこみでこちらを神秘化する。

これは、ノンフィクション・ショートショートの傑作であり、地球人同士のファースト・コンタクトもの、日米こんにゃく問答そのものです。

考えてみれば、落語でこんにゃく問答を交わす両者は、異星人でも外国人でもありません。日本人同士でも、絶望的かつ滑稽極まるファースト・コンタクトなどごく普通に生じるのです。[★3]

「暑い日の客」、「盗難品」（ともに一九六五、『ノックの音が』所収）、「車内の事件」（一九六四、『エヌ氏の遊園地』所収）、「特殊な症状」（一九六六、『マイ国家』所収）などは、ミステリー版こんにゃく問答でしょう。

要するに、星新一が数多く描いてきたファースト・コンタクトものは、地球人同士いや日本人同士が日々体験している現実なのです。

そう見定めたとき、あの「地球から来た男」という作品の重要性があらためて見えてこないでしょうか。

テレポテーション装置とやらで電送されたという未知の惑星は地球と寸分のかわりもなく、コンタクトする人々も皆、日本人と変わらず、同僚や妻子もまるでかわらない。

そんな設定は、星版ファースト・コンタクトが、じつのところ何を描いていたのかを、図らずも自己解説していないでしょうか。

そして――、

右の設定が、「おみそれ社会」のあのラストと照応していたのを考えると、星新一作品中の多くをこのテーマへ収斂させてけっこう理解できてしまうかもしれません。

「おみそれ社会」一篇は、前章で解明したように、(「あるスパイの物語」などと共に) 数多いスパイものの総決算、メタ的作品でした。

同様に「地球から来た男」一篇は (「夜の山道で」などと共に)、数多いファースト・コンタクト

★3――平成期の人気社会学者宮台真司が、『サイファ覚醒せよ』などで披露したこんなエピソードがあります。歌手吉幾三が、上京し喫茶店でバイトしていた若き日、店長不在だったところへ客が入り、ウィンナ・コーヒーを注文した。ところが新米の田舎者吉幾三はウィンナコーヒーを知らない。考えた末、珈琲にウィンナソーセージを添えて出したら、客は何もいわずそれを平らげ帰っていった。お客もウィンナコーヒーの何たるかを知らず注文していた。宮台眞司はこの客はいまもウィンナコーヒーとはソーセージ付のことと信じてるかもとつけ加えました。吉行淳之介の『ややのはなし』に、小田島雄志から聞いたというこんな実話があります。ある役者が、マイルドセブンを買いにタバコ屋へ行ったが「イレブンPMください」と言ってしまった。たばこの銘柄と当時の深夜テレビ番組との取り違え。だがタバコ屋のおばあさんは少しも騒がず「はいセブンイレブンね」とこれまた何かと取り違えた応答。しかし手渡されたのは、お色気番組でもコンビニでもなく (当たり前ですが)、マイルドセブンそのものだった……。「こんにゃく問答」は、日々起こっているのです。

ものの総決算、メタ作品なのです。

星新一の初期に顕著な二系列の作品群を総決算したと思しき二篇のテーマは、一致していた。他人とは、それが同国人であれ親しい誰彼であれ、家族であれ、じつは理解できない存在、本当は誰で何をやっているかもわからない、話が通じているかどうかもわからない異星人(エイリアン)なのであるというものなのでした。

奇行における無自覚と自覚

隣人は皆、エイリアンかもしれない。これは、星新一にとって実際、切実なテーマだったのではないか。

例えば、『きまぐれ博物誌』(一九七一)所収の「食事と排泄」といういささか尾籠(びろう)なエッセイがあります。

星新一はそこで、胃病の検査でバリウムを飲んだ体験を語っています。

「バリウムで面白いのは、便となって排泄(はいせつ)される時、まっ白くかたくなっている点だ。セメント製のウンチ、またはウンチの化石という感じ。私はそれをワリバシでつまみあげ、しげしげと観察した。不潔感など、まるでない。水で洗って保存しておけばよかった」と続けるのです。

「つぎの機会には、そうするつもりである。黄色い絵具をぬって棚の上にでも飾っておいたら、来客はいじりまわし「よくできたオモチャだな、本物そっくりだ」と感心するにちがいない。それが本物なのに」

品のよい文体につられてさらっと読めてしまうかもしれない。しかしこれは、考えてみたらかなりに異様なエッセイではないでしょうか。

では、どう異様なのか。ここで筒井康隆のエッセイと比較してみたい。尾籠な話がつづきますが、『狂気の沙汰も金次第』収録のエッセイ「大便」です。

筒井康隆初期の怪作「最高級有機質肥料」執筆に際して、植物から進化した異星人が地球人の排泄物をごちそうとして賞味する描写のため、自分の大便を皿に載せてナイフで切って断面を観察し、奥さんは夫が「ついに発狂したと思った」というエピソードが語られています。

筒井は、おそらく同じ頃、大阪の地下レストランで、星新一や小松左京をまえに突然直立不動となり、のちに「最高級有機質肥料」で文章となる「食事しながら読めたら、えらいものだ」というほどリアルな「きたない話」をしゃべり出したと、これは星新一のエッセイ「意外な素顔」（『きまぐれ暦』所収）にあります。

おしゃれで身だしなみよくハンサムな筒井の真顔での奇行の凄さは、SF作家たちが「ここは地球以外の地ではないか」とすら感じたほどだったらしい。

しかし――、

これら筒井の奇行は当然ながら、きわめて自覚的なブラック・ギャグであって、微塵も狂気ではありません。あくまでも、それがいかに異常かを知り尽くしているがゆえの「わざと」であり、「あえて」なのです。

その証拠に、エッセイ「大便」は、「願わくば、この一文を読んでいるあなたが、現在食事中ではありませんように」という気遣いで結ばれていますし、レストランには、星新一が「ほかにお客がいたら、ただではすまなかったろう」と記したように、気心のしれたSF仲間しかいなかったのです。

ひるがえって、星新一のバリウム譚はどうでしょうか。

真っ白な純バリウムで臭気もないとしても、人の肛門から出たものを「不潔感など、まるでない」とてらいもなく言い切ってしまい、あろうことか来客にさらし、手にとらせようと考える。ホンモノをホンモノそっくりといわせる面白さを想像はできても、右のような感覚が、一般的にいかに異常かについてはどうやら無自覚だったとしか読めない。

そういえば、あの「ボッコちゃん」も、ボッコちゃんが飲んだ酒は、足の部分にあるプラスチック管から回収でき、マスターはそれをお客に飲ませている設定でした。

ここでも、マスターのせこさで笑いを取る意識、衝撃のラストにむけて伏線をはる意識はあっても、いったん誰かの口（たとえそれがロボットで、絶世の美女であっても）に入ったものを客に飲ませる不潔感が意識されているとは読めない。

星新一には、こういう一面があったのです。

繰り返しますが、筒井康隆の奇行や奇文は、「あえて」「わざと」「ためにする」ものとして楽しめる。筒井は、常識と非常識の境界をくっきりわきまえた上で奇行を演じている。

しかし、星新一には、それでは済まないどこか「本物」の狂気らしさが否定できない。

星新一も、SF作家が「つねに常識外のことだけを作品にする」のは、前提となる常識なしでできることではないとして、「本当の変人や子供には、ＳＦは書けない。常識が狂っているか、常識がないからである」とエッセイで明言してはいます（「常識のライン」『きまぐれ星のメモ』所収）。だが、狂ってはいなかったにせよ、星新一の常識と非常識との境界線は、どこかぼやけ、揺らいではいなかったでしょうか。

最相葉月による評伝は、星新一の奇行への言及を忘れていません。

第九章「あのころの未来」には、女優冨士真奈美と対談した後、筒井康隆を交えて飲んだバーで、当時彼女と噂のあった男性作家の名を露骨に挙げた軽口を飛ばして閉口させ、「人間って恥じらいをなくしたらおしまいね」といわれたという筒井康隆からの聞き書きがあります。同じ章には、「星新一、ありゃあきちがいだ」と仰天した安岡章太郎のエピソードも紹介されていました。

真鍋博のエッセイ「〈星さんとぼく〉星空間遊泳中」（『世界ＳＦ全集28　星新一』月報）には、ラジオ番組生放送の後、出演料を渡されると即、ぱっとお札を取り出してポケットに入れ、その局員の目の前で封筒をくしゃくしゃと丸めて灰皿に放り込んだとか、西武デパートで講演をした後、別室でおえら方が挨拶に来て話し始めた途端、急に立ち上がり「帰ろうか」と言い放ったとかいうエピソードが回顧されていました。

星新一自ら語った例としては、エッセイ「東京に原爆を！」（一九七〇、『きまぐれ暦』所収）があります。

ベトナム反戦運動が流行した頃、「北ベトナムに爆弾を落すなら、それを日本に落せとの広告を、ニューヨーク・タイムスにのせる」なんて「立派な主張」があった。「しかし私が「ヒロシマ、ナガサキをまずねらえ、とつけくわえるか」とブラック・ユーモア的なことを口に出したら、一瞬みんな青ざめてしまった」そうです。[★4]

これら奇行はどれだけ「わざと」「あえて」、すなわち自覚的だったのでしょうか。「東京に原爆を！」発言はまず自覚的だったでしょう。[★5]

しかし、それ以外はどうだろうか。

自覚の有無を超えて、星新一自身の骨がらみになった気質だったのではないか。

私はここで、どうしても、病跡学(パトグラフィ)的な考察をしたくなる誘惑にかられてしまいます。

アスペルガー症候群で解く星作品の背景

それはアスペルガー症候群として知られる精神の症例があるからです。近年、専門的には、「自閉症スペクトラム」（ＡＳＤ）と呼ばれるようですが、ここでは一般的に浸透したアスペルガー症候群を用いましょう。

アスペルガー症候群は、発達障害の一種で、知能や言語の遅れはないもの。かえって知能が高かったり、すぐれた才能を発揮する人も珍しくない。

障害は、主にコミュニケーション、対人関係に顕れます。よくいわれる例として、思ったことを何でも、相手が傷つくことや場にそぐわないことでも正直にずばずば言ってしまいひんしゅくを買いやすいというのがあるのです。

この点に関しては、筒井康隆が回想し、安岡章太郎が「きちがいだ」と呆れた星新一の奇行はそのままあてはまりそうです。

星新一がアスペルガー症候群だったかどうかはわかりません。専門家でも正確な判断は難しいようですし、通常人とのグレーゾーンも広いらしい。★6

しかし、岡田尊司の『アスペルガー症候群』（幻冬舎新書）などをひもとくと、星新一の諸作品やエッセイや奇行伝説が随所で連想されてきてしまうのです。

アスペルガー症候群の人はなぜ、ひんしゅくを買う発言を悪気もなくしてしまうのか。

★4――最相葉月は、「星さんはずけずけ何でもいう人」「綺麗な女優でもちゃほやしない」「ば－んといっちゃいますから」と回想する筒井の、「若いときはそんなことなかったんだろうなあ」「有名になって、世に出て、自信ができてからでしょうね」という評言も紹介しています。しかし、はたしてそうでしょうか。なぜなら、こんな評言もあるのです。

「宝石」編集者大坪直行は、「セキストラ」が「宝石」に転載されデビューした頃の星新一が、「その内、流行作家になったら、どうしようかな……断るのに一苦労するだろうな」と言ってのけた姿を回想しています（『きまぐれ星のメモ』角川文庫旧版「解説」）。新人や作家の卵が「僕の作品どうでしょうか。見込みありましょうか」とか「どうもうまく書けないんですが、ご批評を」などと謙虚に恐縮して言うのがあたりまえだった当時、このおおらかで大胆な発言は大坪に強烈な印象を残したらしい。

★5――大坪直行も、「流行作家」発言について、「その時は、まあ育ちの良さなんだな」と解釈していたが、やがて友人から「あの人の天衣無縫でしかもユーモラスな言葉の中には、冷たいまでのものを見る洞察力と想像力がかくされているんだ。この場合にしても、そこには星さんの流行作家に対して、ジャーナリズム全般に対しての皮肉と共にショートショートを、どちらかというと軽視する向きのある編集者への軽い怒りがあると思う」と教えられ、あらためて驚いたそうです。

それは、場の空気が読めない、相手の顔色が読めないからでした。つまり、明確に言語化されていない非言語的なコミュニケーション、表情とかアイコンタクトとか手振り身振りとかいった感情伝達がとても苦手なのです。たとえ言語化されていても、言外の意味、行間にこめられた皮肉のたぐいがよくわからなかったりする。

自分から発信する場合は、オブラートにくるんだ遠回しな表現ができないため、社交辞令やお世辞また敬語が臨機応変に出てこない。どうしても直截すぎる発言となってしまうわけです。

これはいいかえると、とりあえず間をもたせるあたりさわりのない話が苦手ということにもなります。岩波明がアスペルガー症候群を解説した『発達障害』（文春新書）には、その特徴として、「世間話ができない」が挙げられていました。★7

要するにアスペルガー症候群の人たちには、対人関係における緩衝材が乏しい。その結果、他人とのあつれきが生じやすく、人一倍のストレスをかかえこんだりしがちとなる。

大筋を伝えあうコミュニケーションに難はなくとも、バリウムの大便やボッコちゃんの口を経た酒への不潔感とか、ブラックすぎるギャグを発射してよい場かどうかとか、不快感をダイレクトに行動に移してよい相手か否かといった、日本人大多数ならば成長過程で自然と空気のように身につく機微というものがわからない不安。

それは、いちおう地球なり異国なりに溶けこんだ異星人とかスパイとかが、知らずして馬脚をあらわしてはいないか自分ではよくわからない不安といってもよい。

そんな自分の危うさを、ある程度自覚している人は、例えば何でもかなえてくれるドラえもんがいたら、こんな願いをぶつけるのではないでしょうか。

言外の意味や表情の微細な変化を自分の代わりに読み取ってくれて、自分の言いたいことにお世辞のオブラートを適切にかけて相手へ伝えてくれるひみつ道具があったらいいな……と。

アスペルガー症候群系切望のひみつ道具

星新一初期の名作に「肩の上の秘書」（一九六一、『悪魔のいる天国』）があります。

★6――最相葉月の評伝に、星新一の母、精もまた、当人のまえでも「だれのことでも遠慮なくはっきりと悪口をいう人」だったと紹介されていたり、伝記小説『人民は弱し官吏は強し』で描かれた、官僚や同業者の本心をまるで「忖度」できず、ひたすら正論だけをいいまくる天才肌の父星一（はじめ）（一代で星製薬を創業し、アイデアマンとして知られた）の姿を考えると、岡田尊司も岩波明もアスペルガー症候群の要因として「遺伝」を挙げていたことに思い当ってしまいます。

また、岡田前掲書には「動きがぎこちなく、運動が苦手な人が多い」という項目がありますが、「手書きの文字も、本人の他の能力に比べて、ひどく下手」「体育や図工、技術家庭が苦手」などは、エッセイ「作文の成績」（初出『別冊新評　星新一の世界』。『きまぐれエトセトラ』所収）で自ら確認した小中高時代の学業とほぼ一致しています。さらに、岡田著の八二頁に、アスペルガー症候群の子供に多い特徴として、「端整な容貌」、「大きくなっても童顔で、年よりずっと若く見える」、「頭囲が大きい傾向」が挙げられ、「年齢を重ねると、不思議な味が出て、魅力的なオーラを放つ」「世俗を超越した賢者のような風貌」となるとあるのを読んだならば、ショートショートの神様を想い出すなというのが無理というものでしょう。

★7――星新一はエッセイ「会話とお茶」（『きまぐれ遊歩道』所収）で、用件がはっきりしている来客は問題ないが、「しかし、遠い親類と称するのが、地方から出てきて上り込まれることである。なにを話していいのか、まるでわからぬ。話のひろげようがない。コアラなら、眠っているのを眺めてもらうだけでいいのだが」と記しています。すなわち、世間話が出来ない困惑の述懐です。

主人公はセールスマンのゼーム氏（星新一がこうした名前を用いた最も早い作品のひとつです。エヌ氏の登場はこのやや後）。

誰もが肩の上に、インコ型のロボットを載せている未来。戸別訪問販売でドアが開くとゼーム氏は、ただ「こんにちは」と呟く。すると肩の上のインコが、「おいそがしいところを、突然おじゃまして申し訳ございません」と「持ち主のつぶやいたこと」を「くわしくして」相手へ伝える。応接する主婦の肩の上のインコが「失礼ですけど、あたくしもの覚えがよくございませんので、お名前を思い出せなくて」と返すと、ゼーム氏のインコは「だれか、と聞いているよ」と要点だけを氏の耳に囁くのです。氏が「ニューエレクトロ会社のものだ。電気グモを買え」とつぶやけば、インコは「じつは、わたしはニュー・エレクトロ会社の販売員でございます」という丁重な挨拶に続けて、会社の説明と新製品の効能を諄諄（じゅんじゅん）と説く。主婦インコは「自動式の孫の手を買え」云々とそれを要約し、「いらないわ」という主婦のつぶやきを、社へのお世辞とへり下った謝絶を伝えます。

ゼーム氏が帰社すると、「もっと売れ」という命令を上司のインコが仰々しく訳してはっぱをかけ、氏は「そう簡単に行くものか」と呟き、氏のインコはそれを平身低頭な弁明に訳して返す。ようするに、社交辞令でも営業用美辞麗句でも、上下をわきまえた敬語丁寧語等をすべて、ロボット・インコが代行してくれる時代……。こんな時代ならば、社交が苦手でこもりがちなアスペルガー症候群の人でも外交員や営業マンが勤まりそうです。

星新一は当時このテーマを繰り返し扱いました。「肩の上の秘書」の一か月前に発表された

「健康の販売員」（初出タイトル「銀河製薬からまいりました」『ボンボンと悪夢』所収）でも、肩の上にロボット・キツツキを載せた売薬セールスマンが登場します。

このセールスマンは、自らの表情も、薬剤によって接客用に調整しているらしい。

このアイデアのみを独立させた作品も、同じ年に発表されています。「見失った表情」（『ようこそ地球さん』所収）です。皮膚の下へ埋めこんだ電子装置で神経を制御し、シチュエーションと感情に応じた最高の表情を演出できる技術が開発された未来が描かれています。

「ポスト・ヒューマン」などとよばれる最近のSF小道具（ガジェット）がはるかに先取りされている。

このテーマの展開として、現在、我々をより驚かせるのは、翌年発表された「ささやき」（一九六二、『おせっかいな神々』所収）とか、十年後の作品「ナンバー・クラブ」（一九七二、『かぼちゃの馬車』所収）かもしれません。

「ささやき」の舞台は、二〇三〇年。火星開拓に従事していた主人公が五年ぶりに帰還、クラス会に出席するが、パーティの最新作法がわからない。そこでR万能サービス会社へ問い合わせて、超小型イヤホンを受け取る。

装着してパーティへ出席。旧友たちは当然、火星の話を聞きたがる。話題は無数にあるが、どれがウケるかわからず困惑。するとイヤホンが話すべきネタを指示してくれる。リアル火星では聞いたこともない話題だが、ウケているので一安心。

以降もイヤホンは、隣の人に話しかけるタイミングや話題、みなで笑うところなどを逐一教えてくれるのです。

主人公は大満足。イヤホンをサービス会社へ返却がてらお礼をいうと真相を知らされる。いまやパーティではだれもが、イヤホンをつけている。彼への質問もその指示通りだった。すなわち全員がイヤホンというプロンプター（黒子）にセリフを教えられて演技する役者みたいなものだったのです。さらには……。

「ナンバー・クラブ」では、出張先で仕事を終えた夕刻、暇をもてあましたエヌ氏が、会員制のナンバー・クラブへ赴きます。チェーン展開していてどの町にもひとつはあるらしい。会員のエヌ氏は初対面の会員と会話を楽しむ。その際、互いの暗証番号をテーブルの装置に打ちこむと、それぞれの個人データがサーチされ、共通の話題をセレクトしてくれる。ギリシャ旅行の体験だったり、ガラスの骨董好きだったり、バスの事故に居合わせた一件だったり。話題は次々にでて会話ははずむ。

満足してナンバー・クラブを出たエヌ氏は偶然、学生時代以来の旧友と再会する。しかし会話はさっぱりはずまないのです。星新一が苦労したあの遠い親戚との会話と同様に……。

インターネットの普及から、SNSの発展までを知る私たちは、半世紀以上まえにこれらを発表した星新一の予見力にまたもや感嘆せざるをえません。

現在、その場のふるまい方を指示してくれるイヤホンはなくとも、ネット上のYahoo!知恵袋などのサイトを開けば、友人や同僚、親戚、舅姑（しゅうとしゅうとめ）、はては親しい異性や家族に対する振る舞いかたの是非を尋ねる質問と、それに親切に応えようとする熱心な人々の回答を読むことが出来ます。いまどのあたりがあたりさわりのない言動なのかを知ろうと、日々それらをチェックしている人は多そうです。

ＳＮＳを開けば、初対面の人でも大分ごぶさたの旧友や親戚でも、趣味やマイブーム、こだわりや推しが、プロフィルとかツイートとかで即わかり、会話の糸口がすぐにも見つかる現代。

予見性に驚かされる作品をもう一つ挙げておきましょう。

「火星航路」（一九五七、『天国からの道』所収）です。同人誌「宇宙塵」に「ボッコちゃん」に先駆けて分載されながら、作者により封印され、死後ようやく作品集に収められた幻の中編です。ショートショートという鉱脈をつかむ以前の習作で、筆致はまだぎこちないかもしれない。しかしその真価は、星新一の死後、ようやく時代が追いついた現在、わかるのではないか。

往復一年半かかる火星探検飛行。乗組員は、男性操縦士四人と女性生物学者三人。皆、当然ながら優秀で、しかも容姿優れた超エリートたち。しかし、そこに宇宙の恋が芽生えるのではという野次馬的期待は、かなえられそうになかった。

乗組員たちは皆、美男美女のエリートゆえプライドが高すぎ、自分から異性を口説くことなどとてもできない青年たちだったから。

しかし、慣性飛行中のあまりの退屈さに、もっともエリートで美男美女な西明夫と中山景子が、一つの遊びを思いつく。それはラブレターごっこでした。

もとより全べて遊びと割り切って、思いきり仰々しい恋文をでっちあげ景子に送る明夫。負けじと景子も渾身の返事を練り上げる。応酬が繰り返されるうちに、二人の恋はいつしか遊びではなくなってゆきます。

手書きのラブレターといった文化がいったんさびれ、誰もが液晶文字で画像や動画まで添えたメールを送れる時代の到来。

日常的に顔を合わせている同士が、敢えてレトロなメディアを介するという交流によって、その関係を刷新できるという「火星航路」のテーマは、そんな二一世紀の我々の再発見を待っています。

以上のような作品で星新一は、アスペルガー症候群的な人間ならば、誰もが切望しそうな、他人との軋轢を減じてくれるメディアを描きました。

最もわかりやすいのが、「肩の上の秘書」ことロボット・インコでしょう。

こちらの本音を粉飾して社交辞令として完成し、伝えてくれる秘書。[★8]

そんなロボットはまだ出来そうにありません。

しかし、「肩の上の秘書」から六十年後の我々は、アバターという言葉を普通に使っていないでしょうか。実名も顔も匿（かく）して、アバターという秘書にいろいろ代弁させてはいないでしょうか。

「火星航路」の新しさも、生身ではツンデレの「ツン」が過ぎた男女が、創りこんでいった手紙上の自分、アバター同士ならばコミュニケーションができたところではなかったか。

表情やしぐさが読めないアスペルガー症候群の人は、対面での会話よりも液晶文字によるチャットを好むと、岩波明教授は指摘していました。このチャットは、PCや携帯電話、スマホ等のメールまで、さらには「火星航路」の文通にまで敷衍できそうです。

しかし、ロボット・インコもネット上のアバターも、液晶文字のメールもなかったら、自分で自分を、対人用の自分へとつくりこんでゆくしかありません。

誰もが日々多かれ少なかれやっていることですが、アスペルガー症候群系の人にとってはこれがとにかく一苦労なのです。

「むかしだったら、初対面の人とのあいだに共通の話題をみつけるにはかなりの努力を必要としたし、時間だってかかった。しかし、この科学の成果は、それをあっというまにやってくれる」。「（ナンバー・クラブ会員で）ないやつと共通話題をみつけようとしても、それは一晩かかってもできないだろう。努力すればできないことはないだろうが、疲れることだし、それが最良の話題とは限らないのだ」（「ナンバー・クラブ」）

「努力」という表現が使われています。他人と円滑なコミュニケーションを築くには、「努力」を要するのです。たいした努力もなく築ける人もいますが、殊にたいへんな努力を要するのが、アスペルガー症候群系の人でしょう。

右に挙げた星作品は、どれも「努力」を要しそうな設定になっています。飛び込みのセールスマン。ひさしぶりのパーティ、「見失った表情」のヒロインは奥手のリケジョです。そして、「ナンバー・クラブ」は初対面。科学の成果は、この努力をテクノロジーで代行し、表情を操作した

★8――型やぶりのワンマン経営者だった父を描いた長編『人民は弱し 官吏は強し』（一九六七）には、異星人のごとき星一社長の意を汲みつつ、相手の感情を害さないよう伝えてくれる秘書的右腕、「女性的ともいえるほど温厚で慎重な性格」で「多くの人に信用され」、「星に欠けている多くの性質をそなえていた」安楽栄治という緩衝材的人物が登場します。果せるかなこの安楽の急死によって、星製薬の苦境は一段と深刻になってゆくのでした。

り、会話のノウハウを逐次指示してくれたり、共通の話題を検索してくれたりする。それらは皆、自分を対人アバターに仕立てる努力をショートカットしてくれます。

こうしたテクノロジーがあったら……。

この想いは、星新一にとってかなり切実だったのではないか。

星新一のつくりこまれた対人アバター

最相葉月は、星新一評伝の取材のため、生前の星新一を知る人々から話を聞くうちに、「奇妙な感覚」にとらわれるようになったと語っています（「誰もが知ってる作家の誰も知らない生涯」「現代」二〇〇七年一〇月号）。

それは、さまざまな人に取材しても、「あれ、その話は前にもどこかで聞いた」という既視感でした。

最相は、新潮社の編集者横山正治の「星さんは、僕らにとっては気を遣ってお目にかかる作家でしたね。胸襟を開くということはない。おもしろいことをいうけど、同じことは別の人にもいっているような……」という発言を援用してこう結論づけます。

星新一は「卓越した自己演出」の人だったと。

すなわち、「なんとか人をびっくりさせたい、楽しませたい」「サービス精神にあふれた人だった」と。知人たちは故人が誰にも演じてみせていた十八番をそろって思い出していたのです。

まるで異なる幾つもの顔があって結局、「誰もが、自分には胸襟を開いてくれないと感じていたのではないか」と最相葉月は推測します（「現代」前掲）。

その結果、情報は過多でも顔が見えない。作家の人生に近づけた気がしない。ノンフィクション作家泣かせだった星新一。★9

星新一自身も、じつはそれを証していました。

エッセイ「会話とお茶」にはこうあります。

「会話であるからには、そこに面白さがなくてはならない」「相手の楽しがりそうな話題を、いくつか持っていなければならない」。「それも、もてなしのひとつである」と考え、「とにかく、あの人と会話すれば、なにか楽しい時をすごせる。利口になったような気分になれる。そう思ってもらいたいのだ」。

★9――最相葉月より三十数年まえ、「ＳＦマガジン」初代編集長、日本ＳＦ育ての親といわれる福島正実が、エッセイ「星新一のこと」（『世界ＳＦ全集28』月報）で同じことを語っています。

「世の常の常識を、なまなかなデリカシーや心使いを、場合によっては他人の不幸までを、無残に茶化し戯画化し洒落のめして見せる」星新一。あの「広島長崎」のエピソードなどでしょうか。しかしそれは一面でしかないのでは……と、福島は考える。

そして、礼儀正しく作法にきびしいまじめな星新一という正反対の姿とか、当時の講演で「作家の孤独」を「大柄な身体をやや前にかがめ、下うつむき加減のポーズでいいはじめる」いかにも苦行者らしい星新一像とかを紹介する。そのうえで福島は、それらも全て正真正銘の星新一であるが、「素」は出ていない。まじめを演出しているという。

さらには、「おおらかさ」「のんびりした星新一」といった普通ならば最もリラックスした「地」でありそうなイメージすら「擬態」ではあるまいかと、福島は疑うのです。「擬態」すなわちアバターであり、アイコンですね。

そのため、「いざという場合にだが」、「日本ではあまりはやらぬが、たぶん相手も知らない小話を、何種類かしゃべる用意もある」。そして、「それは小説を書く心がまえでもある」と。

すなわち星新一にとっては、来客との会話もまた、つくりこんだ作品のごときものだったのです。

最相葉月が感じた「その話は前にも聞いた」の、これが舞台裏だったのでしょう。「会話とお茶」に拠れば、小説を書いて作家としてふるまうこともまた、アバターつくりこみのひとつであったらしい。星新一が、旧制中学時代、バスケットボール部から射撃部に転部し、教練教官のごきげんをとって、徴兵忌避工作を隠蔽したエピソードも、対軍人用アバター作りこみに他ならなかった。

まだ親一だった少年時代からずっと、アバターを常に楯のごとくかざして、地球に潜入した異星人のように生きた星新一。「おみそれ社会」や「地球から来た男」が描いた、アバターの向こうにいるのは、日本人か地球人かすらわからない日常が、実感だったのかもしれない星新一。

香代子夫人は、「小松左京さんや筒井康隆さんたちとお酒を飲んでいろいろ奇想天外な馬鹿話をすること」が「最大のストレス発散法」だったと回想しています（「文藝春秋」一九九八年十二月号）。それは「地球から来た男」のラストでようやくめぐり会えた同志との「地球人の会」のようなものだったのでしょうか。

星新一にとって幸運なことに、アスペルガー症候群的な気質が、多数派とはいえないにしろ、決して珍しくはない時代が近づいてきました。

Yahoo!知恵袋で人間関係の常識を問うたり、SNSで他人のプロフィルをチェックできる便利さは、そうした需要が相当にあってこそでしょう。

半世紀以上まえ、『冠婚葬祭入門』がベストセラーとなったあたりから、暗黙の常識が自明でなくなってゆきます。星新一がようやく流行作家となりつつあった頃です。

星新一没後十年以上経った平成末期には、『普通を誰も教えてくれない』（鷲田清一）、『まともな人』（養老孟司）、『雑談力』（百田尚樹）などというかつてなら本にするまでもなかったテーマの著書が売れるようになった。アスペルガー症候群的な人々の裾野は、ずいぶん広がってきているのかもしれません。彼らの需要に応えるかたちで、インターネットは高度な進化を遂げてゆきます。

星新一が考えた、対人関係の「努力」を軽減するテクノロジーの物語が、驚くべき予見となったのはひとえに、この裾野が数十年かけて広がっていったがゆえだったといえそうです。

その先駆者として、アバターを楯に地球人の社会を生きた星新一。それでは、そのアバターの背後には何があったのでしょうか。

それがいわゆる「人間性（ヒューマニティ）」のたぐいでないのはすでに明らかでしょう。それでは何か。

以下、ふたつの補論をはさんで、そこの考察へ入ってゆきましょう。

補論① 萌えについて――「ボッコちゃん」「月の光」「殉教」ほか

「ボッコちゃん」の書き出しについて、SF翻訳家、評論家大森望は、「星新一からまなべ！」のⅢ、「ホシ氏にまなぶディテール術」（「野性時代」五月号）で、最大のポイントは、〈すこしツンとしていた〉にあるとしています。さすがの慧眼ですね。

「つんとしていることは、美人の条件」と星新一は記しました。ポイントというのはここでしょう。どういうことか。

ボッコちゃんはどういう美人だったのか。

SF作家で研究家の横田順彌にこんな証言がありよす。

まだ星新一が作品集を出していなかった昭和三十年代、横田は星作品が掲載された雑誌の頁を切り取って製本していた。

その表紙は、「それが当然であるかのように、東郷青児の美人画で表紙を飾られ」ていた（「エヌ氏とは何者か」『別冊新評　星新一の世界』所収）。「〝モンブラン〟っていうケーキ屋さんのケーキの箱の中に入っていた絵でね。うつむきかげんの美女が、手で花束をもっているような構図」（「解説」『地球から来た男』角川文庫）。

東郷青児が描き続けたほの白く退廃的な美人像。それが「「ボッコちゃん」に恋をした」（同上）と書く横田順彌が想い描いた「つんとした」「完全な美人」のイメージだったのです。

それから六十年余経った今、クール・ジャパンの時代を生きる私たちは、そのイメージを東郷青児以外にもいくらでも求められるでしょう。

ジャパニメーションを代表する「新世紀エヴァンゲリヲン」を象徴するヒロイン綾波レイ。ライトノベルの雄『涼宮ハルヒの憂鬱』でヒロインを凌ぐ人気を博した長門有希。

感情の表し方を知らず、いつも無表情無口で色白痩身、エロスと退廃が似合いそうな美少女です。

「名前は」「ボッコちゃん」「としは」「まだ若いのよ」「いくつなんだい?」「まだ若いのよ」以下のあの会話は、読んでる本について「面白い?」と訊かれた長門有希の「ユニーク」「どういうところが」「ぜんぶ」「本が好きなんだな」「わりと」という会話のはるかな先駆ではなかったでしょうか。

こういう美少女像が男性、殊に「おたく」たちになぜ人気なのか。SFにも造詣が深いマンガ家とり・みきの発言が参考になります。

「主人公は徹底的に空虚であることで、男の子が自分の理想の女子像を注ぎ込む容れ物のような存在になっている」。(「「時かけ」HISTORY——1983・原田知世」映画秘宝二〇一〇年四月号)

これは大林宣彦監督版「時をかける少女」でヒロインを演じた原田知世についての評です。とり・みきは、当時の原田を「自己主張的な演技や自身の個性で映画に奉仕するタイプの女優ではない」とし、その魅力はお人形に徹するがゆえだと指摘するのでした。

星新一はこのメカニズムを知り尽くしていました。だから「ボッコちゃん」を生み出せた。完全無欠な美女を夢みた女性道子が、お人形と化してしまう「女神」(一九六七、『妄想銀行』所収)という作品もある。そこを自ら解き明かした文章が、晩期、現代語訳した『竹取物語』(一九八七)に付したコメントです。

かぐや姫に恋焦がれる貴公子たちは、恋に恋していた。

「実在はすれど、まだ会えない幻の美女。想像はふくらむ一方。日参するぐらい、苦しくはない。その苦しさが、また想像をひろげるのだ。第三者には、奇異な行為と思われても」

実在はする。たぐいなく美しいという噂はある。ただそれだけで、いやそれだけだからこそ、思いを暴走させて自家中毒へ陥り、ついには身の破滅を招く男の恋情メカニズム。星新一は、ウサギを美少女にタヌキを中年男に見立てた太宰治の「カチカチ山」を引きつつ、このメカニズムを語ります。

要は、男性の妄想を膨らませる少々のスパイス（「ボッコちゃん」のそっけない受け答え、かぐや姫が課す試練、その不合格を伝える和歌）さえあれば足りるのです。いや、わずかであるほどよい。妄想を冷却して男性を現実へ引きもどすことがないわけですから。

生身の女性ならば当然、感情や意志や欲望がある。そうしたうっとうしく面倒くさい他者性が希薄なほど、男性の手前勝手な恋情はつのりにつのる。

ボッコちゃんはロボット。綾波レイはクローン。長門有希はアンドロイド。かぐや姫も人間ではない。

生身の女性から内面も他者性も奪い、からっぽの美しい人形とすることが出来たら。それは男たちの性欲が生むおぞましくも甘美な夢でしょう。星新一は、初期の傑作「月の光」（一九五九、『人造美人』所収。『ボッコちゃん』自選）でそれを描きました。

口の堅い召使を持つ大病院の医者が、混血の孤児を拾い美しい少女に育ててあげる。戸籍も作らず極秘に。

彼は少女を人間にではなくペットに育てる。「言葉など人間にはいらない。言葉がどれほど愛情を薄めているだろうか。人びとは言葉なくして得た愛情を、必ず言葉によって失っている」。少女が飼育される大理石プール付き温室には召使も入らせず、彼女は言葉も医師以外の人間をも知らず、美しいペットとして成長させられる。

彼の手から菓子やフルーツのみを食べ、プールで鉄棒でバネのようなからだを躍動させる。理想のペットを保有する夢のため、医者は人生を賭けたのです。

少女には、もはや内面がない。あったとしても、医師の手前勝手な想いこみをそのままを刷りこまれた内面しかない。

医師は生身の少女を、ボッコちゃんと同類の、ひとならぬものへ育ててあげたのでした。

星作品でも異色のこの「月の光」。なんと甘美で怖ろしく、エロティックでおぞましい物語でしょう。

日本文学史には、無垢な少女を育成する物語として、『源氏物語』の「若紫」、谷崎潤一郎の『痴人の愛』の伝統があります。

谷崎はその最晩年、星作品を読んでいました（淡路恵子との対談「『瘋癲老人日記』余話」『新刊ニュース』一九六二年八月一五日号）。性悪に肥大した少女の我欲に翻弄されるマゾヒスティックな悦楽を描いた『痴人の愛』の作者は、そうした自我の発生すら封じたペット化を語る「月の光」をどう読んだのでしょうか。

星新一は、旧制中学時代、「少年倶楽部」系冒険小説を卒業すると、乱歩の『少年探偵団』に次いで谷崎潤一郎を愛読したそうです（「中学の頃」『きまぐれ星のメモ』所収）。「月の光」は多感な十代に読み耽った『痴人の愛』へ寄せた、一篇の返歌だったのかもしれません。

マツコロイドや漱石アンドロイドで知られるロボット工学者石黒浩博士は、『アンドロイドは人間になれるか』（文春新書）で「ボッコちゃん」に触れ、人間と区別がつかぬアンドロイド美女は技術的に製作不可能だが、それでも多くの客がボッコちゃんに惚れて殺到するだろうと語っています。

男たちの妄想を容れる器として優れているならば、生身など必ずしも必要ではないのですから。

星新一は「オフィスの妖精」（一九七〇、『未来いそっぷ』所収）でその先を描きました。

未来のオフィスで自分のデスクに置かれた万能事務装置。複雑な計算や情報処理が出来、データの送受信、プリントアウトも出来、ビッグデータとも接続……。我々の知るパソコンの予見です。

さらに生産性を上げるため、マシンはさらに進化した。冷たい金属製から、白くやわらかな肌触りへ。ピーという機械音から、なまめかしくかつ恥ずかしげな女性の声が囁くように。

女性は主人に夢中で仕事をサポートしたいと心から願う情熱的な女性秘書そのものの口調で、音声入力にてきぱき答え、失敗をやさしくフォローし、達成をほめたたえるのです。

男性社員はすっかり「彼女」にはまり、仕事を終えて生身の彼女とデートするよりも、かわいいビジネス・パートナーとずっと残業していたくなる。男の妄想を膨らませるためには、人間の姿すら不要なのでした。

ボッコちゃんは美貌以外、かぐや姫は美貌の噂以外のそれぞれ実体が不明ゆえ、手前勝手な想いこみを誘い増幅する。「オフィスの妖精」は声と触感だけ。

星新一はエッセイ「女性への視点」(『きまぐれ博物誌』所収)で、料理に失敗した妻が帰宅した夫を全裸で迎えるアメリカのマンガを引用しつつ、ミニスカートは生足へ視線を集中させるから美人は損するという持論を展開しています。

九〇年代末、「萌え」という言葉が「おたく」周辺から生まれ、三省堂の国語辞典に載るほど浸透しました(二〇〇八年刊第六版より)。辞書には、「心が強くときめくこと」とあり、用例として「横顔萌え」が挙げられていました。この定義はやや言葉不足です。横顔の魅力に惹かれ、他の長所が二次的となるニュアンスが掬われていない。「メガネ萌え」など、一種のフェティシズムが「萌え」にはあります。横顔やメガネ以外を後景へ退かせる嗜好にも、それによって異性の他者性を二の次とし、想いこみを増幅させる作用があるのです。

星新一の考察は図らずも、こうした「萌え」のメカニズムを明かしていました。

ちなみに「女性への三つの意見」(一九六八、『きまぐれ星のメモ』所収)で、髪がショートカットだったら妻と結婚しなかったろうと回想する星新一は、「黒髪ロング」萌えだったようです。

男性の性的妄想メカニズム理解から、新世紀のヒロイン像を予見し、萌えの労働環境への応用までを構想していた星新一。

それでは女性にはこうしたメカニズムは働かないのでしょうか。

男性の魅力において容貌は女性ほど重くありません。代わって、財産、肩書等、妄想を膨らませ背後の他者性を覆いかくすスパイスが対女性でもありうるのは、結婚詐欺がなくならない一点を考えれば明らかです。

星作品には、結婚詐欺もののショートショートが幾つもありますが、女性に美貌のみを求める男性結婚詐欺師が、思わぬ報復をくらう「女と金と美」（一九六六、『マイ国家』所収）は、色と欲のメカニズムを巧みにからませた大人の「こんにゃく問答」だといえます。

理想の美女がいて男たちの欲望を喚起するのではなく、男たちの欲望がわずかな刺激剤で膨張し、バーチャル美女を創りあげる。このメカニズムを熟知していた星新一は、この力学をさらに敷衍化してゆきました。

「セキストラ」執筆の年、空飛ぶ円盤研究会の会誌「宇宙機」に掲載された論考「円盤を警戒せよ」（『別冊新評　星新一の世界』所収）では、会内で高まったUFO＝救世主論をこうたしなめます。

知的存在は現状に不満を覚え、理想を求めたがる。過去に楽園を、未来にユートピアを託そうとする。「いづれにしてもありそうにないと悟ったとき、宇宙空間に活路を見出す。／星のあなたの空遠く、幸住むと人の言う。人がいうのじゃない。自分で勝手にきめたのだ」と。

漏れてくる情報がわずかな遭遇譚だけ。妄想を膨張させるスパイスとしてこれ以上の状況はないでしょう。UFOはボッコちゃんやかぐや姫に劣らず、男たちの願望を増幅させる媒体なのでした。星新一は、右のUFO論で、しっかり恋愛の喩えを出しています。

内心が読めない美女。正体不明の未確認飛行物体。これらにもまして、わずかで不明瞭な情報のみで、人類の妄想を何千年にもわたって刺激増幅させてきたのが、来世、死後の世界ではなかったか。

星新一は、「殉教」（一九五八、『ようこそ地球さん』所収）でそれを描いています。「セキストラ」掲載直後、商業誌に注文されて書いた第一作。

霊界通信機を発明したと称する発明家の公開実験。彼の亡妻が、機械を通しあの世からその素晴らしさを語りかけてくる。それを聞くと発明家は即、青酸カリを飲んで自殺。すぐ、機械を通して妻と再会した彼の声が聞こえ、やはり来世の居心地のよさを訴える。聴衆はたちまち信じて、雪崩をうったように自殺し始める。

この霊媒機械が、本当に来世と通じ来世の真実を伝えているのだろうか。真実でないかもしれないというこの反問から書き上げられたと思しい作品が、小説でも異才を発つミュージシャン大槻ケンジにあります。「のの子の復讐ジグジグ」(『くるぐる使い』所収)です。

死を選ばなかった人たち、「信じる」という能力が欠けているらしいマイノリティたちが、新しい社会を築くらしいと示唆して星新一は筆をおきます。

情報の不完全によって右往左往し、手前勝手な想いこみによって悲喜劇を繰り返す人間。

その諸パターンを、ファースト・コンタクトSFや人間でない美女の物語で描き続けた星新一。

「ボッコちゃん」とほぼ同時期に生まれた「殉教」一篇は、その出発点であると同時に、その終着点までたっした哲学的寓話の傑作だといってよいでしょう。

補論② ルールについて
――「マネー・エイジ」「解放の時代」「元禄お犬さわぎ」ほか

「トリセツ」と『コンビニ人間』

本論では、星新一がときに場の空気を凍らせるほど、空気を読まない発言をする人だったところを捉え、他人の顔色を読むのが苦手なアスペルガー症候群系の孤独とストレス、それを乗り超えるため、相手を愉しませようとアバターをつくりこんで他人と接する自己演出の名手とならざるをえなかったと仮説してみました。

アスペルガー症候群の顕著な特色は、空気が読めずあぶない発言をしてしまうというもの以外にも幾つもあります。

星新一考察において見逃せないのは、岡田尊司『アスペルガー症候群』が挙げる特徴に、ごっこ遊びが苦手で、ボード・ゲーム、電子ゲームがお気に入りとあるところです。

ゲームが好きなのは、ルールとシステムが明確だからだと岡田尊司は種明かししています。

たしかに、空気としてのみ共有される常識がわからないアスペルガー症候群系の人にとって、ごっこ遊びは、どこまでがごっこでどこまでが素なのかがわかりづらくてたまらないでしょう。

罵倒されたり讃えられたりが、はたして演技なのか本気なのかわからず、対応に困って立ち往生。「演劇に縁のない私には、演技ということがぜんぜんできない」、演劇をやる人が「別の人種のように見える」と、星新一は自ら記しています（「筒井康隆――ぼけかけた頭をめざめさせる人」『きまぐれフレンドシップ PART1』所収）[*1]。そして、「趣味は碁です」といっている（エッセイ「趣味」）。ＳＦ以外で興味ある作家はというアンケートで、自作と接点がある都筑道夫、笹沢左保、司馬遼太郎以外で挙げているのが、近藤啓太郎、渡辺淳一、三好徹ら実力が拮抗する碁仇のみであるのは、文壇交遊はゲームを介する限りだったがゆえかもしれません。

終戦直後、星新一は国家公務員試験を受験し好成績で合格しています。「私はだらしない人間だが、こと受験に関してだけは、特殊な才能を示すのである」（「官僚について」『きまぐれ星のメモ』所収）。受験という一種のゲームもまた、ルールやシステムが明確であり、与みしやすかったのではないか。

中学時代の成績表で、英数国などは悪くないのに、図工や作文がからきしだめだった理由として、「体系をなしていない学問の分野を、軽く見ていたようである」（「作文の成績」）と回顧しているのも、要はルールとシステムがはっきりせず、評価基準があいまいゆえ、どう努力すればいいのかわからなかったからでしょう。

いま、先駆者星新一を追うかのように、アスペルガー症候群系の裾野が広がりゆく時代……。

あいまいな人づきあいが苦手で、努力してはストレスを溜めて消耗し、そんな努力を軽減してくれるルールが明確な対人関係を切望する人、せめて、わかりやすくのみこみやすくこれさえ身につければ万事大丈夫というルール・ブックでもあればと夢想する人は、けして少なくないのではないか。

星新一が逝って二十年近く経った二〇一六年、西野カナの「トリセツ」という曲がヒットしました（発売は前年秋）。定期的にほめましょうとか、不機嫌にもとことんつきあってあげましょうとか、女子が彼氏や夫にして欲しいことを家電の取扱説明書＝「トリセツ」の形式に託して歌っています。

恋人とか夫婦とかいうあらたまったルールなど不要とみえる関係にこそ、明確なルール・ブック、マニュアルが必要な時代。ヒットの背景にはそれがなかったでしょうか。

同じ二〇一六年の上半期に芥川賞を獲り、数か月で五十万部のベストセラーとなったのが、村田沙耶香の『コンビニ人間』でした。

三十代独身の大卒女性古倉恵子が主人公。彼女は幼少期から、病的なほど対人コミュニケーションが出来ない。幼稚園の頃、きれいな小鳥が公園で死んでいるのを見て焼き鳥にしたらいいとあたりまえに言い、埋めてお墓作ってあげようとしている母や友達を絶句させた。これは排泄したバリウムで来客を……と普通に書けてしまう星新一と同じでしょう。

小学校低学年のときは、取っ組み合いの大喧嘩をする男子を皆が「誰か止めて！」と騒いだとき、男子の一人の頭をスコップで殴って「一番早そうな方法で止め」た。また、女教師がヒステリーを起こしてわめき散らし、皆が「やめて」と叫んだ時には、先生に走り寄っていきなりスカートとパンツを下ろして泣かせて「静か」にさせた。

これは、ベトナムに原爆落とすならむしろ日本へ！と聞いて、よーし、広島長崎まず狙えと応じてしまった星新一に通じます。

恵子ちゃんの件は職員会議になって母親が呼び出されたが、彼女は、自分の何が悪かったのかわからない。自分は「やめて」に応えて「やめさせた」だけなのに。日本に落とせと言いたいらしいから、より効果的な方法を考えただけなのに……。

村田沙耶香もまた、アスペルガー症候群系の作家らしい。ネットで『コンビニ人間』の感想を探すと、そういう指摘はすでに多く見つかります。

『コンビニ人間』で秀逸なのは、そんな主人公がコンビニエンス・ストアのアルバイトを始め、詳細で具体的な接客マニュアルを用いた研修で、「これが普通の表情で、声の出し方だ」というのを教わって体得したとき、生まれて初めて社会化できたというところでしょう。むろん、コンビニの外での彼女は、「どうすれば普通の人間になれるのか、さっぱりわからないまま」なのですが。

コンビニの接客マニュアル……。この詳細きわまるルール・ブックは、「ささやき」のイヤホンや「肩の上の秘書」のインコ、「見失った表情」の制御装置と同じ役割を果たしたといえるでしょう。

どのようなＴＰＯでどんな所作、言葉遣いをなし、いかなる表情をつくれば、「普通の」店員となれるのかを微に入り細に入って指示指定し、「普通」がわからないアスペルガー症候群系女子を、コミュニケーションに要する過重な「努力」から解放してくれたのですから。

西野カナの「トリセツ」と村田沙耶香の『コンビニ人間』には、六十年ほど昔、星新一が示した問題提起が期せずして継承されているといえないでしょうか。

ルールと秩序が大好き

岡田尊司『アスペルガー症候群』七四頁にも、この症候群の人は、ルールや秩序が大好きとあります。

たしかに星新一には、定まったルールへの切望があきらかに認められました。

眉村卓は『ブランコのむこうで』の「解説」（一九七八）で、「星さんは基本的な礼儀やルールに関しては、とても厳しい人なのである」と書いています。福島正実も、「礼儀正しく、作法、礼儀を重んじ」る一面に言及している（「星新一のこと」『世界SF全集28』月報所収）。星新一自身も、「私には慣習を墨守する性格がある」と認めていました（「机の上」「星くずのかご No.5」『ほしのはじまり』所収）。

星新一のそうした一面を象徴するのが、眉村、福島両人とも触れている「御中」へのこだわりでしょう。

エッセイ「御中について」（『きまぐれ星のメモ』所収）「敬称の問題」（一九七九、『きまぐれエトセトラ』所収）などで星新一は、会社の係などへ出す手紙で、宛名に御中をつけないのを、くりかえし憤慨しました。これは実生活でもうるさかったらしい。

この一面を知って、通常浮かぶ感想は、大正末に生まれ、東京のいわばセレブの長男として、森鷗外の妹たる祖母に育てられた人ならではの、伝統を重んじて生きる保守的な心性が、浸みとおっていたのだなといったところでしょう。

だが、はたしてそうか。

むしろ強かったのは、自分が自分に課したルールで律される安定感ではなかったか。

星新一は同じ社の同じ種類のペン先や原稿用紙でな

いと原稿が執筆できないといった自分ルールに縛られがちな人でした（これもアスペルガー症候群の特徴らしい）。自分ルールで律される安定感を好んだのです。

「御中」についての無知や誤用を怒るのも、伝統尊重というよりも、他人の誤りにより自分の安定もまた脅かされた気分となるからではなかったか。

『コンビニ人間』は、マニュアルを無視した後輩の接客を見て、安定を脅かされる主人公を描いていました。

はたせるかな、エッセイ「御中について」の最後を星新一はこう結んでいました。宛名に御中をつけず、「○○係」しかつけないのは、社長のあとに様や殿をつけないのと同様、「係」を敬称だと考えているのではないか。「係という字が現実に敬称として定着しつつあるのが時の流れなのかもしれない」。「『そのとおりだ』と国語審議会が発表してくれれば、私もさっぱりするのだが、そんな問題は討議してくれない機関のようである」と。

ここには、伝統喪失への嘆きや言葉の乱れへの憤慨はありません。御中不要となったならなったで「さっぱりする」。ルールが明確となれば、安心できる。星新一はただあいまいなのが不安で嫌だったのです。

まばゆい金権社会

「なんにしても「基準」のある社会は、すがすがしい」

これは星新一から引用した一文ではありません。サイト「ホシ計画」にあったにゅる味さんの感想です。このときの採点対象となったのは、「マネー・エイジ」（一九六一、『ようこそ地球さん』所収。『ボッコちゃん』自選）でした。

小学生女子のモノローグで語られる未来の一日。めざめると応接間から聞こえる、父と銀行員の会話。ワイロ口座新設を勧誘されている父。足りてるよ。もっとリベートくれたら考える云々。

交渉が長引いて、お出かけの約束をドタキャンされた少女は泣いて父をなじる。父は金貨を渡す。一枚、二枚。二枚で泣き止む少女。

すべてはお金次第。登校する少女を待ち構えるいじめっ子のとうせんぼうも銀貨がめあて。バスでおばあさんに座席を譲るかも銀貨次第。

要するに商売も約束もいじわるも親切も、わいろ、リベートという潤滑油を介することでほどよく調整され、回ってゆく世の中なのです。

学校のテストの点も、それなりのわいろを渡せば九十点にも満点にも上げてもらえます。それではみな勉強しなくならないか。それは杞憂。そんなことで出費がかさんではたまらないのでみな必死に勉強に励む。

少女の一日は、きょうの儲けを貯金箱へいれる満足感で終わり、夜見るのは、大人が愛用する本格的わいろ計算機とざくざくながれる金貨の夢……。

これはディストピアSFなのでしょうか。

そうとも読めます。だが、1章でみたごとく、星新一のディストピアものは、どれもディストピアといいきれない描き方がされていました。

「マネー・エイジ」もそうです。いや、それどころか、けっこう皆、楽しげです。主人公の才気あふれる少女もきらきらしています。

この明るさは、にゃる味さんのいう「基準のある社会」の「すがすがしさ」と通じます。

「ホシ計画」には、「ここまで徹底しているとかえって小気味よささえ感じてしまいそう」（同サイト。ひかるさん）という感想もありました（ともに二〇〇〇年一二月三日締切分）。

すべてが、金銭で計量化されつくした社会を描く星作品には他に「収支」（一九六九、『だれかさんの悪夢』所収）があります。他方、その真逆の社会を描くのが、「涙の雨」（一九六八、『ひとにぎりの未来』所収）です。金銭であれ、涙であれ、そこはルールがわかりやすい世界なのでした。

異形だが、わかりやすいルールで統べられた、ディストピアというほど悪くはなさそうな社会を、星新一は多く描いています。

性は解放されて虚礼と化した

「解放の時代」（一九六七、『天国からの道』所収）もそんな作品のひとつです。

早起きした「おれ」は、上司へのごきげん伺いに出かけるまえに、ベッドで「女房とセックスをした」。仕事まえに奥さんと朝のセックス。何とまあお盛んなと思った読者はもう作者の術中にはまっています。

「おれ」は、バス停へ赴く途中、ぶつかった老婦人とセックスをし、通りがかった女の子とセックスしながらバスを待つ。バスで隣り合わせた男。上司宅の夫人、愛犬とも上司とも。この調子で、「おれ」は午前中、五人の男女、五種くらいの動物、花、アンドロイド、死体とセックスをします。

出産はそれ専用のアンドロイドによる人工授精のみ。セックスはただの挨拶となった異社会の描写なのです。

セックスを描かないというタブーを自らに課していた星新一は「解放の時代」を封印し生前、作品集に収めませんでした。これをアンソロジー『'60年代 日本SFベスト集成』に採った筒井康隆は「解説」で、「ポルノ批判であり、また、今となっては「ポルノ批判」批判でもあり、星新一の両極的批判精神が最も発揮されている」と評しています。至言でしょう。

発表された六〇年代末、性の解放を進歩的であるとしてそれだけで何か輝かしいもののごとく讃え、ポルノグラフィー規制を旧弊な道徳とみて否定する知的風潮がみられました。

しかし、セックスがタブーから解放されきって欧米におけるキスのごとく日常的となれば、残るのはただの退屈ではないのか。翻って考えるに、ポルノ規制を訴える動きこそが、性のわいせつさをいや増しているのではないか。

両極的批判精神とはそういう意味でしょう。[*2]

しかし、ポルノ解禁など遠い昭和の話題でしかない現在、「解放の時代」の読みどころは、主人公が、日常のあらゆるところに行きわたっているセックスを、「虚礼」ではないかとふと考えてしまうところではないか。「なんのために、こうもセックスをしなければならぬのか。無意味だ」と。主人公は、「しかし、無意味な行為こそ良風美俗で、それが多いほど文化が高い」と考えなおすのです。[*3]

大方の人がなら自然に身についている世のルールが、アスペルガー症候群系の人には、よくわからない。彼あの「ささやき」をここで想いだしてください。サービス会社の教える通りに、皆が交わす話題は、事実でも真実でもなく意味なんてないが、パーティはそれで滞りなくお開きとなるのです。

言語は約束事(ルール)、にすぎない。固有の意味なんてない。『青色本』などでそう説いた哲学者ウィトゲンシュタインは、アスペルガー症候群だった天才としてよく名が挙がります。

星新一もやはり、言語はルールだという事情に自然と気づいた人だったのでしょう。

そんな彼ら彼女らが作家となったとき、別のルールで統べられた社会を描くSFは、最も得意なジャンルとなりそうです。

星新一は七〇年代、R・シェクリイの影響などを受けつつ、さまざまな異社会SFを生み出した。[*4]

そして、この作風を現在、継承していると考えられるのが、十人子供を産めば一人を殺害する権利が得られる未来を描く「殺人出産」や、夫婦間のセックスが近親相姦同様にタブーとなる『消滅世界』、三人で恋らは日頃、せめて自分のような者にもはっきりわかるルールであって欲しいと願っている。しかし、自覚的であるぶん彼らは、ルールにはじつは意味なんかないかもしれないという秘密に気づきやすい。

金銭＝貨幣がなぜ人にいうことをきかせるのか。なぜセックスがタブー視されるのか。金銭よりも泣きわとしのほうが人を動かす世の中だって、性がなんらタブーでない世の中だってありうるかもしれない。

そんな懐疑から派生したとおぼしき快作が、「ネチラタ事件」(一九六八、『ちぐはぐな部品』所収)です。

ある日、研究所からもれたネチラタ菌感染で、社会が一変。丁寧語とべらんめえ調が逆転するのです。テレビニュースもCMも上品な老婦人の会話もみなべらんめえ……。逆にくだけたりどなったりは丁寧語……。ネチラタは落語の「たらちね」のもじりでしょう。落語調のどたばたが楽しい一篇で、実際、柳家小三治が高座にかけています。

言葉遣いはルールに過ぎず、丁寧語がなぜていねいで、べらんべえがなぜ粗暴かに理由などない。

愛関係を結ぶ形態が増えはじめる「トリプル」などを創作した『コンビニ人間』の村田沙耶香でしょう。村田自身が、『消滅世界』をユートピアのつもりで描いたと語っている（二〇一六年六月八日付「毎日新聞」夕刊「ディストピア小説受けるワケ」）あたりも、星新一と通じています。[*5]

ルールをかいくぐり、逆手にとれ

さらに――、

社会規範が、真理でも正義でもない一ルールに過ぎないのが、実感としてリアルに感じられる人は、そのルールのかいくぐり方も見通しやすいかもしれません。

星新一には、正当防衛のルールを逆手にとって、完全犯罪を実現するショートショートが幾つもあります。[*6]

一般的にはディストピアにみえる諸制度も、善悪で判断しない。したがって、よりよきものへ制度を変革しようという方向へ進まない。あくまでニュートラルにひとつのルールとして考える。

そうすると、巧みにかいくぐり、逆手にとれる方策も見えてくるかもしれない。

星新一は、この視点を、「あるノイローゼ」（一九六七、『盗賊会社』所収）、「契約時代」（一九六八、『午後の恐竜』所収）などで作品化しています。

前者は、コンピュータ万能社会についてゆけない人物が、コンピューター・ノイローゼ専門のカウンセラーとなって繁盛する話であり、後者は、極度の訴訟万能社会となり弁護士ばかりが儲かる時代に、需要膨張する契約書類の印刷を請け負って儲ける話です。

しかし、異形の制度をたかがルールと捉えて利を狙う物語では、中編ピカレスク・ロマン「元禄お犬さわぎ」（一九七二、『殿さまの日』所収）が白眉でしょう。タイトル通り、有名な犬公方綱吉の悪政が背景。犬猫虐待すると切腹や遠島もありえたディストピアです。

主人公は、寺の住職、下級旗本、薬屋、大工の碁仇四人。下級旗本は、悪政のおかげで犬目付というポストを得、手当てが増えます。彼は犬問題の情報通となり、大工には犬運搬箱生産、薬屋には獣医開業、住職には犬供養を勧めます。

生類憐みの令は、視点を変えれば内需創出、景気刺激の追い風にだってできるのです。

しかるべき役職にある武士ならば、「この悪政の廃止に力をつくすべきかもしれません。しかし、それは理屈です」と、旗本はいう。そうです。趨勢が決してしまったら、良心に従っても事態は変えられない。「一種の天災と割り切るべきであろうな」と。

むしろディストピアを受け容れつつ、そこから実利を掠められないかと頭を使う生き方をよしとする正義への諦観。

星新一（親一）少年は、右眼視力が悪いと徴兵検査不合格というルールに目をつけて、好きになれない規律ある団体生活を逃れようとしました。

旧制中学三年の冬、英米との戦いが始まると、親一少年は旧制高校入試に英語がなくなるとヤマを賭け、みごと四年修了で旧制東京高校に合格しています。

強く賢かった少年にとって、国民皆兵制も大東亜戦争も、すきあらばかいくぐり逆手にとるべきルールのひとつに過ぎなかった。仮に感染症が流行し、「新しい生活様式」とかが要求されてもそれは変わらないでしょう。

＊1　そもそもの日常的な素の部分が充分つくりこんだ自己演出だった星新一にとって、それ以上の演技などは容量オーバーだったのかもしれません。

＊2　「新しい政策」（一九七〇、『なりそこない王子』所収）という作品は、権力が性の解放を強制するディストピアを描いて、当時の風潮をより直截的に諷刺しています。

＊3　やはり封印作品となった「平穏」（一九六九、『天国からの道』所収）は、セックスが虚礼となりはてた時代、両親が子供に施す性教育実習のあじけなさを描いています。

＊4　具体的には、臓器移植普及で合理的制度として復活した仇討を描く「かたきうち」（一九七一、『さまざまな迷路』所収）、刑務所不足解消のため、二年以内に犯罪者を七人発見したら罪が帳消しとされる「七人の犯罪者」（一九七二、『かぼちゃの馬車』所収）、指定された抗体保持者を一年以内に見つけ出さないと、注射された病原菌で死ぬというゲームを、裏表

クリアすれば支配階級となれる社会を描いたシェクリイ風傑作「あの男この病気」（一九七四、『おのぞみの結末』所収）などです。

*5 ここで、あの「月の光」についても、「ルール」という視点から再度の考察を加えておきたい。純文学系の文芸評論家が星新一を本格的に取り上げためずらしい例である平岡篤頼「星新一の物語実験」（『ユリイカ』一九八〇年四月号）には、「月の光」への言及があります。平岡は、「肩の上の秘書」や「ボッコちゃん」が扱う「言葉の非本来性」に着目する。お世辞や機械的オウム返し。しかし、言語とは、多かれ少なかれそうした「常套句」性を免れない。すなわち、本稿がここまで論じてきた、言語の「アバター」性、「ルール」性です。平岡は、これらの「ちょうど正反対」に位置する作品、「月の光」を挙げ、「言葉によるコミュニケーションに不可避の非本来性を警戒した医師は、本来性のなかで無垢なまま少女を育てようとしたが、そのため少女は、コミュニケーションの手段をついに持ちえなかったのである」と論じます。

　わかりやすい図式です。だが、はたしてそうでしょうか。言語以前の「本来性」とは何か。むずかしい問題です。しかし例えば、生得的行動などはそうかもしれない。飢えて目前の食物に喰らいつくとかです。「月の光」で、医師は交通事故で意識不明となる。老召使は、少女に食事、もとい餌を与えようとするが少女は食べない。「愛情という副食物」がないと何も食べられないよう、医師に刷りこまれてしまっているからです。言葉は愛情を薄める。人々は言葉なくして得た愛情を、言葉によって失っている。医師はこう考える。しかし、言葉というルールが「本来性」を損ねているというのでは実はない。言葉という汎用ルールが、医師が手前勝手にも課した、「愛情」というルール、彼と少女限定の秘めやかなルールを害するのを怖れていたのです。

　やはりこの一篇は、どうにもおぞましくどうにも甘美なとんでもない作品だといえましょう。

*6 「報酬」（一九六二、『ボンボンと悪夢』所収）、「殺され屋」（一九六七、『盗賊会社』所収）、「真相」（一九七八、『ご依頼の件』所収）、「依頼はOK」（一九七九、『ご依頼の件』所収）など。

第4章

退嬰ユートピアと幸せな終末

――「妖精配給会社」「最後の地球人」「古風な愛」ほか

ユートピアにおける北風と太陽

星新一の商業誌（「宝石」）デビューは、現在、新潮文庫版『ようこそ地球さん』で読める「セキストラ」（一九五七）によってでした。

弱電流で極上の性的興奮を起こすマシンが発明され、世界中へ普及、たちまち現実のセックスにとって代わるというこの一篇。

作者本人は、あまり気に入っていなかったようです。「ボッコちゃん」でショートショートという鉱脈を摑むまえの習作、セックスを扱わないという自分ルールから外れた例外作という扱いだったのでしょう。

しかし、ここで展開されたSF的テーマは、その後、星新一がさまざまに展開してゆく一つの流れの原点といえるのではないか。

戦災孤児を自称する正体不明の青年実業家、那須完一（初出では佐山昭一）がセキストラを発明。まずアメリカで、婦人のヒステリー治療、少年院での不良たちの矯正の効果が実証され、一般販売へ。たとまち大ブームとなり、波は欧州へ日本へ広がる。

性欲が鎮静化した社会。結婚は友愛に基づいて慎重に行われ、離婚は減少。過剰な人口増加もなくなる。青少年らは恋愛への興味を失い、文化も一変。このあたり、「草食系」の時代を予見しているといえなくもない。

結果、凶悪犯罪はほぼ消滅。ついで、国家規模の欲求不満というべき戦意高揚もなくなって、戦争も消滅。世界恒久平和があっさり実現し、那須完一をリーダーとする世界連邦が誕生……。

江戸川乱歩は、「宝石」誌上この作品に付したルーブリック（紹介文）で、「私は世界連邦主義の賛成者だが、この奇抜な電気性処理器の出現によって、たちまち世界連邦が出来上がる空想は、とても愉快だ」（「宝石」一九五七年十一月号）と、一種のユートピア小説として、「セキストラ」を評価しています。

戦争なき世界の実現。それはあの「白い服の男」のテーマでもありました。しかし、同じ戦争廃絶を構想しながら、両作品の発想はまるで正反対です。

「白い服の男」は戦争という観念を、過酷な弾圧によって根絶やしにする社会を描いていました。対するに「セキストラ」の発想は、暴力や戦争へと暴発する人間の性欲を人工的に完全発散させ、しぼませてしまうというものなのです。

イソップ寓話にある北風と太陽そのままですね。

この対立は、西洋におけるユートピア思想の二つの流れとほぼ一致します。

「北風」とは、プラトンを淵源とし、『ユートピア』の著者トマス・モアを経て、近代の共産主義へ行きつく。そこでは、理想の観念が人欲を抑えて世に布かれてゆきます。

しかし、「太陽」に連なる流れもある。中世ヨーロッパの農民たちは、暖衣飽食の素朴な願望を投影したコカーニュの国、なまけものの極楽、愚者の天国を夢見ました（モートン『イギリス・ユートピア思想』未來社などに詳しい）。

思想的には、エピクロスの快楽哲学、ラブレーのテレーズの僧院、フーリエの汎性欲ユートピアなどがこれに該当するでしょう。

二〇世紀後半、冷戦を担った両陣営は、北風の指導者ソ連と、太陽の盟主アメリカに率いられていたといえます。

ディストピア小説でいえば、ザミャーチンの『われら』の系譜が北風型、ハクスリーの『すばらしい新世界』が太陽型といってよいでしょう。

星新一作品では、「白い服の男」のごとき北風型ディストピアは例外的で、太陽型こそが太い流れでした。「セキストラ」は、その原点をなしているのです。

もっとも現在、「セキストラ」を読むと、その世界観の単純さについてゆけない感は、否めません。

性を動物的皮膚感覚的快感の側面からしか捉えていないのですから。

すなわち性欲の心理的社会的欲求の側面がまるで考慮されていないのです。★1

むろん星新一は、人間の欲望が生理的欲求に尽きるものでないことくらいは承知していました。「セキストラ」の七年後、「妖精配給会社」（一九六四、『妖精配給会社』所収）が発表されます。

妖精合唱団のフィルター・バブル

宇宙から降りてきたカプセルから出てきた謎の卵。孵化したのはリスか小鳥のごとき小動物。肌触りが抜群によく、人語をしゃべる。しかもじつにうがったお世辞ばかりをです。

他の知能はなきに等しいのに、飼い主の人間に対しては最適最高のお世辞を、心地よさ極まる声でささやく。このあたりはあの「オフィスの妖精」を思わせます。

最初は福祉の一環として、難病患者などに支給された妖精は、次第に繁殖し、一般へと浸透してゆきます。餌は残飯で足りる。手間のかからぬ自分専用の太鼓持ちの誕生です。「社会保障が完備した理想的な国においても、不満はある」。「人間というものは国や人種を問わず、だれしも不満と悩みを持ち、孤独でやりきれなく、なぐさめを欲している」と星新一が記す欲望を、妖精はすっかり充たしてくれるのです。

以降の物語展開は、「セキストラ」と変わりません。性欲が、お世辞でちやほやされたい欲求に替わっただけです。あらゆる趣味、娯楽がおべっか妖精に駆逐されてゆきます。猫などの愛玩ペットも、テレビも水商売も、ギャンブルも、妖精にはかなわない。

やがて人々は一匹より二匹、さらに多くの妖精にほめられたくなり、誰もが妖精の大合唱団に囲まれて日々を送るようになる。世の中はしだいに活気を失ってゆく。もしかして、それが目的で、誰かが妖精の卵を……。気づいたときにはもう遅いのです。

いまの私たちが驚かされるのは、侵略を予感させるオチよりも、そこに付された「たとえ妖精

★1——「セキストラ」の三年後に書かれた「テレビ・ショー」（一九六一、『ようこそ地球さん』所収）は、未知の原因で若い世代の性欲が消滅、政府は毎日、テレビで猥褻ショーを流して視聴義務を課すが、効果はさっぱりという作品です。当時、澁澤龍彦は、この作品のアイロニーを「高く買う」としつつ、単純な生理的反射のごとき性欲理解には疑問を示し、失われた性欲の回復だったらなすべき対策はむしろ逆、まず、一切のエロ情報の禁止だろうと、J・バタイユに通じた仏文学者らしい正論を述べました（「檻のなかのエロス」『神聖受胎』所収）。星新一はこうした単純な性欲観をまもなく脱したようで、「新しい政策」では、性の解放であがったりとなったポルノ業者が、検閲の復活をお上に陳情するシーンを描いています。

が出現しなかったとしても、どうせ、これに似た世の中になって行くのだ」という一行ではないでしょうか。

なぜなら私たちは、今まさに、「これに似た世の中」を生きつつあるからです。実際、Amazonに寄せられたレビューを見ると、この妖精を、スマートフォン、もしくはSNSの隠喩として読んだ読者がかなりいる。

ネット空間には多様きわまる情報があふれています。しかし、利用者がアクセスするのは、どうしても自分に都合がよく心地よい情報中心となってゆかざるをえない。ネットを介して、さまざまな他人と出会い交流できるようになったといっても、同好の者同士を紹介される場合がほとんどでしょう。いつのまにか利用者は、自分に好ましい偏った情報ばかりを摂取し、嗜好を同じくする人々とのみ交流するようになってゆく。異質の情報を排除し、閉じ切った情報空間の被膜。これをイーライ・パリサーは、「フィルター・バブル」と呼びました。グーグル、Amazonが選んでくれたメニューと、SNSのいいね！の泡に閉じこめられ、まどろむ私たち。

星新一は、スマホやSNSの時代が到来する十年ほどまえに逝きました。しかし、最後のエッセイ集『きまぐれ遊歩道』（一九九〇年刊）所収の「近所のネコ」では、人なつっこいおっとりした猫が殖えてきた街をみて、「かつて愛らしい動物が殖え、人間の気が緩み、滅亡へむかうSFを書いた」と回想しているのです。それから三十年余、私たちは飼い猫の数が飼い犬を凌駕する国に生きています。「それに似た世の中」がいよいよ成熟しつつあるのでしょう。

『妖精配給会社』では、夫婦喧嘩が起こると双方それぞれの妖精が応援団につくためエスカレートしやすく、離婚が増えてゆきます。家族の解体は進み、単身者が増え、少子化が進む。我々の時代そのものです。妖精たちの餌代はかさむが他の娯楽が廃れたから皆払えるというのも、スマホ、携帯電話の使用料そのままでしょう。

もっとも、突っこみどころはあります。

いくら無数の妖精にほめられるだけほめられても、しょせんは妖精。もしリアルな他人にほめられたら、妖精の世辞など子供だましとわかり、たちまち霧散してしまうでしょう。

承認欲求を充たすのは、やっぱり他人からの承認欲求なのです。自動的にいいね！がたくさんつく自作自演アプリがあっても、売れるとは思えない。

しかし、星新一は、そこまでを視野にいれた作品も残しています。

「治療」（一九五九、『宇宙のあいさつ』所収）です。治療されるのはコンプレックス。劣等感の克服です。あらゆる人のデータを集計して、平均値そのものの人間像を合成する。それと対面して、自分のほうがましだと納得すればコンプレックスなど消えてしまう。劣った者は救われないが半分だけでも救うのが先だ。

いざ公開してみると、誰もが晴れやかに救われてゆく。劣った結果となった者は口をつむんでいるのか。それとも……といった話です。

性の快楽。承認欲求。優越感。それらが皆、テクノロジーによってバーチャルに充足させられる未来を、星新一は描いていた。

さらに、「味ラジオ」（一九六六、『妄想銀行』所収）や「感情テレビ」（一九六七、『盗賊会社』所収）などでは、味や感情をも、バーチャルに感じさせられるテクノロジーを登場させました。いずれにせよ、ごくごく基本的な欲求や感情、感覚。それらがバーチャルであれ叶（かな）えられたなら、世の中は一変する。そういう物語ばかりです。

このあたりで、前章ラストで提起した疑問への答えがだいぶみえてきたのではないか。他人と自然に合わせて交流するのが苦手なアスペルガー症候群系の人は、対人アバターをつくりこみ社会へ潜りこんでゆくほかない。

ではそのアバターの後ろには何があるのだろうか。

眉村卓は、ショートショート「C席の客」などで異星人をみてベタに驚く青年の感性のごとき初々しい「人間性（ヒューマニティ）」が、社会人の仮面によって疎外、抑圧されてゆくという構図を描きました。しかし星新一の場合はアバターの裏に、単純な快不快や損得といった、欲求や感情や感覚の束以上の何かがあるとは考えていそうもないのです。

快楽計算の彼方へ

例えば、「雄大な計画」の三郎を思いだしてください。

R産業のスパイだった彼は、K産業で出世して社長まで昇りつめた地位、権限と、R産業に帰還して得られる報酬や約束された地位とを単純に比較衡量して、どう考えても得であるK産業への鞍替えを選びました。

何ごとについても快楽計算を試み、得だと算出された途を選択して生きるべしとするJ・ベンサムの功利主義を地でゆく身もふたもなさです。[★2] だとしたら、リアルであれバーチャルであれ、すべての感覚的感情的な欲求を、誰もが十二分に充たされる世となれば、それがユートピアだといってよいことになる。

そこを突いた作品が、「幸運の未来」（一九六六、『夜のかくれんぼ』）です。

人々の潜在的な予知能力を覚醒させる催眠術を開発したエフ博士。未来診断研究所を開業して、客の一年後の未来を語らせる商売をはじめた。

最初、不安そうな客たちは、術をかけられると皆、運命がみごと好転した一年後を、喜びあふ

★2——これはアモラルというものではないのか。正義を全て損得へ解消してしまって本当によいものかという当然の突っこみを、星新一は予想していなかったのでしょうか。当然、していたでしょう。そして、それに対する返答はとっくに出していました。

「おそるべき事態」（一九六四、『妖精配給会社』所収）、「盗んだ書類」（一九六五、『きまぐれロボット』所収。『ボッコちゃん』自選）、「飲みますか」（一九七一、『ちぐはぐな部品』所収）、「敬遠」（一九六九、『だれかさんの悪夢』）などはそこを語った作品として読めます。

「敬遠」。良心的になる薬が発明されたが、誰もが「敬遠」して飲まない。当然でしょう。誰に飲ませたいか。政治家。経営者。自分の子供。外国人。どれも否ではないか。私たちは、正義を語る人を見て、ごもっともです、すぐにでもあなたが政治家になってその実現に尽力してくださいと尻を叩きたくなるだろうか。良心的になる薬とはその暗喩なのです。

「おそるべき事態」では、良心病がパンデミックを起こし、あらゆる職域において真に良心的に仕事をする人が続出。結果、正義の世となるどころか、おそるべき停滞と混乱がもたらされる。

例えば区会議員選挙の有権者全員が、適当なところで妥協することなく、どこまでも良心的に調べ上げたうえで投票しようとしたらどうなるか……。これらの作品を読むと、功利主義をくつがえせる思想などありえないという結論は、星新一にとってとっくに自明の理だったとわかります。

れる表情で幸せそうに語るのです。向こう一年で、世の中はそんなに変わるのか。

事情はやがて判明します。新薬剤の研究が暗礁に乗りあげて悩む研究者が来訪、一年後、開発が成功しているか失敗かを見てもらい、研究継続を決めたいと依頼してきた。

エフ博士はさっそく催眠をかけ、一年後に成功者となった彼の喜びの声を得た。しかし――。

彼が開発中の新薬とは、「それを飲むと自分の不幸を忘れ、こうなってほしいという夢を、現実のごとく感じる作用を持つものです。たとえば、家のない人が飲むと、豪華な自分の家を持ったように思いこみ、ぱっとしない男も、美人と恋をしていると思いこむ」代物でした。

一年後、「それが完成し、だれもかれもが飲みつづけになるよう」だ。研究者は、「大勢の人を救えるにちがいありません」と歓喜して帰っていったが……。複雑な表情に沈むエフ博士。

たとえバーチャルであっても、100%そう想いこめたら誰がそれを非難できるだろうか。

これこそは星新一が、繰り返し扱ったテーマでした。

例えば、「椅子」(一九六一、『ボンボンと悪夢』所収)という作品。大会社社長が、以前借金にきたまま連絡が途絶えた親友を訪ねてゆく。彼もやり手の社長だったはずが、場末のぼろアパート住まい。だがじつに幸せそう。金を返せよというと、ないという。唯一、金になりそうなドイツ製椅子を持って行こうとするとひどく抵抗。もぎとって帰り、自分が座ると全てがわかる。母の膝に抱かれている安楽感そのもの。社長は事業も何も忘れて、ただ椅子に座りつづけたいと願うのみです。

あるいは「救助」(一九六二、『宇宙のあいさつ』所収)。

不毛な惑星に不時着した遭難者の救助へ向かったK操縦士。しかし遭難者は救助を拒む。彼は尋常ならざる妄想力で、濁った水たまりを清水湧きでる泉と想いこみ、まずい植物を最高の美味、荒涼たる砂漠を緑の絶景と疑わず、存在しない美女たちにも囲まれている。その遭難者は、腕利きの神経科医。Kこそ精神がおかしいと診断して治療にかかる。以後、Kから救助隊基地への連絡は途絶えた。治療は成功したらしいのです。

星新一自ら翻訳もしたフレドリック・ブラウンの「みどりの星へ」（『さあ、気ちがいになりなさい』所収）の影響が感じられる一篇です。★3

そのスケールをもっと大きくしたのが、「特許の品」（一九六八、『盗賊会社』所収）でしょうか。地球に流れついた設計図を解読して作製すると、セキストラや味ラジオを増幅したような快楽機器。地球人はみな溺れ、文明は衰退してゆく。

あるいは、「ある建物」（一九六七、『ひとにぎりの未来』所収）。探検隊が着陸した惑星には、文明の痕跡のみ残り誰もいない。レジャー・センターらしき建物に入ると、機械が動き出し、御馳走にアンドロイド美女にゲームに夢中になる隊員たち。ただ珍しく面白い日々が過ぎ、遊び疲れて死んだ隊員の死体がいつの間にか消えている。

ブラッドベリ『火星年代記』の一話にしてもよさそうな、恐怖と抒情あふれた一篇です。異星

★3――ちなみに、独房で毎日、灰色の壁ばかり眺めている囚人が、視覚中枢への入力が激減した代償として、「夢や鮮明な心像や幻覚が生まれる」心理現象は、「囚人の映画」といわれ実在するそうです（オリヴァー・サックス『幻覚の脳科学』（ハヤカワNF文庫）、第2章「囚人の映画――感覚遮断」）。

文明滅亡の理由はもう自明でしょう。椅子。妄想。機器。異星の建物……。これらは皆、セキストラやお世辞妖精、幸せ薬剤のバージョンといえます。[★4]

こうしたバーチャル・ハッピーについて、宗教はアヘンだといったマルクスに倣って、現実の格差や貧困や不幸が厳然としてある以上、バーチャルな幸せなどはいくらリアルでも現実逃避にすぎず、リアルな問題解決から目を逸らさせるだけだと批判するのはたやすいでしょう。

ようするに、「なにごとも気の持ちよう、そういうお話にしか、私には聞こえません」（津原泰水「五色の舟」）というほかないと。

しかし、リアルな問題解決を直視している人たちが、なかなかその解決への道筋をみつけてくれない以上、バーチャルな快楽の魅惑を否定するのは難しい。

しかも、仮想現実（VR）とか拡張現実（AR）、さらには五感や神経を操作するテクノロジーが、宗教や通俗道徳が説く気の持ちようとか大衆芸術などの現実逃避をはるかに超えたリアリティで、皆をくるみこみ、容易に醒めさせず、薬物のような副作用もないとしたら……。

その究極には、一九九九年のヒット映画、「マトリックス」のごとく、人間は培養液に浸され眠り続ける存在で、人生は全て仮想現実だという状況が考えられます。日本では、その先駆というべき筒井俊隆の短編「消去」が、一九六一年に発表されていました。「マトリックス」は事態に気づいた人間がリアルを奪回する物語でしたが、バーチャルの繭につつまれてまどろむ快楽をはたして否定できる視座など本当にあるのでしょうか。いや、「マトリックス」の続篇にあったように、バーチャルを拒みリアルを欲する心性すら、バーチャルだとしたら……。

星新一の諸作は、そのあたりまでを考える格好の素材を提供してくれているのです。

ユートピアの退屈をどう超えるか

快楽につつまれたユートピアに対する、現在リアルな批判として「退屈」をどうするかという問題があります。[★5★6]

比較文学者の小谷野敦はその『退屈論』を、宮台真司、植島啓司ら、欲望、快楽の追求こそ至上だと説く知識人への懐疑からはじめています。小谷野は評論家宮崎哲弥の言葉を借りて、「飽

★4――財産を狙われ親族に精神病院へ入れられたと訴える青年。だが、財産の存在自体が妄想だったという「診断」（一九六一、『悪魔のいる天国』所収。『ボッコちゃん』自選）。完全な不眠に陥った男が開き直り、昼夜ひたすら働く生き方を選び財産を築く。高額な最新治療を受けられることになり、試すと見事回復。しかし、不眠の日々は全て夢。彼は事故でずっと眠り続け、いまやっと治療の成果で目覚めたところだったという「不眠症」（一九六四、『妖精配給会社』所収。『ボッコちゃん』に自選）や、もてもての新進作曲家が、なぜか借金があるような暗い気分を覚え、医師にかかる。無事全快すると、幸せな人生は妄想、借金と不美人な妻、使いこみなど一挙に現実が襲ってくるという「全快」（一九七一、『さまざまな迷路』所収）などは、この系列のブラック・バージョンと位置づけてよいでしょう。

★5――やや古さを感じさせる批判としては、機械に頼りすぎる危うさへの懸念もあります。

一九六〇年代初め、高度成長ただなかで日本人が家電の便利さに夢中となった頃、星新一は、生活を機械に任せ、ただ美的洗練に生きる夫婦が、突然の停電を迎え、凍死を待つしかない「冬の蝶」（一九六〇、『人造美人』所収、『ボッコちゃん』自選）や、起床から朝食、出勤まで全てを密着して賄うテクノロジーが、昨夜急死した屍骸を運んでいた「ゆきとどいた生活」（一九六一、『悪魔のいる天国』所収。『ボッコちゃん』自選）という佳作を生みだしました。しかしこれらの作品を今日読むと、この程度はいまなら開発途上でチェックされ何らかの技術的フォローがなされるだろうと考えざるを得ない。

きませんか」という視点を突きつけるのです。

これは、「セキストラ」「妖精配給会社」などで欲望充足ユートピアを描いてみせた星新一にとっても、考えたいテーマだったとおぼしい。

ユートピアの退屈。星新一はこれを「天国」（一九六一、『悪魔のいる天国』所収）で、すでに描いています。そっくりロボットを用いた擬装死による保険金詐取。本人は、詐取金の一部で運営される南島のリゾートで余生を送れるシステム。しかしそこは死ぬほど退屈な楽園で……。という話。

「天国」では、退屈へのケアは描かれない。

しかし、「三角関係」（一九六四、『妖精配給会社』所収）はその先を描きます。あの「救助」の続編のごとき作品。

漂流した無人島で、妄想を逞しくし、バーチャル美女を生み出した男。しかし、それにも飽きて、退屈しのぎに美女を誘惑する若いライバルをも生み出さずにはいられない。

「奇妙な社員」（一九六三、『宇宙のあいさつ』所収）、「あすは休日」という作品系列も、この近縁種というべきでしょう。

「奇妙な社員」とは、順風満帆の青年社長山崎和彦。彼の休日は、とある他の企業で、平凡でうだつのあがらぬ平サラリーマンをつとめることに費やされる。凄腕経営者にはそれこそが、最高の慰安であり愉しみなのです。

以上ふたつの個人的ストーリーが、「あすは休日」では、社会大に拡張されます。

オートメーションにより人々が働かなくてもよくなった時代。しかし皆、薬がもたらすバーチャルな勤務や労働を日々あくせくこなしています。同じように薬によるバーチャル体験を必須としてはいても、「幸運の未来」の快楽幻覚とは真逆なのです。なぜ、わざわざ幻覚剤を使ってまで働きたいのか。それはときどきやってくる休日の愉しみを満喫するためだった。

本末転倒も極まるお話ですがしかし、人間にとって快楽とは何かを根源的なところから考えさせられないでしょうか。

「夜の嵐」（一九六七、『マイ国家』所収）も、同系統の作品です。安全で平和すぎる未来では、心の隅にある不安をバーチャルに増幅して不幸を実体化する装置に皆が夢中になる。

あるいは「蚊」というエッセイ（『きまぐれ星のメモ』所収）。

害虫が一掃された未来、皮膚をかゆくしてかきむしる快感を誰かが再発見する。かゆくなるクリームがそのために発売され、注射器でその薬剤を打つ超小型ドローンを飛ばし刺させてかきむしるのが、金持ちの娯楽として流行する。

恋がたきとか仕事とか不安とか害虫とか、私たちの幸福を阻むと考えられるものが強く需要されるのかもしれない。

★6——本題のバーチャル・ハッピーによく向けられる批判として、ここまで便利や安楽に慣れると、人間がますますだめになってゆくのでは……というのがあります。しかし、中期の「出現と普及」（初出時のタイトルは「出現と普及のパターン」、一九七二、『夜のかくれんぼ』所収）は、一種の霊的超能力を開発して誰もが念動力を使える技術を発明した博士が、右のように批判されこう引導を渡しています。「平凡なことを言うなよ。いまのせりふ、なにか新しいものが出るたびに言われ、いいかげん聞きあきてるはずだぜ」と。紋切り型の世相批判に対する星新一のクールな距離感がよくわかる作品です。

れる状況。なんだか、我々が生きる不完全極まる世界が、じつはこのままで最高なのではないかと思えてきます。

「天使」(一九八〇、『ありふれた手法』所収)、「親切」(一九八二、『どんぐり民話館』所収)は、晩期に近い星新一の後期作品です。

自殺未遂をした少年が、退屈きわまる天国へ案内され、死ぬなどもう懲り懲りと思い知らされる「天使」。天国も地獄も体験させられて、その退屈さを思い知らされ、現世であくせく働く人生を素直に受け入れる「親切」。

ユートピアの退屈はひと廻りして、現実肯定へと逆流してくる。

後期作品というべき「ひとつの目標」(一九七四、『おのぞみの結末』)は、このテーマを総決算したごとき作品でした。

国家間格差や自由の抑圧、教育不平等、不正の野放し、公害、資源枯渇、エネルギーなどの諸問題。これらを一掃すべく、世界中の正義感の強い一流学者を組織し、ひそかに裏から世界を正してゆく動きが始まります。これは、星新一にはめずらしく、快楽ユートピアではない、正義のユートピアを目指す物語。太陽ではなく、北風のユートピアです。

超一流の頭脳が揃っているのだから、たいがいのことはできる。コンピューターからデータをハッキングするエピソードなどその予見性には、またもや驚かされます。ついに、どこの国の核兵器をも遠隔操作で爆発させられる装置が完成、震え上がった各国は、科学者グループに世界の全権をゆだねるに至る。だが、とたんに組織は沈滞する。目標へ邁進する充実を喪(うしな)ったからです。

科学者たちは、「緊張は文明にとって、必要品」とか「ごたごたを発生されつづけるほうが人間らしい」と悟り、世界を元に戻そうと決めた。

一流科学者たちは世界を元の状態に戻すのでしょうか。あるいは、緊張やゴタゴタを復活させても、それが大戦争とかジェノサイトとかには発展しない程度にコントロールする。結局、そんなあたりが、落としどころかもしれません。

『声の網』――究極のユートピア／ディストピア

じつは星新一は、そうした究極のユートピア物語をひとつ残していました。

すでに幾つかの角度から触れたあの『声の網』。『声の網』は、コンピューター・ネットワークがいつのまにか一つの意志を宿して、個々人の「秘密」を質にとって人間社会を支配してゆく物語です。

この傑作中の傑作の読みどころは豊富ですが、全てをその支配下においた新時代の描写もまた見事というほかありません。

コンピューターの支配は、全てを掌握し、どこまでも管理していながら、どこか緩い。

仕事がなく酒に溺れている落ちぶれ芸能エージェントは、窮乏が極まりもうだめかとなると、「かならずいくらか金になる仕事がはいり、それで急場がしのげる」ようコンピューターは仕組んでいる。彼のアル中が治るみこみはないが、それ以上悪化もしません。絶妙な管理なのです。

浮気者の若妻には適度の男遊びを許容します。あくまで適度を外れぬよう、相手が選ばれるが、むろん当人たちはそれに気づいてはいません。

危険思想の温床となりかねない哲学的な思索に耽るのが好きな少年にはガールフレンドがマッチングされます。

「どうも恋愛を始めるとしごろになると脱けちゃうのではないかと思いますね。いわゆる変わった読物からは」（都筑道夫との対談「ショートショートとＳＦ」『なぜＳＦなのか？　奇想天外放談集1』所収）という星新一の発言が思い出される展開です。

彼の心を覗き、好みのイメージを読み取ったコンピューターがセレクトしてくれた彼にぴったりの少女。「とくに目立つ女の子ではないが、彼にとってはとても魅力的だった」というあたりが、これまた怖ろしいほどの管理の巧みさを語っています。

そんなこんなで適度な刺激はあるが、それ以上にはならない世の中。犯罪すら、度を越さない程度で発生させられる。必要だからでしょう。しかし度を越した悲惨な犯罪は抑えられる。

ただ、社会が、コンピューターに管理され始めたという現実に気づいた者は、記憶をいつのまにか消去され、反抗を企てる者は巧妙に排除され、そうした性格を矯正される。

この一点で、『声の網』は、人間が支配されてしまうＳＦ、あるいは北風型の管理ディストピア小説ならではの怖さを未だ残しています。★7

グレート・マザーの大いなるゆりかご

セキストラやお世辞妖精ほど単純ではありませんが、『声の網』のコンピューターも、おそるべき支配者であると同時に、人々をそれなりの（あるいは究極の）幸せへと導く欲望充足ユートピアの推進者なのでした。

「セキストラ」、「妖精配給会社」よりはるかに総合的に人間の欲望を掌握し、退屈というユートピア特有の宿痾をもクリアした究極のビッグ・ブラザー（J・オーウェル『1984』）……。

そんな体制をもはや我々は肯定するほかないのでしょうか。

じつは、欲望充足ユートピアに対しては、もうひとつの批判が考えられるのです。

「妖精配給会社」も、「治療」も、「特許の品」「ある建物」も、また「椅子」も、人間の欲求を存分に充たし、快楽へ溺れさせるユートピアはどれも、文明の衰退へ直結していました。

そこにはもはや、進歩や発展、成長はありえないのです。

★7——もっとも、コンピューター支配の巧妙さという点からみると、未だしの感が拭えないかもしれません。第1章で論じたように、「反抗者たち」では、体制への反逆に酔う若者をただ揶揄的に描いた星新一は、「適当な方法」（一九六三、『宇宙のあいさつ』所収）という初期作品でそのさらに先を描いていました。アル中で病院にかつぎこまれ、こうなったのも体制が悪い。治療費は国家が負担しろとごねる反体制青年。医師は、それに逆らわず話を合わせてゆき、いつのまにか青年のほうから、国家による洗脳的矯正を受けたがる方向へ持ってゆくのです。

「取立て」（一九六八、『ちぐはぐな部品』所収）も、「適当な方法」と同じ発想。利子否定論を唱えて取立てを拒むエヌ氏に対して、その否定論に話を合わせながら、結果的に必要な額を取立ててしまう知恵者が登場します。賢いコンピューターが、反抗者をこうしたかたちでまるめこみ取りこんだなら、支配はより完璧でしょう。薬剤で記憶を消去などという荒業なくして目的を果たすのですから。さらにいえば、まるめこむよりも、むしろ反抗者の意志力や思考パターンを善用し、コンピューター支配国家の欠陥をチェックするホワイト・ハッカーとして活用したりすれば完璧ではないか。映画「マトリックス」の続篇「マトリックス・リローデッド」はこれを描きました。

それでいいのか。それはすなわち、人類の終焉への一歩ではないのか。

「コンピューター管理社会への移行の時代を扱った長編」（「物体など」『できそこない博物館』所収）と、星新一が自ら呼ぶ『声の網』はむろん、いわゆる終末ＳＦではありません。

だが、殊にその終章には、独特の終末感が色濃く漂っています。

（人間が）「長いあいだ夢みてきた永遠なる安定のはじまる幕が、音もなくあがりかけている。かりに、だれか気づく人があるとすれば、アリの社会のようではないかと思うかも知れない。アリたちは、それぞれがなんの意識もなしに、みごとに統制のとれた社会を作っている」。

「永遠の安定。それは人類のひそかな願いでもあった」

「そのためなら、どんな犠牲を払ってもいい。進歩でさえも、と」

「次なる段階はなにもない。なくていいのだし、なぜ次の段階がなくてはいけないのだ。永遠の安定を期待し、それにはどんな犠牲でもささげていいと内心で叫んでいたのだから」

進歩の終焉。歴史最後のステージ。アリ化するポストモダン……。

終章では、文明論的な思索を好む車椅子生活の投資家斎田がこんなつぶやきを漏らします。

「なにか、のんびりするなあ。大きなゆりかごのなかにいるような……」

これはあの「椅子」で描かれた母の膝に抱かれ、何もしたくなくなってしまう実業家の退行の全社会規模での実現ですね。

星新一が描いてきた、セキストラやお世辞妖精群、多幸感に浸れる薬剤や妄想、異星のレジャー・ランドやマシンなど退嬰的、胎内回帰的な誘惑が、ここに集大成されています。

『声の網』のコンピューターは、ビッグ・ブラザーというよりもむしろグレート・マザーなのでしょう。

『声の網』から十年後、創作の晩期が近くなった星新一は、突然出現した胎内回帰的ユートピアが、人類の終焉を告げているという作品を二篇発表しています。街に増えたネコについてのエッセイと近い時期です。「現象」(一九八〇、『ありふれた手法』所収)と「ひとつの段階」(一九八三、『これからの出来事』所収)です。

「現象」では、人類が突然、動植物に対してやさしくなる。家畜を殺したり乳を搾るのを躊躇し、動物実験も取りやめる。並行して、いじわるで欲深、皆に嫌われたばあさんが、臨終をまえににこやかでやさしい別人のようになって逝ったエピソードが語られます。

人類も、種族としての寿命の終りの時期が迫ると……。

「ひとつの段階」では、人間の女性から、コアラやパンダのぬいぐるみを思わせる子供が生まれるようになります。言葉は覚えないが、アイコンタクトで意思疎通はできる。子供が文字通りペット化してゆき、そのあまりの愛らしさに、誰もが愛とやさしさと幸福感に充ちた善人となってゆく。暴力、殺戮、争いも忘れる人類。

主人公の子供のいない女医がつぶやきます。「このままいったら、世の中どうなるのかしら。この現象、進化への過程なのかしら、退化のはじまりなのかしら、それとも終止符……」

バタイユのような蕩尽とバラードみたいな戦時下

ふり返ってみたら、星新一はその最初期から、甘美な終末を幾度となく描いてきました。この作家は、終末を必ずしも悪しきものとは捉えてはいなかったのです。

明るい終末を描いた最初期の名作として「最後の地球人」（一九五九、『人造美人』所収。『ボッコちゃん』自選）があります。

極度の人口増加がピークに達した後、世界中の女性が生涯に子供をひとりしか産めなくなり、人口がみるみる激減してゆく時代が到来。

その果てに訪れた人類滅亡前夜の地球を、星新一はこんなふうに描いてみせます。

「滅亡といっても、かって人類がその発展期に自分勝手に想像し、自分勝手に恐怖したような、沈んだ暗い感じなど少しもなかった。青年のころに思い悩んだ死と、天寿をまっとうする前の老人の考える死との間には、ちがいがある」のです（ちなみにこの時、星新一は三三歳）。

その結果、終末期は、「むしろ明るい楽しげな時代となった」のでした。

算出される滅亡までの日の食糧やエネルギーは余るほどあるので、生産も労働もしなくなる。彼らはダイヤを破壊し、名酒を浴びるほど飲み、世界の文化遺産をぶちこわし、無人となった都市へ原水爆を落として遊びつづけます。ジュルジュ・バタイユのいう蕩尽そのものです。

明日がなくなれば、科学も学問も芸術も不要。恋愛も立身出世も権力争いも戦争ももはやナンセンス。無限に続く明日を信じ、未来の子孫のために、あらゆる時代を通して努力し働きつづけてきた「数え切れない過去の人びとは、いまとなってみると、この滅亡期の人間たちの、奴隷だったのだ」という指摘はちょっと凄まじい。

アリとキリギリスの寓話で、キリギリスの分が悪いのは、冬が到来したからです。享楽に全てを費やしたキリギリスは飢え、我慢して勤労に耐えたアリには蓄えが残った。

しかし、冬が来るまえに滅亡がきてしまったらどうでしょう。

誰が今日の自分を、明日の自分のために奴隷として奉仕させて、苦労に耐えたりするでしょうか。

少子化の果て、終末が確定事項となったとき、人類は、仕えるべき明日の人類という主人から解放された。これまで奴隷が蓄えてきた苦労と忍耐の果実を、ただ気ままに食いちらかしてもよくなった。いわば、サピエンス全史に君臨する王侯貴族たちとなったのです。

「人びとは、なにものにも執着しない一生を送れた。冬が迫った秋晴れの日の空のような、かげのまったくない、透明な気分の人たちの暮らしていた時代だった」

これは星新一のユートピア小説なのでしょうか。

ちなみに、初出誌「宝石」一九五九年三月号に掲載された時のタイトルは、「奴隷」でした。

あるいは先に触れた「冬の蝶」はどうでしょう。

突然の完全停電で、ただ冷えてゆく真冬の部屋。完全自動の生活に慣れ切っていて、何もなすすべのない夫婦。外出は凍死の危険を伴う。ふたりは凍える部屋で抱き合い、ただ死を待つしかない目覚めたら全てが回復してすっかりもと通りになっていると信じて、最後の眠りにつく二人。

「眠いわ」「ああ、ぼくも」「静かで、こんな気持ちのいい眠りは、はじめてね」

なんとも穏やかで幸福な死であり終末です。

少しあと、ニューウェーブなど欧米のＳＦが前衛文学的な衣装をまとおうとした時代の終末ものを思わせます。例えば、Ｊ・Ｇ・バラードの『結晶世界』（一九六六）とか、アンナ・カヴァンの『氷』（一九六七）とか。日本では、夢野久作がすでに戦前に「氷の涯」（一九三三）で、破滅的愛を耽美的に描いていました。

星新一の「冬の蝶」も、退廃的な甘美さにおいて、これらに負けていないでしょう。

「最後の地球人」のラスト近くでも、少子化の果てに生まれた人類最後の男女が描かれます。

彼らこそは、人類史の果実をむさぼる貴族の中の貴種、王と王妃です。比較する他人が存在しないゆえに最高の美男美女同士。不倫も嫉妬もありえない。「人類はじまって以来、だれもが理想としてきた、絶対的な愛の姿」。

他にも、「宇宙のあいさつ」（一九六三、『宇宙のあいさつ』所収）、「終末の日」（一九六四、『妖精配給会社』所収）などでも、星新一は、冬近い秋晴れのごとき美しい終末を描いています。★8

「冬が迫った秋晴れの日の空のような」……。

「最後の地球人」にあるこの描写は、美しい終末を肯定的に描いた星新一の体験的背景をじつは示唆していなかったでしょうか。

「明るく、乾燥した毎日であった。台風の夜も、降りやまぬ梅雨もあったはずだが、思い出す日々は一年じゅうすべて、秋晴れの日だったような気がしてならない」

こちらは、エッセイ「澄んだ時代」（『きまぐれ星のメモ』所収）からの引用です。

澄んだ時代とは、意外にも大東亜戦争末期を指します。

星新一（親一）は当時、旧制高校二年生。いわゆる学徒動員で亀有にある日立製作所にて倉庫番を務めていました。

戦況がかんばしくないことは、東京のエリート学生ならわかっていたでしょう。

「前途が悲観的な時こそ、みながそれに触れまいとして、澄んだ明るさを示す。ちょうど、美しい夕焼けの空」

「太宰治の小説「右大臣実朝（さねとも）」のなかに、滅亡近い平家はその故に明るい、という形容があるが、真理のようだ」

健康診断で胸部要注意とされた親一青年は、重労働を免れ倉庫番。家から文学全集を持って行き、椿姫もシラノ・ド・ベルジュラックも金色夜叉も夢中になって読んだ。鷗外の『澀江抽斎（しぶえちゅうさい）』すら無条件で面白かった。

上野へ花見に行くと、人影はなく、鳥の声すらせず、ゴミもなく、ただ桜だけが綿菓子のように咲き誇っていた。「追憶の一駒」は同じ時期のエピソードを記した十行ほどの短文。二階席まである神田の映画館に入ると他の観客は誰もいない。開戦日の八日は毎月戦意高揚の講演があったが、客ひとりではゲートル姿の講師もてれくさそう。だが、一人でも客がある限りやめられな

★8——もっとも、ラストが創世記のパロディとなっている「最後の地球人」と、ペットの猿が生き残る「冬の蝶」は、「現象」や「ひとつの段階」よりはまだ明日が想定されているといえるかもしれません。星新一も日本ＳＦもまだ若く、戦後日本も高度成長途上だった時代ゆえでしょうか。

い。

親一青年はきりのいいところで出たが、「そのあと無人の映画館のなかで画面だけがむなしく動きつづけていたのかと思うと、異様な気がした。SFの世界のような思い出であった」。

たしかに、桜の「妖気(ようき)めいた美しさ」と合わせると、どこかレイ・ブラッドベリかJ・G・バラードの終末SFを思わせる美しさです。[★9]

やがて敗戦。「澄んだ明るさの時代は終わり、薄よごれた湿気を含んだ時代が始まったようである」。

「私の青春と密着したあの時代が、望遠鏡をさかさにのぞいた眺めのように、遠くなつかしく、小さく、静かに、頭の片隅(かたすみ)に残っていることは事実である」

惨死がハッピー・エンドとなるとき

さて――、

星新一は、快楽の繭というテーマについて、人類規模の「セキストラ」も「妖精配給会社」も書けば、個人サイズの「椅子」も書きました。退屈を超克するテーマでも、マクロな「ひとつの目標」がありミクロな「奇妙な社員」があります。

それでは、甘美な終末についても、個人規模(サイズ)の作品はあるでしょうか。

幾つもあります。終末ならぬ、死を肯定的に描いた作品群があるのです。

もっともシンプルな例が、「運」(一九七八、『ご依頼の件』所収)でしょうか。

平凡な一家団欒。だが、会社課長の主人は、ギャンブルで大きな借金を抱えて会社の金を使い込み、発覚寸前。妻は不倫相手の借金を肩代わりさせられ首が回らない。息子は勉強嫌いで成績が悪く、将来に絶望。小五の娘は、不治の病。親もまさか告知はできない。

ところがそこへハンドルを誤ったダンプカーが突っこむ。四人は苦痛もなく即死。近所の人々は、あまりの不運に言葉もないが、事情を知る者にはハッピー・エンド。

あるいは「運」の五年まえの作品、「薬草の栽培法」（一九七三、『殿さまの日』所収）。

この頃、星新一が集中して創作した時代小説の一つで、西国の海沿い五万石の藩が舞台。あばた面で女にもてず妻の尻に敷かれた一藩士。地味な人生が江戸詰めとなり一変。商人に吉原遊びを教えられた。借金を重ね、藩の金に手をつける。上司には物産開発の調査費と報告するが、やがて限界が来る。いつ発覚し、切腹となるか。

ところが突如、日本人なら誰もが知るあの事件が発生。藩はお取り潰し、すべてはチャラに。

こちらは主人公の死ではありませんが、お家取り潰しという武士にとっての終末が、ハッピー・エンドとなった例。

不幸のどん底がハッピー・エンドという結末は、「価値の相対化」をもっぱらとするショート

★9——日本ＳＦの黎明期を担った第一世代作家の多くは、十代で戦争を体験しています。小松左京、光瀬龍、筒井康隆らが描きだす禍々しくも美しい終末の光景には、近代的大都市が空爆で壊滅し、核兵器すら用いられた最後の大戦を体験した青少年の眼に映った終末なのです。彼らのＳＦは、変格戦後文学として読めるでしょう。ちなみに英国人Ｊ・Ｇ・バラードは当時、十四歳。上海の日本軍の捕虜収容所にいました。

ショート作家ならではですが、じつはこれにも、星新一の実体験が反映しているのかもしれません。

オースン・ウェルズ監督の「審判」。カフカの映画化ですが、事情が皆目分からぬまま借金だらけの大会社を相続し、債鬼や労組に毎日責め立てられた体験を持つ星新一にとって、たいそうリアルな物語でした。

ラストは原作通り。主人公は身に覚えのない罪で死刑。

「主人公のKが無惨にも殺されるラスト・シーンは悲劇的な形だが、私はそうは考えない。喜びのあらわれである。

裁判進行中は、人間はまさしく死人と同じである。それからの解放は、マイナスにマイナスを掛ける形でしか表現できないわけである。やっと普通の生活に帰れるのだ。キノコ雲ぐらいの花火を打ちあげたくもなる」（「映画「審判」を見て」『きまぐれ星のメモ』所収）。

実感なのでしょう。会社を継いだ日々のなか、空飛ぶ円盤研究会入会寸前あたりの日記にある「今日あたり死のうかな」で始まる文章を、最相葉月は評伝の第四章末尾で引いていました。

「運」は、悲惨な事故死が、シチュエーションゆえにハッピー・エンドとなる物語でしたが、死自体が人生の充実をもたらす物語もまた、星新一にはあります。

一九八〇年前後、後期から晩期の作品「戦士」（一九七八、『地球から来た男』所収）、「ウエスタン・ゲーム」（一九八一、『凶夢など30』所収）。

「戦士」では、大会社のやり手課長四五歳が、ひそかに始まっている宇宙からの侵略を阻止する秘密戦士にスカウトされる。好奇心から応じてみると、本格的訓練を施され、まもなく地上のどこか前線へ出陣。着陸したＵＦＯを見事撃破するが、光線兵器の攻撃を受け戦士として死んでゆく。悔いのないヒーローの死にざまで。しかしすべては、不治の病とわかった課長を苦痛が襲うまえに最も満足ゆくかたちで死なせるべく仕組まれた芝居だった……。

「ウエスタン・ゲーム」では、五十近いサラリーマンが新手のレジャー・ランドに誘われる。そこでは弾があたると一分近く気絶するという本格的西部劇ゲームが楽しめ、主人公は虜(とりこ)となる。しかし三か月後、熱中のあまり、心臓マヒで本当に逝ってしまう。じつはこのゲームも、不治の病とわかった中年を、最高の愉しさのなかで死なせてやるためのものだったのです。ところが、この裏にはさらに裏があって……。

この二作の少しまえに発表されたのが「経路」（一九七六、『どこかの事件』所収）です。

これは先に触れた心理現象「囚人の映画」を地でゆく一篇。殺風景な独房に入れられた主人公。当然、何の愉しみもない。しかし夢だけは自由。彼は次第に好みの夢のみを見る技術を身につけてゆく。

もはや毎晩が、美酒と美食と美女の饗宴。夢の中の彼は、華麗な取引をこなすビジネス・エリートで稀代のプレイボーイです。ところがある日、夢のなかで拳銃を突きつけられる。夢のなかで知り合いもてあそんで捨てた美女の兄が復讐に来たのだ。妹は自殺したという。むろん夢のはなしです。主人公は、夢のなかで、拳銃の男と取っ組み合ってビルの窓から転落。しかし、彼の死だけは夢ではなかった。

ちょうどそのとき、彼の死刑が執行されたのですから。

星新一が、四半世紀にわたる執筆生活の終わり近くで生み出したこれらの作品に、私たちは深刻な衝撃を受けざるをえません。

「戦士」や「ウエスタン・ゲーム」が好ましい制度だと考える人は少ないでしょう（後者のオチで明かされる真相は陰惨です）。

しかし、少子高齢化の下、伸びてゆく平均寿命。追いつかない健康寿命。介護地獄。長生きリスク。管につながれ床ずれに苦しんだ末の病院死。胃ろうその他での延命のための延命。

我々の将来に待つ地獄を知るにつれ、満足ゆく死、納得できる死。充実のなかの死について、各自が考えておく必要がある時代が到来しているのです。自ら逝った哲学者須原一秀の『自死という生き方』という本も地味に売れています。

「経路」が提起する問題も重い。平成期、「死刑でいいです」とあっさり死んでいった犯罪者は実在しました。この主人公は、死刑制度の意義そのものへ挑発的問いをなげているのです。

右の三作品へつながる発想は、じつはかなり以前から星新一の裡にあったのかもしれません。

中期作品の「古風な愛」（一九六七『妄想銀行』所収）。

有名でないが実力ある俳優が、避暑地で深窓の令嬢に声をかける。令嬢は恋に落ち、俳優は結婚しようという。ところがものわかりよいはずの令嬢の父は断固反対。とりつくしまもない。

恋人たちは心中を決意。高原のホテルで薬を飲むふたり。だが俳優は生き残る。

彼は雇われて演技していた。雇ったのは令嬢の父。娘が不治の病と知った彼は、最後にただ一度、理想のロマンスと美しい死をプレゼントしたかったのです。

この一篇、「戦士」や「ウエスタン・ゲーム」の先駆にして女性版ですね。

あるいは、「フィナーレ」（一九六八、『ひとにぎりの未来』所収）には、生への未練を断ち切り、安らかな死を迎えさせるため、楽しい来世の幻覚を見させる薬が登場します。「追われる男」（一九七四、『夜のかくれんぼ』所収）もそのバージョンとして読めます。

他方、「経路」と一脈通じるのが、中期の名作「ねむりウサギ」のラストでしょうか。遂に悲願が叶い、亀を引き離して堂々ゴール・インしたウサギ。だがそれは、レース途中でまたも倒れ急死した彼が、末期に見た夢だったのです。だがその死に顔は心底うれしそうだった……。

さらには、最初期の傑作「処刑」（一九五九、『人造美人』所収）。

空気はあるが水のない火星に流刑された重罪人。生存に必須な小型水分合成装置「銀の玉」。ボタンを押すと水が一定量でて渇きをいやせる。だが、規定された時間以上ボタンが押されると小規模核爆発を起こすのです。それが何時間なのかは知らされない。だが押さなければ渇き死ぬ。苦しんだ主人公は、たとえ地上でも、死期を知らされず生きるのは人間みな同じだというハイデガーばりの悟りを得、堂々とボタンを押しつづけ、死んでゆきます。

「セキストラ」以来、人間の基本的欲望のあれこれが、代替物であれバーチャルであれ充たされるユートピアを考えてきた星新一。

その空想力が、「満足のゆく死」という人間最後の願望充足へ向かったとき、星作品の鋭すぎるきっさきはまたもや、我らの「なかなか死ねない時代」のどまんなかを貫いていたようです。

補論① 戦時下について

──「澄んだ時代」『きまぐれ読書メモ』「ひとつの装置」ほか

地獄は学徒動員か、寮生活か

最相葉月の星新一評伝は、徹底した取材によって、星エッセイの空隙を埋めています。

その大きな成果のひとつとして、戦時下、日立製作所の部品工場へ勤労動員された旧制高校時代についての調査があります。最相は、当時の学友を探し出してのインタビューで、溶けた鉄の火の粉で火傷する生徒が絶えず、怠けやよそ見は容赦なく殴られ、機密事項を記憶するだけで違法だった「思い出したくもない」地獄を浮かび上がらせました。

しかしそれは、当時をエッセイ「澄んだ時代」(『きまぐれ星のメモ』)、「透明な笑い」(『きまぐれ博物誌』)で滅びの前のユートピアのごとく回想する星新一の印象とあまりにかけ離れています。

最相はこれについて、星新一(親一)は、殴られ負傷する「ほかの生徒のことなど何も見えなくなっていたのではなかろうか。あるいは、心はどこか別の場所をさまよっていたのか」とし、笑いについても「いまさらじたばたしてもどうしようもないことを誰もが知っていたから、感情も乾いていたのかもしれない」と推測しています。

なるほどそうだったのかもしれません。しかし、これだけでは、星新一が「私の作風に関連もしている」と心底懐かしんで止まなかった戦時体験の災害なユートピア的な一面を捉え損なってしまうのではないか。

澄んで透明だった滅び間近の印象を星新一は、「神道のムードの一面から川柳に至る、泥くさくない日本の性格の一種がそこにみつかるような気もする」(「透明な笑い」）と、伝統文化の心性にまで結びつけます。明日の命も知れぬ戦時中、親一は、西行、定家ら中世の無常観の神髄に触れ、それは例えば「最後の地球人」などが生まれる基底となっている可能性すらあるのです。

最相の評伝は、当時の旧制東京高校の事情等や親一青年が学んだ教師や語学補習の講師を緻密に調べ、「しかし、勉学に勤しむことのできた日々は短かった」として、実態は地獄だった学徒動員へ筆を進めてゆきます。「このころのことは思い出したくなかったのか、親一は、随筆にほとんど書いていない」と記しつつ。

はたしてそうでしょうか。「澄んだ時代」、「透明な笑い」、「追憶の一齣」、「物見高き男」（『きまぐれ星のメモ』所収）と、戦時下は星エッセイでもどちらかといえば幾度となく回想されている時代なのです。「思い出したくな」く、「ほとんど書いていない」のは、他の時期ではなかったか。

それは最相が、「勉学に勤しむ日々」とさらっと肯定的にすませた旧制高校入学から学徒動員までの時期でした。

「満十六歳の時に一年間だけ旧制高校の寮生活をした。不愉快きわまることばかりで、いまでも眠る前に思い出し、頭がかっとなったりする」

星新一が勉学に勤しんだはずのこの時期について記したのは『きまぐれ読書メモ』で、コジンスキーの地獄の書『異端の鳥』をレビューした際、ふと漏れたこの二行のみなのです。

当時、旧制高校生は半年以上の寮生活が義務づけられていました。一部屋にふたりから四人が押しこめられた生活が、孤独を好むアスペルガー症候群系の青年にどれだけ過酷だったことか。

エッセイ「郷愁」で星新一は、地獄のイメージすら現実からの逃避先となり得ると語るところで、地獄には「火で焼かれるという刑はあっても、どうにも肌のあわぬやつらと一部屋に押しこめられるという刑はないのだ」としているのです。

寮生活は、親一青年にとって火炎地獄よりずっと過酷だったのでしょう。

最相葉月の評伝はここをスルーしてはいないか。

ここを踏まえると、星新一が戦時下を終生ユートピアとして懐かしんだ事情も見えて来そうです。

厳しく危険な労働であっても、相部屋地獄と比べたら、それは待ちに待った解放だった。まして倉庫番で独り本が読めたのですから。

寮生活相部屋の過酷をスルーした最相葉月評伝の欠缺は、むろん瑕瑾ではありますが、星作品の捉え方にいささかの誤差を生じさせていないだろうか。

生命なき地球の安らぎ

それは、名作「ひとつの装置」(一九六四、『妖精配給会社』所収)の評価です。

国民的尊敬を集める老科学者が、莫大な公的予算を費やしてある装置を完成する。しかし、何の役に立つのか皆目わからず、科学者も語らない。彼は狂人とみなされ、施設へ収容される。

じつは科学者が完成したのは、地球が死の星となった遠未来、ただ一回だけ作動する装置だったのです。

評伝刊行の四年まえ「波」二〇〇二年五月号に掲載された最相葉月と星香代子夫人との対談で、夫人側から具体的にタイトルを示して言及した唯一の星作品がこれでした。

夫人は、「なんだか、おかしな装置がつくられ、人類が滅亡してから千年経つと作動して、弔いの言葉と葬送の曲が流れる……」と要約し、「私、この小説を読むと、いつも泣けてしまうんです」とつけ加えます。

評伝の終章で最相葉月は、香代子夫人を登場させこう独白させました。「どうしてあの人はこうなのかしら」。

星新一のショートショートは、「人がみんないなくなる。世界は滅んでしまう。静寂が訪れる。すると機械がカタコトと動き出す。そんな物語ばかり。悲観的で、絶望的で、厭世的で、せつなくて、かなしくて」。

執筆中の姿は家族にも見せなかったが、「香代子は今、こう思う。あの人はきっと、目に涙をいっぱいためながら書いていたにちがいないと」。

この言葉は、右の対談にはありません。他の取材時に聞いたのでしょうか。

　星作品、「ひとつの装置」には殊に顕著な厭人感。自身内だった女性が、そこに触れて涙してしまうのは自然でしょう。

　しかし、星新一本人も涙していたのかどうか。それは誰にもわからないはずです。

　エッセイ「郷愁」ほかで、人間関係のわずらわしさへの嫌悪を語っていた星新一……。

　自分の「故郷」として、最も郷愁を覚えるイメージは、エントロピー増大の果てに到達するという、素粒子もエネルギーも、すべてが均等に拡散しつくし、一切の変化も消え、したがって時間すらない状態だとした星新一……。

　そんなアスペルガー症候群系のSF作家にとって、人類も、他の生物も滅亡し尽くした地上で、その日をしっかり予見していた科学者がしつらえた装置だけがかたかた作動して、世の終わりを寿ぐ光景こそは、最も心安らぐ「故郷」ではなかったか。

「生きの身のきたなさ何もなくなりてからからとただのしきばかり」（前川佐美雄「天平雲」より）……。

　だとすれば、執筆しながら星新一が思い浮かべたのは、いっぱいの涙よりは、あの「澄んだ時代」、滅びゆく日本にあふれていたという「透明な笑い」のほうがふさわしくないでしょうか。

　現代日本を代表するノンフィクション作家最相葉月は、無数の人々と交流するその職業性と綿密な関係者取材というアプローチのゆえに、星新一のアスペルガー症候群系の厭人性が見えにくくなってはいなかっただろうか。

　本補論における二つの疑問はここに関わるような気がしてならないのです。

補論② ノスタルジアについて
――「郷愁」「きょうという日」「午後の恐竜」ほか

回想すればいつだって若くて活気が……

評伝「終章」の主人公は香代子夫人。星新一本人が描写されるのは、第十二章が最後です。その末尾を最相は、星新一が、ただひとり弟子と認めた江坂遊のショートショート集文庫版解説を執筆する場面で終えました。平成七年。星新一最後の文章として。

そこで、星新一は、その十七年まえ、江坂らをデビューさせたショートショート・コンテストの最盛期を想い出しています。

数万人がショートショートを応募した日本ＳＦ夏の時代を。

「彼らも若く、自分も今よりずっと若く、社会すべてに活気があった」と。

「社会すべてに活気があった」は右の解説にある新一の文章そのままの引用です。

二年後に迫る死をまえに、自分が長老と仰がれるジャンルの最盛期をしみじみと回想する老作家……。長編評伝(サーガ)を見事にしめくくる情景といえましょう。

しかし、ここにあえてツッコミをいれてみたい。ひとつは、この文庫「解説」は本当に星新一最後の文章だろうか。この異論は、後の章で考えます。

もうひとつは、あの頃は「活気があった」という表現です。じつはこの表現を星新一が用いるのは、これが初めてではないのです。

『きまぐれ博物誌』が角川文庫に入った一九七六年(すなわち、右のコンテストの二年前)、付された「あとがき」では、収録エッセイが執筆された一九六八年から七〇年までの三年間を「社会はにぎやかであり、私も働きざかりであった時期」としています。『あれこれ好奇心』（一九八六）冒頭の「時代と人生――回想のなかの小説」にも、「（昭和）二十年代は、なぜか世の中は活気に満ちていた。私が若かったから、そう思えたのだろうか」という一文がありました。

やはり一九八六年、「宇宙塵25周年記念大会プログラム」に寄せた回想「初期のころ」（『きまぐれ星からの伝言』所収）の冒頭にも、ブラッドベリ風の過去美化だと断りながら、「宇宙塵」が創刊されSFと出会った「そのころ、季節はいつも夏だった。そして、晴れた日ばかりだった。活気があり、なにもかも熱をおびていた」とあるのです。

星新一はいつだって回想していた。そして、その回想のなかでは、青春だった昭和二十年代も、SFと出会った昭和三十年代も、中期の傑作を量産していた一九六〇年代末も、数多くのSFファンに老師と仰がれた一九七〇年代終わりも、自分はまだ若く、社会には活気があったのです。

星新一がいま生きていたら九五歳。

もしかすると二十年ほど昔を回想し、インターネット勃興期の頃は、自身が『声の網』や「ナンバー・クラブ」で予見したIT社会が次々と現実化して、「世の中には活気があった」としみじみ回想しているのではないでしょうか。自分もまだ七〇代で若かったと。

遠未来から過去をふりかえる視点

星新一は、デビューの四年後、「別冊宝石」一九六一年七月号「特集・ショートショートのすべて」に掲載された座談会（当時、ショートショート御三家とされた都筑道夫、山川方夫と鼎談）で司会の大坪直行に「いまの若い人たちというのは一応進歩的なんでしょうが、星さんにはそういうところがないですね」と問われ、「進歩的人間というものは、現在という時点に立って少し前を見ている人なんでしょうね」と応じたうえで、

「こっちはそのはるか前に後ろを向いてねそべっている形だ」と自らの姿勢を語っていました。

いわゆる進歩主義者は、反戦を叫んだり改革を訴え

たりするとき、ごく近い将来（「少し前」）から現在を考えている。

自分は「はるか前」、ＳＦこそが描き得る遠い未来に立って、現在を、過去を、また近未来をも、ふり返っている。

そんな視点から眺めると、現在のたいがいの価値観は過去と化し、相対化されてしまうでしょう。

デビュー当時から星新一は、きわめて自覚的な「回想する作家」だったのです。

現在であれ、遠未来であれ、回想する、すなわち過去をふりかえるかたちで物事を視る星新一を、「過去志向の作家」とまとめることもできそうです。

小松左京を「はっきりと未来志向の作家」、筒井康隆を「（つねに）現在を書いている」とした佐々木敦の分類（『筒井康隆入門』星海社新書、二〇一七）に応じてです。

もっとも佐々木敦自身は、星新一を「過去決別の作家」と呼んでいます。

どういう意味でしょうか。

星新一は、青年時代の星製薬の破綻と残務処理の苦労を大きなトラウマとし、その「思い出したくもない酷薄な過去やその連なりとしての現実を否定するために」、ＳＦ的想像力を働かせた。

「逃避というと言葉は悪いですが、星新一にとってＳＦというジャンルは」、「自らの「過去」から「未来」あるいは「もう一つの現実」へと逃れる、という意味があったのかもしれません」

佐々木はそう分析するのです。

「思い出したくもない過去やそのつながりとしての現実の否定」志向は、エッセイ「郷愁」などからたしかに窺えます。

しかし、星新一は決して、「過去」と決別しようとする作家ではありませんでした。

佐々木が星製薬若社長時代を挙げたのは、悪手でした。その時期と、旧制東京高校寮生活時代とは、星新一が、例外的に思い出したくない二つの時代ですから。

星新一は、幸福な幼少期の回想を好みました。戦時下の澄んだユートピアも懐かしみました。

空飛ぶ円盤研究会や同人誌「宇宙塵」などSF創成期も、幾度となく回想しています。

そして、現在や未来をも、さらなる遠未来、「最後の地球人」や「宇宙のあいさつ」、「ひとつの装置」のような世界の終末からふりかえる視点で、見据えていた。

私が、「過去志向の作家」と呼びたいゆえんです。

そういえば、星新一をSFに開眼させたのは、ノスタルジーの作家レイ・ブラッドベリでした。

星新一に、「未来」「もう一つの現実」への逃避志向があるという佐々木敦の指摘自体はまったく正しいでしょう。

エッセイ「郷愁」は、世の中、ことにわずらわしい人間関係というものから、誰もが逃避したくなるものだという、アスペルガー症候群系ならではの訴えです。

そんな現実嫌悪は、ここは自分にとって異郷であるという理屈を育み、故郷は別にあるという想いをつのらせる。ここであの「地球から来た男」を想い出すのもよいでしょう。

つのる想いは郷愁となり、郷愁が故郷を産みだす。逆ではないのです。

だから少年にだって郷愁はある。過去が乏しい彼らにはSFの未来こそ郷愁の対象かもしれない。

読書で知った、映画で観た、歴史上の風景、異国のイメージ、みな故郷となりえる。SFが描く破滅も宗教が語る地獄も、いま生きている現実よりはずっとましなのです。だって、空想ですから。

人は皆、現実から逃避したがるもので、文学、芸術から、哲学、宗教、思想までその成果だという指摘は、例えば江戸川乱歩もしています。

しかし乱歩はそれらを「幻影の国」とか「今ひとつの世界」、また「幻影城」などと表現した。

星新一は、「故郷」すなわち「郷愁」される対象としたところが興味深い。

なぜでしょうか。

それは、本来の意味において、過去をふりかえり故郷をなつかしむ人生上のリアルな想いと重なるがゆえに、逃避からさらにひと回りした積極的な人生観すらもたらすからです。

人生とは懐かしむためにある

一度触れた（八二頁）エッセイ「一〇〇一編」で、星新一は、この作家には珍しく、執念や意欲を抱き、他人とちがったことに挑み、苦しみを経て達成する極上の楽しさを知っておけと説いています。

一見、よくあるお説教のような言葉が、やはりユニークなのは、「人生に、そういう時期を持つべきだろうと思う」その理由でしょう。

「力を抜いた毎日では、あとになって回想するものがない。それのない晩年なんて、さぞつまらないだろう」

どうやら星新一にとって、人生を真剣に生きるべき理由は、そうしないと晩年、郷愁をよせるべき故郷がなくなってしまうかららしいのです。

この人生観を体現したと思しき名作が「鍵」です。うだつのあがらぬ男が、たまたま拾った魅惑的な鍵。彼のその後の人生は、その鍵が開くべき扉の探索行で費やされる。目的はついに達せられず、晩年を迎えた男は、自ら鍵に合った鍵穴のある扉を、錠前屋に特注するのです。

するとその夜、扉を開けて女神が訪れます。そして何でも願いをかなえてあげると誘う。

男は、低いしわがれた声で答えます。

「なにもいらない。いまのわたしに必要なのは思い出だけだ。それは持っている」と。

星新一はこの「鍵」一篇で、理想の人生モデルを描いたのかもしれません。

本章本論で取り上げた「ねむりウサギ」も、完全燃焼というもう一つの理想的人生モデルとして読めます。

六〇年代後半星新一中期の作品「ねむりウサギ」に対しては、七〇年代以降、「経路」、「戦士」、「ウエスタン・ゲーム」という突っこみ的作品が書かれました。

すなわちよくできたバーチャル体験は、完全燃焼の死をも捏造できるのではないかと。

「鍵」についても、バーチャルでの代替を星新一は考えなかったか。

「きょうという日」（一九七五、『たくさんのタブー』所収）という作品があります。

平凡きわまる若いサラリーマンにちょっとした幸運が訪れる。たまたま拾って届けた書類が極めて重要なもので、青年はお礼として、二泊三日の静養旅行券を贈られる。そこでは、美しく感じのよい女性との出会いがあった。しかし、それ以上の進展を待たず、急用なのか彼女は連絡先も残さず帰ってしまう。

また平凡な日々へ戻った青年。

ところが数年後、帰宅途中の夜道で追われているらしい女性を助ける。追うのは銃を持つプロらしい男。関わらないほうがよさそう。

だがある手違いで、追っ手の男は種明かしを始める。

老人ホームで末期を迎える老人。平凡すぎる人生で、回想する思い出もたいしてない。そこに人工的に思い出をふたつほど作ってやるサービス機関があると。

ホテルでの出会いも、その一つだったのだと。

しかしそうだとすると、種明かしされてる自分はじつは老人で、いまは捏造記憶のなかにいるのか。いったい今はいつなのだ……[*1]。

リアルであれバーチャルであれ、追憶につつまれて迎える晩年。

それを理想としたと思（おぼ）しき星新一はやはり、「セキストラ」、「妖精配給会社」、「幸運の未来」の作者でした。欲望充足の繭につつまれて幸せな衰亡を迎える人類を繰り返し描いたSF作家は、人生の終わりにふさわしいのは、追憶の繭、思い出のフィルター・バブルに包まれたまどろみだと考えていたらしいのです。

さて――、

理想の死を考えた作品として、星新一には、リアルな「ねむりウサギ」と、バーチャルな「経路」や「戦士」があり、またそれを世界規模に極大化した「最後の地球人」もありました。

追憶のある人生をテーマとした作品にも、リアルな「鍵」やバーチャルな「きょうという日」を、世界規模にまで極大化した作品はあるのでしょうか。

象たちの行進、恐竜の饗宴

予感させる初期作品として、「友を失った夜」（一九

六二、『ボンボンと悪夢』所収）があります。

「友を失った夜」とは、古代以来、人類の友だった大型哺乳類ゾウ、その最後の一頭が死を迎える夜のことです。世界中の子供たちが、病状を伝えるテレビ中継を見守っています。

「病気のゾウは、いまなにを考えているんだろうな」と、テレビのまえで坊やが呟くと、一緒に観ていた祖母は、「人間たちと、密林のなかを楽しく暴れまわった、先祖たちのことだろうね。この映画のように」と答えます。

中継は、病状を伝える合間に、昔のターザン映画を流します。往時のゾウたちが「栄光を示すような、強く明るい太陽のもと」、行進しあばれまわり雄叫び（おたけび）を上げる。「活気ある時代」の追憶ですね。

食いいるようにテレビを見つめる坊やの隣で祖母は考えます。

「いま発展をつづけている人類も、いつかは減り、ゾウと同じようにただ一人になってしまう時がくるかもしれないということを。そんな時に、その人はどんな事を考え、なにものが見まもってくれるだろう」と。[*2]

最初期作品「最後の地球人」では、ただ一人へ向けて人口が減りつづける人類は、追憶などせずもっぱら過去の遺産を食い散らかしつつ、滅びまでの時間を潰していました。

その三年後、「友を失った夜」では、ゾウの末期を推測するかたちで、最盛期を回想しながらの絶滅が示唆されたのです。

そして、祖母の右の問いかけに対して、何者も人類の滅亡を見まもってなどくれないという答えを出した科学者が、それならばと、地球生命の最後を看取るマシンを自作自演で製作する物語こそ、二年後に発表された「ひとつの装置」といえるかもしれません。

そして、その四年後、地球大のスケールで終末と追憶を描いた傑作が発表されます。

すなわち「午後の恐竜」（一九六八、『午後の恐竜』所収）です。

「午後の恐竜」は、星作品のなかでもかなり著名な一篇でしょう。ファンが好きな作品へ投票してベストテンを決める試みなどがあると、たいていベスト5には入っている名作です。[*3]

主人公は、三十過ぎのサラリーマン。ローンで郊外に我が家を建てたばかり。息子とふたりめの出産が近い妻との順調な人生。

ある日曜、朝寝から起きると、子や妻が騒いでいます。街に恐竜が現れたと。しかし、自宅まえをのし歩くマストドンザウルスは、蜃気楼のごときものらしく、鮮明に見えるが、触れることはできない。手を伸ばすと、人間や現実の物質はすりぬけてしまいます。恐竜は一匹ではない。いろいろな種類が町中を徘徊、巨大トンボやシダの森林も出現している。どうやら恐竜時代そのものの幻が、現代の風景と重なっているらしい。それもどうやら日本中、いや世界中で。

奇現象には前兆があって、その日の午前一時、三葉虫の幻影が目撃されていた。恐竜たちの大パノラマは次第に哺乳類たちの世へ移ってゆきます。やがて原始の人類も出現して……。いったい何ごとなのでしょうか。

伏線はわかりやすく張られています。街に現れた幻影の地球自然史が描写されてゆく合間に、某国の軍事スタッフたちの緊張したやりとりが、幾度も挟まれるのです。水爆弾頭を何発も装塡した原子力潜水艦XB8号が、狂気の艦長に乗っ取られて連絡不能。

ある心理学者が、仮説を告げます。謎の幻影の正体は、パノラマ視現象ではないかと。

人間は死の間際、自分の生涯を走馬灯のように一瞬で回想するといわれます。いま、地球の全生命が、その発生から長い長い進化の果てまでを、今日一日かけて回想しているのではないか。地球史の何十億年にとっては、一日など末期の一瞬に等しいでしょう。[*4]

そしてとうとう、日が暮れた頃、最終兵器は飛来し、思わず妻子を抱き寄せた主人公は、最後の最後に自分の短い生涯をパノラマ視するのです。

ネット上のサイト、あの「ホシ計画」では、「風花笠奈」というハンドルネームの方が、この作品について、「とてもアンハッピーエンドだけどハッピーエンドに見せる終わらせ方が凄い」という感想を述べていました。たしかに……。最終戦争による滅亡の物語でありながら、「午後の恐竜」はどこか明るいのです。

未来学者小松左京はなぜ重くて暗いのか

それは例えば、小松左京の初期短編「影が重なる時」と比較するとよくわかります。

この作品の冒頭も、幻影の出現です。こちらは恐竜ではなく、自分の「影」、いわゆるドッペルゲンガーです。

主人公の友人は自室の窓際に自分がいるという。女友達は、ベッドにしどけない姿の自分を見つけ悲鳴をあげます。主人公は、勤務先の新聞社で恐怖の表情で立ち尽くす自分を見つける。

ドッペルゲンガーは自分にしか見えません。自分には半透明に見え、触れられる。他の人には見えず、すりぬけられるのです。鉄道や自動車にもやはり、各々の「影」があるらしい。

この現象が生じたのは主人公が暮らすT市（東京）を中心とする三〇キロ圏内でのみ。

皆がどこかに影の自分を持っている。主人公の新聞記者は、そんな異様な街をどこかで見た記憶があった。それは、被爆直後のヒロシマでした。ピカドンのはかりしれないエネルギーは、その衝撃を空間のみならず時間軸方向へも及ぼしたのではないか。すなわちその刻印は、未来にも過去にもうがたれるのでは？

とすれば、原爆投下直後の広島では、あの瞬間の自分が「影」という痕跡として残っていたのではないか。そして、いま誰もが知る影とは、近い未来にこの街を見舞う強烈なエネルギーが時を遡ってうがった刻印ではないか。影の自分の腕時計や新聞は皆、同じ日付で同時刻なのです。

ついに記者は、某国が衛星軌道上で超大型核爆弾スーパー・ノヴァの実験を計画中であるというロイター発短信を見つけます。

そしてやってきたその時刻、不慮の事故で軌道を外れたスーパー・ノヴァが大気圏再突入、T市上空で……。

鮮やかな視覚的イメージで描写される奇現象。核兵器による破滅にからめたSF的なアイデア。伏線をたくみに張った短編ならではの展開。

「午後の恐竜」と「影が重なる時」は、よく似ています。*5

しかし、よく似た二作品でありながら、読後感は対極的です。

笠奈さんのようなハッピーエンド感を、「影が重なる時」に覚える読者はいないでしょう。

明るくどこか清澄ですらある「午後の恐竜」に比べ、「影が重なる時」は終始、重苦しいのです。

いったいどこが違うのか。

超核兵器による被害が、強力すぎるエネルギーによる瞬殺であるところは共通しています。

しかし、「午後の恐竜」が、最終核戦争による人類と地球生命すべての完全な滅亡で終わるのに対して、「影が重なる時」は、東京と思われるT市とその郊外半径三〇キロメートルのゾーンが「時空の外へ吹きと」ばされるのです。

すなわち、「午後の恐竜」のラストでは未来が全くないのに対して、「影が重なる時」では直接の犠牲者以外の日本人、人類は、この大惨事を乗り越えて、明日を生きなくてはならない。

もう、おわかりでしょう。

エッセイ「澄んだ時代」で星新一が喝破したように、明日への希望は重苦しいのです。これから皆で、がれきや放射能汚染というリアルと格闘する労苦こそが「未来」なのですから。

対するに、完全な絶望は明るい。明日のためになさねばならぬ難行などもう何もなく、あるのはただあふれる想い出ばかり……。

「午後の恐竜」では、地球の全生命が、マストドンザウルスたちが闊歩する活気ある想い出の繭にくるまってまどろみながら、終焉を迎えるのです。

これに対して小松左京は、佐々木敦が指摘する通り、どこまでも「未来志向」の作家なのでしょう。

ところで、「午後の恐竜」が明るく愉しく、「影が重なる時」が重苦しい理由は、もうひとつあるのではないかと考えられます。

この二作品、どちらも破滅の原因は、核兵器です。司令官の狂気であれ、実験中の事故であれ、偶発の悲劇であるところも共通します。冷戦真っただ中で米ソの核開発競争もたけなわだった一九六〇年代のＳＦでは、これは定番中の定番でした。

しかし星、小松両者の違いは、核兵器への態度に現れています。

「影が重なる時」には、核開発競争への批判、怒りが、決して露骨ではないが、はっきり窺える。

「まるきり関係のない他国の核実験によって、散々痛めつけられてきた日本の国民としての、根深い被害者意識」とか「被爆直後のヒロシマ」とか「何の罪もない人々」とかいった表現がありますから。

「午後の恐竜」には、こうした表現は見当たりません。この違いはいったい何ゆえでしょうか。

時事的描写を一貫して忌避した星新一の方針、その文体の抽象度、透明度の高さもあるでしょう。

しかしそれだけでしょうか。

文明史は宇宙の回想

「午後の恐竜」には、地球の全生命がパノラマ視現象を見始めたのは、すでに運命が定まり、「いかに努力しても手おくれ」なのを感じ取ったからだという描写があります。

そこには、「人間は変に思考する能力があるため、かえってわからなかっただけなのだ」という一文も加えられているのです。

運命をただ受容する全生命に対して、人類は思考をする。「影が重なる時」に窺えた核開発批判は、じつは、人類の叡智をもってすれば、まだ阻止できたはずだという前向きの楽観を大前提としています。

しかしこれが、「変に思考する能力がある」ゆえに、運命を受けいれる賢慮に欠ける人類が、まだ何とかならないかと、往生際悪くじたばたしている姿だったらどうでしょう。

こうした懐疑を、星新一は突きつけている。

「影が重なる時」は、人類がその気になれば破滅を回避できるという人意と人為への前向きの期待ゆえに重苦しく、「午後の恐竜」は、人類にできることなどじつは何もないと、すべてを受容する諦観ゆえにかえって明るいのです。

すなわち、「午後の恐竜」においては、核兵器の暴発は、人類史の愚行である以上に、全生命史がたどり着かざるを得ない必然的帰結だった。

恐竜から哺乳類、人類発生へ至る末期のパノラマが、その最後の最後で、弓矢の発明を見せ、続けて武器の改良と進化を見せるのも、戦争の進化すらも人間の悪行ではなく、いかんともしがたい一種の生物学的必然だったと明かしているのです。

「午後の恐竜」という見事なタイトル。

走馬灯最大の見せ場が、黄昏の主役人類文明ではなく、まだ日の高いうちに現れる恐竜時代だったのを示唆しているのも、人間中心的な歴史観をはるかに相対化していて美しいですね。

核開発や地球環境破壊などを、人類の愚行ゆえと考えるのも、その是正を訴えるのも、実はかなり傲慢な人類中心主義かもしれない。

そんな人類が生み出され、愚行をなすままなのもまた、地球史の必然だったのではないか。

「午後の恐竜」の二年後、あの『声の網』の十一話で、星新一はさらに壮大な文明論、いや宇宙論を描きあげました。

「11 ある仮定」。足が不自由で部屋にひきこもり、株式売買で生活する三十五歳の読書人、斎藤。

その親友で、エレクトロニクス関係の貿易会社（現在ならば最先端環境テクノロジー企業でしょうか）に勤める松山。

きわめて知的な現代の高等遊民ふたりが、この章では語りあいます。ネット上のサイト「読書メーター」に、この斎藤は星新一、松山は小松左京がモデルではという投稿（ハンドルネームは洪水）がありました。なかなか穿っています。

斎藤の話は、Y・N・ハラリを凌ぐサピエンス全史総ざらえです。

まず、動植物を採集して食し、さらに飼育栽培へ進んで、生物を支配した人類。

次いで、石器から木材、毛皮、また金属などを加工して物質を支配してゆく時代が到来。

それは後世に残る建造物を築き、他の地方を掌中にあるかのごとく身近とする道路や航路を敷いてゆく。

時間と空間がこの時期、支配されていったのです。

その次は、まず水や火や空気から、遂には石油、ウランなどまで、知識の力でエネルギーを支配してゆく時期が到来。

これで二〇世紀までが語られました。

ここで斎藤は、その次は何だとうながす松山へ、次には「無を支配する時期」が来るはずだが、具体的にどういうものかはわからないと口を濁す。

「なぜそうなる？」と松山が説明を求めると斎藤は、発想の元を明かします。

ビッグバンで、無から宇宙が生じた。それは爆発、つまりエネルギーの飛散をもたらす。膨張が始まると時空が生まれる。

やがてエネルギーが冷え、物質となってゆく。

そして年月を経て生物が誕生し、そこから知的生物すなわち人間というゴールへ到達する。

その人類は文明を産み、発展させていった。

生物支配から、物質、時空、エネルギーという順序を踏んで。

なぜこの順序だったのか。

それは、宇宙の進化を、近い過去からはるかな過去へ向けて、遡ってゆく方向で少しずつ回想していったからなのではないか。

人類の集合知とは宇宙の頭脳。それが生み出した「文明」とは、宇宙が自分が辿ってきた全過去を、近い記憶から徐々に想い出してゆく過程だったのです。

そして文明形態の姿で顕れた回想は、いまやその終局、ビッグバンへ到達しつつある。

それは人類文明の終点であり、また宇宙の終焉なのではないか。

人類文明史とは想い出ならずや。

すなわち、大宇宙がその末期を迎えて夢に見た回想のパノラマならずや。人類はそれを描き上げ奏であげる画工たち楽士たちとして、生み出されたのではないか。

おそるべき世界観です。ヒューマニズム、人間中心主義をつゆとも疑わず、人類の選択とか人類の責任とかを訴える声が、いかに傲慢であるか。

人類がみずから生み出したと信じている文明も、やらかしたと恥じる愚行も実は、生物の、物質の、宇宙そのものの進化によって必然的に決められた軌跡にすぎないのではないか。

星新一は、初期から偶然や運命を核とした物語を好んで生み出しました。人意や人為の虚しさが読者の身にしみとおるような。星新一は反人間中心主義の作家だったのです。

＊1　タイムマシンものとはまた違った、記憶というものの不思議さにからめた時間SF「きょうという日」は、星新一がSF作家として、ボルヘスやP・K・ディックやテッド・チャン、あるいは川端康成の「弓浦市」にも負けぬ発想力を秘めていた証となりそうな一篇です。関心ある向きは、「気の迷い」（一九七八）もご一読ください。

記憶というテーマを遡ると、最初期、テレビ時代の大衆の記憶のあいまいさを描いた「証人」（一九六一、『ようこそ地球さん』所収）まで辿りつくでしょう。

＊2　星新一の次女星マリナは、この祖母と孫の姿を、お祖母ちゃんっ子だった星新一（親一）と祖母の文学者小金井喜美子とに重ねています（「舞姫」と「ボッコちゃん」、そして「友を失った夜」」『水泡の歌』新潮社、二〇一八）。

＊3　星新一が没した約二年後、一九九九年九月十一日に開催された「星新一を偲ぶ会『ホシヅルの日』」で、四百名以上の参加者が好きな星作品へ投票した際には、「おーいでてこーい」と「ボッコちゃん」に次ぐ第三位がこの「午後の恐竜」でした（「星作品ベスト3」「編集会議」二〇〇八年九月号ほか）。新潮社「波」誌二〇一七年十二月号が、死後二十年を記念して掲載した村田沙耶香との対談「私の好きな星新一」で、新井素子が挙げた星新一ベスト3は、「ボッコちゃん」「午後の恐竜」「鍵」もしくは「包囲」（一九六〇、『人造美人』、『ボッコちゃん』自選）で

した。

＊4　もっとも、ダウエ・ドラーイスマの『なぜ年をとると時間の経つのが速くなるのか——記憶と時間の心理学』（講談社）によれば、パノラマ視現象は、十八世紀以来、幾つも報告されてはいるものの、死の危機を体験した人全体のごく一部にすぎず、誰もが人生回顧を幻視するわけではないようです。

＊5　「世にも奇妙な物語データベース」というインターネット上のサイト http://yonikimo.com/374.html でも、「影が重なる時」についての書きこみで、「午後の恐竜」を連想したという感想が見られます。「午後の恐竜」が原作かとか、これは「午後の恐竜」の二番煎じだなどという半可通さんも（実際は「影が重なる時」のほうが一九六三年発表で、六年早い）ネットに現れました。

補論③　運命について——「花とひみつ」「不在の日」「終戦秘話」ほか

努力も祈りも偶然に弄ばれる

第2章で紹介した星新一（親一）少年の驚くべき徴兵忌避工作。人工的近眼化の帰結を明かしましょう。

エッセイ「眼鏡について」によれば、徴兵検査年齢となったときは大東亜戦争ただ中の昭和十九年。足腰が立てば皆合格という情勢下、親一少年も乙種合格してしまいます。だが、理系の学生だったゆえ、徴兵猶予。その間に日本は敗れ軍隊はなくなってしまいます。周到な工作は一切無駄。負担がかった左目はやがて近視になります。

運命のいたずらにもてあそばれる人意と人為。星新一にはそうした作品が数多く残しました。

最初期の「空への門」（一九五八、『人造美人』所収。『ボッコちゃん』自選）。誰もが憧れるエリート中のエリート、宇宙飛行士をめざして、勉学と身体鍛錬に専念する青少年時代を送り、他を全て犠牲にした若者。だが、エリート校を卒業し栄光の門出となったとき、誰でも宇宙飛行士となれる新技術が開発され、彼の栄光は過去のものとなっていた。

あるいは初期の「ある研究」（一九六四?、『妖精配給会社』所収。『ボッコちゃん』自選）。若き発明家が、もう少しで研究が完成するからと有力者に支援を仰ぐが、具体性に欠けるし危険もあると拒まれる。青年はついに夢を諦める。彼のアイデアは、木を摩擦して火を人工的に起こすというもの。人類がそれを手にするまであと何万年……。

運命がもたらすのは、悲劇ばかりではありません。「花とひみつ」（一九六四、私家版絵本（絵は和田誠）として刊行。『きまぐれロボット』所収)。

花が大好きな少女が、花の世話をするモグラを夢見て絵を描く。風に飛ばされた絵はめぐりめぐってある研究所へ辿りつき、勘違いした技術者たちは、半永久的に動くモグラ型園芸ロボットを二百台だけ製造。研究所は閉鎖。残された園芸モグラは世界中へ散り、少女は妙なところに見事な花が咲いているのをある日みつけて驚く、

古い十字架が貧しい少女へ届くまでの数奇な運命を辿る「小さな十字架」(一九六〇、『ようこそ地球さん』所収。最初の執筆は評伝によると一九五一年頃らしい。アナトール・フランスの「海のキリスト」の影響がうかがえます)同様、運命の奇跡とほっこりした結末、少女の願いが叶った僥倖のあまりのかそけさとが、なまじの悲劇以上に、人意の空しさを切なく感じさせます。

これらの物語に限らず星新一は、偶然を注視しつづけた人でした。学生時代、もうすこしでペニシリンを発見できた日本人の論文を見つけ、生涯、セレンディピティにも関心を抱き続けた。

初期のミステリー作品は、「追い越し」(一九六一、『悪魔のいる天国』所収。『ボッコちゃん』自選)、「目撃者」(一九六二、『ボンボンと悪夢』所収)、「現代の美談」(一九六二、『おせっかいな神々』所収)、ヘンリー・スレッサー風の偶然の悲喜劇ばかりです。

あなたも国家も誰かに操られていた

しかしここで私は、一見対極的なもうひとつの星作品の系列をも合わせて考えてみたい。

自分の意志で企て(例えば犯罪とか恋愛とか)を進めていたつもりが、じつは初めから終わりまで何者かに操られていたというタイプの作品群です。「操られ系」「操作系」とでもいうべきか。

「シャーロック・ホームズの内幕」(一九六一、『ちぐはぐな部品』所収)とか、落語の「猫の皿」を思わせる「財産への道」(一九六五、『ノックの音が』所収)とかが、早い例でしょうか。

「上流階級」(一九六二、『ボンボンと悪夢』所収)では、夫婦がそれぞれ互いを狙う殺し屋を雇いますが、じつ

は殺し屋同士を闘わせて楽しむふたりの娯楽でした。

このパターンは、「福の神」(一九六四、『妖精配給会社』所収)、「長生き競争」(一九六六、『妄想銀行』所収)、「宿命」(一九六七、『マイ国家』所収)、「女とふたりの男」(一九六九、『だれかさんの悪夢』所収)、「新しい遊び」(一九七二、『かぼちゃの馬車』所収)などに展開されます。それと知らず闘わされるのは、人間だったりモルモットだったりロボットだったり。

「塔」(一九六七、『ひとにぎりの未来』所収)や「助言」(一九六八、『盗賊会社』所収)では、冷戦期の各陣営を思わせる二大軍事大国がもてあそばれます。

「操作系」といっても、操られて闘わせられるばかりではありません。

「宇宙の英雄」(一九六七、『妄想銀行』所収)、「企業の秘密」や「重要な部分」(一九七四、『たくさんのタブー』所収)、「ありふれた手法」(一九八〇、『ありふれた手法』所収)のようなモティベーション喚起もあれば、「昇進」(一九六三、『エヌ氏の遊園地』所収)とか「あるロマンス」(一九六七、『盗賊会社』所収)とかのように、精勤や貞操を試すトラップもあります。

「きっかけ」(一九七〇、『だれかさんの悪夢』所収)や「かくれ家」(一九六八年、『ひとにぎりの未来』所収)のごとく、知らぬうちに身の程にあった幸せや穏当な更生がもたらされたりもします。

操っているのは、高度な知能犯だったり、異星人だったり、企業だったり、奥さんや彼女だったり国家だったりしますが、その一完成形態が、あの『声の網』のコンピューター支配でしょう。

「はい」(一九六八、『ひとにぎりの未来』所収)、「おカバさま」(一九七〇、『未来いそっぷ』所収)、「勝負」(一九七三、『夜のかくれんぼ』所収)は、コンピューター支配の明暗を描いて、『声の網』のスピンオフのように読めそうな究極の「操られ系」物語です。

これらが描く、操られて得られた幸福を肯定する人は少ないでしょう。星新一もむろん、そのつもりで描いてはいない。

しかし、コロナ禍に対して、報じられるかぎり妥当な防疫措置を迅速にこなした権威主義的国家が再評価されたりする昨今、「操られ系」作品の問いは決して軽視できません。

そこには、一八世紀のバーク、二〇世紀のオルテガ、フロムらが発した、我々は自主や民主に拠って幸せになれるほど賢くないのではないかという懐疑、自由を放棄し、伝統や権威に「はい」と従っていたほうが幸せなのではないかという深刻な問いかけが響いているからです。それは宗教の問題につながります。

「手紙」（一九六九、『おみそれ社会』所収）では歴史をよりドラマチックにしようと慮る神らしき存在が暗示される。「ブルータス、おまえもか」の新解釈には思わず膝を打ちます。「追われる男」（一九七四、『夜のかくれんぼ』）、「親切」（一九八二、『どんぐり民話館』所収）でも神が見え隠れする。

しかし、より考えさせられるのは、星新一自身、「奇想天外」誌一九七六年十月号のアンケートで、「ボッコちゃん」と並び愛着ある作品としている「不在の日」（一九七〇年、『未来いそっぷ』所収）でしょう。

不在とは作者の不在。作者とは、星新一自身。いかにも星作品に登場しそうな男や美女や異星人が、操ってくれるはずの作者の不在に戸惑い右往左往したあげく、作者も読者もまた、さらに上位の誰かに操られているのではないかと懐疑を突きつけてくる。

SF作家森下一仁は、「SFイズム」一九八四年二号で、「親切」を冒頭に置く最後期の作品集『どんぐり民話館』（生前の作品集としては最後から二冊目）を、「不可知論というか、わけのわからないものに動かされている、それが人生ですよ、といったテーマが見え隠れしている」と評しました。

このテーマは、中期頃よりすでに現れ、後期から晩期にかけさらに顕著となっていったのではないか。

星新一のこうした想いはかなり初期から変わっていないらしい。

デビューからそう経っていない一九五七年夏、「宝石」誌の座談会「新人作家の抱負」で、城昌幸の「ものの影」という作品は、「本当にショックで」と語っている。

「ものの影」は、「宝石」誌一九五七年一月号に掲載された二段組で三頁半ほどのショートショート。語り手の名が「ゼット氏」である一点だけでも目をみはります。ゼット氏の文明論を作者が聴くスタイルも、『声の網』第十一話「ある仮定」を思わせる。

ゼット氏は、人類の仕事をすべてロボットが代行する未来を語ります。人類は皆遊んで暮らし、人口減少の果て、衰えて滅亡する。

ロボットは、自己再生能力を身につけ、有機的な再生産も可能となり、いつか人間と変わらなくなり意識も芽生えてくる。本来、人類に仕える奴隷だった彼らだが、滅亡したご主人様のの記憶すら摩滅しても、再生産され働くのを止めない。

例えば、唸らされるのは、その次です。

じつは我々人類もまた、「何かに、何かの目的のために作られた手段であってその目的を隠されている——教えられていない、存在の陽だ」と、ゼット氏は考察を飛躍させます。真の独創性などありそうもなく、模倣と応用のみに長けているのは本来、何かのロボットだったゆえではないか。ここには、「不在の日」ほか幾つもの星作品のテーマがすでに高鳴り始めていないでしょうか。

「我々は現在の人間は、何かの、何かであったものの意志の影だよ。その何かを考えることは無益であろうか」。ゼット氏がこういい切って、「ものの影」は終わるのです。

偶然の産物としての経済大国日本

初期の「四日間の出来事」(一九六二、『おせっかいな神々』所収)、中期の「すなおな性格」(一九七三、『ごたごた気流』所収)は、人生の全てを占いで決めようとする人物を描きます。

対するに「自信に満ちた生活」(一九六七、『ひとにぎりの未来』)は、何ごとにも最善の判断をしてくれるというマシンに頼って自信あふれる人生を送る主人公が、ふとマシンを分解すると、ただコインが投げられて裏か表かで「やれ」「やめろ」の判断が下されているだけだったというお話です。

頼れそうな万能コンピューターや神が、なんと偶然の戯れと変わらなかったという皮肉。どうやら、森下の評が腑に落ちてきます。

わからぬものに操られ動かされている我ら。それを運命と呼んでもいいし、偶然の戯れでもいいが、ともあれ人為や人意はどうにも空しいものらしい。九鬼周造が「原始偶然」と呼び、M・ガブリエルや大澤真幸なら「偶有性」、Q・メイヤスーなら「ハイパー・カオス」といったところでしょうか。

「私は、どちらかというと運命論者なのである」。星新一は、角川文庫版『変な男』の解説で、眉村卓を論じつつこう記しました。高校時代から文学青年で、その初志を見事貫いてヒューマンな作家となった眉村と対比してです。

父の会社を継ぐ二代目の運命にずっと疑問を抱かず、青春期に一度公務員試験に上位合格したがその年は「偶然」採用極少であぶれ、父の急死で会社を継ぐもの の立て直せず、目標喪失の地獄でもがくうちに、同人誌に書いたSFがたまたま認められデビューしてしまった親一青年。「作家になるつもりなど、まったくなかった」が、偶然と運命の戯れでそうなってしまった。能動性の乏しい中動態の人生……。

これはやや年上の高木彬光(あきみつ)、山田風太郎と似ています。ともに医師の家系に生まれ父の死で運命が狂った戦中不戦派。なりたいとは思わなかった作家に偶然が微笑んでなってしまった三人。星新一が運命論者となったのも無理はないでしょう、しかしそれにはもう一つ、およそ予想もしない歴史を辿って稀有な繁栄へ辿りついた戦後日本を直視したこともありそうです。

「要求」(一九七四、『おのぞみの結末』所収)一篇は、異星人の侵略ものに託して、米軍による徹底破壊と新憲法押しつけにより、永い平和と繁栄を拝受する結果となった日本を描いたと読めます。

さらに凄い傑作が、「終戦秘話」(『あれこれ好奇心』所収)です。生々しいネタゆえエッセイ集に収めてありますが、創作といってよい。三島由紀夫「英霊の聲」を明らかに踏まえつつ、戦後日本という驚くべき僥倖の産物を凝視した一篇。自称運命論者星新一は、この知られざる一篇で、じつは、戦後思想史においても無視できない存在となったのでした。

第5章

「小説ではない」といわれる理由

——「霧の星で」『人民は弱し 官吏は強し』「城のなかの人」ほか

山川方夫と星新一、恋愛描写を比較する

星新一がデビューした当時、ショートショートの御三家といわれた作家がおりました。ひとりは星新一本人であとの二人は、山川方夫（まさお）と都筑道夫です。一九六一年、「別冊宝石」のショートショート特集では、御三家揃い踏みで「ショートショートのすべて」という鼎談も行われています。

星新一と山川方夫、星新一と都筑道夫には、似たテーマを扱った作品があります。それらを比較すれば、星新一作品の特異性をあらためて浮かび上がらせられるかもしれません。

山川方夫は、昭和二十年代から「三田文学」他で純文学の創作をはじめ、三度芥川賞候補に。「ヒッチコック・マガジン」「科学朝日」などでショートショートを発表し、直木賞候補にもなりました。国語教科書に掲載された「夏の葬列」を、知る人は多いでしょう。一九六五年、三四歳で交通事故死。

山川の「朝のヨット」（一九六三、『親しい友人たち』ほか）は、新保博久が「近年の読者に非常に評判がよい」（二〇一二、『ゆがんだ窓』解説）とする三頁余の小品です。

これと星新一のやはり小品「語らい」（一九六七、『マイ国家』所収）は、共通するところが多い。こちらは一頁余。

どちらも事故で恋人を失った女性の嘆きが描かれている。ところが死んだ彼氏は、いまもすぐそばにいる。山川作品では少女のヨットを追う鷗（かもめ）と化して。星作品では、女性になついた子犬と化して。鷗の叫びはむろん彼女へ通じず、子犬は恋人の死を知らず不実を詰（なじ）る嘆きにただ尻尾を

ふるばかり。

しかし山川は、その短い字数で、少女を深く愛してはいるがひとりになるため海へ出たがる少年と、一瞬だって少年と離れていたくない少女との内面の食い違いを、（主に少女の側から）会話や心理描写でていねいに描写してゆきます。

半面、ふたりが鷗と人間とに隔たってしまった状況説明は、オチの十行のみに凝縮されている。対するに星新一は、字数のほとんどを最後に恋人と別れた場所を訪れ子犬相手に嘆く女性の状況描写に費やします。

「あたしは心から愛していたし、あの人もあたしにそう言っていたのに。ひどい人でしょ。でも、忘れられなくて」。心理描写は、紋切り型のこのセリフひとつのみです。

そして、恋人の男が、末期の願いで彼女のそばにいたいと天使へ訴え、無理な願いが叶った代償として残酷な状況が出現してしまったという背景が説明されます。

山川作品には、なぜ少年が鷗となったかという背景説明が、まったくありません。

山川方夫のショートショート的作品で最も評価されてきたのは、「待っている女」（一九六三）でしょう。

星作品「おととい」（一九七九、『ご依頼の件』所収）はこれと似ています。

「待っている女」では、夫婦喧嘩で妻が家をとびだす。「おととい」では、夫が出てゆきます。

「待っている女」は、主に夫の内面描写で話が進められてゆきます。そして最後には、帰ってきた妻が自分の心情をぶちまける。

「おととい」では、心理描写はありません。家出して転々とする夫の行動が客観描写されてゆくだけ。主人公の性格が、「秀才的ないやらしさがなく、にくめなく、話していて楽しくなり、変なたのみごとを持ちこまない」と簡潔に記述されるだけなのです。

星新一と都筑道夫、非モテ描写を比較する

都筑道夫は、本格推理、ハードボイルド、ユーモア、捕物帳、スパイもの、ホラー、SF、伝奇まであらゆる分野のエンタメ作品を数多く残すかたわら、一九七〇年代までに四〇〇篇以上のショートショートを産みだしました。

星新一と比較するためのサンプルとしては、「夜の声」(一九六六)がよいでしょう。のちに「電話の中の宇宙人」、さらに「風見鶏」のタイトルで短編の長さに改稿され、半村良や東雅夫編のアンソロジーにも選ばれた名作です。

さえない孤独なセールスマンのところへ深夜、女性から電話がかかって来る。監禁され大女に見張られているので、助けて欲しいと。監視の目を盗んでアトランダムに電話をかけてきたが、誰も信じてくれないと。

最初はいたずらかと疑うが、次第に毎夜の電話が楽しみになってくる主人公。幽閉されている部屋の窓からの風景を伝える女。

セールスマンは仕事のついでにその風景を探し、ついに訪ねあてる。大女も実在し、目印にと貼らせた赤い紙もある。

感動し警察へ助力を求めにゆく彼はしかし、窓ガラスに映ったどうにも女性にもてはしない貧相な自分を見てしまう。そして通報は止め、発見を女性に知らせることもなく、彼の脳裏に宿った美女との夜ごとの電話の逢瀬を続ける選択をするのです。

「正常な心理の人間が、異様な超自然状態にまきこまれ」る普通の怪奇小説とは逆に、「主人公の心理が飛躍することで、異常さを超越してしまう」「陽の狂気を、陰の狂気でねじふせてしまう話」（「寸断されたあとがき」『十七人目の死神』ほか所収）。「（主人公が）最初は奇妙な電話に操られながら、最後にその怪異を逆手に取って、一種の自己満足の世界に到達する」「その自己満足の世界に到達した姿によって、この一郎の孤独感を出す」（『都筑道夫のミステリイ指南』）と都筑道夫はこの物語を自作解説しています。非モテセールスマンのコンプレックスがもたらす陰湿な屈折、気持ち悪さが強く印象に残る作品です。

この傑作と比較してみたい星作品は、「霧の星で」（一九六一、『ようこそ地球さん』所収）です。

宇宙の彼方、霧の濃い惑星へ墜落した旅客宇宙船。生存者は二人。若く美しいスチュワーデス（ＣＡ）と、いままで何をやっても芽が出ず、遠い植民星へ流れてゆく途中だったぱっとしない中年男。太宰版「カチカチ山」のウサギとタヌキそのもの。

女は当然のごとく男を下男としてかしずかせます。男もいそいそと働く。幸い、気候もよく食用となる植物も豊富な地球型惑星でした。しかし女は日々、「ここにはいないじゃないの。あたしをとりまく、スマートな男たちが」「こんなところで年をとってゆくのはたまらないわ」と男の心も知らず、嘆きつづけます。

やがて、ひとり食糧探しに出かけたとき、男は地球からの救援隊と出会う。女はそれをまだ知らない。美女と二人きりの至福の日々を打ち切られたくない男が選ぶ行動はもう決まっていた。彼は熱戦銃で救助隊を……。いわば「羽衣伝説」のＳＦバージョンです。

非モテ男に訪れた僥倖。それを失うまいとする男の危ない心理。

二作品のテーマは似通っています。

しかし、微妙だが顕著な違いもある。

「霧の星で」の非モテ男は、美人ＣＡと一緒に暮らしている。自分がいかに相手にされないかという現実に日々直面しています。

「夜の声」のセールスマンは、ただ彼女の電話での声しか知らない。囚われの美少女イメージから醜貌ゆえ相手にされない自己イメージまでのすべては、彼の暴走する自意識が、屈折したコンプレックスをばねとして内面につくりあげたものなのです（電話の声を大女の一人二役と深読みする解釈もあります）。

「霧の星で」の主人公は、そこまで気持ち悪くない。美女の存在も、相手にされないのも現実です。救助隊をなぎはらった熱線銃もたまたま彼女が渡したものでした。

これに対し、「夜の声」での男への外部からの影響は、たまたまガラスに彼の冴えない顔が映ったくらいでしょう。

「夜の声」で、セールスマンが決断するシーンはこうです。

「交番の前に立って、窓ガラスにうつった自分のすがたを見つめたとたん、彼はためらった。人ずきのしない貧相な小男の顔を——自分の顔を見つめながら、彼はおずおずと巡査にいった。「いちばん近い国電の駅を、教えてくれませんか？」」

「ためらった」、「おずおずと」。必要にして充分な心理描写といえます。

「霧の星で」で、熱線銃を救助隊に向けるシーンで、主人公の心理描写はありません。「とつぜん手にさげていた熱線銃をかまえ、ボタンを押した」。これだけなのです。

星新一、都筑道夫を論じる

星新一には、見事な都筑道夫論があります。角川文庫『あなたも人が殺せる（悪夢図鑑1）』の解説として書かれました。

そこで星新一は、作品「菊」を例に、よくわからない事態をわからないまま半ばまでひっぱり、ミステリアスな核心がわかるのはその先だという技法に唸ります。そして、もし自分だったら「ミステリアスな部分をできるだけ最初の方に移し、そのあと作者として二、三の展開をこころみ、結末はもっとあっさりした形にするだろう」と、比較するのです。

「菊」に似た星作品が思いつかないため、「菊」の次に収められた「カトレア」を、星新一の「あるロマンス」と比べてみましょう。

どちらも、操られ系です。

都筑の「カトレア」は、美人につきまとわれて困っているという同僚の相談を、呆れつつ聴く場面が半分。自分のゆく店を女がなぜか突きとめて現れると聞き、それを確かめるまでで七割。

残りで、じつは聞き手がハニートラップにはめられたのだとわかります。妙な相談も、女の謎めいた行動も、彼に興味を持たせ深みへひきこむ作戦だったのです。

星作品「あるロマンス」では確かに、ミステリーが冒頭ではっきり提示されます。さえない男が、喫茶店で偶然、美人を助ける機会を得、進展しそうになる。なぜ。

男は産業スパイや美人局を疑いますが、その可能性はないとわかる。このあたりが「作者として二、三の展開をこころみ」ている部分でしょう。

よし、これなら……と口説いたとたん、前の章でネタバレ済み（一八九頁上段）の彼女の正体がわかる。ああっ、そっちかと、読者は唸るわけです。

都筑道夫は、導入をひっぱります。星新一に言わせると、「なにがはじまるのか、しばらく待たされる。注意して読まなければならないことになる」。

星新一は、「どういう状況なのかできるだけ早く読者にわからせようとしている。さあ、こういう事態ですと」。

都筑流だと、当初、読者はじらされますから、文章でしっかりととらえて、そこまでついてこさせなければならない。

星流だと、最初に、異様な事態が示されますので、読者はどう構えればいいのかが即、わかる。非モテ男に美女、一体なぜだろう。なんでも呑みこむ深い穴。どうなるんだろう。そう思わせればもうしめたもの。その興味で一気呵成に結末までついてきてくれる。

都筑の場合、じらしつつひっぱる文章の魅力がなくてはならない。

星新一の場合、それは必要ないのです。パズルの出題みたいなものですから。

都筑道夫の星新一論、星作品はなぜつまらないか

さて――、

星新一作品をつまらないという人はじつは少なからずいます。

おもしろいけれど、小説とか文学とはいえないという人も少なくありません。

例えば文芸評論でも人気の小谷野敦は、その卓抜なSF論「SF「小説」は必要なのか?」(『このミステリーがひどい』の第五章)で、星作品をただただ「面白くはなかった」と断じています。

文学好き、小説通から、「どこがおもしろいの」といわれることはけっこう多い。

最初期の数篇が直木賞候補となった際、選評で唯一触れた源氏鶏太は、「星新一氏の「ショート・ショート」は、実に面白い。しかし、文学的な面白さとは思われなかった」としました。

最相葉月の評伝は、新潮社の石川光男の、最初の星新一作品集の企画を出すが、出版部長は「なんだ、それは。小説じゃないじゃないか」とまったく取り合ってくれなかったという手紙を引用しています。

文学部のゼミなどで、学生が星新一を扱うと、あんなの小説じゃないよと教員にすげなくいわれるというのもよく聞く話です。

最相による評伝が話題を呼んだとき、文芸評論家川村湊は、「私自身は星新一という作家(文

学者）をあまり評価していないので、こんなに大部な評伝が書かれるほど文学史的な位置のある作家なのかという疑問を持った」（「東京新聞」二〇〇八年三月三十日付書評欄「テーマで読み解く現代」）と漏らしました。

しかし、このような否定派の人たちにとって、星新一がどうつまらないのか、どこがどうだから、文学的ではなく、小説とはいえないのかをしっかり論じた例は見当たりません。

つまらなければ無視すればよいわけで、わざわざ論難する手間をかける人もいないのでしょう。

貴重な例外というべきなのが、都筑道夫が、『妄想銀行』文庫版に寄せた解説です。

解説執筆のため『妄想銀行』一冊を読み終えた都筑は、「退屈せずにすらすらと読みおわって、はて、これは小説なのだろうか」と思ったといいます。

ストーリーは明快で具体的だが、「それを構成する人物や背景のイメージが、具体的に迫っては来ない」。

「小説とは描写なり、という言葉があります。そうとばかりはいえないとも思いますが、こう描写が欠けていると、やはり首をひねりたくなってくる」

こう評したうえで都筑は、重要な指摘をします。

「一行一行の文章そのもののおもしろさが、ないわけですから」と。

一行一行の文章そのもののおもしろさ……。都筑道夫自身は、これを出すために心血そそいできた作家かもしれません。

序盤でじらしつつ気をもたせて、中盤以降の急展開まで読者をひっぱれるかどうかは、文章に喰いつかせられるかにかかっているわけですから。

では、ここでいう一行一行の文章そのもののおもしろさを産む「描写」とはいったい何でしょうか。

感情描写のない小説

都筑道夫は、星新一と描写についてこんな指摘もしています。

現代小説は、人物登場時に、「頭から足のさきまで描写」したりはしないが、「話しぶりなんぞから、具体性を出そうとはする」。

ではと、星作品の「話しぶり」をみると、具体性が描写される日常会話ではないから困る。「星国語」といいたいような一種のパターンで書いていると。

星作品キャラの「話しぶり」の異様さは、小松左京も指摘していました（講談社文庫版『おかしな先祖』解説）。

「もしもし、おじょうさん」

「なんですの……」

女はこっちをむく。なかなかの美人だ。

「助けてあげましょうか」

「そうねえ。べつに助けてもらわなくてもいいんだけど、あなたがお望みなら、助けてもらってあげようかな」

「戸棚の男」（一九七〇、『おかしな先祖』）からの引用です。

ヨットを駆るぼんぼんの太郎。無人島で見つけた美女、じつは女神ヴィーナス。この「話しぶり」が示唆するのは、具体的な人となりや感情では全くありません。美の女神を妻にした太郎が以後、次々に遭遇するてんやわんやの前提となる、彼我の力関係すなわち「状況」が、セリフを借りて説明されているだけです。

類型的。都筑道夫は「パターンがある」と指摘しましたが、小松左京も「パターン文学」（＝「ももたろう」をはじめとする前近代説話文学の末裔）という表現を用いて、いわゆる近代のリアリズム文学に対峙させていました。

それでは、星国語のパターン文学では描けず、近代リアリズムなら普通に描写する具体性とはどういうものでしょうか。

新井素子は、「小説 野性時代」二〇一二年五月号「星新一特集」の「私の好きなショートショート」という企画で、「包囲」を取り上げ、「星さんは、感情描写を殆どなさらない」と指摘しています。

彼女は、二〇一五年四月六日付「朝日新聞」朝刊でも、「星さんの登場人物はあまり感情をあらわに出さない」と語っていました。

たしかに星作品にはここまでで充分わかるように、感情描写、心理描写が乏しい。主人公のモノローグでさえ、状況が縷々説明されてゆくナレーション。そこで、心理や感情が「説明」されることはあっても、「描写」はまずされません。

かなりの小説読みにとって、星作品がなぜつまらないのか。おもしろいが、小説ではない、文学や小説のおもしろさではない、文章のおもしろさがないとなぜいわれるかの答えがもう出せそうです。

文学理論についての好著が多い廣野由美子京都大学教授の『一人称小説とは何か』の「序　小説と異化作用」には、「小説を読むという体験」という項があって、小説を読むとなぜ楽しいかという基本の基本を分析してくれています。

まず、物語世界が全知なる神の視点から鳥瞰される「三人称小説」の楽しさを、廣野はこう説明します。

「現実では、私たちは自分の目、つまり、「私」という観点からしか世界が見えない。（中略）いまこの瞬間、離れた場所にいる彼や彼女、あるいは無数の未知の人々が何をしているか、私たちには見えない」

「ところが、もし全知の視点が具わっていれば、一瞬にして別の場所に飛んで行って見ることができるし、目には見えないものについても知ることができる。人物Aの心のなかだけではなく、Bの心のなかも見えるし、AとBの心中を比べて、その一致点や食い違いもわかる。あるいは、Cの人間関係も、Dの過去の経験や秘密もわかる。全知の視点をもつとは、いわば神に近い視力を帯びることに等しい」と。

廣野教授の説明は次に、一人称小説の楽しさへ移ります。

「「人の身になる」とか「人の立場に立つ」とかいう言い回しがあるが、本当にその人の目で見るということは難しく、実際には不可能である」

「ところが、一人称小説を読むことによって、私たちは、他人の視点を共有する疑似体験ができる」

「一人称形式もまた、「他人を生きる」という、現実ではありえないことを読者に経験させる機能を具えていると言えるだろう」

なるほど、説得力があります。

ただし、ここで三人称小説と一人称小説とを峻別してしまったのはちょっと問題がありそうです。廣野自身付言しているように、「全知の語り手の「声」によって語られる三人称形式であっても、特定の登場人物の目に合わせて焦点化されるような場合もある」からです。

三人称小説ならではの「神の視点」は、万能であるがゆえに、一人称小説にある「他人の視点」を共有させ、「他人を生きる」経験を読者にさせることもできるのです。

三人称であれ一人称であれ、小説を読む愉しみは、登場人物全てであれ、焦点化（ジェラール・ジュネットの用語です）された主人公であれ、自分でない誰か（架空であれ）の「心のなか」を覗き、他人の視点を共有して「他人を生きる」疑似経験が出来るところにあります。

しかし、星新一の作品はどうでしょうか。

感情移入も自己投影もこばむ星作品

「そういえば、このあいだ気がついたんですけど、小松さんや筒井さんの作品はほとんどが一人称だが、ぼくの作品はだいたい三人称ですねえ」（一九七四、青木雨彦によるインタビュー、「なんでも知ってるホシ教授」『きまぐれ星からの伝言』所収）。

「われわれの仲間の書く国産ＳＦの短編は、なぜか圧倒的に一人称のものが多い。それに反し、私のはエヌ氏を思いついたおかげで、ショート・ショートの大部分が三人称である。私は三人称の形式が好きであり、そこが特徴といえるかもしれない」（一九七四、「登場人物」「星くずのかご№.６」所収）。

あるいは、筒井康隆を「本質は生まれつきの演劇人」だと論じた「筒井康隆――ぼけかけた頭をめざめさせる人」（『きまぐれフレンドシップ PART1』所収）で星新一は、一度引用したように「演劇に縁のない私には、演技ということがぜんぜんできない」と告白し続けて、「これは私の短編がほとんど三人称形式であることの原因であるかもしれない。演技の出来ないことのあらわれである」とあるのは、意味深です。

三人称であっても、「焦点化」すれば心理や感情の描写は出来るし、読者を登場人物の内面へ誘いいれられるはず。

しかし、星新一はそれをしません。

それどころか、たまに一人称を用いたときですら、内面からの心理描写には用いず、状況の「説明」モノローグばかりさせている。

読者はただ、ストーリーを教えられて、驚かされ面白がらされるだけで、登場人物と共にストーリーを生きさせてはもらえないのです。

演技ができない星新一はおそらく、自作の主人公たちへ感情移入、自己投影をほとんどすることなく創作する作家だった。

その結果、その作品の読者は登場人物へ感情移入ができず、自己投影ができず、疑似体験を楽しめない代物となった。

これが、つまらない、あるいは、おもしろいけれど、小説ではないといわれるゆえんなのです。

バーチャル恋愛を楽しめない星作品

星新一はその創作活動の初期、自作の欠陥について妙なことを述べています。

「友人のなかには、私の作品を読んで、なんとなく物足りなさを感じている者がある。その本人はなぜだかわからないでいるが、私のほうでは気がついている。それはベッド・シーンの出てこないせいであろう」(一九六二、「ボッコちゃん」朝日新聞社学芸部編『わが小説』雪華社所収)。

作家自身の言ですが、これはどう考えても違う。

もっぱらベッド・シーン目当てで小説を読む人などどれだけいるでしょう。官能小説は大きな市場を持っているし、エロ・サービスも氾濫していますが、人気のあるエンタメ小説でベッド・シーンがない作品だってけっこうあります。

逆に、性描写を自ら封じたという星作品でも、「疑惑」(一九六六、『天国からの道』所収)、「はだかの部屋」（一九六八、『おみそれ社会』所収）とか「会員の特権」（一九七〇、『だれかさんの悪夢』所収）、「魅惑の城」（一九七一、『なりそこない王子』所収）のような艶笑譚はじつは意外とあるのです。しかしこれらが、右の「友人」のような読者を「物足り」させているとはとても思えません。

しかし、です。

ベッド・シーンではなく、ラブ・シーンでしたらどうでしょうか。

ベッド・シーンに乏しい小説はけっこうあっても、恋愛要素がまるでない小説となると、かなり稀とならないか。

たとえ、歴史小説、経済小説や政治小説、本格ミステリやSFなど知的エンタメであっても、多くの場合、何らかのラブ・ストーリーをからませる。

なぜなら、小説の楽しみの王道がそこにあるからです。それは何も、恋愛成就に疑似体験であれ浸り、現実逃避と願望充足を得たいためだけではありません。

およそ恋愛ほど、好きになった相手はもちろんライバルなどの、本当の気持ちや人間関係や過去のすべて、その他あらゆる秘密を知りたくてたまらなくなる事態はないでしょう。

あるいは恋愛しているときほど、自意識が過剰にたかぶり、自分の心情をあらためて確かめたくなることも少なくない。

そんなとき、廣野由美子が指摘した、三人称ならではの神の視点ですべてを知り得、一人称や焦点化に誘導されて他人の視点で他人を生きられる（ことで自分の気持ちをも再確認できる）という小説ならではの疑似体験は、我々が最も欲しいものとなる。

たとえ惨憺たる失恋や悲恋に終わる物語であっても、根強い人気があるのはこれがゆえでしょう。

しかし星新一の作品は、多くの読者が小説へ求めるこれらの期待にはまず、応えてくれません。小学校高学年から中学生にかけて、星新一作品と出会い、夢中になった少年少女の多くが、高校生となる前あたりで「卒業」してしまい、たとえマニアックな小説読みとなってゆくタイプであれ、昭和ならば筒井康隆、昨今ならばライトノベルや新本格へ脱してゆく理由も、年頃となった彼ら彼女らに芽生えた恋愛願望が星ショートショートでは充たしてもらえないからではないでしょうか。

しかしこれは星作品が、恋愛を扱わないというのとは違います。

本章のはじめに取り上げた「語らい」も「霧の星で」も、いってみれば恋愛小説です。

あの「ボッコちゃん」だって、初心な青年の恋愛があの結末を呼ぶわけですし、千に余るショートショートにはもう無数の恋愛が描かれています。

さらに遡ってみれば——。

商業デビューまえ、東大生のサークル会誌「リンデン月報」に、当時の自身と中河卿子（中河与一令嬢）との恋愛を彷彿とさせる作品を発表したらしい。

この未発見の恋愛小説は措くとしても、「セキストラ」でデビューした直後の「火星航路」もまた、第3章で詳述したようにSF恋愛小説でした。

またその五年後、初の長編となった『気まぐれ指数』は、びっくり箱開発者とか仏像彫刻家とかの高等遊民たちが企てる幾つかの犯罪ごっこを描くユーモア・ミステリーですが（当時、星作品が毎号のように掲載された「ヒッチコック・マガジン」に次々に翻訳されていたH・スレッサーの『怪盗ルビイ・マーチンスン』の影響がありそうです）、二組の男女が出会って、すれ違って、最後には結ばれる大人のラブコメとしても読めます。

しかし、これらの作品で、先に述べたような恋愛小説の楽しさが味わえるかというと、首をかしげざるをえません。

なにしろ、「火星航路」で、ラブレターごっこから次第に真剣な恋愛へ陥ってゆくエリート宇宙飛行士男女の心理は、「恋文を出す時には必ずしも読み返さないが、貰えば必ず読み返すものである」とか、「恋愛は酒の酔いと同じく、ある者の逸走は他の者を却って冷静な立場にひきとめる」とか、「偽りの愛情を示すことは容易である。しかし、嫉妬に一人で苦しむことは偽りでできるものではない」とかいう、夏目漱石の『虞美人草』あたりを思わせるアフォリズムによって解説されてゆくだけなのです。

すなわち恋愛に関する一般論が、星国語でただただ連打されるばかり。これでは読者は、どこまでいっても恋愛の客観的観察者にしかしてもらえないでしょう。

『気まぐれ指数』でも、直接的な恋愛感情の描写は極力避けられており、いつのまにか、カップルが出来上がっている。

洗練された小粋な手法といえなくもありませんが、恋愛小説としてはあまり楽しめない。ショートショートで恋愛が扱われる場合も同様です。

「語らい」にあるわずか一行の心理描写はすでに引用しました。「ボッコちゃん」の心理描写は、「ひとりの青年がいた。ボッコちゃんに熱をあげ、通いつめていたが、のれんに腕押しのようで、恋心はかえって高まっていった」（「のれんに腕押しのようで」は晩年、「いつも、もう少しという感じで」に改稿）、これだけです。

重要な伏線の恋愛。その具体的プロセスは一切記述されません。今どういう状況なのかが、「星国語」で端的簡潔に説明されるだけ。

あの「古風な愛」、あるいは「逃亡の部屋」（一九七四、『たくさんのタブー』所収）などでは、多少の描写があります。

前者では出会いに始まり男からのアプローチ、女が次第に男へ好意を抱いてゆく経緯が語られますし、後者では若い人妻と独身青年の必死の逢瀬と心中の決意が描かれている。

しかし、その描かれ方は、「愛しているのよ」「ぼくだってそうだよ」「結婚したいわ」（「古風な愛」）とか、「ぼくはもう、覚悟をしているんだから」「あたしもよ。あなたを、ひとりで死なせはしないわ」（「逃亡の部屋」）とかいったやはりパターン化されたセリフで、ただ事態の進展が読者へ簡潔に伝えられておしまい。

ほらみなさまご存知の通りのあれですよとだけ伝え、具体的な中味はショートカット。先を急ぐ感じです。

これでは、これから恋愛を知ってゆきたい少年少女の期待も、疑似体験であれ新鮮なときめきに浸りたい小説読者の期待も、完全に肩透かしをくらってしまうでしょう。

『人民は弱し 官吏は強し』という期待外れ

星新一が、応えられないのは、読者の疑似恋愛体験の期待だけではありませんでした。

「心理描写がほとんどありませんし、作家の書いた文章じゃないなと思いました。（中略）こんなテーマなのだからもっとしつこく書けばおもしろいはずなんですが」

「もっともっと泥臭い内実を期待していたんです。でもあまりにもあっさりしすぎ誰が悪者なのか見えてこない。物足りなく感じられました」

これは一九六〇年代、文藝春秋の編集者だった科学ジャーナリスト宮田親平が、『人民は弱し官吏は強し』について述懐したものです。

評伝で宮田を取材した最相葉月は、この発言を「新一の作品の本質を突いていた」としています。すなわち、「人間関係の醜悪さや怨念」という、もっとも厭い苦手とするものと正面から向き合ったとき、人物描写や心理描写をしない作風の弱点が露呈してしまったと。

大正年間、星製薬を華々しく創業した父星一が、既存の製薬会社や政界と結んで認許可権を濫用する意地悪きわまる内務官僚の干渉に晒され、立ち往生してゆく姿を描いたノンフィクション長編『人民は弱し 官吏は強し』。

最相は、「星一を第三者としてあつかった」から、「いきどおりを感じながら、私にしてはわりと短期間で書きあげた。（中略）時間をかけていたら、感情移入が深まり、それが自分の父ともなると、筆が進まなくなり、途中で行きづまったかもしれない」という星新一自身の文章を「父の文章」（「星くずのかご№8」『ほしのはじまり』所収）から引用し、「読者としては、感情移入した星新一を読んでみたい。壁にぶちあたってなおそれを乗り越えたところから生まれる言葉を読みたいというのが本音である」と指摘しました。

すなわち、現実の事件や裁判、「それも政治家や企業家」という裏表のある人物がリアルにぶつかり合う物語ならば、「もっと鬱屈(うっくつ)を、もっと憎しみを、もっと嘆きを、と読者の要求は高まるのではないか」。つまりはもっとどろどろしたものを期待したのにという不満でしょう。

世の大勢を味方につけた強者に、いじめられ追い詰められ破滅してゆく純真な弱者少数者の物語は、いつの時代も人気があります。

不如意な生き方を強いられ、しかし適度に妥協して日々を凌いでいる多くの読者からは、比べられぬほどの鬱屈や憎しみや嘆きを背負わされ、高転びに倒れ潰れてゆく者たちへ自己投影し感情移入し、その塗炭の苦しみ、敗北と自滅を疑似体験することで、すなわちあのカタルシスの快感を味わえるからです。

怨念うずまき愛憎いり乱れる松本清張や山崎豊子の社会派ストーリーは、そうしたエンタメとして読まれ続けています。

しかし、星新一の『人民は弱し 官吏は強し』はそうしたエンタメではありません。いじめられ立ち往生してゆく主人公を描きながら、誰が悪いのかもわからなくなるほど透明な筆致で、「われわれが持っている現在の文明の」「大きな欠陥」(同書)をクールに照らし出してゆく高度に知的な小説。例えるならば、カフカの『審判』や『城』、またストルガツキー兄弟の『神様はつらい』やレムの「星からの帰還」のような、日本政財界という異社会へ放り込まれたアメリカ

的ビジネスマンを描いた不条理ディストピアＳＦなのですから。[★1]

幾度か予告された星新一自伝執筆が、ついに実現しなかったのも、右の事情を考えれば理解できます。仮に執筆されても、それは、旧制中学時代、死にたいと思った体験、旧制高校時代の「不愉快きわまる」寮生活、会社整理の苦労等は、ほとんど脱色された作品となったのではないでしょうか。

自伝を書けずに終わった星新一

「人間の描写」（『きまぐれ博物読』所収）というエッセイがあります。その冒頭で星新一はこう記しました。

「いつのころだれが言い出したのか知らないが、小説とは人間を描くものだそうである。奇をてらうのが好きな私も、この点は同感である」

「しかし、ここにひとつの疑問がある。人間と人物とは必ずしも同義語でない。人物をリアルに描写し人間性を探究するのもひとつの方法だろうが、唯一ではないはずだ」と。

「人物をリアルに描写」する。これは当然、心理描写、感情描写を中心として、「話しぶりなぞから、具体性を出そう」（都筑道夫）とする描きかた、読者が、一行一行の文章のおもしろさを味わいながら、登場人物へ自己投影、感情移入し、物語を内側から疑似体験できる小説一般の

★1――『人民は弱し 官吏は強し』新潮文庫版の解説は星一の後援者だった後藤新平の孫、鶴見俊輔でした。そこで鶴見はこの作品を、「一つの寓話」と呼んでいます。

行きかたを指しています。

星新一はそこから最も遠いところで、作品を執筆していたのは、ここまで縷縷(るる)見てきたとおりです。

しかし、そんな星新一も、「人間を描く」という一点には異存がなかったらしい。

だが、そこで描こうとされるのはいったいどんな「人間」なのでしょうか。

それが眉村卓が、『C席の客』に収められた諸作などでその疎外を告発しようとし、また筒井康隆が、偽悪的作風のむこうがわに庇護しようとした、戦後民主主義的ヒューマニズムが想定した「人間性(ヒューマニティ)」などからは最も遠そうなのは明らかです。

といって、しばしば「人間味」と表現される、どろどろした心理や感情にまみれた泥臭さからはさらに遠い。

意志的、主体的でも、また感情的でもない星新一の人間イメージ。

それはいったい……。

星新一は、右のようないわゆる近代的人間像も、庶民的な人間味も、はるかに突きはなしてしまう人間観をうかがわせる作品ばかり創りつづけた。

先にも引用したエッセイ「人間の描写」。

小説とは人間を描くものだという定義に異論はないが、人物のリアルな描写だけが人間を描くわけではないと、星新一は自作の方法論を展開している。

「話は面白いが、主人公の年齢や容姿がさっぱりわからぬ」といわれ、人物がエヌ氏のごとく点と化した星作品。

しかしそれは、ストーリーそのものによって、人間性のある面を浮き彫りにする方法で、人間を描こうとしているのだ。

「人物を不特定の個人とし、その描写よりも物語の構成に重点がおかれている」

「おろかしさとか、執念のすさまじさとか、虚栄の深さとかが、それでとらえられているのである」

同じテーマが語られているのが、『エヌ氏の遊園地』講談社文庫版の「解説風あとがき」です。星新一は、社会現象も世の事件もろもろも、それを織りなす分子というべき矛盾にみちた人間個々人にもとがあるとしたうえで、こう記しています。

「矛盾を含んでいるからこそ、運命というか偶然というか、周囲の条件の変化に巻きこまれると、喜怒哀楽、まことにとんでもないことになる。だからこそ面白いわけで、人間に生まれたかいがあるというものだろう」と。

そして、「このへんに私の作風がある」としめるのです。

この「周囲の条件の変化」とは、星作品でいえば、新発明の波紋とか、異色の犯罪計画とか、悪魔の誘惑とか、要するに珍奇な「状況（シチュエーション）」でしょう。

星新一は一時期、創作の苦労を問われると、たくみなオチはテクニック、コツを身につければそう難しくはない、むしろ異様なシチュエーションを考えだすのに一番苦労していると繰り返し語っていました。福島正実との対談「ＳＦと純文学との出会い」（一九七〇、『きまぐれ星からの伝言』所収）、武蔵野次郎との対談「ドアを開けるとそこには！」（一九七六、『別冊新評　星新一の世界』）、都筑道夫との対談「ショートショートとＳＦ」（一九七七、『なぜＳＦなのか？　奇想天外放談集1』）などにおいてです。

シチュエーション。状況。すなわち周囲の条件。

年齢も容姿も描写されない「不特定の個人」というのは、何もインストールされていないロボット状態で、そこに「オオカミそのほか」（補論参照）が憑くように、特異な「状況」が憑依すると、喜怒哀楽とんでもない面白いことになる。

右の都筑との対談で星新一は、「シチュエーションが出来れば、詰将棋や囲碁みたいに自動的にほぼ最後までいきますよ」とも語ってます。キャラクターが自分で動き出すという表現をする作家は多いですが、星新一の場合は、特異な状況が自ら展開してゆくといった感じだったのでしょうか。キャラクターを具体的描写で造形しない星作品では、ＯＳすらインストールされていないからっぽのエヌ氏やエフ博士が自ら動きだすことはありえません。[★2]

彼らは、考えこまれた異様な状況をインストールされて初めて動きだす。特異な状況の自動展開がすなわちストーリーであり、それが人間に憑依しているがゆえに人間描写ともなっている。

それが星作品なのです。[★3]

ひとつの装置は脊髄反射的人間をこそ描く

「人間の描写」や『エヌ氏の遊園地』の「解説風あとがき」に現れた星新一の方法論が、今日の目からも興味深いのは、異様な状況という試験管へ放りこまれた不特定の人間サンプルから得られる反応、すなわち実験データが、「喜怒哀楽」にとどまらないところでしょう。

よい例があの「ひとつの装置」。

奇人博士の遠大なもくろみも読みどころですが、それにもまして、誰もが見れば押したくてたまらなくなるボタンが謎の装置についていて、つい押してしまうところがミソです。押すとボタンはひっこみアームが伸びてきて元に戻す。それだけだが、誰もがまた押したくなる。

まさしく、人間の一側面が描かれています。それも普通、小説とか文学とかが対象としない人

★2——根本真弥は「図書の譜（15）：明治大学図書館紀要」（二〇一一年三月）所収の「書評　星新一著『ボッコちゃん』」で、星作品では、主人公たちが無個性だが、「作品の「世界観」自体が「強烈な個性」を持ち、読者を惹きつける。読者は「概念や価値観や常識が180度転換した世界」に「感情移入」していく。「世界そのものが主人公」なのだ」と語っています。根本のいう世界観、すなわちここでいうシチュエーションでしょう。

★3——都筑道夫は、右の対談で、異様なシチュエーション作りに一番苦労する旨の星発言をうけて、「それは、星さんの作風と関係があるんじゃないですか。星さんの作品は線が太いでしょう。ああいう作品ではは、シチュエーションがなきゃ書けないんですよ」と返していました。線が太い。都筑は、「骨太」、「大業」（谷川俊太郎の星評を借りて）、「読みやすすぎる」、「わかりやすすぎる」（都筑「わからない、ということ」、一九六九、『世界SF全集28』月報所収）といった表現で、この星作品論を繰り返しています。これは本章で詳論した、「一行一行の文章そのもののおもしろさ」で人物の具体性を描写し、読者の感情移入を誘う「小業」（谷川俊太郎の都筑評より）が欠けてるという都筑の星批判と表裏一体をなすものでしょう。

描写による具体性がないエヌ氏に、物語の太い骨であるシチュエーションがとり憑いてそのからっぽを埋める星作品は、具体的デテールがなく、そこに密着して丹念に読む必要がないため、読みやすすぎわかりやすすぎる。都筑道夫にはそこが見えていたのです。

間、理想や執念を抱く人間でもなければ、喜怒哀楽を宿らせる人間でもない。意志的感情的でも欲望をほしいままにする動物性ですらない、外界からの一定の刺激に対して、脊髄反射的な定型的反応を返す、いわば機械的な人間……。

成育につれて性格や感情などがインストールされる以前でもすでに備わっている幾つかの人間の原機能、原反応が、ここには描かれていないでしょうか。

あるいは後期作品の「マドラー」（一九七九、『ご依頼の件』）。人間は苦境を脱するさりげないまじないを誰もがそれぞれ持っている。それぞれが幼少期から身につけたなにげない「癖」のかたちをとっていて、普通誰も口にはださないがじつは誰にも周知であるという物語。

これは、新井素子が二〇一五年四月六日付「朝日新聞」で「個性を書く気が全然なかった」のではないかとした星新一だからこそ描けた「個性」ならぬ「個性」、「個人性」ではなく「個体性」いう意味の「個性」ではなかったか。

それは、「お話って基本的には人間を書くもの。主人公はどんな子なのか、その子らしさを出そうとするもの」と新井がいう個性が育つ以前からある個性かもしれません。

「その子らしさ」などが人生経験によってインストールされる以前のからっぽの人間にすでに備わってしまっている誤差、マニアが自動車、カメラ、楽器、スポーツ用具など愛用する機器についていう「癖」のごとき個性。

文学が普通は描かず、むしろアメリカの新旧行動主義心理学や科学的管理法が、近年では認知科学とか行動経済学とかの知見が明らかにしてきた「人間」を、星新一は描こうとしていたのです。

しかし、です。星新一はいわゆる小説らしい小説が書けなかった作家では決してなかった。感情描写、心理描写、恋愛描写を怠らず、主人公へ読者が自己投影、感情移入できる作品。人物描写もこなし、主人公の年齢や容姿も具体化し、個性を描いた小説らしい小説。★4

そんな作品が、実は星新一にも実はあるのです。

★4――もう一つ、例外といえるのが星新一唯一の本格長編ＳＦ『夢魔の標的』です。若き腹話術師の人形が自我を持ち、勝手にしゃべり出す。それは、異次元からの侵略の前哨だった。

文体は一人称。星長編ではこれだけです。仕事が不能となった主人公を助けた声優谷恵子というヒロインが登場し、「恵子は小柄だが色が白く、大きな目が利口そうで、なかなか魅力的であることも知った。二十三ぐらいだろうか」と具体的描写がされるのも、極めて珍しい。主人公は、恵子に惹かれ恋愛ストーリーも展開する。そして、「恵子を愛しているのだろうか。彼女は私をどう思っているのだろう、頭のなかで自問自答しながらクルコを見ると、あたしに聞いてみたら、といった表情をしているように思えた」。

こんな自意識の逡巡をモノローグのかたちで描写するのは、星新一全作品でもこれくらいでしょう。もはや「星国語」ではない。

こうした例外的な心理描写は、クライマックスで、人類の危機に気づきながら、何もできない主人公の焦燥と絶望で活用され、読者をサスペンスへ引きずりこみます。

人物の性格・個性の具体的造形。感情移入を誘う心理描写。小説らしい小説を星新一は書けたのです。

もっとも、この異色作が、多くの読者を獲たということはなかった。サスペンスSFや恋愛小説ならば、他にもうまい書き手は少なくない。星新一がこの長編で垣間見せた可能性をさらに開花させてゆく機会はついに訪れませんでした。

秀頼・ミーツ・千姫、きみはぼくと同じだね

そんな例外的作品が、歴史小説「城のなかの人」（一九七二、『城のなかの人』所収）です。

この時期、星新一は、現在、ポプラ社から三冊の『星新一時代小説集』（天の巻・地の巻・人の巻）にまとめられている、時代小説に挑戦していました。

そのなかで、実在の人物を主人公にして史実を踏まえた作品、すなわち時代小説というよりも歴史小説と呼んだほうがいい力作中編が、二篇あります。

豊臣秀吉の息子、秀頼を主人公とした（連載時のタイトルは「城の中の人 秀頼伝」）「城のなかの人」。もう一篇は、幕末の幕臣小栗上野介（おぐりこうずけのすけ）を描く「はんぱもの維新」（一九七三、『城のなかの人』所収）です。

「私の作品の登場人物たちは、どれもこれも飛びまわるのがきらい」、一室内で物語を完結させるのが書きやすいタイプで、「あちこち舞台をかえるほうがつらい」とエッセイ「出不精な作風」（『きまぐれ星のメモ』所収）等で語る星新一。

生涯のほとんどを大坂城内でおくった豊臣秀頼は、そんな星新一にとって日本史上もっとも書きやすい主人公だったでしょう。

十七に分けられた断章はそれぞれ、「太閤」「秀次」「城」「淀君」に始まり、「三成」「家康」「清正」「幸村」といった、主に人名が冠せられています。

秀頼を囲む人物ひとりひとりが、各断章ごとに登場し、秀頼とのかかわりが描かれてゆくのです

秀吉の息子、後継者として生まれたがゆえに、激動の時代に屹立する稀代の英雄豪傑から美女才子までが、なんらかの思惑を託した秀頼。

いや、彼らの思惑がぶつかりあう関係性の結節点以上でも以下でもなかった秀頼。

そんな状況の一結節点でしかなく、豊臣家滅亡の歴史過程へ完全に溶けこんでしまっている秀頼。彼には、凡百の作家の関心をそそる個性や心理や感情、すなわち具体性がどうにも見えにくいのです。

大佛次郎の『月の人』ほか幾多の歴史小説で描かれながら影が薄いのは、そのためでしょう。どんな物語でも、まことに存在感にとぼしく、せいぜい世間知らずの傀儡としか描かれてこなかった秀頼（小山ゆうの『あずみ』は稀な例外かもしれません）。あまのじゃくを自認する星新一が挑戦する意義は十分以上にありました。

秀吉の虚栄の果て、幼児期から公家らしい立ち振る舞いと教養を身につけさせられた秀頼。しかし、十代ともなれば、関ヶ原の戦以後の状況下、小姓木村重成（しげなり）から政治的感覚を身につけたほうがよいと示唆される。十代終わりには、家康による豊臣への圧力もいや増し、加藤清正から武芸にも励むよう勧められる。

いずれにも素直に従って、公家らしく、大名らしく、武将らしく変転してゆく秀頼は、まさしく状況の子なのです。

彼こそは、からっぽの人格へ、ただ歴史状況そのものをインストールされて生きた、日本史上最も受動的（中動態的？）な著名人ではなかったか。

あたかも、補論で触れた「オオカミそのほか」（一九七一、『おかしな先祖』所収）の主人公のように。

一方で、「城のなかの人」はまた、いろいろな意味で、星新一らしからぬ作品でもあります。

例えば——、

文体には、得意の三人称が用いられています。

だが、客観的なる「神の視点」は、一貫して、主人公秀頼に「焦点化」（ジェラール・ジュネット）されているのです。しかも、その内面、感情、自意識までがなぞるように細かく描写されている。

幸か不幸か、明敏な知性と繊細な感性をそなえた秀頼は、老醜さらす父の秀吉、華やかな母淀君以下、三成、家康など、日本史を彩る大物たちが自分を見る目にうかがえるある共通点を、幼くして悟ってしまう。

それは「旗印」を見るまなざしでした。

そんな、日本史上でも稀な、生まれながらの「旗印」的存在である秀頼に、もし、近代青年の自意識が宿っていたら……。「城のなかの人」はそういう小説なのです。

その自意識で、自分をとりまく複雑な政治状況を、幾分なりとも理解しようともがき、わずかながらでも自分に何かできないのかと焦り、すでに事態が動いたあとで自分はどうすべきだったのかと反省してはまた悔恨する主人公。

星新一は、例えば秀頼が、自分は「旗印」だと悟る場面で、三人称文体のなかに、「そうわたしは見られているのだ」という一人称を突然はさみこむ（自由間接話法？）。

かくして「城のなかの人」は、星作品中で最も読者の感情移入を誘わずにおかぬ小説となったのでした。

その恋愛シーンもまた、星作品中の異色です。

秀頼は、政略結婚の相手、徳川秀忠の娘、千姫が大坂城へ入った日、七歳の彼女を一目見て理解します。

母淀君を始めとする皆が、この娘を「旗印」としてのみ見ているのを。自分ですら一瞬そういう視線で見てしまった。だが自分がそんな視線で見られて、心地よかったことなどなかった。二度とそんな視線で彼女を見てはいけない。秀頼は深く反省するのです。

少年秀頼は、いま初めて、自分と同じ境遇の少女と出会ったのでした。「君は僕と同じだね」。これはあの「新世紀エヴァンゲリオン」の名セリフです。

この出会いシーンを、「わたし」という秀頼の一人称で追ってゆく星新一は、次に一行、「その反省とともに、この少女がたまらなくいとおしくなった」という心理描写を加えるのでした。

千姫とのエピソードは以後、わずかしか描かれません。

むせるような蘭の香りでつつまれた初夜。そして大坂落城まぎわの別れ。

しかしたったこれだけであっても、これは星新一唯一のボーイ・ミーツ・ガールであり、最高の初恋ジュブナイル小説ではなかったでしょうか。

さらに――、

主人公秀頼を受け身一辺倒にはせず、ポジティブな一面を描くところも、星作品としては異色です。

投げ矢ひとつを懐に——旗印にとって「自分」とは何か

木村重成に教えられた投壺(とうこ)という遊び、離れた壺へ矢を投げいれるゲームに夢中になる秀頼。「意志のない壺は、ごきげんをとってはくれない。的中率は当人の実力以外のなにものでもない。その点が気にいった」。「自分との勝負であり、成績の上がることは真実の誇り」。そのうちに、壺にいれるのではなく、柱に描いた的へ命中させるダーツのようなゲームを発明し、自ら夢中になる秀頼。

あの「あるエリートたち」を思い起させるエピソードです。

やがて史上に名高い、二条城における家康と秀頼の会見。秀頼はひそかに作らせた高性能のダーツの矢を、ふところに潜ませてゆく。「それをお使いになるつもりですか」と驚く木村重成に、「使いはしないさ。なんといったものかな、わたしの心のなかの遊びとでもいったところだろうな」と心情を吐露する秀頼。

この「竹の軸の先端にとがった鋭い鉄の部分がつけられ他端には羽根がついていた」矢とは彼にとって、「自信」「気力」がインストール済みだと証するお守りといったところでしょうか。★5

「城のなかの人」は、なぜ星新一作品のなかでここまで異色中の異色となったのでしょうか。

この答えはほぼ見えていましょう。

自伝をついに残さなかった星新一は、「城のなかの人」で、豊臣秀頼に託して自分の前半生を物語ったのです。

昔から神武天皇を継いだという綏靖（すいぜい）天皇が気になってならず、「二代目シリーズ」という企画を考えたこともあるという（「時代物など」『できそこない博物館』所収）星新一にとって、ベンチャー創業者の二代目秀頼は他人とは思えなかった。

齢の離れた父親を持った二代目。幼いころからの豊かな生活と高い教養が身につく境遇。しかし二代目当主に就任した時、盤石と見えた豊臣の天下も、上場企業星製薬ももはやがたがたでした。

秀吉の死から、関ヶ原を経て、大坂の陣へいたる破局の歴史は、星一の急死後、借金だらけトラブル山積みの会社を背負わされて、誰が味方で誰が敵かすらよくわからず、憔悴していった若き日そのままだったのかもしれません。

最相葉月の評伝によれば、おばあちゃん子で、かなりのマザコンでもあったらしい星新一にとって、淀君というグレートマザーに呑みこまれそうな青年として描かれてきた秀頼像もまた、他

★5——飛び道具を好む殿様。これは「城のなかの人」とほぼ同時に書かれた「殿さまの日」（一九七一、『殿さまの日』所収）でも、描かれます。徳川中期と思われる時代のごく平凡な外様小藩の殿さまの一日を、ただただデテールを追って描いた異色作。泰平の時代とはいえ、武士。子供時代から武術を習わねばならない。主人公の殿さまは、「的はわたしに対して、なんの遠慮もしない」ところが気に入って、弓術をとくに好んだとあるのです。秀頼と同じです。

人事ではなかったと思われます。

公家としての教育を受けたはずが、やがて大名、武将たることを迫られてゆく秀頼のごとく、学者の道を進んでいた親一青年も突如、会社経営の修羅場へ引きだされていった。

さらには、第2章で触れたように、星新一は旧制中学では射撃部員であり、生涯、射的の名手でした。秀頼を、投壺の名手でダーツの発明者として描いたのも、これは自伝であるというサインかもしれません★6。

「太閤」と題された序章から始まった「城のなかの人」。終章の題は、ずばり「秀頼」です。大坂落城の炎のなかで、太閤二代目という「旗頭」の後ろに隠れていた（二重構造ですね）秀頼自身の人生がやっと始まった。

死を目前にして、彼はようやく「二代目」という旗印の呪縛をふりほどき、「秀頼」という疎外されない近代的個人となれたという意味でしょうか（火薬庫の爆発でおわるラストは、あの「処刑」を連想させます）。

「太閤」という官名の章から始まった物語は、そんな固有名の章で閉じられるのです。

星新一は最晩年というべき一九八八年、三話からなる「もしかしての物語」を発表します（『つねならぬ話』所収）。

その第三話「海の若大将」というくだけたタイトルの一篇は、ある意味で、「城のなかの人」の続編です。大坂城を脱出した秀頼が、「了以」の章で夢見た海彼への旅を実現して、しまいにはカリブの海賊となってしまうファンタジー……。

星製薬二代目青年社長は、落城が迫ったある日、「今日あたり死のうかな」と日記に記しました。

しかしその秋、彼は「空飛ぶ円盤研究会」に参加、日本初のSF同人誌「宇宙塵」にも加わります。翌年には、ブラッドベリ『火星人記録』（火星年代記）との出会いが待っていました。

すなわち、海賊ならぬSFの若大将としての第二の人生が始まろうとしていたのです。

次章では、ここまでの各章のようなテーマごとの検討ではなく、いよいよ始まった星新一四十年の作家人生を時系列に沿って追いつつ、作品傾向の推移を考察してゆきましょう。

★6――秀頼の投壺とダーツという「趣味」への没入は、同じ頃発表された眉村卓の「ミスター・カレー」（『C席の客』所収）などが訴えた、趣味こそは、疎外から人間性を解放できるサラリーマンの砦であるという考え方に接近しています。「旗印」としての人生を受容しつつも、投壺に、また側室伊勢の方との性生活や妻千姫との愛に安らぐ秀頼の青春記は、星新一がこれまた唯一描いた、人間疎外ドラマでもあるのです。

「有楽」と題された断章では、織田有楽斎が、茶道も学問もキリシタン信仰も戦すらも、みな趣味にすぎず「なにもかも遊びなのです」と語ります。しかし、その風雅をうらやましがる秀頼に向かって有楽は、自分は信長の弟という「旗印」としての使命から逃げ、うやむやな保身の人生を生きてしまった。後世、私に共感してくれる人はあっても、尊敬してくれる人はいないだろうとしみじみ述懐する。エッセイ「一〇〇一編」で語られた星新一の「趣味と本業」についての考え方、「力を抜いた」生き方への疑問と響きあう人生論です。

補論① インストールについて
――「うるさい相手」「服を着たゾウ」「オオカミそのほか」ほか

これはロボットの話です。人間観ではもちろんない。しかし、星新一は、そもそも人間についても、こうした「インストール」という概念を抱いていたのではなかったか。だからこそ逆に、ウィンドウズ・ブームからはるかに遠い昔、インストールを要するロボットを予見できたのではないか。そういう可能性を考えたくなる作品群があります。

前章で紹介した「きょうという日」は、生涯想いだすだろう宝物のような記憶を、人工的に植えつける物語でした。これは知らずに植えつけられますが、「過去の人生」（一九七七、『安全のカード』所収）では、海外放浪とか裏稼業に身をやつすとかいった過去を売ってくれるバーテンが登場します。[*1]

後期から晩年にかけても、「気の迷い」や「小さな「うるさい相手」（一九六七、『マイ国家』所収）。

万能の召使ですと自分を押し売りするロボットを買ったエヌ氏。しかしそのロボット、単体を買っただけでは何も出来ない。庭仕事させたければ、庭仕事用電子頭脳、土いじり用腕、屋外用電池が別売りなのです。料理をさせようとすると今度は料理用の……。

新井素子は、「ここで描かれているのは、あきらかに、〝インストール〟という概念」だと指摘します。そして「パソコンは、確かに便利なハードなんですが、ソフトをインストールしない限り、それは、単なる箱。有能どころか、ただの場所ふさぎ」（「星さんが見た未来1」『ほしのはじまり』所収）という事情を、ウィンドウズ普及の三十年以前に描いた先見性に驚嘆を隠していません。

バーでの会話」（一九八三、『これからの出来事』所収）など、「記憶」系ショートショートの名品があり、これらも、自分の記憶が本当に正しいのだろうかという不安に私たちを誘う。

自分の人生が自分のものだと我々が思いこめるのは、かなりの程度は記憶の連続性にかかっている以上、この疑いは一種の崩壊感覚をもよおさせる。自分はいったい誰なのだろうという懐疑へと、私たちを陥らせるのです。

しかし星作品の登場人物たちは、記憶が捏造されたり、上書きされたりする不安や恐怖が、きわめて薄い。

一九六八年発表の「月曜日の異変」（『白い服の男』所収）は、この系列のほぼ最初に位置する一篇です。

容貌も性格も悪くないが、動作や言葉遣いが男っぽい妻を、来客や上司の前ではそれはどうかと強く叱った亭主。

それがある月曜日、異変を起こす。動作も言葉遣いも、しとやかそのものの女性と化す。ほんとにあの妻かと、試しに過去の想い出を語ってみるとどうもおかしい。日本舞踊の先生の内弟子だったというが、そんなはずはない。

じつは彼女、夫に叱られ、しとやかな女になりたいと願って医者を訪れた。医者はすぐ、死去したばかりの日本舞踏家の記憶中枢の一部を移植したのでした。

最後にひとつオチはつくものの、これはかなりあぶない話です。夫も妻がしとやかになったのならいいかと「割り切って考えることにした」というし。

記憶すら移植や捏造してしまえるのですから、人生のやる気程度ならば、ガソリン給油同様、お金で買えてしまえるのが星作品です。

あの「ものぐさ太郎」も、「気力充実暗示サービス協会」へ申し込んで暗示で「発奮」をさせてもらいます。記憶捏造を応用した「気力発生機」（一九六九、『だれかさんの悪夢』）などいう作品もある。「かぼちゃの馬車」（一九七四、『かぼちゃの馬車』所収）では、不美人を内側から輝かせるほどの本格的自信を、注射一本で宿らせてしまう。

本来、自分の人生のかけがえのなさを支える最たるるものである記憶も、もとよりその人ならではの経緯の果てに現れでるはずの発奮や一念発起も、パーツ交換とか容量アップの感覚で外からインストールしてしまえる星ワールド。

さらには人格全体すら、まるごとインストールできてしまう話もあります。

「銀色のボンベ」（一九六〇、『妖精配給会社』所収）では、大病院の医者が、死にゆく患者の末期の一呼吸をボンベに保存している。人間の最後の想いがこめられた息です。

産科から陣痛が告げられると、医者は駆けつけて、両親に子供さんの将来について希望を聞く。科学者に育ってほしいと聞けば、死んだ科学者の吐いた息をボンベから新生児へすぐ吸い込ませ、最初の呼吸とする。人生の設計図が、吸う息により刷りこまれるのです。

デザイナーズ・ベイビーを予見した発想ですが、希望に沿ったOSを初期設定してくれるサービスそのものといってもよい。

「解決」（一九六二、『宇宙のあいさつ』所収）、「奇妙な旅行」（一九六五、『おせっかいな神々』所収）、「古びた旅館で」（一九六八、『ひとにぎりの未来』所収）などは皆、過去の有名人とか武将とか恋人たちとかの霊を憑依させ、性格を一変させる話です。「因果」（一九七一、『さまざまな迷路』所収）では、遠い先祖の怨念が突如甦って、憎き仇の遠い子孫を殺してしまいます。

おそらく憑依とか転生（夢野久作『ドグラ・マグラ』など）とかいうのは、近代以前に考えられていたOSインストールの概念だったのでしょう。

星新一にはごく初期から、「ツキ計画」（一九六〇、『人造美人』所収。『ボッコちゃん』自選）、「サーカスの秘密」（一九六五、『きまぐれロボット』所収）といった憑依SFがありました。

前者では、宇宙開拓で、少ない人員がさまざまな作業をこなすため、力仕事に耐えられるゾウ、高所から飛び降りられるネコなどの属性をインストールする技術が、狐憑きの応用で開発される未来を、後者では、催眠術で、ライオンにアライグマだと思いこませて洗濯をやらせ、牛に犬だと思いこませてちんちんをさせる未来のサーカスが描かれます。

この発想の先に生まれたと思しき名作が、「服を着たゾウ」（一九六八、『マイ国家』所収）です。

ある天才的催眠術師がふと思いついて、動物園のゾウに「おまえはゾウではない。人間なのだ。人間の心を持ち、人間として考え、人間の言葉が話せる」と暗示をかけます。

術は成功し、ゾウは檻の鍵を容易にあけて街へ出てきます。人間と思いこんでいるから開けられる。言葉も話せる。洋服屋を訪れて服を仕立ててもらい、芸能プロダクションへ就活にゆく。「ゾウが口をきくとは……」と経営者が驚くと、ゾウは、「ゾウとは、なんです。わたしは人間なんですよ」と抗議します。芸能プロ経営者は、でしたらゾウの役でテレビに出ますかと持ち掛け、役としてならゾウだって何だってやりますよと（元）ゾウは応じ、タレントとなるのです。

まず幼児番組で人気者。売れっ子は鼻持ちならない態度へ変貌しやすいが、ゾウは「鼻の神経が微妙なためか」謙虚で好感持たれたというのは笑えます。

儲けた金で遊園地を経営し、遊具には「いちいち自分が乗って点検」する安全重視で、信頼をえて利益をあげる。経営は良心的で、おもちゃ会社やお菓子メーカー設立へ投資され、また社会的寄付へも回されます、ゾウはいまや誰にも尊敬される名士。成功の秘訣を聞かれたゾウは答える。

「わたしの心の奥に、おまえは人間だ、という声がひそんでいるのです。しかし、人間とはなにか、わたしにはよくわからなかった。そこで、本を読んで勉強をしたのです。人間とはどういうものか、人間ならなにをすべきか、などについてです。つねに学び、考え、その通りにやってきただけです」と。

「人間はだれもかれも一回は、催眠術師にたのんで、おまえは人間だとの暗示を与えてもらったほうがいいのかもしれない」という一行で、物語は結ばれます。

福田恆存が、「人が人であることの難しさ」で述べた人間観をどこか連想させる物語です。

動物ならば、ゾウなり、ナマケモノなりの生物学的な特質を定型的に想定できます。そこから人間の精神疾患を「○○憑き」と呼ぶ発想も生まれました。

しかし、ゾウの「人間憑き」とはどういうものなのか。

生物的性質のみでは、その特質を描き得ない、ある意味で白紙、ある意味で可能性の動物、「人間」……。

そこで服を着たゾウは、本を読んで、人間のあるべき姿を学び、かくあらんとしたのでした。[*2]

個性など上書き自在なＯＳに過ぎない

星新一は、ロボットのみならず人間もまた、何かをインストールされて初めてそれなりの生き方を始められるものだと考えていたのではないか。

二二二頁で引いたように新井素子は、星新一が「個性」を書く気がなかったと推測しました。しかし、星新一にも、個性的キャラクターはけっこう登場します。「鍵」の中年男も、「ねむりウサギ」のうさぎも、強烈な個性ではあるでしょう。しかし、「鍵」の主人公は、偶然、美しい鍵を拾ったから、アクセントのある人生を歩み始めた。ねむりウサギも、酒場でとりまきの女子に亀との因縁を突っこまれたのをきっかけに、無益な競争へのめりこんでゆく。

いずれも外因からで、彼らの人生経験が育てあげた個性では全くない。突如インストールされた「個性」でしかなかった。[*3]

個性すら、自在にインストールできてパーツのごとく互換できそうな人間観。

そうであるならば、事あるごとに、ころころと七変化してゆく人間だって自然に描けてしまえないか。

第2章で、「雄大な計画」「悪の組織」など、重大な岐路であっさり立場を鞍替えしてしまう裏切り物語を取り上げました。

しかし、彼らはまだ、損得を考え詰めた上で、自ら意志的に裏切りを決断しています。

ところが、中期から後期にかけての、「熱中」（一九七〇、『未来いそっぷ』所収）、「背中の音」（一九七三、『夜のかくれんぼ』所収）、「現実」（一九七四、『おのぞみの結末』所収）となると、そうした主体性や意志がまったくありません。

結婚を考えている相手を、社長に紹介する件。プライベートとはいえ重要です。だって、社長は彼の父親なのですから。

人間は確固とした個人ではなく、対する相手や状況によってさまざまな自分となる「分人」で、本当の自分などないと説いて話題になった平野啓一郎の『私とは何か』（講談社現代新書）を想起させる一篇です。

ある程度ならば誰もがしている使い分けを、機械的なまでに徹底させ笑劇とした「けじめ」。

この早変わりを、ＳＦファンタジーの域にまでエスカレートさせると、「熱中」等になる。

「熱中」の最後、刑事事件を起こした主人公を、過去を即忘れて変転してゆく性格異常ではないかと弁護士が主張し精神鑑定を要求するが、結果は正常。ひとむかし前ならともかく、「いまの世の中、あなたのような人が大部分ですよ」といわれてしまいます。

さすがにこれは言いすぎでしょう。

しかし、二〇一七年に刊行された金原ひとみ『クラウド・ガール』では、ただただ現在のみを享楽して生

「熱中」では、過去を一切ふりかえらず、１００パーセント場当たり的に生きる男が、殺人犯として逃亡中、貧民救済の義侠心を起し、暴力団と談判してる途中で博打にはまり……と、めまぐるしく生き方を転換し、さらに冒険家、反体制の闘士と七変化がまだまだ続く。「現実」も「背中の音」も、スイッチひとつで、さまざまな人生を転々と渡ってゆくお話です。

いずれもスラプスティックで楽しめますが、こう続くとなんとも妙です。[*4]

これらに先行する「けじめ」（一九七〇、『だれかさんの悪夢』所収）を読むと、もしかしてここから発展したのが、転々変化の作品群かなと思わされます。

青年社員が、社長に叱咤され平謝り。ところが説教が済みますと、青年の態度が急変、逆に社長を怒鳴りつける。青年は組合代表なのです。強硬な要求が終わったところで、勤務時間終了。

しかし青年は帰らない。今度は副業である経営者クラブに社長を勧誘するためのパンフを渡す。青年はまだ、退室しません。

きている少女が、悪行の報いとしてのちに刑罰が身に降りかかっても、その時の自分は悪行をなした時の自分とは違うのだから意味がないと首をかしげるのです。

そんな彼女にとっては、「分人主義」などわざわざ言い立てるまでもない常識でしょう[*5]。

さて——、星新一のこれら変転ものの特徴は、きわめて受動的なところです。

最たる一篇が、「オオカミそのほか」（一九七一、『おかしな先祖』所収）でしょう。

夜の森で狼らしき獣にかみつかれた男が次の満月の夜、狼に変身して暴れる。しばらくすると今度は蛇に嚙まれ、満月の夜、蛇に。

次は女性に嚙まれて女に変身。その次は蚊。また次は死体です。さらにベッドに挟まれてベッドとなり、金庫に挟まれ金庫、次はヨットになってクルーズを楽しんだり。

このあたりで飽きてきた男は、神か悪魔に嚙まれたいと夢想する。さすがに無理。だが、地割れの裂け目に足を挟まれた。となると、次の満月の晩には……。

あの「憑依」系の発想を、「変転」系へ持ちこんだ軽妙なスラプスティック・ファンタジー。

じつは小松左京にも、似た先行作品があります。「地球になった男」（一九六六）です。

もう少し寝ていたいという願望からある朝、牛に変身したのをきっかけとして、好きなものに変身できるようになったサラリーマン。女性になってみたり、最後はタイトル通りになってしまうあたりも、「オオカミそのほか」と似ています。

しかし、はっきり異なるのは、「変身が、彼の意志によって実現し、またすぐさま、彼の思いにしたがって、もとの人間の姿にかえった」ところです。

小松左京は、そんな意志を抱くに至るしがないサラリーマンの人物像や日常生活を描写し、それが哀切こもるラストへの伏線ともなっています。

言い換えるならば、あくまでも彼の人生経験からの内的な必然として、変身能力が生まれ、意志的な変転が始まる。

対するに、「オオカミそのほか」の主人公はこうなのです。

「あなたは、かみつかれやすい体質なんですかな」

「まさかと言いたいところだけど、そうかもしれないとの気がしないこともない。自主性がないと、運命にもてあそばれやすいのかもしれない」

どこまでも状況に憑依された星新一の人生

どこまでも受け身の主人公。

そこには、生まれたときから大会社の跡取りとして育てられたことに疑問を抱かず、大学を卒業する時も「もっと勉強しろ」と父親に言われて大学院へ進学(『盗賊会社』新潮文庫版「あとがき」より)。父の死、会社整理でもみくちゃにされたあげく、虚脱感のなかで同人誌に発表した作品が幸運にも認められ、作家に……という自身の受け身の人生も投影されていそうです。

外界が与える何かに「憑依」されて生き、次なる「憑依」でまた別の生き方を上書きされて新たに生き始める人間。

それはやはり、インストールされて初めて働きはじめるあの「うるさい相手」のロボットを思わせます。

*1　星新一は、その初期から、タバコに関する全記憶を一定期間消去して禁煙の助けとする「タバコ」(一九六三、『宇宙のあいさつ』所収)、失った幼児期の記憶をよみがえらせる「薬のききめ」(一九六五、『きまぐれロボット』所収)、食べ物であれ小説であれ女性であれ、これまで楽しんだ全記憶をリセットして、全てが初体験となる(経済学でいう逓減法則をなくす)「新鮮さの薬」(一九六七、『マイ国家』所収)といった、記憶作用をいじる薬剤を描いていました。

*2　そんな「服を着たゾウ」と対照的なのが、「人間的」(一九六七、『妄想銀行』所収)です。人間味あるロボット製作を依頼されたエフ博士が、人間性をセルフ・ラーニングするロボットを作ったが、何を命じても言い訳ばかりで働かない。ロボットはデータ分析の結果、人間とは万事につけ口実を作って怠けたがる存在だと結論し、自らそうふるまったのでした。

ゾウが、「あるべき(ゾルレン)」人間像に倣ったとすれば、このロボットは、「現にある(ザイン)」人間像をまねたわけです。

＊3　狂気を扱った初期の傑作「暑さ」（一九六一、『ようこそ地球さん』所収。『ボッコちゃん』自選）。

少年時代、暑さでおかしくなりそうな夏、アリを潰したらすっきりした。次の夏、今度はアリではだめ。カナブン潰したらすっきり。一昨年は犬で去年はサルだった。そして……。

この狂気はフィクションにしても絵空事すぎる。都筑道夫の「夜の声」のラストのあぶなさが、非モテ男ならだれもが知る心理の延長上で説得力をおびているのと比べたら、あまりに杓子定規な狂気です。まるで完成済みの狂気一式をインストールされたごとく（こうした定型的狂気との関連で、星新一が異常なくらい魅せられたと語る川端康成の掌編「心中」の徹底した論理性を捉えてみるのも、一興です）。

＊4　島田雅彦は、奇妙なディストピア小説『虚人の星』で、七つの人格を持つ「レインボーマン」となる主人公を、「星新一」と名づけました。星作品中のこうした人格変転もの、あるいはドッペルゲンガーものへのリスペクトかもしれません。

＊5　この発言は、各分人が他者に対して負う責任は結局、単一の身体で引き受けざるをえないという分人主義の限界をも明らかにしています。分人主義には、もう一つ、分人同士の衝突や優先順位争いをどう捌(さば)くか、司令塔が必要ならそれは分人ではなく統一人格ではないかという限界があります。星新一は「常識」（一九七二、『かぼちゃの馬車』所収）、「自信」（一九六六、『夜のかくれんぼ』所収）などドッペルゲンガーものでこれを描いています。

補論② 状況芸術について
――「セキストラ」「できそこない博物館」ほか

　星新一の商業デビュー作「セキストラ」は、ちょっと珍しい形式で語られています。

　最初に「――セキストラに関する資料の切抜きを、順を追って収集した――」という一文の後、雑誌記事、興信所の調査報告書、新聞外電、社説、ニュース解説、論文、レコード評に映画評、こばなし、私的書簡の数々、海外メディアの記事、身の上相談、投書、観光案内などが次々と羅列され、「だれに知られることもなかった記事」と称する一文で締めくくられる。

　千差万別な文章のコラージュにより、セキストラという電気式性欲処理機の普及が、社会から国際情勢までをどう変容させていったかが、浮かび上がります。

「セキストラ」の主人公は、開発者那須完一なのでしょうが、コラージュ手法により、セキストラ現象こそ主人公という印象が強まっている。根本真弥の表現によれば、作品の「世界観」こそ主人公で読者はそこへ感情移入するのです（「書評　星新一著『ボッコちゃん』」）。

　星新一は死後発見された「ミラー・ボール」（一九五八、『つぎはぎプラネット』所収）でもこの手法を用い、新聞社デスクへの手紙をコラージュして「アマノジャククイズ」という企画の顚末を語りました。

　星新一にはこれら主人公のいない作品がある。典型が「おーいでてこーい」。「妖精配給会社」や「午後の恐竜」も主人公は傍観者です。

　この形式はSFとは相性がよく、戦前すでにチャペックが『山椒魚戦争』でこれを用い（星新一のデビュー前夜に翻訳あり）、手塚治虫『鳥人大系』に影響をあたえました。

星新一をSFに目覚めさせたブラッドベリの『火星年代記』も、主人公のいない長編です。

純文学でも、ドス・パソスの『U.S.A.』とか井上靖の「楼蘭」などの例があります。

しかし星新一は、この手法を得意としただけでなく、さらに歩を進めた前代未聞の構想を抱いていた。『できそこない博物館』所収のエッセイ「薬など」にある「人物関連図だけで成立している作品」です。

複雑にからみあう悪の組織同士の対立。警察や女も関係するが、全員が裏切る。そんなストーリーを考え、人物関連図をメモしかけた。かなり複雑で立体的にまでなるが結局、ものにならなかった。

しかし星新一はこう発想を飛躍させるのです。

「雑誌などにのっている、ある実力者の人脈図というのは見たことがあるはずだ。そして、わかりやすいなと感じたはずだ」

それらは当然、公表可能な範囲しか描いていない。

「しかし、フィクションとなれば話はべつだ。どんないやらしい、非合法なことでも、好きなように書きこめる」

すなわち、状況のおもしろさのみが抽出された人脈パノラマを読者へ提供する。

星作品では、人物や内面の描写が省かれてきましたが、ついにストーリーすら捨象されてしまう。もはやページを追って読む必要すらない、文字通り一目瞭然な全く新しいエンターテインメントがここに受胎しつつあります。もう小説だとはいえない。文学であるかも疑問です。

しかし、既存のジャンルなど難なく超えてゆける星新一の発想がこれほど冴えわたった例もないでしょう。

文学以外の、こうしたエンタメ芸術、表現手法としては見開き一コマのマンガやイラストがやや近い。昭和四十年代、「少年マガジン」巻頭グラビアは、ウルトラ怪獣の解剖、SFやホラーやトンデモ奇説の設定、特異な神話伝説、宇宙開発のシステムなどを、工夫をこらして図解し、少年たちの知的好奇心を煽りました。企画と構成を担ったのは、日本SF黎明期を星新一とともに担った大伴昌司です。

あるいは、多人数を巧みに配した大型絵画作品などはどうでしょう。ダ・ヴィンチの「最後の晩餐」。ラファエロの「アテナイの学堂」。本邦ならば、白川一郎の「最後の御前会議」など。殊に「アテナイの学堂」は、時代の異なる哲人文人を同席させ、その配置で古代思想史の構図を描きだしています。

図解形式のガイド本や入門書は書店にあふれ、古今東西の名作小説がそれぞれ一頁でわかるなどというのもある。ならば、当初から図解として創作されるフィクションが誕生する日も近いかもしれません。

はたして星新一はここでも、未来の一鉱脈をしっかり予見していたのでしょうか。

補論③　ジュブナイルについて
――「宇宙の声」「ブランコのむこうで」ほか

恋愛を始める年頃になると、変わった読物からは抜けちゃう。星新一のそんな発言を、前章で引用しました（一五四頁）。

しかし、そんな思春期の読書が、SFとともに始まったという例も、ある世代以降少なくないのではないか。

昭和四十年代、大人向き作品の注文がまだ少なかった時代、日本SF黎明期の作家たちは、少年少女向けSFの分野で、記念碑的名作を多く生み出しました。筒井康隆の『時をかける少女』、眉村卓の『なぞの転校生』『ねらわれた学園』、光瀬龍『暁はただ銀色』『夕ばえ作戦』、平井和正『美女の青い影』といった、版を重ね、文庫化され、たびたびの映像化を経て、いまなお読み継がれるジュブナイルの古典です。

これらのストーリーはほとんどが、実のところ、極めてストレートなボーイ・ミーツ・ガール、初恋物語でした。

なぜここで、リアルな青春小説や恋愛小説ではなくて、SFだったのか。

読書好きで内向的、優等生タイプの奥手な少年少女の自意識には、ストレートな恋愛物語へ自己投影するのが恥ずかしい。そこでワンクッションをおいて衒い（てらい）たがる。そんなおよび腰にぴったりなのが、SFのヴェールで恥ずかしさをクリアしてくれる物語群だったのです。年頃の読書好き女子が、男女の恋愛よりもBLと呼ばれる男性同士の物語を好むのと、構造は通じます。

思春期を迎え、異性が意識されたときの距離感、進学により世界が広がり、新しい出会いや可能性が広がる期待と不安。ＳＦはこれらを、異星人、未来人、異世界人、超能力者といったメタファーで描いてくれたのです。

この役割は後、ライトノベルに継承されました。その一代表作『涼宮ハルヒの憂鬱』（谷川流）に、時をかける少女とか謎の転校生とか戯称されるキャラクターが登場するのも、右の前史を自覚しているからでしょう。

星新一も当時、ジュブナイル作品を依頼され、『黒い光』（秋田書店ジュニア版ＳＦシリーズ、一九六六）、『宇宙の声』（毎日新聞ＳＦシリーズ、一九六九）などを上梓しました。

しかし、筒井、眉村、光瀬のような名作は残さなかった。

それは星ジュブナイルが、戦前ならば野村胡堂や小熊秀雄、戦後ならば瀬川昌男らが開拓した科学探偵や宇宙探検ものに星作品らしいひねりやオチをつけたおおらかな物語ばかりで、登場する少年少女も小学生ゆえ、ボーイ・ミーツ・ガールの要素は見当たらなかったからではなかったか。

これは偶然ではない。初恋物語では初めて異性を意識したときめき、照れくささやいらだちなどを、思春期の読者に疑似体験や追体験させなくてはならず、そのためには会話とか小さなエピソードとかいうデテールそれぞれ、具体性な内面描写が要求されるのです。

そしてそれは、本論で論じたように、星作品に最もそぐわないものだったのでした。

星新一が発表した最後のジュブナイル作品は、『ブランコの向こうで』（一九七一）でしょうか。

これにもボーイ・ミーツ・ガール要素はありません。

しかしそれがゆえに、なまじ思春期の少年少女に限らず、小学校高学年から高齢の大人までを楽しませる星新一の名作長編となっています。

他人の夢へ忍びこんだ少年が、毎夜の夢では交通事故死した幼い息子を探して寂しい夜の街を彷徨しているすご腕美人社長とか、夢で独裁者になって民衆の喝采を浴びている中年失業者とか、人生の裏側をかいまみて歩く物語。

これ一作で星新一は、小学生向けジュブナイルを脱し、といって初恋路線へ追随もせず、子供から大人までに人生を考えさせる汎用性ある物語分野を開拓したのです。

恋愛を始める年頃をむかえて、星新一を卒業しても、人生はまだ続きます。そう、恋愛を抜ける頃となってもまだまだ……。その頃になって私たちは、星新一を卒業出来てなんかいなかったんだとようやく気づくのかもしれません。

補論④　ナッジ理論について
——「テレビ・新聞・ノック」「鏡」「読書遍歴」ほか

悪魔は知ってる人間トリセツ

何万年後にただ一度作動するマシンのために、何百年後、何千年後にも変わらないであろう人間の性質とは何かを考え、そこを踏まえて、「ひとつの装置」を作った研究所所長。

誰もが反射的に押したくなるボタン。誰もが思わず選んでしまう同じ行動。

星新一はそうした人間の反応に惹かれていました。エッセイ「テレビ・新聞・ノック」（『星くずのかご No.4』『ほしのはじまり』所収）では、ショートショートの冒頭でしばしば使う「ノック」を考察しています。なぜ二回トントンなのか。一回では何かが風で当たったなど自然現象と間違えるというあたり、「ひとつの装置」の読者はにやりとしそうです。三回は不必要。繰り返すときも、トントン、トントンと二回ずつ区切る。医者の打診もそう。「これは、私たちがその約束事にしばられているせいなのだろうか。それとも人間の体質による本能なのだろうか」。

また、指の外側で叩くノックと違い、時代劇などで、握りこぶしの下のところで、閉まった板戸を夜などに叩いている例を挙げ、こう比較するのです。「あれはいくつ連続するのが普通だったのか」。「いくつかたたいて、なかのけはいをうかがい、反応があったかどうかをたしかめ、くりかえすほうがいい」。「きっと、経験によって、ある慣習が成立していたのだと思うが、いまでは知りようがない」。

「約束事」「体質」「ある慣習」……。身体的なもの本能的なものであれ、社会慣習や規範、個人的な体験や訓練により条件づけられたものであれ、人間がときに見せる機械的反射的な反応に好奇心を向けて止まない星新一。

その姿はあたかも、世にいう人間性とか人間味とかが、その上に載っている幾重もの身体や無意識や規範意識などから成る地層の底の底にある岩盤を探らんとする観測機のようです。

その姿勢が、創作へ向かったとき、人間の強い意志や熱い感情、また周到にして賢しらな思惑が、脊髄反射的な不随意言動によってあっさり裏切られ、無と化してゆく物語が生まれました。

「報酬」(一九六二、『ボンボンと悪夢』所収)などはそのシンプルでストレートな一例でしょう。

「夜の音」(一九六六、『ちぐはぐな部品』所収)は、ひねりを加えしゃれてみたバージョンでしょうか。

初期から後期まで、幾つも生み出された「願いをかなえる魔物」系には、悪魔などが人間のこの性質を利用してくるパターンがけっこうあります。

「よごれている本」(一九六二、『エヌ氏の遊園地』所収)では、悪魔を喚びだしたエヌ氏は、急に小声になった悪魔の話を聞き取ろうと思わず耳を近づけ、せっかく張った結界を自ら踏みこえて、餌食となってしまいます。

「願望」(一九六三、『宇宙のあいさつ』所収)では、ずっと胸に抱いていた願いを度忘れし、うっかり「思い出させてくれ」と口走ってしまう。その願いは叶えてもらえ思い出せましたが、一度きりのチャンスはそれで使い果たされてしまう。

「けちな願い」(一九六五、『エヌ氏の遊園地』所収)では、警官も犯罪者も目先のつまらない願いでチャンスを使い果たしてしまいますし、「悪魔」(一九六四、『きまぐれロボット』所収。『ボッコちゃん』自選)でも、目前の黄金に目がくらんだ男は少し考えればわかりそうな落とし穴に気づきません。

これらは皆、行動経済学のプロスペクト理論でいう「近視眼的行動」です。

星新一以前の作品、ジェイコブズの「猿の手」、ネズビットの『砂の妖精』なども、この近視眼的行動を描いていました。

星新一最初期の名作「鏡」（一九五九、『人造美人』所収。『ボッコちゃん』自選）では、もうひとひねりが加わります。

呼び出した加虐欲をそそる悪魔を、毎晩いじめてストレス発散させていた都会風夫婦が、不満への耐性をいつしか摩滅させて、いじめ方がエスカレートしてゆく。

ある夜、悪魔に逃げられたとき、もはや二人が溜めこんだストレスをぶつける相手は、ただお互いだけ……。

人間は、安易な途が見つかるとそればかりに頼る。いくらわかっていても依存してしまう。そして、いつか終わりがくるかもしれないなどとは考えもしなくなる。「鏡」はあの「おーい でてこーい」と共に、我々のこの愚かさを描いているのです。

「つぎつぎと生産することばかりに熱心で、あとしまつに頭を使うのは、だれもがいやがっていたのだ」（「おーい でてこーい」）。

「世の中には、めんどうくさいことのきらいな人びとが多い」（「ボタン星からの贈り物」一九六四、『妖精配給会社』所収）。

といった、「善悪や理屈以前の、人間がどうしようもなく持てあましている本質」（エッセイ「落語の毒」『きまぐれ星のメモ』所収）、あるいは「変わらない人間性のふしぎさ」（各務三郎）とか「変わらない普遍的なもの」（最相葉月）とかの岩盤を探り当て、踏まえて、物事万般を考えようとする。そんな星新一の姿勢は、古くは、テオプラストスの『人さまざま』やラ・ロシュフコーの『箴言集』、またウマニスト、モラリストといわれた賢者たちの洞察とつながるものでしょう。

こうした伝統ある人間学の叡智と連なる一方、人間の愚かさへ肉薄する星新一の物語は、最新の社会工学へも通じつつあります。

いま時代は行動経済学へ

こんなエピソードを聞いたことがありませんか。

日頃、差別的ヘイトスピーチを投げつけてくる悪ガキどもへ、ユダヤ人の店主が、報酬を出そうと持ちかける。もっと言えば、もっとあげるとけしかけ、毎日自己申告に応じて相応の金額を渡す。

しかし、ある日を境に、昨日でユダヤ人ヘイト週間は終わったから、今日からは来ても一銭も出ないよと宣告したら、もう誰もヘイトスピーチをしなくなった。

アンダーマイニング効果といって、報酬で動機付けすると、金の切れ目が縁の切れ目的な結果が生じかねないという理論の具体例です。これなど、ちょっとしたショートショートといってもよいかもしれません。

コロナ禍初期、ちょっと流布しかけた術語に、「ナッジ理論」がありました。

「ソーシャル・ディスタンスを守って並んでください」と、貼り紙したりアナウンス流したりするよりも、床に適切な間隔で足跡型のシールを貼れば、皆そこに立って待つようになる。

そんな「現代の魔法」が、「ナッジ理論」です。

ファストフード店で、長時間のご利用はほかのお客様（と当店）の御迷惑ですと貼り紙するよりも、椅子を硬く狭くしたら長居はなくなったという例が、従来から知られていました。

選択アーキテクチャーといいます。

これらの理論は、ここ二十年ばかりブームとなっている行動経済学という新興学問の成果とされるものです。この分野の始祖、カーネマンやセイラーにはノーベル経済学賞が授けられました。

こうしたきわめて実践的な社会工学、ナッジ理論の基本について、山田歩は『選択と誘導の認知科学』（新曜社）で、わかりやすく解説してくれています。

「人間の身体能力には制約や癖があり、特定の物理的な環境のもと、一定の傾向で反応する傾向があります」

「それと同じように、思考したり判断したりする人間の認知能力にも制約や癖があり、特定の認知的環境の下では、一定の傾向で反応します」

「こうした人間の認知的な傾向を理解し、活用することで、（中略）私たちの判断や決定は大きく変えられていくことになります」

「本人に、目標を定めて、それを達成する意思がなくても、人びとの認知的な反応傾向を利用して、選択肢の設定方法などを操作することで、なんらかの判断や決定が引き出せるように、方向づけていくのです」

「人がもともと持っている選択傾向に合わせた小さな工夫をすることで、強い意思がなくとも特定の判断や選択が持続的に生み出される環境を作り出すことができるのです」

前の章で、星新一が描く快楽ユートピアや操られ系の作品を、イソップの「北風と太陽」に喩えてみました。

陽が当たり気温が上がれば人はなにもいわれなくともオーバーを脱ぐ。身体能力の制約や癖、傾向を知り、そこから生じる一定の反応を促す施策を採れば、直接の強制なくして知らぬうちに人間を操作できる。

あの北風や太陽を、悪魔や妖精としたのが、星新一の「願いをかなえる魔物」シリーズでした。

逆に、悪魔ならではの制約や癖を、人間が太陽のごとく利用する物語が、「契約者」（一九六一、『悪魔のいる天国』所収）や「はじめての例」でしょう。

悪魔ならぬ人間が人間を操作する操られ系作品群の先には、太陽的な誘導によって、社会全体を治めてゆく欲望ユートピアが展望されます。そこからさらに遠方まで飛翔してしまったのが、「ひとつの装置」でしょうか。

「ナッジ理論」への注目は今後、人類の未来と関わる大事となるやもしれません。

コロナ禍への対応において、ともすれば自由を圧殺する社会だとされてきた権威主義的な諸国家が、ある程度は有効な施策を採れたのをどう評価するかが議論されました[*1]。

現在、権威主義的諸国において、言論の自由封殺、ジャーナリスト暗殺、少数民族の集団洗脳やジェノサイトが行われているようです。

それらはまだ、非難すべき対象としてわかりやすい。北風流の力ずくの強制ですから。

しかし、血腥（なまぐさ）い暴力支配を脱却した権力が、洗練されたナッジ理論を駆使して、太陽のごとき温かさでその体制を盤石なものとしてゆく時代が到来したらどうでしょう。

すでに、マクドナルドの硬い椅子に長居は無用と心得、足跡マークに合わせてレジに並んで久しい我々が、何を非難できるのでしょうか。

そのとき私たちは、星新一の例えば『声の網』を、あらためて精読しているかもしれません。

ナッジ小説の古典「最後の一葉」

先に引用したナッジ理論解説は、本書が論じてきた星作品の人間観と、ほとんど重なり合うものでした。やはり星新一の思考法は、小説家というよりも、実践を忘れぬ応用科学者、あるいは開発事業主のもののようです。

星新一は終生どこかで、農学部農芸化学科でペニシリン培養を研究していた、星製薬二代目社長でありつづけたのかもしれません。少なくとも、文学の徒であるよりは……[*2]。

薬学を修めた作家はいるでしょうか。

アメリカにひとりいます。O・ヘンリーがそうでした。

高等教育ではありませんが、青年時代に親戚が経営するドラッグストアで働いて薬剤師の資格を取っています。詐欺罪で刑務所入りした際も、模範囚として所内の薬局で働いたらしい。

星新一は、十代で、「うまいものだなあ」と思いつつ、O・ヘンリーを愛読しました（一九七五、「読書遍歴」「星くずのかご」No.17〔『ほしのはじまり』所収〕）。描かれた古いニューヨークの情景が心のふるさとのひとつとなるくらいに[*3]（「郷愁」）。

あまりにも有名なあの「最後の一葉」（一九〇七）。病の床の窓からみえる、ビルの壁をつたうツタの葉の最後の一枚が落ちたら、自分は死ぬという強迫観念（もしくは自分ルール）に取り憑かれた女の子。彼女をどう救うか。

凡百の小説家ならば、強い友情とか新しい恋とかが、彼女の頑な心をほぐし、気づいたら最後の葉が散ったのも知らないまま元気になっているといったストーリー展開を考えるのではないか。

だがそれは、彼女の歪んだ心と真っ向からぶつかろうとする「北風」の発想なのです。

では、「太陽」の発想だったらどうなるか。

嵐の夜、老画家が命をかけて本物そっくりの最後の一葉を、マジック・アートよろしく油絵で描きこむ。翌朝、嵐にも散らなかった枯葉を見て、彼女は生きる気力を取り戻した。

山田歩の前掲書に、「対応バイアス」についての解説があります。問題の原因が、当事者の内面にある、心のせいだとする考え方をいうのです。そう考えてしまうと、解決法は、粘り強い説得や愛ある包摂で、心をほぐし内面を変えてゆく「北風」の発想となるでしょう。

しかし、まったく逆に考えられないか。

原因が心にではなく、外部環境にあると考えてみる。そして外部環境のほうを改善しようとしたほうが、より効果的な対処となり、スマートに問題を解決することになる場合はないだろうか。

女の子のひねくれてしまった心を変えるよりも、彼女の心のひねくれ方、すなわち「制約や癖」を理解し、それを利用する方向で、活路を見出す。

O・ヘンリーは、最後の一葉を散らないようにするという「操られ系」ショートショートで、この行動経済学の知見を、百年先んじて絵解きしてみせたのでした。

しかし、この思考は、文学的とは見做されにくいのではないか。

例えば、O・ヘンリーと並ぶ短編の名手、モーパッサンの傑作「首飾り」は、女主人公の虚栄とコンプレックスが、必然的に展開して、悲惨な結末が自動運動のごとくもたらされます。

こっちこそが世にいう文学であり小説でしょう。

そうした内面の、心理の必然としてではなくして、外部の、状況の変容によって力学的に展開してゆく物語……。

それはむしろ、科学技術者や事業家の発想なのです。

それかあらぬか、O・ヘンリーは普通、小中学生向け小説入門、あるいは語学テキストに最適と見做されて、誰もが知っている作家となりながら、文学としての評価からは終始、遠かった。

そうです。星新一とまったく同様に……。

＊1　マスクや自粛強制に対して、人権擁護を掲げるデモ等が沸き起こった仏独などと比べたら、我が日本もまた、同調圧力で感染症を抑えた側と見られるかもしれません。

＊2　農芸化学を学んだ作家など自分だけだと思っていたら、宮澤賢治という大物がいた（「流行とは」『きまぐれ遊歩道』所収）という星新一。いま活躍中の若手では森見登美彦が、京都大で農芸化学を学んでいます。

＊3　星新一はスタージョンの『一角獣・多角獣』を書評した際、スタージョンを極点とするフィニィ、ボーモントなど「異色作家」の系譜の「出発点」として、O・ヘンリーを挙げていました（『きまぐれフレンドシップ』奇想天外社版）。実際、「失われた混合

酒」は、飲めば「度胸」が生じる秘密酒をめぐる騒動が物語られ、まるで星新一の新薬発明ものの一バージョンのようです。「運命の道」という、エヴェレットの多世界解釈を連想させる作品もあります。

第6章

ＳＦから民話、そして神話へ

——「マイ国家」「門のある家」「風の神話」ほか

星新一のアーリー・タイム

本書はここまで、星新一の作品を、そのテーマごとに括り、系列づけ、考察してきました。その考察において、作品やエッセイの時系列的な前後関係には、必要に応じて考慮する以上の注意を払っていません。どちらかといえば、通時的ではなく共時的なアプローチを試みたのです。とはいっても、星新一の作品を通時的にアプローチする、すなわち時代ごとの比較によってその変容過程を考えてゆく必要を軽視するわけではありません。

これまでも、星作品について、最初期、初期（前期）、中期、後期、最後期（晩期）という分類を、その基準を示さないまま、用いてきました。本章では、遅ればせながら、星新一の四半世紀にわたる作家活動を通時的に考察し、右の分類基準をも明示しておきたい。

まず、最初期。星作品の黎明期です。★1

同人誌「宇宙塵」二号掲載、「宝石」誌転載のデビュー作「セキストラ」に始まり、ショートショートに開眼した最愛の作「ボッコちゃん」以下、大方、『人造美人』、『ようこそ地球さん』二冊に収められた作品群が、この最初期、黎明期に分類されます。

年代でいうならば、一九六一年夏までです。★2

「おーいでてこーい」「生活維持省」「月の光」「鏡」「天使考」「冬の蝶」「最後の地球人」「空への門」「ツキ計画」「親善キッス」「処刑」（以上、『人造美人』）、「霧の星で」「暑さ」「西部に生きる男」「マネー・エイジ」「見失った表情」「殉教」（以上、『ようこそ地球さん』）など、本書でも詳論した作品の多くが、すでにこの時期に発表されています。

ただし、この時期の作品には、「火星航路」、「ミラー・ボール」のごとく、最晩年、死後まで封印された力作もあります。「小さな十字架の話」、「セキストラ」のように、以降の作風とは異質な作もある。「セキストラ」もですが、「治療」のように、一九五九年初めに雑誌発表されながら、単行本収録が一九六三年（『宇宙のあいさつ』）まで遅れ、主人公の名が黒須氏からマール氏へ変更された作品もあります。

要するに作風がまだ安定していないのです。

発表舞台も、「宝石」、「ヒッチコック・マガジン」がほとんどを占めます。

以上を考えて、一九六一年後半から、「前期」「初期」が始まると考えたい。作品集でいうと『悪魔のいる天国』以降です。

ここで区切る理由のひとつは、この年の暮れに発表の「合理主義者」でエフ博士が初登場するのをはじめ、アルファベットをカナ書きした名前の主人公が登場するのがこの時点以降だという

★1――あえて遡れば、学生時代、サークル同人誌に発表した「狐のためいき」（一九四九、『天国からの道』所収）や、一度雑誌に投稿して没となったものをデビュー後改稿発表したという「小さな十字架の話」（一九六〇、「小さな十字架」と改題の上『ようこそ地球さん』所収）が、黎明期のさらに前夜となるでしょう。

★2――現在は新潮文庫『ボッコちゃん』、『ようこそ地球さん』で、この二冊収録の作品は全て読めますが、『ボッコちゃん』は自選集で五〇篇中、以降の作品三四篇も混ざっており、ちょっとわかりにくい。また自選の対象となった作品も、初版一九七一年までの全作品ではなく、新潮社刊の作品集は、『人造美人』と『ようこそ地球さん』のみ。あとは、早川書房などから刊行された作品集収録作品からであるのも注意を要します。

のがあります。ちなみにおなじみのエヌ氏の初登場は、次の作品集『ボンボンと悪夢』所収の「夢の男」（一九六二）です。

「ボッコちゃん」で開眼した作風、簡潔で金属的かつ透明な文体、巨視的な文明批評や諷刺、シニカルで切れ味のあるオチといった、いわゆる星新一らしさが定着するのが、この時期です。

というか、今もなお、この時期の作品のみで星新一を認知している一般読者が、ほとんどなのではないか。最も読まれた作品集、自選集『ボッコちゃん』と『きまぐれロボット』（ともに二百万部以上）が、だいたいこの時期までの作品を収めたものである事情もあるでしょう。

さて——、

問題は次です。

最初の作風変動期をめぐる山野浩一説批判

「前期」（「初期」）に次ぐ「中期」はいつごろ始まり、いつごろ終わるのでしょうか。

これについては、まずは当時の批評に従ってみたい。

「星新一の最近作が大きく変化しはじめていることは事実であり、それは彼の作品を批評する人たちも指摘しているようである」

これは一九七一年、星新一の作品集初めて文庫本『ボッコちゃん』の解説にある筒井康隆の指摘です。

筒井のいう「彼の作品を批評する人たち」のひとりと考えられる石川喬司は、黎明期からＳＦ

ジャンルの擁護者をもって任じ、日本のＳＦ作家たちを鼓舞しつづけた評論家でしたが、七冊めの作品集『おせっかいな神々』（一九六五）あたりから、星作品が変わりはじめたと指摘していました（『妄想銀行』が日本推理作家協会賞を得た際、「日本推理作家協会会報」上で）。「批評する人たち」のもうひとり、石川と対照的ないわば辛口のＳＦ評論家山野浩一は、「星新一の最近作は大きく変わりつつある。それは価値転換のみにイデーを集約させたオチをすてて、自由な開放世界を切り開き始めた点に於いてである」（「日本ＳＦの原点と志向」「ＳＦマガジン」一九六九年六月号所収）としました。そして、十四冊めの『マイ国家』（一九六八）、十五冊めの『午後の恐竜』（一九六八）以後、「決定的に新しい星新一が生誕した」と解釈しています。

日下三蔵は『日本ＳＦ全集・総解説』で、「デビューから十二年目の（一九）六九年あたりまでが、星新一の作家活動の前期と考えられる」とまとめました。

要するに、六〇年代後半、デビュー十年前後で転機が訪れた。

しかし、それがいかなる変化だったかを、山野以外の諸家は充分に説明してくれません。山野浩一の見解を雑駁にまとめると、初期の星新一は、「緻密な構成と巧妙なオチ」を仕掛け、強烈な価値転換を最後のオチへ収斂させてきたが、この時期から、「マイ国家」（一九六七、『マイ国家』所収）では国家とは、『午後の恐竜』所収の「契約時代」では契約とはという根源的な問いがそれぞれ最初から提示され、その思索が次々と展開してゆく拡散的な作品が現れてくるといったところでしょうか。

たしかにこの前後から、生きがいについての「鍵」、貨幣についての「とんでもないやつ」（一

九六五、『妄想銀行』所収)、進化についての「午後の恐竜」、反戦についての「白い服の男」、勝敗についての「ねむりウサギ」、人間性についての「服を着たゾウ」、人権についての「コビト」、ドラマ性についての「不在の日」「手紙」など、読者を社会や人生をめぐる哲学的考察へと誘う名品が、幾つも生まれています。

山野浩一は、これらの開花を、星新一が、ジョン・ウィンダムの『海竜めざめる』という作風の異なる作家の長編SFを翻訳したり、『人民は弱し 官吏は強し』を完成させたりという新分野への挑戦を試みた結果、作家としての幅が広がった成果だと分析しています(『午後の恐竜』の解説「観念の小説としての星作品」、ハヤカワJA文庫、一九七四)。

だが、果たしてそうでしょうか。

根源的なテーマが最初から提示され、その諸相がさまざまに展開してゆく星作品は、じつは黎明期、初期からそれなりにありました。「セキストラ」の性と暴力、「天使考」の死に場所、「殉教」の来世、「処刑」の死、「最後の地球人」の人口と文明などです。

しかしこの時期、星作品の圧倒的多数は、シャープなオチで驚かせるショートショートだった。殊にファースト・コンタクトものSFや、ヘンリー・スレッサー風のミステリーはおびただしい数、残されています。

むろん傑作も多く、星新一といえばこれらの印象がやはり強い。

右のような重みのある諸作は、それらの陰に隠れがちなのです。ショートショートというにはやや長めの物語が多く、かならずしもオチで驚かせるものではないゆえ、星作品らしさが減退するからかもしれません。

ところが、筒井、石川、山野、日下ら諸家が、初期の終わりと唱える六〇年代後半、オチショートトショートの比率は減りはじめます。殊にシンプルなファースト・コンタクトやスレッサー風ミステリーは激減してゆくのです。

その背景は幾つも考えられますが、主要な原因はけっこう散文的なものだったのではないか。黎明期から初期、SFという分野がかなり軽視蔑視されていた時代、新人星新一に与えられた発表舞台は、相当に制約されていました。こんな発言があります。

デビュー当時、「ぼくが最初からショートショートばかり続けて書いたのもね、本来、推理小説の雑誌である「宝石」の中では、SFはマイナーな形式なので、あんまり長くページを取っては申しわけないような、そんな雰囲気も影響してるんですよ」

「「宝石」の次に書いたのは文春「漫画讀本」でしたから、そうなるとなおのこと、こみいったものじゃダメだというので、とにかく分かりやすい表現を選んで、明解なオチをつけて、ということを心がけた」とかいった事情の下、初期の星作品は生まれたのです（インタビュー「戦後・私・SF」「幻想文学」一九八五年二〇号所収。『きまぐれ星からの伝言』に再録）。

ところが、一九七〇年代前半、「ショートショートのとてもよい発表舞台」だった「PR誌と新聞の日曜版」が、「石油ショックのあおりで」「かなり減った」。

「だから一時期ショートショートは殆ど書かないで、短篇ばかりの時期がありましたね」

この星発言に応じてインタビュアーが、

「それは評論家が指摘するような、いわゆる〝オチ〟ショートショートから不条理なストーリー展開の重視へという星さんの作風の変化とも関係があるのでしょうか？」と問うと、

「あるかもしれません。短篇の場合、どうしてもストーリーが必要になりますから。ショートショートならアイディアだけでなんとかもっていけますが、短篇はそれだけでなくストーリーでも愉しませなくちゃいけない」

「それで短篇の注文しか来なかった時期には、メモにいろいろ思いついたことを書いておいた中からアイディアを選び出す過程で、無意識のうちに、短篇としてふくらますことができるようなテーマを選んでいた可能性はあるかもしれませんね。今思うと」

と答えているのです。

山野浩一が星作品の新しい傾向とみたのは、この「短篇としてふくらますことができるようなテーマ」でしょう。

右の星発言は、一九七〇年代前半についてですが、諸家が変化を指摘した六〇年代末には、星新一は、いわゆる中間小説雑誌にそれなりの頁数をもらえるだけの中堅作家となっていました。「マイ国家」は「オール讀物」、「午後の恐竜」は「小説現代」が初出です。もはや「宝石」の傍流作家でも「漫画讀本」の埋め草ライターでもなかった。

山野浩一説は、以上のごとく相対化できるでしょう。

しかしこの中期に、ファースト・コンタクトものやスレッサー風ミステリーが激減したのはなぜでしょうか。

後者についてはやはり、掲載誌の事情が大きいかもしれません。『なぜＳＦなのか？　奇想天外放談集1』に収録の都筑道夫との対談で星新一は、ＳＦが盛んになり需要が高まって、「星さんはやっぱりＳＦを書いて下さい」と言われたのに対して、「一番書きたいスレッサー風のは注文がこない（笑）」とぼやいています。

この対談が行われたのは一九七七年ですが、小松左京や筒井康隆が中間小説誌へ進出を始めた六〇年代末にはこの萌芽はあり、ＳＦにしてもそろそろ単純なファースト・コンタクト以上の作品が求められるようになっていたはずです。「ミステリーなら、星さん以外にも書き手はいますよ」（「テレパシーなど」『できそこない博物館』所収）ともいわれたらしい。

松本清張（阿刀田高によると、この作家は、パターンで人間を描く星新一の作風が好きでなかったそうです（「東京新聞」夕刊に二〇一七年六月開始された自伝「この道」連載の八月四日分））風の社会派ミステリー全盛期も終わって、ユーモアやオチで読ませるショート・ミステリーを量産できる赤川次郎や阿刀田高が登場してきた。

中期と後期で作品はどう異なるか

しかし当時、こうした表面的な事情ではない、大きな時代の変動もまた起こってはいなかったでしょうか。

星新一は、『なりそこない王子』が新潮文庫に入った一九八六年に、その「あとがき」で六〇年代をこう回顧しています。

まず、「日本には珍しく、時事風俗の描写を避けた作風」という評価は、「私もうれしいし、的確なのではなかろうか」とします。しかし——。

「私が作家になったのと、宇宙時代の幕あけとが、ほとんど同時だった。ソ連の初の人工衛星は、人びと、とくに日本人にとって、まさに予想もしなかった出来事だった」。「テレビも普及しはじめていたし、小型ラジオも出現した。オートメなる言葉も使われはじめた」

そんな時代を描くには、流行語をまじえるなどの時事風俗的な手法はそぐわない。その結果、「私の書くもの自体が、別な意味での、風俗小説となっていた」。「すなわち、私そのものが、ひとつの時代、ひとつの風俗の産物なのである」。

作家としての晩年を迎えた時期のこの自己総括には、自ら「なにごとも、考えてみるものだね。私の作風の成立事情が、いくらか解明できた。これ以上の星新一論は、ないのではないか」と、自ら豪語するだけの明快さがあるでしょう。

たしかに宇宙開発もの、ファースト・コンタクトものは、一九六九年のアポロ月到達で頂点に至った、宇宙ブームならではの産物でした。

また、同時に沸き起こった未来論ブームも、一九七〇年の大阪万博を期に一段落してゆく。もとより世相の先を見据えるSF作家としては、「〝未来〟が手垢にまみれ」（座談会「日本SFは変質したか?」における星発言。『オレがSFなのだ　奇想天外放談集2』所収）、もう宇宙も古いし、未来も古いと嘯く時代がやってきたのです。かくして星新一は、初期（前期）の制約ふたつ、短いものしか書かせてもらえない枷と、宇宙と未来中心に依頼がくるという枷から解放され、人間と社会に関する大きなテーマについて、根源的に考察してゆくような力作を幾つも発表していったのでした。

これが星新一の中期でしょう。

それでは、そんな中期はいつごろ終わって、次の後期へ移行してゆくのでしょうか。

これを考えるにあたっては、前期中期と異なる後期星作品の特徴を明らかにしておく必要があるでしょう。

以下、両時期それぞれから、共通性のある作品を選んで比較してみます。

「夕ぐれの行事」（一九六八、『盗賊会社』所収）という中期作品と「過渡期の混乱」（一九七一、『さまざまな迷路』所収）という中期終わりから後期初めの作品。

前者ではまず、毎日夕刻になると街を徘徊するロボットが描かれます。

派手な帽子に黒めがね。だらしない着こなし。偉ぶった顔。腕力があって人間は誰もかなわない。ときどきどこかの家を訪れ、脅して金銭や酒をせびる。

ついにはたまりかねた少年少女がロボットへ襲いかかると、やっとロボットは逃げ出してゆく。

種を明かせば、このロボットの行為は公けに認められた芝居でした。

すなわち、犯罪もなくなり、ヤクザもチンピラも不良も存在しなくなった平穏きわまる時代に、社会悪のなんたるかを、そして力をあわせて悪と戦い退治する必要と、それによって得る快感とを体験学習させるための教育的儀式なのです。

対する後者も、まず登場するのはロボットたち。

いつからか街頭でキャンデーを売るロボットがあちこちに出現するようになり、子供たちに人気が出ます。あるとき、商行為禁止の区域に出現したロボットを新米の警官が制止し罰金を取り立てた。ロボットは素直に払いました。

しかし、その事後手続きに際して困ったことが生じた。ロボットの背後にいると考えられた事業主がいくら探しても存在しない。ロボットは主体的に営業をしているらしいのです。製菓会社は製品を卸しているだけで、ロボットが何者かは関知しないという。やがて税務署が、営業しているならば課税対象だと動き始め規定が定まると、ロボットは要求された額を納税するようになります。

ロボットの正体が何なのかは皆目わからないままなのに、いつのまにか社会的認知が進んでゆく。商売の主体であるのはもう自明だが、壊したらどうなる、器物損壊か。まさか殺人か。納税者である以上、選挙権被選挙権を考えなくてよいのか。そのたびに議論になりますが、やがてうやむや。ロボットを加入させる保険やロボット相手の商売も生まれ、いつしかロボットも社会の一部に組みこまれ、それを前提に経済も回ってゆきます。

そんな物語です。

チンピラロボットの存在理由と背後にある意図が、明確に種明かしされる「夕ぐれの行事」。かなりな社会の変化がもたらされたのに、全ての要因となったロボット売り子については、ついに誰も知らずわからず、調査しようともしない。

しかし、ロボットのキャンディー売りたちを前提とした新しい世の中が、厳然と存在しているのが描かれる「過渡期の混乱」……。

もうひとつ、対比的な例を挙げてみましょう。

「マイ国家」の近代と「門のある家」のポストモダン

中期の代表作のひとつ「マイ国家」と、中期終わりから後期初期の傑作で、筒井康隆編『日本SFベスト集成 '72』、石川喬司編『四次元の殺人』、紀田順一郎・東雅夫編『日本怪奇小説傑作集3』など、目利きたちの編んだアンソロジーにもよく収録される「門のある家」（一九七二、『ごたごた気流』所収）です。

まず「マイ国家」。預金勧誘しようと飛び込みで「真井国三」という表札が掲げられた家を訪問した青年銀行員。

ところが家の当主は、しびれ薬入りの酒を青年にすすめ、捕まえてしまう。しかし金めあてなどではありません。そこは家ではなく独立した主権国家「真井国」であり、不法国境侵犯者を捕捉するのは当然の権限だというのです。

以後、国家をめぐる種々の哲学で自らを正当化してゆく自称国民兼指導者の長談義が続きます。

青年銀行員は、この国家の権力にほしいままに翻弄されたあげく国境外へ追放されたときには、すっかり真井国指導者の一個人一国家の思想に染まってしまっています。

「門のある家」では、金欠の順一、三十歳がふと高級住宅街で目にとめた瀟洒な邸宅に迷いこみます。鉄格子の門扉はなぜか開いていた。

するると、美しく品のいい友子という女性が、あなた、どこへ行ってらっしゃったのと自然に声をかけてきました。真二郎さんという聞きなれぬ名で彼を呼んで。

誘われるように家へはいる順一。そこには、友子の母が同居していましたが、彼女も順一を普通に真二郎さんと呼び家族として扱う。順一は自然に、友子の夫、その邸宅の主人西真二郎として、何も働かなくていい優雅なセレブ生活を始めるのです。

やがて、順一は一家の不思議に気がつきます。ときおり、姑さんが、下男や女中が、さらには妻の友子も、所用で家から出かける。墓参りとか同窓会とか。しかし戻ってくるのは、性別と年齢は変わらないものの、明らかに別人。

しかし皆は、同じ西家の姑さん、同じ友子奥様、同じ下男の島吉として変わりなく扱われ、順一もそう扱い、門のあるその家に居つくのです。順一と同様に。

夢のような時間が過ぎてゆきますが、ある日、ささいなことで妻と口論した順一は、我を忘れて家を飛び出します。

それが家との縁の切れ目。再び訪れても門は決して開いていません。

やがて窮乏が極まったとき、意を決して西家を訪れてみた順一は、家へ入ることができました。ただし西真二郎としてではなく、ときおり訪れてはお金をせびってゆく困った親類花五郎さんとして。説教をくらい、多少のお金を受け取って、順一は西家を去ります。

主人真二郎も、妻友子も、下男島吉も、やっかい者の花五郎も、固有名詞を持った個人ではなく、肩書がついた役職のようなものである「西家」。

個人が、いれかわりたちかわり門から入り、役割を演じて門を出てゆく。

そうした西家なりの法則は伝わります。また、「住んでいる人たちも、それぞれ、自分がどういう立場にあり、どうあるべきか、それを知っていた」。人のみならず、「建物も、庭も、庭の樹も、内部の家具にも」秩序があった。「だから、なにもかもうまくいっていた」というのも伝わってきます。

そこは、切ないほどみごとに調和した秩序、完成したコスモスなのです。

「マイ国家」と「門のある家」。

通りすがりの者が、ある家へ入り、出られなくなり、忘れられぬ奇妙な体験をさせられたあげく、外へ帰還する。

星新一の中期と後期それぞれを代表する傑作二篇は、これらの点で重なり合います。

しかし顕著な差異は、「マイ国家」の場合、一応ですが種明かしがあるところです。

真井国がなぜあるのか。

当主は昔、無政府主義者だった。しかし、同志を募り、無政府主義者の政府を作ろうという運動の矛盾に気づいて、一個人一国家を称するほうへ進んだというのです。

他方、門のある家がなぜあるのか、いつからそうなのかなどは謎のままです。種明かしはありません。

しかし、一読したらもう忘れられなくなる存在感で、この家は読者の裡(うち)に鮮明に残り続けるのではないか。

そこには理由とか意味とかすべての種明かしは不要なのです。

三つの比較により示してみた後期作品の特徴。

それは、「SF作家仲間からは「オープン・エンド」と呼ばれていた」と、最相葉月評伝にあります。「以前のように最後であっと驚くような「落ちショートショート」は減り、結末を読者に預けるもの」、すなわちオープン・エンドが増えてきたと。

星新一自身の表現によれば、「結末であっと言わせるタイプのもの」が減り、「読み終わってひと区切りでなく、読後になにかを持ち越すような」（「作風について」「波」一九八〇年五月号所収）作品が増えていった。

オープン・エンドという呼び名は、なるほどファンの間でも定着していますが、この時期の星新一の作風の変容を理解するにあたって、私は敢えて洗いなおしを試みたい。

実は、「門のある家」だって、最後にあっと驚くオチが待っています。共同体の不条理な儀式が描かれる「若葉の季節」（一九七四、『夜のかくれんぼ』所収）や「もてなし」（一九七五、『地球から来た男』所収）も、オチショートショートといって、さしつかえない。しかし、これらも明らかにここまで考察してきたような、後期作品の特徴を帯びている。

また、単純な「落ちショートショート」からの脱却だけならば、作品集『マイ国家』（一九六八）あたりから、すでに顕著となっていました。

それゆえ、オープン・エンドとされる後期作品とその仲間というべき同時期の諸作とを大きく括れるより妥当な特徴を示してみたい。

私なりのその一解答が、ここまでで述べた、意味づけ、理由づけ、つまり種明かしを脱却して、異様なシチュエーションそのものをただごろりと投げ出し、その迫力で読者を唸らせる作品群であるというものです。

前期作品を特徴づけるオチが、異様なシチュエーションの種が明かされ、意味づけ理由づけを露わにしてあっといわせるものだったのを思えば、異様なシチュエーションそれ自体を提示しようとしたとき、そうしたオチが不要となるのは理の当然といえましょう。[★3]

現代思想風にいえば、オープン・エンドなどの後期作品において星新一は、ポストモダンへと歩を進めたわけです。[★4]

先に私は、前期から中期への星作品の変容は、埋め草的ショートショートの注文が減り、短編の分量を中間小説誌に発表できるようになったという事情を背景とすると解しました。

★3――この系列の作品例を補足すると、「背中のやつ」(一九七五、『たくさんのタブー』所収)、「となりの住人」(一九七六、『どこかの事件』所収)、「くしゃみ」(一九七九、『ご依頼の件』所収) あたりは、鮮烈さがまた格別といえるでしょう。「あの星」(一九八〇、『ありふれた手法』所収) も、「儀式」(一九六六、『マイ国家』所収) と比較すると、後期の特徴が顕著です。前期作品「夜の音」(一九六六、『ちぐはぐな部品』所収)、「はじまり」(一九六八、『ひとにぎりの未来』所収) とか、「ミドンさん」(一九七〇、『なりそこない王子』所収) とかは、この系列の走りといえましょう。

★4――いわゆるフランス現代思想などのポストモダニズムに星新一が触れた可能性はあるのでしょうか。『手当ての航跡』という対談本があります。相手は医学史家の中川米造。ここで星新一は、医学が決して直線的に進歩してきたわけでないのを改めて教えられ、M・フーコーの名にも出会っています。しかしこれは一九八〇年刊。すでに後期から晩期へ向かう時期です。

それでは、中期から後期への変容においては、いかなる事情が背景として考えられるでしょうか。

新しい波(ニュウエーヴ)と日本ＳＦ

私はここで、当時の星新一が出会った三つの知的体験を挙げてみたい。

まずひとつは、英米ＳＦ界のニュー・ウェーヴ運動の紹介に触れたこと。

次に、時代小説および祖父評伝執筆の取材で、「礼儀作法」の意義を知ったこと。

第三に、書痙(しょけい)の治療を介して、漢方医学における経絡(けいらく)について知識を得たこと。

これらです。

まず第一のニューウェーヴの影響から。

ニューウェーヴというのは、一九六〇年代半ば、イギリスから起こったＳＦ革新の運動です。当時、イギリスを代表するＳＦ雑誌「ニュー・ワールズ」の編集長となったＭ・ムアコックが中心となり、作家としては、Ｊ・Ｇ・バラード、Ｂ・オールディスらが先導しました。

日本では、本家より数年遅れた七〇年代、「ＳＦマガジン」の二代目編集長森優(もりゆう)が紹介に力をいれ、山野浩一が、評論や実作、また海外作品翻訳プロデュースの中心として活躍します。

運動は次第に拡散し、さらに日本への紹介でも変容が加わったと考えられますが、単純化してまとめるならば、シュルレアリスム、Ｗ・バロウズなど前衛文学の影響下に、ＳＦの現代文学化、前衛芸術化を図ろうとするものでした。

革新運動ですから、ニューウェーヴ派は、ウェルズ、アシモフ、ハインラインなど、旧来のSFには基本的に批判的でした。評価が定まらなかったP・K・ディックの文学性があらためて注目されたのはこの動きによってです。

日本のSF作家への影響はさまざまですが、雑駁にいっても、日本に幻想文学、ファンタジーといったジャンルがまだ無きに等しく、純文学等はリアリズム一辺倒だった当時、SF作家たちが、宇宙も時空も未来社会も出てこない幻想的で不条理な作品を、SFの名の下で発表していいのだと気負うよき追い風とはなったと考えられます、

星新一自身、ニューウェーヴ紹介からどこまで直接的な影響を受けたかはよくわかりません。ムーブメントについては、当初意欲は評価したものの（エッセイ「SFの視点」『きまぐれ博物誌』所収）、何にせよスローガンを掲げ、文学性を盾にとった動きには基本的に懐疑的で、ディック再評価にも冷淡でした。晩年に起きたサイバーパンク・ブームにも否定的だったようです。

しかし、ニューウェーヴ作品で人気の高いバラードの「溺れた巨人」、ディッシュの「リスの檻」といった名作を星新一はどう読んだのかは気になります。

「溺れた巨人」（一九六五）は、海水浴場に巨大な人体のごときものが流れ着き、マスコミが、見物人が殺到する。警官が役人が事態処理のために歩き回る。バラードは、巨人の死体が、数か月かけて色あせ腐敗し白骨化してゆく様子を、群がる人びとごとただ描写してゆきます。

この短編は多くのSFとは異なり、おそらく異星人か何かだと思われる巨人の正体へ全く関心を示しません。理由づけ、意味づけ、種明かしはないのです。例えば従来のSFならば中心的役

割を演じる科学者なども、野次馬らとともに点描されてお終い。であるからこそ、浜辺に残された巨大な肋骨へ白波がうち寄せ、カモメたちが止まっているラストの情景が、ダリやマグリットの絵画のように、読者の記憶に刻まれるのです。

「リスの檻」はある日、なぜか謎の個室に閉じこめられた男が主人公。食料は与えられ、生きるには不自由はない。欲しいものも頼めばかなりの自由度で与えられる。しかし、誰も彼のまえに姿を現さない。孤独のなかで、彼はタイプライターを所望し、ブログのごとき手記を綴り続けます。

そこは異星人だかの動物園なのか、いや異星人ではなく人間のかなどと男は疑いますが、答えは最後までわからないのです★5。

これらの作品が、後期を迎えた星新一が、種明かしなきオープン・エンド作品へ傾斜してゆくにあたり、勇気をあたえた可能性はないでしょうか。

筒井康隆が、「門のある家」を、「ニューウェーヴの影響が一番強い」星作品とした（「星新一の残酷性と人間愛」『別冊新評　星新一の世界』所収）のも、この意味でだったのかもしれません。

「礼儀作法」で異社会へ

では、二つ目の要因を考えてみましょう。

七〇年代の初め、既述のように星新一は、石川喬司のすすめで時代小説に意欲を燃やします。時代考証の基本をサポートしたのは池波正太郎でした。

殿さまは朝起きたらまず何をするのか、殿さまのひげは誰が剃るのかといったデテールから理解していった徳川時代は、「それぞれに特有の生活様式というか型というか、そういうものがある。それが組み合わさって世の中となっている」（「殿さまの日」『殿さまの日』所収）社会でした。しかしそのルールの大半に意味はない。殿さまの寝室には小姓が寝ずの番につくが、侵入者の可能性などないのです。

意味を問わずただ遂行されるところにのみ、意味がある。

そんなルールを疑わず生きた人生を星新一は、傑作「殿さまの日」（一九七一、『殿さまの日』ほか所収）や「厄除け幸兵衛」（一九七四、『殿さまの日』ほか所収）で作品化したのでした。

これらはある意味、非常にすぐれた異社会SFだったといえるでしょう。

異形のルールを具（そな）えた異社会SFだったら、第3章で詳論したように、星新一は（殊に中期に）幾つも名作を残しています。

しかし、「白い服の男」にせよ「解放の時代」にせよ「ネチラタ事件」にせよ、我々のルール

★5――星新一のバラードやディッシュ作品への言及は見当たりませんが当時、ニューウェーヴ派と見られていたジュディス・メリル編の『年刊SF傑作選5』に収録されたJ・サクストンの「障壁」には「ため息が出た」と称賛を惜しんでいません（「読書遍歴」「星くずのかご」No.17。『ほしのはじまり』所収）。

万里の長城のごとき障壁の両側にいる男女が、壁の穴から互いを見染める。恋しさのあまりふたりは高い障壁を苦心惨憺して登り、壁上でようやく抱き合いますが、そこで仕掛けが作動し、殺されてしまいます。その頃、地上では新たな男女が覗き穴から互いを見染め、恋しさのあまり……。

これも「溺れた巨人」や「リスの檻」同様、種明かしのない名品です。

を誇張したり裏返したりした世界であるのがあまりにも自明でした。

いってみれば、理に落ちたおもしろさだったのです。種は明かされていた。

ところが、徳川時代の殿さまや信心に生きる大家さんが縛られているルールは、当時もいまも、ただそうあったと受け取めるしかないポストモダンでオープン・エンドなものだった。

それは直接間接に、会社やムラや秘密結社の奇怪なルールを描いた作品群（補論②参照）へ影響せざるをえなかったのではないでしょうか。★6

しかし――、

徳川時代のルール研究の成果は、それだけではありませんでした。

時代小説への挑戦と並行して星新一は、東京帝大解剖学教授で人類学の開拓者にして祖父、小金井良精の詳しい伝記を執筆していました（『祖父・小金井良精の記』）。

幕末に生まれ育った良精もその親族も、養子に出されたり出戻ったりまた出されたりを繰り返し、もう複雑極まりない。

養子ともなれば、一緒に住み、食事も寝室も当然ともにして暮らすのです。すなわち昨日までよく知らなかった他人を、御母上とか兄上とかいきなり呼んで仕えたり、また別の人々がそうなったりするわけでしょう。

調べながら星新一は、いったいそんな感じで、穏やかな家庭生活が営めるものだろうかと現代人にしてみたら当然の疑問を抱き、それを顧問の池波正太郎へぶつけてみた。

返ってきた答えは驚くべきものでした。いわく――、

「むかしは礼儀作法というものがありましたからね」だった。

星新一は、「そのひとことで疑問氷解。あ、そうだったのか、である」。

「他人行儀という言葉があるが、他人で構成されている家だからこそ、礼儀が必要だった。武士の子は、幼時から忠孝の作法をたたきこまれている。したがって、どこへ養子に行っても「母上おはようございます」と、そのままやれば、ことはスムーズに進行してゆく。武士の家は、つぎ木でつづいていると形容できるが、その接点は礼儀作法だった。そういうものと割り切った上に成立していた」

「礼儀作法の必要性が、ここにあった。他家に養子に行ける第一条件は。学問武芸もさることながら、礼儀作法だったにちがいない。どこへ持っていっても、ぴたりとそこへ収まるかどうかで、養子の話が成立する。儒教の影響というより、もっと現実的な現象だ」

「礼儀作法」……。

そうだったのでした。

近代以前、人間は皆、「礼儀作法」という型へはめられて（ＯＳのインストールですね）、どこへ出しても通用する、互換性の高い規格品となるように育てられていたのです

いや、仮に個性尊重の現在であっても、いまとは違うどこか別の「秩序」を構成する一部品と

★6――『黄色い葉』では、妻には自分の子どもを産まさせず、子孫を残すには愛人の腹を頼む異様なシステムが描かれます。しかし、「殿さまの日」を読むと、出産が女性にとって命にかかわる難事だった時代にあって、これも奥方の健康を護るというそれなりの合理性が認められる制度だったと納得させられるのです。

して、ある人物がぴたりと収まる場合はあるかもしれない。

あるいはその秩序が魅惑的で、たいがいの凡人なら自らを矯めて、できればぴたりと収まっていたいと切望するユートピアであったとしたら。

「門のある家」が発表されたのは、書下ろし『祖父・小金井良精の記』執筆の途中だった一九七二年の夏のことでした。

そして作中には、主人公順一が喪ったユートピアを回想するところには、「誇りがあり、けじめがあり、礼儀があった。美しいといっていいほどの、みごとな調和があった。必然性のあるものばかりで構成された集合体……」という二行があるのです。

入れ替え可能な家族というテーマはその後、翌年の「違和感」(一九七三、『夜のかくれんぼ』所収)、翌々年の「頭のいい子」(一九七四、『たくさんのタブー』所収)と、繰り返し扱われます。

これらでは「礼儀作法」は出てきません。

しかし「違和感」では、妻が夫に求めるのは、人間の個性よりはその地位および伴う収入であり、「家庭や上司や同僚など、環境がいつのまにか作りあげてしまう、虚像のようなしろものなんですから」という冷徹な認識が述べられます。

「頭のいい子」では、天性の甘え上手を武器に両親を離婚させ、それぞれ裕福な相手と再婚させて、溺愛してくれる両親を複数にした悪魔的な天才児童が描かれます。

夫に地位と収入のみを求めるクールさ、あるいは完璧な媚が、これらでは「礼儀作法」を代行しているのです。★7 考えてみれば、あの「御中」は「礼儀作法」の名残りであり、コンビニのマニユアルは、新たな礼儀作法の代用物といえるでしょう。

「礼儀」という問題に触れた作品は他にもありました。社員の影を社内で踏むのは厳禁というルールを知った主人公は、「どうして、そんなことに……」と尋ねます。

「頭のいい子」と同年に発表された「黄色い葉」。社員の影を社内で踏むのは厳禁というルール

同僚は、「常識というものだよ。慣例だ、礼儀さ。礼儀に理屈はないだろう。これが守られなくなったら、社の統制がとめどなく乱れ、収拾がつかなくなるじゃないか。ね」と応じます。

「そうかもしれません。それなら、ここや廊下にも、もっと照明器具をつければいいのに……」という主人公は、「おいおい、きみは礼儀の表現の場を、まったくなくしてしまうとでも言うのかい。変なことは口にしないほうが、身のためだよ」とたしなめられるのです

この「礼儀作法」の問題は、このように、それ自体には意味がない儀礼や合言葉で保たれる企業共同体や地域や（地下）組織を扱った後期作品（補論②参照）全体へも、拡散するがごとく反

★7――最晩年、ほとんど創作を発表しなくなった星新一は、次章で詳論するように、「小説現代」誌上公募のショートショートを審査し入選作を講評する仕事を続けていました。そのなかでも最後近く、死去の二年前（一九九五年）、角藤展久という人の「家族募集」を入選させています。募集広告六つだけで構成された四頁ほどの作品。募集されるのは、父母に始まり、兄弟姉妹、祖父祖母、十年来の友人や別れた恋人にまで広がってゆく。それなりの応募があったらしく、「選考」を経て「家族」は揃ったらしい。しかし、それでどうするのか。本当に一緒に暮らすとしたら、「礼儀作法」に該当する何かがあるのか。そのあたりは全くわからない。
　興味深いのは、星新一が付した短い選評が「現実にこうでもいいようだ」と呟くような一言であることです。家族入れ換えを幾度も描き、前近代の養子制度のからくりも知った星新一は、本当にこう考えていたのかもしれません。

映していったと考えてよいのではないでしょうか。
次に三つ目を考えましょう。

ハリ治療から経絡社会へ

一連の時代ものが書かれ、大作『祖父・小金井良精の記』も上梓されてさらに一年後の一九七五年一月、星新一は、右ひじの激痛に襲われ、恒例となっていた原稿の清書がまったく出来なくなってしまいます。頸肩腕症候群(けいけんわんしょうこうぐん)。いわゆる書痙。ついには万年筆一本すら持てなくなったそうです。「星くずのかご№10」(『ほしのはじまり』所収)掲載の「痛さの原因」、エッセイ「手の故障」(『きまぐれ暦』所収)で、その闘病記を読むことができます。

しかし、この苦難のなかにも貴重な知的収穫がありました。

近代医療では、麻酔で激痛を数時間止める以上、何の手も打てなかったのに対して、近所の人に奨められて施術を試みたハリと灸が、てきめんの効果を発揮したのです。

凝り性で勉強家の星新一は、いろいろと調べ始め、「ツボ」「経絡」という東洋医学の考え方にすっかり魅了されます。

「このハリのつぼというやつ、いままで私が持っていた医学常識を、まったく超えたものである。SF的である。ある個所をなおすためにと、とてつもなくちがった個所にハリを打ったりするのである。どう関連しているのだと質問すると、古くからそう伝えられているとの答え。そして実際に効果があるのである」（「手の故障」）

古くから伝えられているだけで、理由や根拠はわからない。専門家も種は知らないが、手順通りやれば成功して喝采をうける手品のようなもの。

これが、あの「礼儀作法」と重なるのはもうおわかりでしょう。

また、企業ほかの共同体でひそかに行われている儀式を扱った作品、殊に発病の三年後の作品「業務命令」（一九七八、『安全のカード』所収）などは、「ある個所をなおすためにと、とてつもなくちがった個所にハリを打ったりする」の会社組織版そのものでした。

それだけではありません。

「ツボとはなにかは、現代医学ではまったく解明されていないのである。関連のあるツボを線で結んだのを経絡といい、何条もあるのだが、その人体図を眺めていると、異様な気分になる。地図に町々があり、それが結ばれているのだが、その線のところへ行ってみると、道どころか、既知の交通機関、電線、水道管などはなんにもないという、ＳＦ的な状態なのである」（一九七五、「右手の症状」『きまぐれエトセトラ』所収）。

「重要な部分」を『日本ＳＦベスト集成'74』に収録した筒井康隆は、「ハリ治療がヒントになり、この「重要な部分」が生まれたのではないか、と、ぼくは睨んでいる」としました。

しかし、これは誤認でしょう。「重要な部分」はアンソロジーが七四年版であることからわかるように、激痛の二か月前の発表ですから。作中、ツボの語が使われるのもただ一か所のみであり、他ではただ「急所」となっています。しかもこの急所は、詐欺師がそのように思わせたフィクションだったというオチなのです。

ハリ治療を直接のヒントとして生まれた作品というのなら、発病の年の十月に発表された「ある種の刺激」（一九七五、『地球から来た男』所収）こそがそれでしょう。

この作品では、ツボや経絡が作中ではっきりと紹介され、全国に支店を展開している老舗企業のツボや経絡を用いた活性化が物語られています。

しかし、ハリ治療の影響は、このような直接的な作品のみでしょうか。

それだけにはとどまらないのではないか。

じつは後期星新一らしい「秘密結社もの」が書かれるのが、まさに一九七五年以降なのです。

私たちのすぐ隣にありながら気づかれず、接触することになった人々もそのすべてがわかることは絶えてありそうもない。世の裏側で存在し続けるそんな秘密結社を、星新一は、世界の経絡だと考えながら描いたのかもしれません。

そんな後期「秘密結社もの」の最後を飾る一篇が、「なにか異様な」（一九八二、『どんぐり民話館』所収）ではないか。

大金持ちのパトロンに何不自由なく育てられた孤児が、海外留学から戻り、なおぶらぶらしていると、ある夜、荘厳な夢を見る。雷鳴と猛吹雪がやむと、太陽が照らす緑の草原に高貴な女神が立ち、おごそかに何かを告げて消えてゆく。

パトロンへ話すとそれをテレビで話せと、いろいろ手配を始める。

放映から数日経つと、アトランティスの末裔で世界史を動かしてきたというアトランズという結社が連絡してくる。次にまた夢をみたら教えてくれと。

数日後には、日本の基を作ったというアキツうじという結社、ついでサタン信奉同盟、さまよえる軍神団などが次々と。

「社会の裏に、あんな連中がいたとは知りませんでした。国際的金融資本、産業スパイのグループ、軍事協力機構、マフィアぐらいと思っていたのに」。青年が呆れていると、パトロンは、

「そんなのより、さらに底にある勢力だよ。そういう底の流れのさまざまな交錯があってこそ、社会が存在し保持されているのだ」

「地球上、人類だけで生きているのでなく、生態系の一環としてあるので安定しているのと同じだな」

「あいつらの均衡がなかったら、社会はとっくの昔に崩れ去っていただろう……」

と説くのでした。

まさしく、街ならば交通機関、電線、水道管などよりさらに深く、人体なら神経、血管、リンパ管などの奥に、何条もの経絡が走っている図そのものです。

そして青年は、パトロンが語るさらに非情な世界のからくりと、そこにおける自分の役割を教えられて……。

いま、この作品にふれる読者は、新海誠監督のアニメ映画「天気の子」などを、あるいは連想するかもしれません。

この作品、いちおう種明かしはあるのですが、むしろその先に予感されるさらなる闇の深さが、

読者に迫ります。

世界と真向かうための民話

「なにか異様な」を収めた『どんぐり民話館』は、星新一の生前に刊行された作品集の最後から三冊めにあたります。

タイトル通り、民話や昔話スタイルの作品が目立つ一冊です。

星新一は元来、民話や昔話を好んでパロディ化しました。初期には、天の羽衣やジャックと豆の木。中期には、「シンデレラ王妃の幸福な人生」（一九七〇、『未来いそっぷ』所収）、「なりそこない王子」（一九七一、『なりそこない王子』所収）など、童話全体のアイロニカルなパロディ化をたびたび試みています。

しかし晩期となると、そうしたパロディではなく、それらしく物語が展開してゆきながら、どこか隙があり抜けている。オープン・エンドどころか、あちこち穴ぼこだらけで、それゆえかえって、かっちり整った物語にはない、妙なリアリティを覚える。

そんな民話や昔話を創作しはじめるのです。

星新一自身は、エッセイ「いわんとすること」（『きまぐれエトセトラ』所収）で、「民話や童話には、わけのわからぬ残酷さを秘めたものが多い。聞いていてぞくぞくするし、それこそ小説の本質のひとつであり、人生というものもまた、そういった面を持っている」と記しています。

合理的なオチで、割り切れる種明かしをシャープに決めた初期ショートショートから、国家とか人間とかたてまえとかいった観念を転がしてゆく中期短編へと展開していった星作品は、時代小説への挑戦を経、種明かしされることのないただ異様で奇怪な現実そのものを提示する後期の作風へさらに転じてゆきました。

異様なシチュエーションの正体を読者へ解きあかす物語から、異様なシチュエーション自体を読者へごろりとただ提示する物語へ。

さらには、我々の現実そのものの異様さを、読者のまえにただ晒すがごとき物語のほうへ。

星新一がそこへ至ったのは、一九八〇年前後、最後期、晩期でした。

しかし、です。

エッセイ「作風について」には、「最近の若い読者の好みが変わりつつあるような気もするのだ。若い人の書く短編や劇画のなかに、オープン・エンドもいいところで、奇妙なムードに重点をおいたものが増えつつある」ので、「私の変化に戸惑う人も多くはないわけだ」とあります。

この書きぶりは、星作品の後期から最後期にかけて顕著なオープン・エンド、異様なシチュエーションそのものを提示する物語は、じつは以前から創作できたのだが、読者は明快なオチを好むだろうから、抑えてきたと読めなくもありません。[★8]

というのは、異様なシチュエーションだけが、何の種明かしもなくごろりと投げ出される物語に、星新一は少年時代から親しんでいた形跡がみられるからです。

星新一は、少年時代に佐藤春夫訳の『支那童話集』などで、チャイナの志怪小説を愛好していました。

デビューの二年後、「宝石」（一九五九年八月号）誌上で江戸川乱歩を司会として行われた座談会「新人作家の抱負」でも、「（探偵小説へ入門したきっかけを問われて）一番のきっかけをいま考えると、まあ支那の仙人とか、ああいう支那の「聊斎志異」みたいな奴を子供向きに直したのがあったらしくて、あれに一番影響を受けているんではと思っております」と回顧し、「別冊宝石」一九六一年七月号掲載の座談会「ショートショートのすべて」では、こんな自己分析をしています。

「僕がSFや幻想的なものを書こうとしたというのは、子供の頃から聊斎志異やアラビアンナイトが好きだったせいでしょう。聊斎志異というのは、原文の奴をみると中に三行で終わってしまっているのもある。（中略）みじかくて、しかもその中にとても幻想ゆたかな世界が含まれている。おそらくああいうものから受けた影響が強いのでしょう」

「新人作家の抱負」のほうではしかし、「それ（聊斎志異のようなもの）をいま書きたいといっても、やはりいまの科学時代にはそのままは受け入れられないから、その味を出すにはやはり科学性をまぶした奴でなくてはと思っております」と答えているのです。だから、SFを創作するということでしょう。

志怪（しかい）小説をいま書いて「そのまま受け入られる」時代が、その十数年後ようやくやってきた。それが読者には、星新一の作風がオープン・エンドへと変わってきたと見えただけだったのかもしれません。

『きまぐれ読書メモ』には、岡本綺堂の『中国怪奇小説集』（旺文社文庫）の感想があります。

「紹介したくないほど愛着を持っているのだが、そんなことでは文化の進歩がない」としながら。そして、サンプルが一つ「あまりに異様なムードなので」と要約引用されます。

「……乾符年間、神仙駅に巨きい蛇が出た。黒色で身のたけ三十余丈、それにしたがう小蛇も柱のごときで、およそ数百匹、東から西へと進んでゆく。朝から夕暮れまでかかり、全部がようやく行き尽くした。その隊列が終わらんとするところに、一人の小児が紅い旗を持ち、蛇の尾の上に立って舞いつつ行き過ぎた。この年、山南の節度使の陽守亮が敗滅した」(「異蛇」)。

これで大筋はおしまい。

ご覧のように、チャイナ古来の志怪小説こそは、「オープン・エンド」もいいところ。異様そのものがただただごろりと提示されて物語は終わるのです。

都筑道夫も、本来「中国の怪談のおもしろさは、わけのわからないところにある」としていました(「五十二枚の幻燈たね板」『グロテスクな夜景』所収)。ただし、徳川時代に日本で翻案すると、「おどろおどろしい怨念やら、因縁因果の物語」として理屈っぽくなると。

星新一が、右の「異蛇」を紹介したのが一九七九年の夏。その年の十一月に「やつらのボス」

★8——ここでいう若い人の書く短編、劇画とはどのようなものだったのでしょうか。星新一は、活字人間で、マンガ文化には馴染めませんでした。手塚治虫や赤塚不二夫には感心していますが、好きなマンガというと、横山隆一の『百馬鹿』であり秋竜山の孤島ものでした。しかし、『きまぐれフレンドシップ PART1』で、筒井康隆を論じた部分に付された「超克についてひとこと」には、三島由紀夫の『美しい星』の結末がらみで、「大友克洋さんの短編劇画「宇宙パトロール・シグマ」」への言及があるのです。このあたりが星新一の、ポストモダン文化との初遭遇だったのかもしれません。

（『ご依頼の件』所収）という作品が発表されています。

巨大な蛇を登場させた、明らかに「異蛇」などを意識した志怪風の作品です。一種の恩返しもののスタイルをとっている分、事実のみがごろりと提供されている迫力は減じていますが、「あまりに異様なムード」では本家と比しても、決して遜色はありません。

星新一が渉った五つの季節

さて――、

本章でのさまざまな考察を踏まえて、私が考えた星新一の作品史区分を以下、まとめてみましょう。

まず、「宝石」、「ヒッチコック・マガジン」「漫画讀本」にほぼ発表媒体が限られ、作風もまだ試行錯誤だった時期を、「最初期」（「黎明期」）とします。ほぼ一九六〇（昭和三五）年まで。

作品集だったら最初の二冊、『人造美人』『ようこそ地球さん』。

それ以後、作風がオチ・ショートショート中心に安定し、エフ博士、エヌ氏などが登場、異星人とのファースト・コンタクトとスレッサー風ミステリーが数多く生み出された時期を、「初期」もしくは「前期」と呼びます。ほぼ一九六六（昭和四一）年まで。

作品集でいえば、『悪魔のいる天国』『ボンボンと悪夢』『宇宙のあいさつ』『妖精配給会社』から、『おせっかいな神々』『ノックの音が』『エヌ氏の遊園地』『きまぐれロボット』まで。『気まぐれ指数』『夢魔の標的』の長編二冊もこの時期です。

次なる一九六〇年代末期から七〇年代初頭を、「中期」とします。ショートショートよりも長めの短編が目立つようになり、サラリーマンものなど経済成長の世相を風刺する作品も目立つ時期です。

作品集でいうと、『妄想銀行』、『盗賊会社』、『マイ国家』、『午後の恐竜』、『ひとにぎりの未来』、『おみそれ社会』、『だれかさんの悪夢』、『未来いそっぷ』、『なりそこない王子』、『さまざまな迷路』、『ちぐはぐな部品』、『おかしな先祖』、『かぼちゃの馬車』までの十三冊。この時期は働き盛りで作品数がむやみに多いのです。

長編、『人民は弱し 官吏は強し』『ほら男爵 現代の冒険』『声の網』『ブランコのむこうで』『にぎやかな部屋』もこの時期。

次、一九七四年前後、一連の時代ものが発表され、『祖父・小金井良精の記』が刊行された後を、「後期」とする。オープン・エンド作品、儀式や呪文、秘密結社ものなどが目立つ時期です。作品集では、『殿さまの日』『城のなかの人』『ごたごた気流』から、『夜のかくれんぼ』『おのぞみの結末』『たくさんのタブー』『どこかの事件』『安全のカード』『ご依頼の件』『地球から来た男』までがひとくぎり。

『地球から来た男』の刊行は一九八一年ですが、収録作品は、一九七五年前後に発表されたものばかりですので、ここに含めます。セルフ・パロディのかたちで、ずっと書き継いできた幾つかの作品系列の総決算を行ったごとき作品が散見されるモニュメンタルな一冊です。

ノンフィクション『祖父・小金井良精の記』、『明治・父・アメリカ』、『明治の人物誌』、『できそこない博物館』もこの時期です。

最後が、八〇年代以降の諸作。これを「最後期」もしくは「晩期」と呼びます。民話、昔話的作品が目立つ時期です。一〇〇一篇達成期でもあります。

作品集では、『ありふれた手法』『凶夢など30』『どんぐり民話館』『これからの出来事』そして『つねならぬ話』です。

『夜明けあと』も、この時期らしい仕事でしょう。

そして創世神話の抱腹絶倒が残った

最後の作品集『つねならぬ話』は、最後期の諸作ともまた趣を異にしています。

ショートショート一〇〇一篇達成後、依頼に応じてでなく自然体で生みだした作品ゆえでしょうか。『ありふれた手法』所収の「風と海」（一九八〇）あたりは、この『つねならぬ話』のはしりだったのかもしれません。

星新一の最後期晩期作品の特徴は民話、昔話への漸近でした。ところが『つねならぬ話』収録の諸作は、そのさらに先まで歩を進めている感があります。すなわち創世神話へ接近しているのです。

冒頭の「風の神話」（一九八六）からして奇怪千万。最後は「人間が今いるのは、これらの結果である」で結ばれますが、古来の創生神話、哲学や科学が提示した宇宙創成についての諸仮説、L・ダンセイニなど幻想作家たちの作品、どれをとっても、ここまで奇天烈な代物は珍しいでしょう。

特に後段、動物の発生の部分。

まず動物は、ウサギ、ネコ、イヌ、ブタの四種だけが出現したそうです。

「ネコはネコ科の動物、トラなどに分れる。イヌはイヌ科の動物、オオカミなどに分れる。ウサギは、コアラ、パンダ、テディ・ベアなどに分れる」

「あとは、いちいち説明するのは大変だから、タヌキが化けていると思っていい。キリンだの、シマウマだの、ラッコだの、あんな奇妙なのは、普通じゃない」

「タヌキとは、ウサギ、ネコ、イヌ、ブタの混血である。正体がわかると、そういえばと感じる人も多いはずだ」

なんなんだ、こりゃ……と絶句する人も多いのではないか。

しかし、科学も合理性も何もかもいったん忘れて、自然についてのさまざまな情報といきなり向き合ってみた人間が、その目に映った不条理で強烈なこの世界を手持ちの言葉とイメージを駆使して速攻整理してみたら、案外こんなのもありではないだろうか。★9

最後期、晩期も終わりに近づいたとき、星新一は、異様で不条理な世界の深層を、物語を通じ

★9――乳幼児が、自然を知り始めたとき、まず覚えたであろう動物であるワンワン、ニャアニャア、ウサちゃん、ブタくんを起点に、新しい知識を整理しようとすると、現実の進化とは逆に、イヌの展開としてオオカミを考えるのではないか。犬猫ウサギ以外は、テレビか絵本を除けばまずぬいぐるみでしか知らないと考えれば、ウサギ、コアラ、パンダ、テディ・ベアが同じカテゴリーなのもうなずけます。

て覗かせることにすら飽きて、一切の合理化を排した乳児の目でみた世界それ自体を、そのまま言葉に写し取って見せようとする人となっていたのかもしれません。

そして神話とは元来、そんなふうに生まれたものではなかったでしょうか。

一〇〇一篇を書き終え、『つねならぬ話』を上梓した後、創作はめったに発表しなくなった星新一ですが、その後も作家活動を止めてしまったとはいえません。

生涯の最後近くまで星新一が続けた仕事として、文庫版『ショートショートの広場』で読めるショートショートコンテストの選評があります。

星新一最後の、そして生涯訴えつづけたメッセージを、そこに見出すことができないだろうか。

次章では、そんなアプローチを皮切りとして、星新一が作家という職業をどう考え、自らどう任じていたかを考えてみましょう。

補論① 思想について――「クリスマス・イブの出来事」「鍵」ほか

一貫したサンタクロース観などありえない

最相葉月は、二〇〇三年五月（評伝刊行の四年前）、香代子夫人との対談（「波」二〇〇三年五月号所収）で、こんな発言をしています。

「かわいらしいところでは、クリスマス・イヴの二つの物語。ひとつは本当に現れたサンタクロースを誰も信じてくれなくて、サンタが怒って帰ってしまう話。もう一篇は、サンタを自分のところへ寄越してくれた善意のひとが世の中にいると知り、ひとを思いやる、あたたかい気持ちの連鎖が生まれるもの。この二つの作品は読後感が全く異なり、お書きになった五年の間に特別な心境の変化か転機となる出来事でもあったのかと想像していたのですが」と。

サンタクロースを誰も信じない話とは、「クリスマス・イブの出来事」（一九六四、『エヌ氏の遊園地』所収）でしょう。そして、サンタにより「温かい気持ちの連鎖が」……というのは、「ある夜の物語」（一九七〇、『未来いそっぷ』所収）だと考えられます。

しかし、右のような最相の「想像」はどんなものでしょうか。

星新一には右の二作品のちょうど中頃、一九六七年、「悲しむべきこと」（『盗賊会社』所収）というサンタクロースものがあります。デパート商戦に巻きこまれ強盗させられるサンタ。さらにいえば、一九六三年にはあの「危機」が発表されています。サンタは登場しませんが、全人類がクリスマスを迎えて争いを忘れる物語。五年の間どころか、ほんの一年で、星新一のサンタ（クリスマス）観は、ウォームからクールへ急変し、三年後には侮蔑的に傾き、また三年してウォームに戻ったという忙しい話になる。

さらにいえば、「ある夜の物語」を、「ひとを思いやる、あたたかい気持ちの連鎖」が生まれる話と解釈してよいのかにも疑問が残るのですが。

筒井康隆にこういう発言があります。

「日本の読者」は、「たとえそれがエンターテインメイトであっても、作家の世界観を重要視しすぎる嫌い（きらい）がある」と（新潮文庫『ボッコちゃん』解説）。

「どういうわけか現在、個個の作品を論ずるよりも作家を論じる方が批評方法としてより近代的であると思われている。これは作品理解の方法としてより安易に流れることではないのか」（「星新一の残酷性と人間愛」『別冊新評　星新一の世界』所収）。

作品を、作家から、作家の思想とか人生観、好き嫌いなどから演繹的に解釈するべからず。

作品を、作家の人格が反映したものとして鑑賞すべからず。

殊にエンタメにおいてをや。

個々の作品はまずそれだけで鑑賞し、それだけで論ずべし。

筒井はそういっているのです。

作中のサンタクロース観が大きく変わった。これは作者にそのサンタ観を一変させるような人生上の何かがあったに違いない。

そう考えて夫人へ質問した最相葉月のごとき考え方を、ここで筒井は封じているのです。

香代子夫人は、筒井の説くところを重々わかっておられた方のようです。

最相葉月の問いに対して、「星の物語は本当につくりもので、実際に経験したことや日常生活がそのまま出てくることはなかったですね」と、すっぱり返しているのですから。

そして、魚をすりつぶしてかまぼこや竹輪にしてしまうと、素材は何だかわからなくなるようにという巧みな比喩で、星作品から素材を推測することはできないのだと夫人は語るのです。

おそらくその通りでしょう。

星新一は、物語を巧みにつくりこんで、読者を驚かせ面白がらせたかっただけで、そのためにはサンタクロースという存在は、ネタにしやすかった。

慈悲深いサンタのイメージを見事に裏切ってみせる手も使えるし、そうしたイメージに乗っかりながら意外なところへ読者を連れて行ってしまうやり口だってある。そんないじり甲斐のあるネタなのであり、それだけのことだった。

四つの作品でサンタやクリスマスの扱いがころころ変わるのも、前の手口は続けて使うまい。ああまたサンタかと読者にいったん思わせておいてという手だってあるし…というきわめて自覚的な切り替えだったのではないか。

サンタに関していえば、星新一にとっては単なるエンタメのネタで小道具、それ以上でも以下でもないという点で、一貫していたというべきです。

最相葉月は、評伝全体を通して、星新一の実人生の反映を作品に見てとろうとしています。

そして、貴重な成果もあげました。父星一流金銭教育の「マネー・エイジ」への影響。学生時代の恋人中河卿子の話しぶりと「狐のためいき」におけるヒロイン独白との類似など。

だが、星作品を考えるにあたっては、共に枝葉のトピック以上には思えないのも事実です。

しかし、最相の試みは、それだけではなく、星新一作品の根幹をなす部分に向けても試みられています。

「鍵」はどこから産まれたか

傑作「鍵」に星新一の人生が転機を迎えた反映を見出す理解です。

最相は「鍵」が、星新一には極めて稀な持ち込み原稿として、自信作だから載せてほしいと「ミステリ・マガジン」編集長常盤新平へ渡された裏事情を取材し傍証としています。

そして、常盤は、『人民は弱し 官吏は強し』を絶賛する手紙を送った編集者だった。

この事実から最相は、星新一は当時、父星一の雄姿と悲劇を描いた『人民は弱し官吏は強し』を、敷居が高かった文藝春秋から上梓し、長年の懸案を果たした達成感のなかにいた。その充実と高揚が、人生の暗喩というべき「鍵」に結晶したのだと、「想像であるが」と留保しつつ解釈するのです。

唸らされる解釈です。だが、はたしてそうか。「鍵」は、人生の懸案を果たす物語といえるのか。むしろ、正解が見つかったときには、残された時間はなかったという、大いなる失望の物語なのではないか。少なくとも、充実と高揚を感じさせる作品とは違うでしょう。

実人生から作品を考える視点は、こと星新一に関するかぎり、サンタであれ鍵であれ、どこか空振りに終わらざるをえなさそうです。

では、どういう解釈が考えられるでしょうか。

「本から本を作る人」という表現がありました。たしか出口裕弘(でぐちゆうこう)が友澁澤龍彦について使っています。

実体験から小説などを生み出すのではなく、書物から摂取した知識情報を再構成して、オリジナリティある自作を生み出す著作家をいうのでしょう。そうしたタイプの作家においては、実人生を探索するよりも、その読書遍歴、知識や思想、芸術的な影響関係、また先行作品いかんが調査渉猟されるべきではないのか。

そしてSF作家星新一は、「本から本を作る」タイプの一典型と考えられる。たしかに父の急死と星製薬の瓦解がなければ、作家星新一は生まれなかった。だがそれは必要条件でしかありません。十分条件はやはり、ブラッドベリ『火星人記録』や城昌幸作品との出会いであり、その背景には、少年時代、佐藤春夫の『支那童話集』を読み、青年時代、O・ヘンリーやA・フランスに親しんだ読書体験だったでしょう。

エッセイ「SFの短編の書き方」で星新一は、作品の出来を決める要因として、作者の個性、観察眼、描写や文体の好み、社会や時代の環境、さらには幸運までを挙げていますが、そこに作者の人生経験や日常生活は入っていないのです。

短編もエッセイも人生自体も星作品である

本書でも、星作品を考察するにあたって、少年時代の徴兵忌避計画とかアスペルガー症候群的言動とか、作家本人の体験や性格もいろいろ取り上げました。

しかし私は、それらが作品を生み出したというつもりも、それらが作品へ直接、反映しているというつもりもありません。

エッセイ「会話とお茶」にあったように、世間話や来客への態度すら、小説作品のごとく作りこんでいた星新一です。その人生エピソードも性格もまた、千余のショートショートや幾つかの長編や数多くのエッセイや選評、インタビューの語りやアンケート回答と等価な「星作品」として私は受け取りました。

実人生もまた一テキスト。すなわち、作品を実人生の派生として読もうとした最相葉月の、完全な裏を行こうとしたわけです。

そしてそれら全てを可能なかぎり精読し、星新一が熱心に読んだ翻訳SFやミステリーや、内外の膨大な短編も可能な限りフォローした上で、サンタの扱いひとつ見てもばらばらな諸作のなかから、それでも帰納的に浮かび上がってくる共通項を掬（すく）いとったならば、それを、作家自身もあるいは自覚していなかった星新一の「思想」と呼んでよいのではないか。

僭越ながら以上が、本書の方法論なのでありました。

このスタンスから考えたとき、「鍵」はどう解釈されるべきか。

あるアイテムを得た人物が、それを生涯抱えて生きる。そして最晩年、そのアイテムを使おうとするが……という同じパターンの物語が、既述のように、先行する「箱」、十年遅れた「包み」と三作あるのです。

これは本来、作家星新一が、幾度もバージョンを試みたかったテーマであって、たまたまそのなかで「鍵」が最も出来がよかった。その背景には、最相のいう人生の一高揚期という要因が作用した。そう解するのはいかがでしょうか。

ちなみに生涯にわたるこだわりとか迎えに来る女神や天使とかのイメージには、H・G・ウェルズの名作「塀についた扉」の影響があるかもしれません。

補論② 秘密結社について
——「あれ」「ミドンさん」「黄色い葉」ほか

企業共同体というムラ社会

もうひとつ、星作品の中期から後期への移行を考察するヒントとなりそうなのが、会社ものに見られる断絶です。

例えば、一九七五年発表の「あれ」（『たくさんのタブー』所収）。

出張先で幽霊をみたと同僚に話したサラリーマン。なぜか噂は上層部へ届き重役から呼び出しをくらう。幽霊の件を話すと、彼はすぐ大抜擢の昇進を遂げる。

その出張先で幽霊を見た社員は無条件で出世させるのがその社のルールだった。理由は誰も知らない。創業者や二代目は知っていたかもしれぬが、いつか伝承が途切れて久しい。だがルールだけは守られている。

主人公の同僚はそれを知り、幽霊を見たと偽り昇進する。しかし、じきに健康を害して退社する。

不気味なルールは意味不明のまま守られつづけ、社は安泰……。

前期や中期にも、「盗賊会社」や「あるエリートたち」、「コーポレーション・ランド」（一九七〇、『さまざまな迷路』所収）のごとく奇妙な企業、奇妙な業務を描く星作品は少なくありません。

しかしそれらには合理的功利的背景があり、それが明かされてオチがつきます。種明かしがあるのです。だが、「企業内の聖人」（一九七〇、『未来いそっぷ』所収）あたりを走りとして、「ある種の刺激」「ある日を境に」（ともに一九七五、『地球から来た男』所収）、「消えた大金」（一九七六、『どこかの事件』所収）、翌年の「人員配置」（一九七七、『安全のカード』所収）、「才能」

（一九七八、『ご依頼の件』所収）、「あるシステム」（一九七九、『ご依頼の件』）、「目がさめて」（一九八一、『凶夢など30』所収）、「指紋の方程式」（一九八二、『どんぐり民話館』所収）、ショートショート千篇達成の年の「会議のパターン」（一九八三、『これからの出来事』所収）まで、奇妙な儀礼や、定期的に起こる不祥事や、スケープゴートや、合言葉といった合理的根拠はない何かで安泰が保たれている企業が描かれます。

すなわち、高度経済成長期、「あるエリートたち」など、功利性に長けたジョブ型未来企業を描いた星新一は、日本経済が安定成長期に入った一九七〇年代、メンバーシップ型で営利集団というよりも、人々の居場所となるムラ共同体としての非近代的企業を描くようになったのです。

この時期の星新一は、企業以外でも、「共同体」とその奇怪な儀礼、風習をよく登場させました。

「若葉の季節」は、生贄とされる女性を逃がそうとするが……という物語。「静かな生活」（一九七九、『ご依頼の件』所収）は、戦国時にここで滅びた城主の子孫が、誰かひとり住んでいないと災厄に見舞われる地方都市の話。

「石柱」（一九八〇、『ありふれた手法』所収）、「鬼が」（一九八一、『凶夢など30』所収）、「行事」（一九八二、『どんぐり民話館』所収）も、ムラ共同体の奇妙な儀礼を扱います。

「異端」（一九八〇、『ありふれた手法』所収）は団地が舞台ですが、「あれ」と似た奇怪な現象が起こる。団地もムラなのです。

最初期の佳作「たのしみ」（一九五九、『ようこそ地球さん』所収）では、山奥の村が、しばしば迷いこむ凶悪逃亡犯を殺して埋める儀式を続け、そののどかさと意外な豊かさを保っている。じつは、殺人罪が十年で時効となった（当時）後、逃亡犯の持ち金を皆でせしめていたのです。

ムラの怖ろしさを扱っても、こちらは合理的種明かしがある。

秘密結社の愉しみと隣の異社会

これら後期作品に顕著な「共同体もの」を、企業もの、ムラ（含む団地）ものとともに代表するのが、「秘密結社」ものでしょう。

例えば「おのぞみの結末」（一九七五、『おのぞみの結末』所収）。メロンライスにガムライスという合言葉で仲間を識別できるジャックポット教信者が、社会の裏で互いに便宜を図り合い、けっこうな利得を得ているというお話。

「もてなし」（一九七五、『地球から来た男』）、「入会」（一九七六、『どこかの事件』所収）、「先輩にならって」（一九七六、『どこかの事件』所収）、「メモ」（一九七八、『安全のカード』所収）、「輝く星」（一九七九、『ご依頼の件』所収）、「甘口の酒」（一九八一、『凶夢など30』所収）も、奇怪な合言葉、儀式、指令、ルールを共有する秘密結社が、この社会のどこかで機能している物語です。

前期や中期でも、これらに似た作品はあります。

例えば、中期の「指」（一九七〇年、『だれかさんの悪夢』所収）は、老婦人が興味本位で秘密結社に加入し、気がつくと殺人に加担させられている「入会」と似ています。

しかし「指」は、核ミサイル発射ボタンを怖ろしくて自分では押せない軍人が、何も知らない通行人に押させていたという一種合理的な種明かしがある。

しかし、老婦人を加入させた組織の正体や目的は最後まで何ら明らかにされない。殺人の真偽もわからない。種明かしはなく、陰謀だかいたずらだか、何かが行われたらしいという漠然とした不安とスリルだけが残る。そしてそれは意外とリアルなのです。

「指」と同じ一九七〇年の作品「ミドンさん」（アナトール・フランスの「ピュトワ氏」の影響が窺える一篇、『なりそこない王子』所収）には種明かしがなく、後期秘密結社もののはしりといえそうです。

「初夏のある日」（一九七九、『ご依頼の件』所収）では、我々と同じこの世の中に暮らしながら、一年が四二五日の奇怪な暦に記された吉凶や特異なルールを順守する人々がおり、それを知ってそのルールに従ってみた主人公が、新しいわくわくの人生へ踏み入ってゆく物語。

この系列の星作品の最高傑作が、比較的早い時期に書かれた「黄色い葉」（一九七四年、『夜のかくれんぼ』所収）ではないか。

とある青年が、ちょっとした美人に声をかけられる。ところが青年は、春子と名乗る彼女を知らない。彼女に山口くんと呼ばれるが、それは青年の名ではない。しかし、彼女と別れたくない青年はじつは軽い記憶喪失でとその場をごまかし、美女と逢いつづけます。

するとやはり見知らぬ中年男性が旧知のように声をかけてくる。以前いた会社の上司だというが、青年は全く覚えがないが、しかし戻って来いという誘いに青年は乗ることにします。

その会社は雰囲気が良く仕事も充実。だが、幾つもの奇妙なルールや儀礼がある。人の影を踏むのは極めて無礼、仕事を命じるときは中指で机を三回叩く。無視したら退職。

やがて、異様なのはその企業だけではないとわかってきます。ニュースでは影もない戦争へ部下が召集される。春子は社長の愛人となって子を産むが、この世界ではごく普通のことらしい。会社は新規事業として、卵を土に植え、黄色い葉の植物を生えさせ、その実から生まれる水玉模様のハツカネズミの缶詰を海外へ輸出するのだという。いつしか青年は、我々の現実のどこかに存在しているらしいこの異様な世界を、ごく普通の日常として受け止め、生き生きと働いているのでした。

青年がはまっていった異様な世界は、並行宇宙か何かなのでしょうか。少なくとも、奇妙な慣習のある企業のみならず、世の中全体がいろいろと違う。

しかし、同じこの現実世界で、ただ別のルールや慣行に従っている人々もいるというだけかもしれない。

宗教原理主義者の集団など、きっと見えている世界も我々とは違うでしょうから。

そんな人々の共同体が仮にあっても、我々が知ることはなく共存していることもありうる。

「黄色い葉」は、後期星新一の秘密結社もの、いや企業やムラや地域の謎を語る諸作品とともに、我々が棲む現実の広さと奥行きの深さ、そして種明かしの不可能性を、ずしりと感じさせてくれるのです。

補論③ 消費資本主義について

――「思索販売業」「ごきげん保険」「滞貨一掃」ほか

テレビ広告の時代を迎えて

ネット社会の諸相など、我々の現在を半世紀前に描いていた予見の人。その作品は時事風俗を扱わなかったがために、決して古びぬ珠玉篇であり続ける。本書を含め、星新一は、そう讃えられます。しかし、本人も気づいたように、世相を超越したはずの宇宙もの、未来もの自体が、一九六〇年代の風俗そのものだった皮肉も否定できません。

星作品の多くが、サラリーマン家庭を専業主婦のいる核家族と設定し、サラリーマンたちにはリストラの不安がほとんどないあたりも、今となっては時代の制約と指摘されざるを得ないでしょう。

そうした制約が色濃い作品群として、六〇年代に多く生まれたビジネスものというべき諸作があります。現在読むと、これらは、高度経済成長ただ中の世相の写し絵といって過言ではありません。

例えば高度成長期に大いに伸長した広告業界を諷刺した作品があります。

最初期（黎明期）作品にあたる一九六一年の「思索販売業」（『ようこそ地球さん』所収）。

思索を売るとは、静かに思索にふけるのを妨げる要因を排除する装置を売るという意味。ダイレクトメールを識別して廃棄し、セールスマンを撃退し、CMを映らなくする装置です。

翌年の「むだな時間」（『ボンボンと悪夢』所収）も、飲めばテレビCMのあいだだけ眠ってスルー出来る薬剤のはなし。

「住宅問題」（一九六四、『妄想銀行』所収）では自宅でも別荘でもあらゆるところからCMが囁く。「無料の電話機」（一九六八、『盗賊会社』所収）では、電話していると話題に対応したCMが会話にわりこんでくる。そのかわり、家賃も別荘代も電話代も無料となった時代の話です。

　それから半世紀以上を経た現在、無料文化というべきネットにびっしり貼りついたバナー広告のたぐいを今や誰もが思い浮かべるでしょう。

　大正時代、どこよりも先駆けて、「クスリはホシ」の照明広告を帝都の夜景に灯らせた製薬会社の二代目社長は、テレビ文化とともに到来したCM漬け時代に大いに反応したのです。

「遠大な計画」（一九六二、『妖精配給会社』所収）は、その一究極。万能育児器が無料で誰にも支給され歓迎される。何か偏向した教育や洗脳がされるわけでもない。しかし、そのやさしい声が、成長して購買力を持った彼らに「お買いなさい」とテレビ等でささやく時代が来ると……。

　究極の消費者囲いこみ。もうほとんどナッジ理論によるユートピアものといってよい。

同じ年の「サービス」（『おせっかいな神々』所収）も、ナッジ理論応用の広告戦略の話です。

時まさに高度経済成長の時代。

　所得倍増で購買力を持ちはじめた日本の大衆、社会へ出始めた大量のベビーブーマーへ向けて、いちはやく普及したテレビがトランジスタ・ラジオが、二四時間を街中を広告漬けにしていった時代。

　即、反応したSF作家星新一は、しかし、その先を見越すのも早かったようです。

　一九六六年の「大宣伝」（『天国からの道』所収）。食品会社が販売促進のため、スポンサーとなったテレビ番組に力をいれ、国民的バラエティを成功させる。しかし、番組に夢中の視聴者は食事の味などどうでもよくなり食品は売れなくなる。

　一九六八年の「テレビシート加工」（『白い服の男』所収）、一九六九年の「宣伝の時代」（『だれかさんの悪夢』所収）、一九七〇年の「利益の確保」（『だれかさんの悪夢』所収）などは、広告漬けで効果がゼロとなってゆく皮肉まで描きます。

このあたりで、広告の時代を諷した星作品は一段落します。だが、高度消費社会へ驀進（ばくしん）する昭和元禄日本の資本制の奇観は、広告ブームだけではありません。

売らんかな買わせんかなの時代

「繁栄の花」（一九六二、『宇宙のあいさつ』所収）は、異星人が美しすぎる花を売りこみ、皆が争って購入。しかし需要を超えて大繁殖。駆除できない。そこへ異星人が、天敵となる昆虫を売りこむ。繁殖力がないため、地球人は永遠に花食い虫を買わされるはめに……。

「アフター・サービス」（一九六四、『妖精配給会社』所収）、「装置の時代」（一九六七、『盗賊会社』所収）、新井素子がインストールの予見と驚いたあの「うるさい相手」でも、購入した便利な薬剤や装置やロボットが、メンテその他でさらなる消費を促すシステムが描かれます。

思えばこれらは、高度成長初期の三種の神器で最初に普及したテレビが、CMを通して、全国民の欲望を膨張させていった時代の写し絵でした。「エデン改造計画」（一九七〇、『午後の恐竜』所収）では、私有欲も競争もタブーも知らない異星のユートピアへテレビを普及させると、異星人たちはCMにだけ興味を抱き、そこから成長への歩みが始まるのです。

売らんかなとして生まれた奇抜な商法も、星作品の諷刺のかっこうのネタでした。ありきたりの旅行、ありきたりの観光みやげに飽きた客へ、突然熊が襲うサプライズと熊との奮闘の隠し撮りを売る「みやげの品」（一九六七、『ちぐはぐな部品』所収）は、モノからコトへとかインスタ映えの時代を生きる我々を唸らせます。景品や懸賞が商品よりも勝ってしまう「景品」（一九六一、『宇宙のあいさつ』所収）、「幸運のベル」（一九六七、『午後の恐竜』所収）。ふるさと納税のお礼品エスカレートはこれとは違うのか。

保険の大衆化も、この時代からでした。

ついには、近所のネコがうるさい。電車で美女に無視された。悲惨なニュースに心が痛む。そんな瞬時瞬時の不快全てについて、申告すれば少額ながら保険金が降りる。「ごきげん保険」（一九六三、『妖精配給会社』所収）には、そんな万能生活保険会社が描かれます。

本来、起こるかどうかもわからぬ未来を想定して掛け金を投じ、保険金を期待する保険。投資同様、詐欺のかっこうのネタとなります。その危うさを描くのが、「波状攻撃」（一九六五、『エヌ氏の遊園地』所収）であり、「だまされ保険」（一九七〇、『だれかさんの悪夢』所収）、「思考の麻痺」（『きまぐれ博物誌』所収）もまた星新一の保険業への強い関心を窺わせます。

しかし、星新一のこれら大衆消費社会諷刺ものは、一九七〇年あたりを境に消えてゆく。

すなわち、諸家が指摘した初期（前期）から中期へ移行するあたりに集中しているのです。地価暴騰を扱った「ごねどく屋」（一九七〇、『だれかさんの悪夢』所収）は、これら作品群の最後の一篇でしょうか。

要するに、この時代は過渡期だったのでしょう。

CM漬けの日常も、波及的購入へ消費者をまきこみ、商品そのものよりもあれやこれやの付加価値で売る商法も、保険万能時代も、いずれも見慣れた日常となっていったのですから。ネット時代の現在も、資本の戦略戦術は続き、右の作品群にも唸らされるものはあります。しかし多くは、半世紀以上前すでに……という予見力への驚き以上ではありません。

低収入のフリーターをローン漬けにして、返済不可能と決すると生命保険で回収する「保証」（一九六六、『妄想銀行』所収）をいま読んで誰が驚くでしょうか。

高度消費資本、広告資本の速度は、星新一の想像力をも凌いでいたのかもしれません。

CM漬けの醜悪な生活環境を繰り返し諷した星新一ですが、CM界出身の大林宣彦や小林亜星が国民的大衆芸術家として大成、糸井重里が花形文化人となってゆく未来は予見できませんでした。

R・スコットの「ブレードランナー」や椎名誠の『アド・バード』は、一九八〇年代に、CM漬けのキッチュでシュールな美を描きましたが、SFの想像力は、高度資本主義の後塵を拝したのです。

成長の終焉を視野にいれていた星新一

しかし、今なおさすがと考えられるのは、星新一が、初期の終りから中期初めにかけて、消費資本制の奇観を諷しつつ、その終焉以降を描く作品をも発表しているあたりです。

エッセイ「SFの視点」（『きまぐれ博物誌』所収）で、星新一は、「不景気」が若い世代には死語となっているらしいから、不景気SFを書くつもりだと記しています。しかし、このエッセイが書かれたと思しき一九七〇年よりずっと以前から、星作品には不景気SFが散見されるのです。

ずばり「不景気」は一九六三年発表（『宇宙のあいさつ』所収）。あらゆる欲望を倍加させ、子供であればすでに買ってもらったおもちゃをもう一つ欲しくさせる薬を、エス博士が発明します。購買欲の限度をブレイクさせ、むだを助長させてでも、消費を増進させなくては、経済は活性化しないのです。ちなみにこの作品のオチは、バブル期にいわゆる不倫ブームが巻き起こった一件を思いださせます。

「ハナ研究所」（一九六三、『妖精配給会社』所収）は、人々を惹きつけるフェロモンを商品へ含ませようとする企み。一九六六年には、コロナ禍中の我々を瞠目させずにはおかないあの「流行の病気」も発表されています。

「新鮮さの薬」（一九六七、『マイ国家』所収）では、食べ物、小説、異性であれこれまで楽しんだ全記憶をリセットし、全てを新鮮な初体験に戻す。近代経済学でいう逓減法則をクリアするわけです

生前、作品集には収められなかった、「景気のいい香り」（一九六五、『つぎはぎプラネット』所収）が描く、S・ゲゼルとナッジ理論を合体させたような「流動性の罠」脱却策。カード決済と電子マネーの時代に読むと、あらたな感慨と知的刺激をもたらす一篇といえます。

高度経済成長と大衆消費社会を真正面から諷する傍ら、これら不況ものをも描いていた星新一。

何でもまず逆張り裏張りせずにはいられぬ知性は、やはり時代を超えた普遍性を帯びるのです。

もっともこの件に関しては、単純な逆張り以上の思索が星新一にはあった。

一九六七年の「滞貨一掃」（一九六七、『盗賊会社』所収）で星新一は、「繁栄の花」の逆バージョンを描きます。ブームが終わりヒット商品の在庫処分に悩むメーカーが、それを食べないと死なぬ狂暴で繁殖力の強い蛇を作り出し、異星へはびこらせます。企みは成功しますが、まもなく悪質なノミが地球で大発生。駆除にはカポン星でストックが山をなす白い粉のみが有効で……。

どんなに巧みで狡猾な商法でも、似た発想を思いつく者はかならず現れ独占状態は崩れる。

双方拮抗し、均衡状態へ至り、遂には膠着状態へ陥ってゆかざるをえない。[*1]

自由競争はいずれ均衡点へ達し、もう成長しない定常型経済へと着地してゆく。

一九世紀にJ・S・ミルが唱え、平成不況下で千葉大学教授広井良典が訴えた定常経済論。資本制の終焉。

星新一は、あらゆるものはエントロピー増大の法則をまぬかれず、いずれは均衡状態へ向かって寂滅してゆくというSF的終末論を好みました。そして資本制経済もまた、その適用外ではありえなかった。

しかし我々がそれに気づくには、半世紀あっても足りなかったのかもしれません。

一九七〇年代に入った前後から、消費資本を諷した星作品は消えてゆきます。

代わりにこの頃から、「番号をどうぞ」、「オフィスの妖精」、「ものぐさ太郎」、そしてあの『声の網』、また「おカバさま」、「ナンバー・クラブ」など、パスワードと萌えとネットとニートとコンピューティングの時代をはるかに予見した作品が目立ち始めるのでした。

＊1　「特殊大量殺人機」（一九六八、『白い服の男』所収。マンガ『DEATH NOTE』を思わせる）、「平均的反応」（一九七〇、『だれかさんの悪夢』所収）、「エスカレーション」（一九七〇、『なりそこない王子』所収）、「とんとん拍子」（一九七〇、『おかしな先祖』所収）、「安全のカード」（一九七七、『安全のカード』所収）なども皆、抜群の発明や最強のアイテムを掌中にしても、

やがて拮抗するライバルが現れ、もとのもくあみとなってしまうお話です。

遡るならばこのアイデアの原型は、一九六一年の「健康の販売員」（『ボンボンと悪夢』所収）。また「矛盾」の故事を宇宙大にした最初期の「信用ある製品」（一九六〇、『ようこそ地球さん』所収）、前期の「契約者」（一九六一、『悪魔のいる天国』所収）にすでに見られます。

第7章

商人としての小説家

――「ＳＦの短編の書き方」「とんでもないやつ」「第一回　奇想天外ＳＦ新人賞選考座談会」ほか

パーティで立ち尽くす老作家

すでに繰り返し参照してきた評伝『星新一――一〇〇一話をつくった人』を上梓して二年弱を経た二〇〇九年三月五日、最相葉月は、「日本経済新聞」夕刊掲載の「パーティ」と題したコラムで、星新一に触れています。

最相自身が出版社などのパーティが苦手だという話題に始まるこの文章で彼女は、「社交性があるとはいえない星新一がパーティの常連だったのは意外に思えた」という謎を提示するのです。

この謎は、星新一の最晩年というべき一九九〇年代、出版界ですでに囁かれていました。文学賞とか誰彼の出版記念とか出版社開業何十周年とかのパーティにふらりと現れる星新一。文壇に親しい知人が多いわけでもなく、たいがいはポツンとひとり立ったまま祝辞等を聴き、お開きとなれば渡された手土産を持ってさっと退出してゆく。

普通、星新一ほどの大御所で売れっ子だったら、歴代の担当ほか編集者たちが、下にもおかぬもてなしをしそうです。

星新一の場合、親しく仕事をしてきた新潮社など以外の版元のパーティへも、お義理の案内状の「出席」にマルをつけ訪れた。

面識のある人は当然、ほとんどいない。

ある大出版社社員である私の知人は、その社からはほとんど著書を刊行していないのに、パーティにはいつも現れるこの巨匠に困惑し、せめて何か話しかけるようにしていたといいます。

最相葉月は、評伝の文庫版でもこの謎を取り上げました。

そして、いちおうの解答も提示しています。

まず、当時を知る「編集者らの話を総合すると」として、「自分が現役の作家として最年長であるという自負が人一倍強かったから」という答えが紹介されているのです。

本人がこの頃、この年で現役で書いている作家って何人いるかといった質問を編集者にぶつけ、ファン・クラブ「エヌ氏の会」主宰林敏夫への手紙にも、大衆作家で年上の人が数えるほどになったとあるのが傍証でした。

しかし、昭和を追うように早く逝った手塚治虫、池波正太郎らの名を挙げて、「仕事をしないのが第一です」と右の手紙に書くような星新一が、文壇的な責務をそんなに気にするでしょうか。最相葉月自身、この解答に満足はせず、「だが、それだけだろうか」として、彼女自身の解答を模索しています。

ショートショートの作家として、いつしかそれ以上の仕事の可能性を封じられ、文学的な評価も満足に得られず、やがて一〇〇一篇という量のみが目標となってゆき、それを達成した際には、身体的にどうしようもなく衰弱してしまっていた星新一。そんな作家の悲劇を物語ったうえで、最相葉月はパーティにひとり出席し続けた星新一の心の声をこう表現しています。

いわく、「この抜け殻を見よ。私から目を逸らすな——と」。

サーガの終幕にふさわしい壮絶な名シーンです。

しかしこれは、星新一像としてはどうでしょうか。

『探訪　名ノンフィクション』第15回で、最相評伝を絶賛した後藤正治も、パーティで立ちつくす星新一像に着目しています。

そして、「先駆者であるという自負心、あるいは生来のサービス精神からであったのか」と自身の推測を述べ、次いで、最相の「抜け殻を見よ」を引用した上で、こう付け加えるのです。「あるいは著者（最相葉月）や私の想像も及ばない想いが潜んでいたのかもしれない」と。

たしかに、ぽつんとひとり立っていた星新一の内面など誰にも窺うべくもないものでしょう。

しかし——、

「私の外観はぼそっとしているが、精神的にはスタイリストであり、江戸っ子なのである」（エッセイ「創作の経路」『きまぐれ星のメモ』所収）と自任する作家に、抜け殻を晒そうとする姿はどうにも似合いません。

ＮＨＫテレビ「連想ゲーム」のレギュラーとなったとき、近所の商店街で子供に囃(はや)され、すぐ降板してしまったシャイな姿などとも、重なりません。

本章で私は、後藤正治のいうこの星新一の「想い」について、後藤とも最相葉月とも編集者とも違った仮説を、願望も混じえて提示してみたいのです。

そのためにまず、星新一最晩年の仕事にアプローチしてみましょう。

星新一、最後の一行は何か

一九八三年、ショートショート一〇〇一篇を達成した後、星新一の創作は、気がむくと執筆した『つねならぬ物語』に収録されたオリジナル神話のごときもの以外、途絶えます（最後の創作は、ショートショート「担当員」（一九九二、『天国からの道』所収）。

しかし、作家としての活動が全て終息したとはいえないでしょう。『きまぐれ遊歩道』にまとめられるエッセイや、『夜明けあと』（新潮社、一九九一）のごときトリビアな歴史エピソードを精選した文章も書きつづけられました。

既述のように最相評伝は、星新一最後の文章として、既に一度触れた江坂遊のショートショート集『あやしい遊園地』の解説（一九九六年三月刊）を挙げています。

この解説は、たしかに作家の人生を締めくくるにふさわしい名文でした。この文庫本が刊行された直後、星新一は自宅で倒れ、一度会話ができるまで回復をみせたものの、二年後の逝去までついに復帰はかなわなかった。

しかし、右の解説は星新一最後の文章ではありません。

江坂遊がその第一回でデビューした星新一を選者とするショートショートのコンテストが、舞台となる雑誌を幾度か変更しながら、講談社で十七年近く続けられていました。

星新一が最後に選考したのは、「小説現代」一九九六年五月号分。その選評のほうが、江坂文庫版の解説より後ではないか。

ですから、星新一の絶筆は、このときえらばれた七篇に寄せた寸評ということになります。

さすがにこの頃、星新一は心身ともに衰弱していたようで、講談社文庫『ショートショートの広場10』で現在読めるその寸評は、二行余が一つ、あとは十数文字から一行余のみですが。

講談社文庫版『ショートショートの広場』は、それまで九冊刊行されています。

一九七八年の最初の募集（単行本は一九七九年刊）から一九八五年度までは、各募集ごとに、全入選作計五十篇前後を収めた単行本が出ていたのを、最優秀作と優秀作のみに絞ってまとめたのが、一巻と二巻の前半。

以後、「小説現代」「ショートショートランド」などの雑誌で毎号募集されたものからの選集が、二巻後半以降です。

収められた作品全てに、後進育成の情熱と慮りが伝わりかつ鋭利な星新一の作品評が付され、読みどころとなっています。

しかし、一・二巻の星新一の作品評は、選考結果発表誌からの再録です。私がここで取り上げたいのは、三巻以降に文庫版オリジナルの「あとがき」として付された、星新一による総合的な講評なのです。

これらの講評は、人生の終焉が迫った一九九〇年代に、ショートショートの魅力から技法、創作を志す人の心構えを開陳伝授しつつ、星新一が自分の信念を語った文章となっているからです。

ショートショート、極意の極意

例えば一九九二年の第四巻「あとがき」。星新一は、ショートショート創作のふたつの極意を説いています。

重要なのは、ふたつめのほうでしょう。

ふたつめとはすなわち、「書いた作品をだれかに読んでもらい、感想を聞くこと」これです。

「ワープロの時代、字がへたなど、言い訳にならない。もちろん、最初は照れくさい。しかし、だれかに読んでもらうための作品なのだ。／常連の人は、それをやっているようだ」

そして、書きなおしも出来をよくする、自分も旧作の手直しをしているとして、「読者へのサービスは、それほど重要だと思うのだ」と付け加えています。

さらには、いずれ長編、エッセイ、時代物、ルポなどを手掛けるようになっても、「ショートショートの手法を身につけていれば、なんらかの形で読者を楽しませることができるのだ」と続けるのです。

ちなみにひとつめは、「好きな短い作品を、読みかえすこと」で、相撲のように、また碁や楽器の上達や数学の勉強のように、からだに身につくまで稽古するほかないとした上で、やっぱり、「他人を面白がらせる楽しさは、なまじの苦労は消してしまう」とまとめています。

要するに……。

星新一は、ショートショート、さらにはすべての創作において、それを読む「だれか」、すなわち「読者」、「他人」をいつだって念頭においていた「読者ファースト」の人だった。

作品が書けたら応募するまえに、友人、父母兄姉、親類、誰でもいいから読んでもらえ。毎回の選評で星新一は、ニュアンスをさまざまに変えながら、執拗にといっていいほど、この一点を説いています。

「自分を棚に上げて言っているのではない。私も作家になりたてのころ、友人に原稿を見せた。「なにが書いてあるのかわかるか」とか「どこが面白いか」とか書き加えてである。それが小説の第一歩ではなかろうか。／他人に見せれば、少なくとも誤字はへる」（一九八四年度選評）。
「まず、誰かに読んでもらえ。（中略）それができないのなら、そばにだれかがいるものと仮定して、こういう話はどうだろうと、頭のなかで語ってみるといい。つじつまの合わない部分に、気づくと思う」（『ショートショートの広場 2』文庫版）。

ほんとうにもう、口を酸っぱくしてといってよいほど、これが繰り返されるのです。選評だけではありません。エッセイ「小説作法」（『きまぐれ遊歩道』所収）にもこうあります。

ショートショートの選評で、よくこう書き加える。
「投稿の前に、だれかに読んでもらえ」
この簡単なことが、なぜかできない。ひとに見せれば、すぐわかる欠点。誤字。しかも、すぐなおせる個所なんだからなあ。そりゃあ、気持ちはわかるよ。ひそかに書き送って、入選となり、知人を驚かす。ごきげんだろうが、落ちれば万事休す。

新井素子という、作家がいる。（中略）彼女、中学の時から、お話を書いて友人に回覧させるのが好きだった。ああだこうだと、反応がわかり、ストーリーもうまくなる。そう、それしか秘法はないのだ。

新井素子の名は選評においても、
「新井素子さんは、私も選者の一員だった賞で入選し、世に出て、その活躍はご存知の通り。中学のころから書きはじめ、それを友人たちに読ませ、感想を聞くのが楽しかったとあとで知り、なるほどと思った。この実例を考えてみて下さい」(『ショートショートの広場 2』文庫版)と、見習うべきお手本といった感じで登場しています。

一九八五年、「SFアドベンチャー増刊」として刊行された『新井素子100%』(徳間書店)というムックでもインタビューにも応じ(「《星新一氏にきく》デビューから現在までその豊かな才能万歳」)、彼女の「友だちに回覧」を絶賛しています。

右の選評やエッセイやインタビューは皆、晩年のものですが、じつは若き日から、星新一のこの信念は微塵もぶれていなかったらしい。

他人とはめったに感心してくれない存在と知れ

「SFの短編の書き方」というエッセイがあります(『きまぐれ博物誌』所収)。

もともとは一九六五年に刊行された福島正実編『SF入門』のために書き下ろされた一篇です(初出時のタイトルは「短編をどう書くか」。ちなみに「長編をどう書くか」は、小松左京が執筆)。『エヌ氏の遊園地』や『きまぐれロボット』刊行の年、前章の区分に従えば、初期の終わりです。

この長めのエッセイは、星新一の読者ファースト思想を考えるにあたって、基本中の基本となる一篇といえます。

前半はアイデア発想法にあてられ、晩年「要素分解共鳴結合」と称して江坂遊などに教えたと最相評伝などにある技法が平易に解説されています。

ここで注目したいのは後半です。

後半は、プロット組み立てテクニック篇。

そこで星新一は、「小話を覚えてみたらいいと思います」と提案するのです。小話に限らず、気に入った短編を圧縮し記憶するのもよいと。

これも、晩年の選評等で繰り返し推奨された稽古法でした。

ところが、「ＳＦの短編の書き方」では、星新一のアドバイスはそのさらに先まで及んでいるのです。

小咄を、圧縮した短編を、覚えたら次どうするか。

星新一は、透明人間ものの小咄の実例をひとつ挙げ、ちょっと挑発ぎみにこういいます。

こんなのを読んだとき、ＳＦ的だなとうなずく人、切り抜く人、面白さを分析しようとする人、欠陥を指摘する人などがいるだろうが、「いずれも私に言わせると不合格」だと。

そして、「「よし、これを覚えておいて、だれかに話してやろう」と、すぐ頭にたたき込む人が合格である」。

すなわち、「自分はユーモアが理解できる」で満足せず、「自分でユーモラスになってやろう」と志す人が作家向きなのです。

しかし、星節がさらなる凄みを帯びてくるのはこの次でしょう。

小咄を他人に話すといっても、じつはそれは容易なことではない。

「さらに相手を面白がらせることは、一段と困難である」と星新一は断言し、その理由を四つ挙げてみせます。

まず最初は、「他人とはめったに感心してくれぬ存在だから」。「この現実に直面し、実感することはいいことだ。当人がいくら苦労したからといって、相手には感心しなければならない義務はない。世の中を甘く見てはいけない」

なんともシビアですね……。

第二の理由。「話し方がうまくないのである」。

さあ話すぞと意気込んではだめ。まわりくどくてもだめ。これはもう、何回もやってフィードバックで要領を身につけてゆくしかない。

第三の理由。「相手がすでに知っている場合が多い」。「つまり、平凡なのである」。「途中まで話すと、「そのオチはこうだろう」と、さえぎる人物が出現する。世の中にはいかにエチケットを知らぬ、冷酷な人物が多いかを、身にしみて感じるはずである。だが、くじけてはならぬ。これが修業というものだ」

第四の理由。「強引に持ち出すからである」。さりげなく話題を誘導しなくてはならない。これで小説の書き出しのこつがわかってくる。

ここまで読めば、星新一が晩年の選評で、応募するならまず誰かに読んでもらえとこれでもかとばかり繰り返したのもわかるでしょう。

誤字脱字やおかしな表現が直るなどはほんの序の口。めったに感心してくれない他人、エチケット無視の冷酷な人物のまえに、自分の表現物を晒すところが、そもそものスタートなのです。

しかし、「ＳＦの短編の書き方」での以上の提案と、晩年の選評で繰り返された説教とでは、微妙に違うところもある。

小咄を、他人に話して、面白がらせられるか試す。

自作の原稿を読んでもらう。

どちらも、自分の表現を他者に晒すことこそが作家への一歩であると叱咤激励しているところは変わりません。

でも、小咄は自作のでなくともいい。

そして、読ませるのではなくて、話すなのです。

これに対して自作の原稿の場合は、読ませる……です。

小咄を読ませてはだめなのでしょうか。

これはやはりだめでしょう。

自分が面白いと感じたものを他人は必ずしも感心しないところまでは学べるでしょうが、話題の持ち出し方や話し方の巧拙はこれではチェックされませんから。

自作を話すのはどうでしょうか。

誤字脱字などはむろんチェックしてもらえません。

しかし、発想やストーリーについては、めったに感心してくれない冷酷な審査員である「他人」が、厳しい判定を下してくれることは期待できそうです。

星新一も、こっちは肯定するのではないか。

口承文芸としての星ショートショート

「話芸」というエッセイがあります（一九七三、『きまぐれ暦』所収）。

ハワイへ家族旅行した際、日系三世の美人ガイドの「話術はまことにみごと」で感心したという内容。

風景も伝説も生き生きと語って飽きさせず、客たちをも巧みに乗せて自己紹介させ、互いに親しくさせてしまう絶妙さ。

「おそらくこの女性も、この仕事をはじめた時には、きっとぎこちないものだったにちがいない。それが回を重ねるにつれ上達してきた。お客がどんなことに反応するか、そのこつがわかってくる。新しい説明や話し方をこころみ、それが受ければつぎにも使い、あまり受けなかったら、さらにくふうする。また、お客から質問を求め、不備な点にたえず気をくばる。反応によって修正することをフィード・バックというが、そのくりかえしによって、かくも洗練されたものとなってきた」

「以前に古典落語について書いたことだが、その完成もフィード・バックによるもののようだ。江戸時代に発生した落語も、最初のうちはずいぶんと無器用なものだったはずだ。しかし、客席のお客との交流によって、たえず修正をくりかえし磨きあげられ、古典の名にふさわしいものに完成した。すなわち芸である」

「落語の質が低下したといわれるが、それは当然で、テレビを通してでは、お客の反応が肌で感じとれないからである。この部分が受けたのかどうか、手ごたえがえられない。お客が寄席へ行かなくなったのがいけないのだが、これも時の勢い。テレビの普及のせいである。テレビの時代となっては、落語に限らず、各種の芸は、洗練度が低下するのではないだろうか。各受像機から反応を局に送り返す装置が開発されるまでは[★1]」

とにかくまず、客の鑑賞に晒されなければ、芸は鍛えられない。星新一は心底そう考えていたのです。

ですから、作家になりたい人たちへのアドバイスとしては、人に話して聴かせるのも、原稿を読んでもらうのも、どちらも必須だと考えて推奨していたのでしょう。

これを実践していた模範的な例は、やはり新井素子でした。

彼女は既述のように、自作を中学時代から友人たちに回覧して感想を聞いていたというだけではなかった。

『未来いそっぷ』（新潮文庫）の「解説」には、彼女のこんなエピソードが披瀝されています。

中学生の頃、ひそかに書き溜めたショートショートを母に読まれてしまう。一応感想を聞いてみると、「よく判らない」。書いた本人はよく理解できていても、他人にはわからない……。他の作品も読ませたが、半分は判らない、あとはつまらない。新井素子は、娘の書いたものだから莫迦にしているんだなと、次は、読んだばかりの星作品の筋を、かいつまんで話してみた。すると、「あら素子、それはすごく面白いわよ。書いてみたの？」。

これ自体、エピソード語りの妙を感じさせる至芸ですが、ともかく新井素子は、他人に小咄ならぬ星ショートショートを要約して話すというほうの修業も、しっかり済ませていたのでした。

新井素子の右の例のみならず星新一の作品は、話され聴かれての鑑賞と相性がよいらしい。

例えば、こんな新聞記事がありました（二〇〇七年一月二八日付「読売新聞」）。「愛知県刈谷市の会社員竹内祐司さんは（44）は、星ワールドを読み聞かせた中学生の娘さん二人から「「お父さんすごい」と尊敬された」と鼻高々」。「HONライン倶楽部」「星新一の巻」に寄せられた星愛読者の声の一つです。

似たエピソードで、幼い頃、寝る前にパパが毎晩してくれた不思議なお話が、長じてからみんな星新一のパクリだとわかったというのを聞いた記憶があります。

こうなってくると、桃太郎や浦島太郎、イソップ寓話、グリムやアンデルセンの定番童話までもうあと一歩でしょう。

星新一からの強い影響を隠さぬ歌人の枡野浩一も、「人にあらすじを話したくなる」と、その魅力を語っていました（「午後の恐竜のような今を過ごしている」「週刊新潮」二〇〇九年七月二三日号所収）。

驚かされる例として、宇都宮の高校教師久野俊彦が、都市伝説研究として、「あなたが知っている不思議な話」を生徒から集めたところ、明らかに「おーいでてこーい」が元と考えられる物語があったと、「高校生が知っている不思議な話」（「下野民俗」39号）で報告しています。[★2]

★1――この一節、ネット掲示板での実況コメントから、ニコニコ動画での生中継の弾幕などを経て、テレビ自体が双方向化している現在、あらためて実態を考えさせられます。またコロナ禍で増えたリモート・ワークにおいて、聞き手の顔色がうかがえないプレゼンは生彩を欠くともいわれています。

既述のごとく、柳家小三治や古今亭志ん朝、桂小南が「ネチラタ事件」「四で割って」「戸棚の男」などを高座にかけているのも、星作品の口承文芸性を物語っていないでしょうか。朗読劇などでも星作品の人気は高いのです。

こうした口承文芸性から、黎明期日本SF作家の意義を論じていた早い例として、開高健といいだももの批評が挙げられます[★3]。

星新一自身、デビュー当時、原稿を知人に読んでもらっていたことは既に触れましたが、自身で考えついた物語を語って聴かせた経験はあるのでしょうか。

エッセイ「創作の経路」（『きまぐれ星のメモ』所収）や『できそこない博物館』などを読むかぎり、星新一の創作自体は密室での孤独な格闘であり、語りによるフィード・バックを経てはいないようです。

しかし、口承文芸が幸わう現場は知っていました。

口承文芸としてのアメリカSF

野田昌宏の例えば『スペース・オペラの読み方』（ハヤカワ文庫JA）などには、日本SFの黎明期のそのまた前夜、「SFマガジン」も、ハヤカワSFシリーズもなかった昭和三十年代初め、最初のSF同人誌「宇宙塵」の例会に集ったメンバーたちの会話が活写されています。

最長老（当時、四十代半ば）で当時直木賞候補にもなった今日泊亜蘭と唯ひとり渡米して世界

ＳＦ大会に参加してきた矢野徹（当時、三十代半ば）。この二巨頭が、原書で読んだ英米ＳＦの名作を、洒脱な語り口で（今日泊）、あるいは、脱線しつつもストーリーのツボは押さえて（矢野）、

★2――これはTogetterまとめサイトで紹介されて知られるようになり、「おーいでてこーい」の「石」が「ボール」に変わっているところから、ＴＶドラマ「ニュースの女」で登場人物のセリフとして不正確に語られた「おーいでてこーい」のストーリーが伝わったという推測がなされています。

★3――開高は、小松左京『地球になった男』（一九七一、新潮文庫）の「解説」で、「物語を聞きたいというのは人間が石器時代に洞窟の焚火のまわりで味わって以来、尽きることなくつづいてきた、性や食につぐ第三の本能であり、不可欠の渇望」なのだが、純文学はこの物語性を喪失して応えてくれず、物語は「阿呆な悪文屋」の書くものばかりとなってしまったといいます。そして、それゆえの禁断症状を解消した「物語」の復活として、日本ＳＦの登場、星新一と小松左京を論じているのです。

開高は小松左京『模型の時代』（角川文庫、一九七九）の解説「小松左京の小説」でも、「星新一や小松左京たちの功績は西鶴や秋成や落語家、講釈師たちがふんだんに持ちあわせていて現代作家たちがすっかり失ってしまった楽しみを回復してくれたところにある。洞穴時代の焚火のまわりでの夜話しという、われわれの本能に、いまや病み衰えて教養主義や分析主義や荘重で愚劣な硬化した文学的スノビズムなどで毒殺されかかっている本能に、爽快で透明な活性剤を注入してくれた彼らのハイカラな野蛮さに拍手を送るべきである」と語っています。右の文章のより詳しいバージョンといえましょう。夜話し、落語、講談という口承文芸の伝統上に、星、小松のＳＦを位置づけているのは慧眼でしょう。小松左京はデビュー以前、上方漫才の台本作家として生活した時期があり、また桂米朝の親友でした。

一九六九年というＳＦをまともに扱う文芸評論家など稀だった時代、いいだももは、「現代文学の発見」という日本近代文学アンソロジー・シリーズの最終巻『物語の饗宴』に、星新一「鍵」、小松左京「御先祖様万歳」を収録しています。そして、いいだは解説「「物語の女」があらわれるとき」で、「「鍵」のようなショート・ショート的短編も、まぎれもない、物語の骨格をちゃんとそなえたコバナシなのです」として、「伊勢乞食、歩き巫女（みこ）、渡り芸人、世間師等々」のウソつきという「一つの職」（柳田國男）が伝えた「ウソバナシ、ムカシバナシ、オトシバナシ、ワライバナシ」といった口承文芸の流れに星作品を位置づけているのです。

紹介していった。

ＳＦの翻訳刊行物はまだほとんどなく、原書も入手は困難。占領軍兵士が読み捨てたペーパーバックを古本屋で買い集め、読むしかなかった時代なのです。どんな作家がいて何が名作かもわからず、手当り次第に読んで巡り合うほかありません。そんなとき、語学力に秀でた今日泊と矢野のＳＦ講釈は、日本でほぼ唯一にして最高かつ最新の情報源だったでしょう。日本における英米ＳＦ導入は、彼らの語りを聴くところから始まった。

すなわち当初より「口承文芸性」を強く帯びていたわけです。★4

「宇宙塵」例会での今日泊、矢野両人の語りには、科学派、文学派それぞれ一家言ある同人たちから鋭い論評が加えられたといいます。そして、話のポイントに見事なタイミングで洗練された合いの手をいれるのが、若き星新一（三十代初め）の立ち位置だったそうです。★5

合いの手すなわちツッコミの名手だった星新一を語る野田昌宏には、星新一から未訳のＳＦストーリーを聴いた鮮烈な体験もまたありました。レイ・ブラッドベリの傑作短編「万華鏡」を、野田は、星新一の名調子で初めて知ったといいます。

小咄を他人にしゃべること、好きな短編を要約することを、作家修業として推奨した星新一は、自らこうした体験を経ていたのでした。

しかし、巧い（うまい）お話を語って、めったに感心してくれぬ他人というものを笑わせたい、唸らせたいという星新一の願望は、「宇宙塵」例会での語り合いで初めて目覚めたものではないでしょう。

それはおそらく、小学校の教室で、競走でカメがウサギに勝ったのは、カメが流線形だったたからでしょうとツッコんで先生を困らせた（「体験的笑い論」『きまぐれエトセトラ』所収）時まで遡れる性癖だったはずです。

小咄や短編の要約を覚えこみ、誰かに披露せよ。

作品を書いたら、誰かに読んでもらえ。

短編SF、ショートショートの書き方として、この二つを最晩年まで説き続けた星新一。その背景には、以上のような、SFが語られるものだった黎明期の記憶も、少年時代からの気質も、原稿を知人に読んでもらったデビュー当時の修業体験もあったでしょう。

しかし、果たしてそれだけでしょうか。

じつは星新一は、読者ファーストの現実を、それらよりもはるかに過酷な土壇場にして修羅場

★4——考えてみれば、SF、殊に短編のアイデア・ストーリーは本来、アメリカが植民地時代から育んできたトール・テイル（ほら話）、酒場や森の焚火を囲んで語られた奇天烈な民話の伝統を継承しています。実際、ある朝、地上の万物が静止してしまい、西部の英雄デイビー・クロケットが、地底へ潜り地軸にあるぜんまいを巻きなおして地球を回復させるトール・テイルなどもあるのですから。アメリカSFの源流とされるマーク・トウェインやポオの奇想小説にトール・テイルの影響を見る見解もあるようです。

★5——ふり返ってみれば、星新一初期のSFショートショートの主流は、それまでのSFが築いてきた定番的な設定やイメージへの絶妙な合いの手、すなわちツッコミだったのかもしれません。その最たる例は、「情熱」（一九六一、『悪魔のいる天国』所収）でしょう。

光速でも最短何十年もかかる恒星間飛行。ワープのごとき発明がないとした場合、巨大宇宙船に数百人が乗り組み、何世代もかけて人類は星への旅を遂行するほかない。当時、このSF的設定は、はじめて読む者へ壮大なロマンを届けたでしょう。そしてそれを聴いた星新一が、「そんなに熱意続くかね。飽きますよ」とか入れた合いの手をショートショートにまとめたのが、「情熱」ではないでしょうか。

で叩きこまれていたのです。

創作としての事業計画書

エッセイ「読書遍歴」（『きまぐれ博物誌』所収）には、父の急死で借金漬けだった星製薬を継いだ頃のこんなエピソードがあります。

「当時、私は創作をいくつか書いた。税金の競売延期の嘆願書や、債権者に待ってもらうための文書である。架空の事業計画をこしらえあげ、相手を信用させるための悠々（ゆうゆう）たる調子を文に含め、それとなく同情を求め、ボロをおおいかくす。なにしろ相手は海千山千の冷静な読者なのだ。／いまは控えも残っていないが、私の最高傑作ではなかったかと思う。全才能を傾け真剣にとりくんだフィクションである。こんな条件にでも追い込まれなかったら、こうまで心血をそそぎこむはずがない」

架空の事業計画書を、私の最高傑作だと冗談めかしてであれいう作家星新一。

しかし考えてみれば、深くうなずける話ではないでしょうか。

めったに感心してくれない他人、笑ってくれない読者……。

感心したところで何ら減るものはないはずの小咄披露とか短編原稿ですら、そうなのです。ましてや、多額のお金、事業資金を一日でも早く一銭でも多く回収したい海千山千の債務者たち。債鬼という表現もあります。税務署の能吏だって、手強さではかわりません。

一〇〇一作めのショートショートを、シェヘラザードに捧ぐとする案も考えていた星新一。毎晩、新しい妃を殺す暴君を、物語と話術で惹きつけ生き延びた「千一夜譚」の姫です（ここに注目した論評が、宮野由梨香の「なぜ一〇〇一話なのか」（「ＳＦマガジン」二〇一二年一月号所収）です）。

星新一も、大企業の社員たちもろとも生死のかかったビジネスの修羅場で、新事業のリアリティひとつを武器にサバイバルを試みた壮絶な体験を経てきたのです、

色川武大は、ギャンブラーだったという若き日、やっつけで書いた埋め草的小説を編集者にほめられ、博打の鉄火場勝負と比べたら、小説なんざ屁みたいなものだと嘯いたといいます。

星新一の場合は、債権者相手の修羅場に比べれば……だったのでしょう。[★6]

貨幣の発生といのちがけの飛躍

「とんでもないやつ」（一九六五、『妄想銀行』所収）という作品があります。

はるか原始の時代。狩りが大嫌いな男グウ。村人総出の狩りにも参加せず、したがって肉や毛皮の分け前にも与れない。貝などでかろうじて命をつなぐ。あの「ものぐさ太郎」を思わせる書き出し。

そこへ遠方から旅人が来る。背負った荷物には、マンモスの肉、クマの毛皮、矢じり等。交易にやってきたのだ。交換できるこの村の産物はないかとグウは尋ねられる。

むろん何も持っていないグウだが突然、閃いた。

何の変哲もない貝殻を削っただけの円盤を旅人に見せていう。

これは何にでも交換してもらえるとてつもない代物だと。

むろんそんな夢みたいなたわごとなど信じない旅人を、グウは舌先三寸でとうとうまるめこんでしまう。

有益な品々をすべて置いてゆき、削った貝殻数枚を持ち帰る旅人。もし誰かに責められたら、この貝殻がどんなものとでも交換してもらえる稀有なすぐれものだと、グウをまねて説き伏せればいいと心に決めたのでしょうか。

すなわち貨幣の発生です。

この時点で、貝殻と現物を交換していいなどという者は、グウの空想のなかにしかいません。親一若社長の架空事業計画とかわらないのです。しかし来訪者が、同じペテンをやろうと乗った。彼に騙される者はいないかもしれないが、いるかもしれない。もしいたら。さらに増えたら。グウから来訪者への伝播は、延々続き広がるかもしれない。

そうなった先の奇蹟の未来で、いま私たちは、ペイペイで決済しビットコインへ投資しているのです。

マルクスが『資本論』で説いた「命がけの飛躍」、それを論じた柄谷行人の『探求Ⅰ』などを想い出した人もいるかもしれません。息子の二代目若社長親一は、グウ同様、バーチャルを実体と信じさせる「命がけの飛躍」、賭けに出て敗れさりました。

もっとも、創業社長だった父星一は、リアルな薬剤を売ろうとした昔気質（むかしかたぎ）の商人です。

しかし、マルクスが論じたごとく、実体あるモノであっても、それを貨幣に替えられるかどうか、生産物が商品と認められるかどうかは、元来誰も保証してなどくれない。一か八か市場に出してみるしかない「命がけの飛躍」なのです。
そんな星一のとんでもない研修が、『人民は弱し 官吏は強し』で語られています。
全国に拡がった星製薬の特約店チェーン。その青年部、つまり跡継ぎ子弟を集めた講習会は次

★6——こうした体験を連想させる星作品が、「いいわけ幸兵衛」（一九六八、『マイ国家』所収）です。

　古典落語「小言幸兵衛」の末裔幸兵衛は、無能なサラリーマン。しかし言い訳だけは天才中の天才。遅刻の言い訳に始まりあらゆる失敗について自己弁明を図る弁舌は、どう考えてもウソ八百と誰もが知りつつも面白さと迫力で聞きほれてしまう。

　ついには、監督官庁からの役人をうまく追い返す役職を与えられ水を得た魚のように。しかしやがて会社はどこかの製薬会社同様、借金だらけに。幹部は幸兵衛に社長を押し付けて逃亡。幸兵衛は、債権者相手に一世一代の……。といったお話です。

　このアイデアは、すでに紹介した時代もの「海草の栽培法」の一部でも展開していました。「いいわけ幸兵衛」と「海草の栽培法」では、経済的はったりとして稀代の創作力がエスカレートしてゆきますが、はったりが詐欺を超えて壮大となってゆく分野は、投資には限りません。

　やはり時代ものの「正雪と弟子」（一九七二、『城のなかの人』ほか所収）では、由比正雪が、浪人の予備校軍学塾張孔堂を開き、塾生たちを必ずよい仕官先が見つかるという空手形でだまし続けます。紀州藩主徳川頼宣と交渉中とぶち上げて期待させ、紀州侯にはまた架空の開発計画を持ちかけて信用させる。塾生は何千人にも膨張し、皆仕官できるのかと突きあげ喰らうと今度は、幕府では蝦夷島一つを藩とする計画があり、諸君はそこの藩士となれると、ほらをさらに膨張させてゆく。その嘘も破綻寸前となるや、正雪は遂に究極の架空事業を打ち明ける。すなわち、討幕の大謀反計画を。「薬草の栽培法」の藩士は、事業計画が膨れあがりバブル崩壊寸前のところで、想定外の事件が起こって九死に一生を得ますが、由比正雪は、もはやこれまでと見切った側近の裏切りで自滅します。彼らのはったりのエスカレーションは、いずれ限界を迎えてバブルは崩壊する。正雪は命を失うのです。文字通りの死ではありませんが、債鬼をだまして場つなぎする架空の事業書を無我夢中で創作した星新一（親一）もまた、一部上場企業を一つ潰してしまったのでした。しかし、私たちは架空の事業で債鬼をだました親一若社長やいいわけ幸兵衛や正雪を、本当に笑えるでしょうか。

のようなすさまじい研修を実践していました。

「青年たちは商品をひとそろい持たされ、トラックで東京のはずれに運ばれて捨てられるのである。どこかの家を訪問し、売って金にしなければ電車にも乗れず、歩くにも途中で食事がとれず、宿舎に帰りつけない。のんびりと育った者も、帰ってきた時には、自信にあふれた表情になっている」

もう、パワハラなんてもんじゃありません。ご年配の方は、戸塚ヨットスクールなどという昭和のニュースを思い出すでしょう。商店二代目のぼんぼんたちを、いきなりセールスの修羅場、土壇場という荒海へ放りだすのですから。

こんな研修を考えついた背景には、星一の若き日の体験がありました。

「無茶な方法だが、星がニューヨークではじめて行商をやった時の体験から出た案だった。レースのハンケチやテーブルクロスを鞄（かばん）に入れて高級住宅地へ行ったのはいいが、気おくれがしてどうしてもベルを押せない。少しぐらいの現金があるからいけないのだと、それで食料品を買い、背水の陣を自分に強制し、はじめて売り込みに成功したのである」

壮絶な体験ですが、考えてみればこれこそが商売の基本中の基本でしょう。星一青年も全国薬屋のぼんぼんたちも、「命がけの飛躍」をいのちがけで我が身に刻みつけたのでした。

そしてこの精神は、「他人とはめったに感心してくれないものだ」という基本中の基本を身にしみさせるため、作品は他人に読んでもらえ、小咄読んだら覚えて誰かに話せ、自分だって昔それで鍛えられたと説く息子へしっかり継承されたのです。

新井素子はなぜデビューできたか

『人民は弱し 官吏は強し』新潮文庫版の解説で、鶴見俊輔は、鶴見の祖父後藤新平とからめて、星一、新一父子を論じています。

米国プラグマティズム哲学の紹介者鶴見は、自由市場ではよきアイデアが勝ち残ると素朴に信じて事業へ邁進した星一の爽やかさに好意を寄せつつ、フロンティア時代のアメリカならともかく、官僚と結びつかねば商才も活かせない後進日本では、成功はおぼつかないと解説しています。しかも、後ろ盾と頼む後藤はすでに政治的敗者だった。

そして、その敗北を踏まえて、息子星新一は、いまだアイデア一本で勝負できる自由市場がある文学の領域、それもサイエンス・フィクションという未踏のフロンティアの開拓者となったと鶴見は論じるのです。

ところが文学の領域もまた、そこまで透明度の高い自由市場ではありませんでした。

そのため星新一は、父星一ほどではないにしろ、やはり熾烈な闘いを強いられたのでした。

このテーマへちょっと意外な事例からアプローチしてみましょう。

新井素子が、一九七七年暮れ、奇想天外SF新人賞佳作でデビューできたのは、選考委員のひとり星新一が強力に新井作品を推したおかげでした。残る二名、小松左京と筒井康隆が根負けし、「長老」星新一の顔を立てるごとく、新井を入選させた事情は、評伝にも詳しいし、現在、『きまぐれ星からの伝言』で読める「第一回　奇想天外SF新人賞選考座談会」でも確認できます。

「ぼくはあんまり感心しなかったけど」、「地の文の中に「……ちゃった」というようなことを書かれると、ぼくはもうやたらに抵抗がある」と、世代間断絶と拒絶反応を正直に漏らす小松左京。「われわれが踏んばらなきゃいけないんじゃないかという気もするんだけど。地の文まで崩したのを許していいのかどうか」。

「これを入選させて、このままの調子であちこちからの作品依頼に応じさせてもいいと、ほんとに思う？」と、侵略に怯える日本語守備隊ごとき懸念を繰り返し、「文章が幼くてかわいらしいのを、星さんは、「文章がいい」と勘違いしているんでしょ。（笑）」と難じる筒井康隆。

筒井は後、最相葉月による取材で往時を回想し、「日常のしゃべり方をそのまま会話にしてしまうでしょう。ぼくにはたんに幼いとしか思えなかった。でも、星さんの眼力は鋭かった。なぜわかったのでしょうか」と不明を認めています。

新井素子の文体そのものは、星新一も以後強調するように真に独創的で亜流は出ませんでした。しかし、読者それぞれが自分だけが語りかけられていると錯覚するような書き方で読者を巻きこんでゆく新井の文体と手法は、この三十年来、巨大な市場を擁するに至り、またSFやミステリーの才能を多く輩出しているライトノベルという巨大ジャンルの一源流とされています。[★7]

デビューするやいなや若い読者を獲得してヒットを飛ばしつづけたばかりか、未来の巨大ジャンルをも準備してしまった新井素子の天才を、星新一だけがなぜ見抜けたのでしょうか。

筒井康隆は、選考座談会でも、最相による取材でも、新井素子作品を「幼い」と感じたと正直に語っていました。

「幼い」……。

このネガティヴな印象は、じつは遠い日、星新一の文章が被っていた非難でもあったのです。最相葉月の評伝には、旧制中学時代、作文教師鎌田正のこんな回想があります。

「星君の作文には日本語として少しおかしいところがあって、軟派というわけではないけれど、どこか子供っぽい。今考えれば、あれはアメリカの影響だったんでしょうな。そういうことをあのときのぼくは考えてもみなかった。見る目がなかったと思います」

鎌田は星少年の作文講評として「子の思想幼稚なり」と朱をいれたそうです。

子供っぽいかどうか、幼稚かどうかで、文章を減点する。十代の生徒の作文ならばそれも必要な指導のうちといえるでしょう。

しかし、新人賞に応募してきた小説作品を、筒井康隆までが、幼いからといって否定しているのはどうか。いや、そんな筒井や小松左京のほうが、大人の玄人の作家の反応としては一般的なのでしょう。

しかし、星新一だけはそうではなかった。

インタビュー「《星新一氏にきく》デビューから現在までその豊かな才能万歳」には、「ただ、ぼくは営業面を考えたというところがありますな。要するに新井素子のは商品として売れる作品

★7――大森望はライトノベル文体の原点をさらに遡って平井和正のジュブナイルSF『超革命的中学生集団』に求めていました（三村美衣との共著『ライトノベル☆めった斬り！』）。星新一はすでに、一九八五年刊の『SFアドベンチャー増刊　新井素子100%』掲載のインタビュー「《星新一氏にきく》デビューから現在までその豊かな才能万歳」で、新井のポピュラリティについて「ぼくよりは平井さんのほうの影響がつよいんじゃないですかね」と話している。ここでも星新一の慧眼には舌を巻くほかありません。

だということがピンと来た」、「ＳＦも売れないことにはしようがないと思うんですよ」。

そして、「大衆性」において強いと評しているのです。「幼いかどうか」ではなくて売れるかどうかで審査する星新一。その視点からすると新井素子の文体は、「本人のサービス精神のあらわれが、ああいう文体になった」のがわかったという。

似た例として挙げられているのが、太宰治と星新一自身です。インタビューの二年まえ、新井素子デビューの三年後にあたる一九八三年度のショートショート・コンテスト選評で、星新一は、「そもそもエンターテインメント（面白さ）がないと困るのだ」、「太宰治の短編だって、谷川俊太郎の詩だって、読者へのサービスがこもっている」と語っています。

サービス精神＝エンターティナーとしての心がまえ。要するに多くの一般読者を面白がらせようという気概。

新井の応募原稿に、小松左京が伝統的な小説文体の破壊を案じ、筒井康隆が「幼さ」を疑ったとき、星新一だけは、おしゃべり文体の背後にたしかにあるこのエンターティナー精神を、しっかりと受けとめていたのでした。★8

作家としてでなく一素人として

星新一は、新井素子発見にかぎらず、推理小説などを評したときもその目利きぶりには定評があったそうです。最相に取材された祥伝社の編集者名倉潔は、そこに「天性の頭の良さと膨大な読書で鍛え抜かれた批評眼の両方」を見ています。

しかしそれだけならば、評論家でも作家でも編集者でも、いくらでも該当者はいるでしょう。彼らにないものが星新一にはあったのです。

先のショートショート・コンテスト一九八三年度の選評には、こんな一行があります。いわく、「私は選者であるが、一般読者の代表だということも、頭のすみにおいている」と。

これです。奇想天外SF新人賞の選者のときも、星新一は何よりも一般読者＝素人の代表として、新井素子を一推ししたのでしょう。

これに対して、小松左京は、筒井康隆はそのとき、いかなる読者を代表していたのでしょうか。SF通の読者か？　それとも純文学の読者か？

新井素子の才能のとてつもなさを見抜けたのも、推理小説の目利きとして編集者に信頼厚かったのも、星新一がつねに一般読者、一素人の眼で対価に見合ったサービスを、娯楽を求めて小説に向かったからではなかったでしょうか。

いわば、星新一は、作家（含む志望者）たちに対して、同業者目線、専門家目線としてではなく、未知の一般読者目線、すなわち「他者」のまなざし、「外部」の目で真向かったのでした。

ハワイのバスガイドを讃えたあのエッセイ「話芸」の結びで星新一はこんな発見を語ります。「日本語によるこの観光バス（パック・ツアー：引用者）には、高級官僚、大会社の重役、学者、評論家などが乗り込んでいない。理屈無用で、楽しさだけを求める者がお客である」と。

★8——新井素子の文体が「売れる」と見ぬけたのは、星新一が二人の娘の父親だったことも大きいかもしれません。小松、筒井に娘はなく、当時の少女の日常的感性に触れる機会は星新一より乏しかったでしょうから。

「この観光案内の話術も、古典落語の完成も、その共通点としてもうひとつ、尊大なやつやひねくれたインテリの関係していない点があげられそうだ。江戸時代の寄席に、儒者だの上級武士だのが深刻な顔をしてかよっていたという話など、聞いたことがない」

「大衆娯楽の形成には、これが必要条件のようなのだ」

話はここまで拡がってゆきます。

では、ガイドの話芸に感心している星新一自身はどうなのでしょう。

「こんな随筆を書くこと自体、評論になってしまって感心しないが、それは帰国してからの感想である」

「妻子とともにバスに乗っているあいだ中、私は自分が作家であることを忘れさせられていた」

作家であることを忘れるべき時に忘れることができる。それが星新一でした。

「話芸」初出は、「婦人公論」の一九七二年二月号。ハワイ旅行はその前年と思われます。新井素子の新人賞の六年まえです。

新井の作品を読むときも、星新一は、大衆文化の形成に責あるひとりとして、「自分が作家であることを忘れ」、「理屈無用で、楽しさだけを求める者」たらんと努めていたのかもしれません。テレビ普及以前、娯楽の少なかった戦前から昭和二十年代にかけて、学生、大学院生、若社長だった親一青年は、何種類もの新聞をとり、朝刊夕刊に二本ずつ連載されていた小説に夢中だった。全盛期の獅子文六が、石坂洋次郎が健筆をふるい、まさに一般読者のひとりでしかなかった親一青年の心をつかみ熱狂させていた。

いつしか自ら作家となり、新人賞選考委員となっても、新聞小説読者の自分が星新一のなかには健在だった。そして、推理小説を、新井素子の応募原稿を読んでいたのです。★9

★9――そんな、素人読者になりきった星新一が、素直に面白いと感嘆し、のちにその系統が巨大なジャンルをなした例は、新井素子だけではありません。

例えば、『きまぐれ読書メモ』には、高千穂遙の『異世界の勇士』がレビューされています（一九七九年九月）。ベタなタイトルですが、内容もそのまんま。いわゆる異世界冒険ファンタジー。最近の言いようでは「なろう系」の原点といえるかもしれません。我が国におけるこの分野の一嚆矢といえます。それをいち早く読み、「少年倶楽部」のわくわくどきどき感を継承する面白さと受け止め、当時訳されたフィリップ・K・ディックの『死の迷宮』より出来がいいと絶賛した星新一。

小林信彦は、何の前提もなく面白さのみを求めて小説に向かう子供を夢中にさせるのがもっとも腕が要ると『小説世界のロビンソン』で力説しています。高千穂遙の異世界ファンタジーをまえに、星新一は一般読者の中の一般読者、小説書きにとって一番怖い読者である「一少年」に還っていたのでしょう。そして、「SFマニア」のフレームを外せず、高尚を好む「おたく」青年たちを、君たち、本当にディックのほうが面白い?と挑発してみせたのでした。もう一つ挙げるならば、矢野徹が一九七〇年に発表しながらほとんど評価されず、アニメ化されて角川文庫版が売れるまで十五年かかった『カムイの剣』を、刊行直後、絶賛したのも星新一でした。文庫版解説も引き受けています。模倣も追随も長く出なかったこの作品、エンタメ史においては、船戸与一の『蝦夷地別件』や逢坂剛の『重蔵始末』、そしてもちろん野田サトルの『ゴールデンカムイ』の遥かな先行作品といえるでしょう。

星新一が、まるで子供のような一般読者として作品を読んだのは、SFにおいても同じでした。

黎明期、「SFマガジン」とハヤカワSFシリーズを仕切った福島正実編集長と、理論的サポートを担った評論家石川喬司は、子供向き読み物と蔑視されがちだったSFを知的エンターテインメントとして根付かせるため、文明批評的だったり、高尚な文学性が感じられたりするSFを第一に推しました。その反動で、娯楽に徹したスペース・オペラには冷淡だった。そんな時代、野田昌宏が訳したスペースオペラの名作、キャプテン・フューチャー・シリーズの一冊『太陽系七つの秘宝』（E・ハミルトン）がお蔵入りをへてようやく刊行されたとき、星新一は、理屈抜きで面白いと大絶賛したのです。その後、十年が経つと、「スター・ウォーズ」ブームが来たこともあって、スペース・オペラもキャプテン・フューチャーも絶大な人気を誇るジャンルとして定着してゆきます。

「文学性」という規制を撤廃せよ

しかし、です。

星新一が、一般読者の目線にたって発見した新井素子以下は皆、要するにエンタメばかりではないか。小説は、ＳＦは、それだけで、売れるというだけでよいのだろうか。

そういう疑問が生じてこないでしょうか。

例えば、いわゆる「文学性」の問題です。

ここであのショートショート・コンテストの選評をもう一度、検討してみましょう。

一九八四年度の選評にあった、選者だが一般読者でもあるという一文はこう続くのです。すなわち、「だから「この文学性が理解できぬのか」と言われても「わからぬでもないが、多くの読者には通じないだろう」と答えるしかない」と。

翌、一九八五年度の選評にはこうあります。

「知人はわかってくれない。選者ならという考えもあろうが、ここでは文学を求めているのではない。一般性のないものは、私もいい点をつけない」

選者なら専門家だから同業者目線でみてくれるだろうという甘えを、星新一はやはり厳しく排しています。

選者だからこそ星新一は、専門家でない一般読者、すなわち「知人」に代表される「めったに感心してくれない他人」になりきって、応募作品に臨んでいるのです。

この厳しさは、自ら実践してきた作家だからこそでしょう。

一九八六年度の選評では、最初の数行で読者を惹きつける手法を見習えとし、読者にとって作者は海のものとも山のものともわからない存在ゆえ、そも読む義理など何もないのだと訴えています。

その名がもはやブランド化した星新一ならば、読んでもらえるかもしれない。

しかし、「いくらか名の知られた私だって、最初はそうだったし、いまだって、その初心は忘れていない。だから、外国語に訳された作品数では、日本最多である」と。

いつだって、「めったに感心してくれぬ」初見の他人を相手に勝負してきた星新一。結果、外国人という文字通りの「外部」、星新一など聞いたこともない他者のなかの他者にもっとも読まれた日本人作家となった星新一ならではのこの自負。

そこまで「他者」「外部」へ届くように心がけてきた星新一にとって、選者なら専門家だから文学性に気づいてくれて、内容のおもしろさの欠如を大目にみてもらえるかもといった甘えは許しがたいものだった。

太宰治だって谷川俊太郎だってサービス精神がこもりエンターテインメントがあるとした例の文章は、「文学まがい、散文詩まがいも好ましくない。まがいでなければ、もちろん認める。手におえなくなって、まがいに逃げてはいけない」とした一文に続くものなのです。

面白くはなくとも、文学性がある。ないというのは、おまえには文学性が理解できないからだといった「文学性」ふりかざしは、ダメな作品を自己正当化する高慢な弁明でしかない。

面白さだってそれなりに相対的ではありますが、文学性のようには、問答無用の権威を背負ってはいない。

　ありがたがれとは強制できても、面白がれには無理があるのです。

　一九八六年度の選評で、「話の不鮮明な、文学ぶりっ子もいけません」と例によってたしなめた星新一は、「同人誌には、よくあるのだ。金を出してなら勝手だが、ここは商業誌なのです」と続けています。

　そして、「面白いものがかければ、ご本人はむろんのこと、読者だって喜ぶのだ。物語の原点は、それですよ」と、基本の基本をまたも念をおすように確認しているのです。

　これは本章のはじめあたりで引用した一九九二年の「あとがき」で（『ショートショートの広場4』）、「読者を楽しませる」「他人を面白がらせる楽しさ」の強調として、また繰り返されます。

　これこそは「なまじの苦労をけしてしまう」、いのちがけの飛躍が成功した歓喜でしょう。

　星新一は終生、ここにこそそのモティベーションの原点を定めていた。

「文学性」へ逃げる甘さへの戒めは、総評が付された最後の講評である一九九五年まで続きます。

　意識を失うまでもう半年も残っていない時期。結びにある次の三行は、もはやこれは遺言というべきでしょう。

「最近の応募作は、キリっとしたのが少ない。描写や文章に重点がいっている。文学的という思考にとらわれては、その線を超えられない。

　お考え下さい」……。

　ところで、先の一九八六年度の評においては、「同人誌」が否定的に言及されていました。

じつはその前年、あの新井素子を語るインタビュー、「《星新一氏にきく》デビューから現在までその豊かな才能万歳」でも星新一は珍しく、同人誌に言及しています。

すでに何回も引用した、新井素子が友達という「他者」へ作品を回覧させていたことを讃えた後、星新一はこう続けます。

「ですから、同人誌ではいかんのですね。同人誌の仲間だと何かワンクッション置いた、屈折した反応しか返ってこないから、同人誌から作家になるなんていうのは容易じゃないですよ。ＳＦにかぎらず、すべて同人誌というのはよくないものがありますな。ぼくも、昔「宇宙塵」以外の同人誌にも関係したことがあったけど、あれはよくないなあ。

同人誌にいると何か変に気取るとか格好をつけるとかそんなことになっちゃって、ストレートにおもしろがらせようというサービス精神が発揮できないんじゃないですかな、よほどの才能でないかぎり」と。

どうしても馴れ合いが生じ、互いを正当化する「文学性」といった免罪符が幾つも共有されがちな同業者依存共同体＝「同人誌」。一般読者よりも、仲間、同類、ライバルの評判を最優先するようになり、彼ら相手の気取りとかっこつけのコンクールとなる「同人誌」。

あいまいな「文学性」があいまいなまま、同類共同体の空気を代弁する判断基準となり、なじまぬ者を排除する原理ともなってゆく。

そこでは同類の文学青年ばかりが溜まって甘えあうので、「他者」が存在せず、「外部」からは遮蔽されてしまい、「命がけの飛躍」など生じる余地もありません。そうした惨状は、筒井康隆の『大いなる助走』に活写されています。考えてみれば、新聞小説で育った星新一は、日本で最も、文学青年だったことがない作家でした。

しかし、SF界というところもまた、大きな同人誌のごとき一面を否定できない。

黎明期、それぞれが一家をなすつわものばかりが集った初期「宇宙塵」ならば別ですが。

実際、SF界でも、「文学性」にあたるマジックワードがけっこう飛び交っていました。星新一がニューウェーヴを、「もともと、売れない人のやっかみ」（新井素子『今はもういないあたしへ…』解説、『きまぐれフレンドシップ PART2』所収）と斬ってすてたのも、ディックに点が辛かったのも、それがSF版の「文学性」ふりかざしだと解したからだと考えられます。[★10]

文学賞の正体

SF界だって同人誌めいたところが否定できない。

ましてや、いわゆる文壇となれば、巨大な同人誌そのものほかならないでしょう。

星新一は生涯、文学賞にめぐまれませんでした。

一九六六年、『妄想銀行』で、日本推理作家協会賞を得たくらいです。

最相葉月は評伝で、一〇〇一篇達成後、「なんでぼくには直木賞くれなかったんだろうなあ」と銀座のバーで愚痴る姿を当時近しかった作家たちから取材しています。

最相はここに報われなかった星新一の本音を読もうとしているようです。

この解釈からは、一九七〇年代、ある芥川賞作家からどうしたら星さんみたいに売れるのですかと問われ、本を売るか賞をとるかどちらかにしてくださいと言い返したとか、筒井康隆に、原稿料の話ばかりして、大作家ともあろうものが、あまりお金の話ばかりしてはいけませんとたしなめられ、「大作家だからこそ、平気で金の話ができるんです」と返したとか、江坂遊らに「文学的評価よりも売り上げを選ぶ」とかいった発言は皆、裏返された文学賞への渇望、恨みつらみだとされかねません。

むろん、星新一だって生身です。妬みだって屈折だって当然、あったでしょう

しかし、若き日の「その内、流行作家になったら」発言にこめたあの諷刺のごとく、これらからも文学賞なる不思議な制度へ向けた痛烈な批評を読み取ることもまた必要なのではないか。自身、奇想天外ＳＦ新人賞の選者となった星新一は、新井素子の稀なる新しさ、面白さを見抜けず、「幼さ」などのほうを気にして減点してしまう他の選者を知っている。小松、筒井という大才すらそうなってしまったのを。

★10——同じ『今はもういないあたしへ…』解説で星新一は、サイバーパンクもまた、「わけもなく歩きまわっている」ニューウェーヴ同様の「あだ花」だとくさしています。初期「宇宙塵」以来の知人で、星新一訳『海竜めざめる』の下訳を引き受け、「ボッコちゃん」の英訳者でもあった斎藤伯好には、「サイバーパンクが出てからＳＦはつまらなくなった」と話していたようです（「宇宙塵」星新一追悼号より）。

ここにも星新一は、「文学性」同様のこけおどし、売れない人＝誰もが無条件で面白がる作品を書けない人が、自己正当化するための文飾迷彩（カモフラージュ）、厚化粧を感じたのかもしれません。これがサンバーパンク評として当たっていたかどうかは、「攻殻機動隊」など、この系譜上にあるとされる作品が、二十年後の今、一般読者をも惹きつけているのを考えれば何ともわからない。しかし、あの『声の網』が、コンピューター・ネットワークに覆われた二一世紀の我々を、どんなサイバーパンク作品よりも予見出来ていることだけは誰も否定できないのではないでしょうか。

SFはまだましなほうでしょう。しかしそれこそ同人誌の仲間内ででもなければ共通了解が得られそうもない「文学性」といった基準で、決定されている賞がどれだけあることか。

最相葉月の評伝は、星新一が、どんな新人の編集者が担当しても、締切にはきちんと原稿が渡される「楽な作家」であったとしています。それはすなわち、編集者と酒酌み交わし作品の構想を共に練ってゆくがごとき関係から、もっとも遠い作家だったというわけでしょう。

そうした人間関係から、いつしか共有される空気がそこにできあがり、馴れ合いが生じて、遂には「文学性」であれ「サイバーパンク」であれ、「外部の他者」にはさっぱりわからぬ種々の符牒が行き交うようになってゆく空間から、星新一は最も遠いところで執筆していた。

文学賞と無縁だったのも、この立ち位置と無関係ではなかったはずです。

「人間関係でつながる社会は不健全だ。技術でつながる社会にしたい。プロかアマかというだけで勝負の決まる世界に」

これは、デビュー当時の星新一に毎月、ショートショートを依頼したただ二つの媒体のひとつ（もうひとつは「宝石」）「ヒッチコック・マガジン」の編集長だった小林信彦が一九六六年、五月三日、日記に記した一文です（『1960年代日記』）。

まさに星新一こそは、こういうありかたをつらぬいた作家でした。考えてみれば、小林信彦もまた、その実力、キャリアを知られながら、大きな賞に恵まれなかった非文壇的作家なのです。

そういえば――、

エッセイ「おやじ」の冒頭で星新一は、自身が作家などになったことで、亡父の期待を裏切っているのではないかという忸怩たる思いを語っています。

番頭さんを従えた家元に

父星一は、その長男新一（親一）が幼い頃から、「親方にならなくてはいかん」と、何度となく説いていたそうです。

「親方とは変な言葉だ。子供の時にはわけがわからなかった。だが、今では理解できる。危険や損害を恐れるな、責任をのがれようとするな、自己の判断で行動する立場に立て。このような意味を伝えたかったにちがいない。bossに対する適切な日本語訳があればよかったのだろうが……」

こう自分の解釈を語ったうえで星新一は、「作家もbossの一種であると勝手にきめ、なんとか筆を進めることにする」と、エッセイ「おやじ」をつづける。

ここで解釈された、親方＝bossとは起業、開発、投資と、絶えまなきいのちがけの飛躍を生きるベンチャー創業者、「歴史において、きわめて革命的な役割を演じた」（大内兵衛・向坂逸郎訳『共産党宣言』より）とマルクスが讃えた欧米の初期ブルジョワジーの雄姿そのものでしょう。

そのひとりだった星一の長男、星新一は、作家という個人営業主であれ、同じ精神（エートス）を生きようとしたのです。

人間関係に庇護されるのを潔しとせず、己が技術、才覚のみを恃んで進まんとするインデペンデントな自営業者。bossとはいってもそのイメージは、いわゆる「文壇ボス」などといわれる類の対極だったといえましょう。

ただし、総師として大企業を率い、多くの有権者に仰がれた衆議院議員でもあった父を知る星新一に、人々の上に立ちたい願望がなかったとは言い切れません。

それは、例えばこんな現れ方をしたのではなかったでしょうか。

講談社で毎年催された「星新一ショートショートコンテスト」が終了し、「小説現代」での毎月募集へと切り替わったとき、星新一は、今後はいわば俳句や短歌の投稿に似たものとなるとして、選考の基本指針、ルールを宣言したうえで、こんな一言をつけくわえているのです。

——いわく、

「「私が家元の星新一である。そうだね、番頭さん」とまでは書かないが、そんなムードも少しは持たせたい」（『ショートショートの広場 2』文庫版）。

フッと湧いた軽口ではあるでしょうが、この表現は愉快です。

新聞や雑誌の短歌俳句欄のような投稿者に対する選者ですから、「家元」という表現はわかります。しかし、短歌や俳句の結社主宰者やお茶や生け花、踊り等、諸芸の家元の下に、師範代とかならともかく「番頭さん」がいるものでしょうか。

思わずこぼれたこの「番頭さん」という表現には、星新一がなりたかったbossが、家元や師匠であるよりも、古典落語でおなじみな商家の大旦那だったという未練がかすかに窺えはしないか。

やはり新一は、星一という商人の息子だったのです。★11

まあ、家元でも旦那でもかまいません。

ここで大事なのは、文壇ボスの類と違って、こうしたbossは、番頭や手代や丁稚をしつけ、叱る場合も、彼らの手に職（技術）をつけてゆくという目的を忘れてはいなかっただろうところです。

それぞれの個性や才能を見出し、「理解と同情」を惜しまず伸ばしゆく方向で技術指導する。可能ならば、かの新井素子のようにめでたく「のれん分け」してゆくその日まで……。

晩年の星新一は、そんな家元だか大旦那だかの重責を、意識不明になるその直前まで、果たし続けたのでした。[★12]

文壇世間へのプロテスト

さて——、

★11——大作家だからこそ原稿料の話ばかりするのだとか、文学的評価よりも売れ行きを選ぶとかの発言も、こうした文脈で見直してみたら、むしろ一種の「自負」だったと捉えられるでしょう。星新一が「サービス精神」があると認めた谷川俊太郎は、七十代の作品「自己紹介」の末尾を「私の書く言葉には値段がつくことがあります」と結んでいました。この詩人は、商家の出ではありませんが、星新一と近い市民（ブルジョワジー）的健全さを大切にした人なのかもしれません。

★12——同じく文学賞に恵まれなかった非文壇的作家、「技術でつながる社会」を夢見た小林信彦もまた、日本橋で徳川時代から九代続いた商家（和菓子屋）の跡取りです。しかし、商人としての作家という意識が、星新一のようには強烈ではなく、また家元的な仕事をする人でもなかったのは、ベンチャー企業ではなく、老舗商店の跡継ぎだったこと、店が傾いたのが父親の代だったことなどの違いかもしれません。

ここまで考察したならば、本章の冒頭で提示したあの謎、最晩年の星新一が、方々の出版社のパーティにまめに出席し、ぽつんと立ちつくしていたのはなぜかに対して、最相葉月とはまた別の答えが出せるのではないでしょうか。

章のはじめにも登場願った私の知る編集者が、星新一の本をずっと以前に一冊だしただけで、以後はどちらかといえば冷遇している彼の社のパーティに毎度現れるこの大家の話をするとき、ぽろりと口からこぼれた一言がわすれられません。

「あの人は、要するに新潮社の人だからねぇ……」

作家と出版社、あるいは編集者にも、系列的な関係が出来ている。星新一の場合、主要な作品集をまとめ、文庫に入れてきた新潮社とのつながりが最も強いのは誰もが認めるでしょう。となれば、編集者との人間関係も新潮社中心となるはずであり、したがって他の版元のパーティにいっても相手にしてくれる編集者が少ないのはいたしかたない。

「編集者たちは流行作家に集まる。新一のもとへは旧知の作家や編集者がひとこと二言、挨拶(あいさつ)しにやってくる程度だった。作家のほうも、さみしい思いをするぐらいなら出席しないほうがいいと考え、こうした場所にはだんだん顔を出さなくなるものだが、新一はそうではなかった」(最相『星新一』)。

なぜでしょうか。

デビュー以来いつだって、海のものとも山のものともわからない新人の姿勢を忘れず、ただただ「他者」「外部」＝普通の読者へ向けて、ショートショートという「商品」をこしらえては売ってきた星新一。

出版社であれ編集者であれ、小林信彦の言う、「人間関係でつながらず、技術でつながって」きた星新一。

そんな星新一にとって、新潮社も他の版元も何らかかわるものではなく、パーティの案内をよこす以上は皆、対等。同じように出席し、手土産をもらって帰路に就くだけのことだったのです。

縁うすい版元のパーティへ出席しても「さみしい思い」をするだけだという思いは、「人間関係」で版元とつながっている凡百の作家と、彼らの相手をするのを疑わなかった凡百の編集者ならではなのでした。

そうした巨大な同人誌のごとき空間を生き続ける我が国文壇の人々に対して、系列など聞いたこともないとばかりに、いずこのパーティにも飄然と現れ、相手をする編集者の有無などどこ吹く風と、しばし滞空して去ってゆく星新一の端正な長身は、それだけで鮮烈にして颯爽たる社会批評だったとはいえないでしょうか。

系列も作家世間もなんのその、独立独歩、堂々と自由自立した作家がここにいますという……。

なんでここに、新潮社のセンセイが……⁉

出版人や作家たちが、いぶかしげに眺め困惑する姿を、星新一はにやにや苦笑しながら眺め返していたのかもしれません。

賞に拘わる発言を晩年まで繰り返した星新一に注目する最相葉月は、「一〇〇一編の業績がたんなるギネスブック的な記録ではなく、文学的評価を得ていたならば、これまでの苦行の日々も報われたろう。賞讃の証ひとつで、人は人生を肯定的に総括できるはずである」と記します。

賞賛の証を、承認を必要としていたというのはわからないではない。しかし、それは「文学的評価」といった賞賛だったのでしょうか。

「文学的」というのは、星新一にとってはたして賞してもらいたい評言だったのかどうか。

ショートショートの選評で、この一語を決して肯定的には使わなかった星新一。

なぜって、一九六〇年代中葉、すでに「SFの短編の書き方」で「めったに感心してくれぬ存在」をこそ読者だと思いさだめ、債鬼をだます架空の事業計画書をわが最高傑作と戯称してみせた作家は、文学的評価などという仲間ぼめよりも、はるかに得難いものがこの世にあると知りつくした東証一部上場企業元社長なのですから。

では、最晩年の星新一へ真に捧げられるべきだったのは、いかなる評価であり賞賛だったのか。

次章とエピローグでは、それを考察してみましょう。

補論① 維新革命について

――『明治の人物誌』「はんぱもの維新」「反政府省」ほか

実務家たちが歴史を造る

星新一には、既に詳論した「城のなかの人」の他に、もうひとつ歴史小説と呼べる作品があります。「はんぱもの維新」（一九七三年、『城のなかの人』所収）です。タイトル通り、戦国末期と並んで大河ドラマ等でも人気の幕末維新を描いた一篇。異色なことに、主人公は小栗上野介忠順（おぐりこうずけのすけ）。

小栗は、開明的幕臣。旗本名門の世継ぎに生まれ、剛直で才に優れ、漢学武芸にいそしみ蘭学や英学も学ぶ。二十代終わりにペリーが来航し、その才が必要となる時代がやって来る。

実際、安政六年、幕府の渡米使節に随行、最大の海外通として勝海舟や福沢諭吉とともに西洋文明をいち早く見聞し、黒船来航の意味、鎖国維持や攘夷の不可能性、開国と貿易の必要、文明開化の未来図などを、瞬時に悟ってしまう。

しかし、当時の日本でそれが理解できる者はほぼ皆無。いるのははんぱものばかり。

はんぱものとは、まず既得権固守しか考えず、問題を先送りしてばかりの幕臣など、ことなかれ主義者たち。

あるいは、佐幕討幕、尊王攘夷と、行動やイデオロギーに酔って暴走する薩長水戸ほかの志士たちです。司馬遼太郎は、『世に棲む日日』で、革命家を、吉田松陰のような思想家、高杉晋作、坂本龍馬のような行動家、伊藤博文のような新体制樹立の権力者の三タイプに分類しました。

最後の権力者は実務家といってよい。

黒船来航の危機に際し、すぐれた実務家が対処できたなら、革命など必要なかった。

小栗はそうした実務家で、欧米への留学生派遣、為替相場の是正、諸儀式簡略化、洋式軍隊育成など改革にてきぱきと手を付けます。彼からすれば、思想家も行動家も、不要なはんぱものでしかないでしょう。ところが、はんぱものたちの暴発で、小栗の上司井伊直弼は暗殺され、改革は頓挫してしまう。

「はんぱもの維新」は、行動家龍馬や高杉をヒーローにして幕末維新を描いた司馬遼太郎の対極というべき、実務家から観た幕末を描くのです。小栗のはんぱものへの侮蔑と憤慨を描写するには、『声の網』で「反抗者たち」を揶揄的にしか扱わなかった星新一の筆がなるほどそぐいます。維新の志士たちすらはんぱものと切り捨てた星新一の視点からは、戦後のファナチズムの徒などはんぱものにすら該当しなかったでしょう。

日経新聞というクール

星新一は、『盗賊会社』収録の諸作が、日曜版に連載された縁もあって、ずっと日本経済新聞を購読していました。

「料金は高いが、クールでいい。おかげで、ベトナム戦争だの、中国の文化大革命にも、冷静でいられた」。「新聞の勧誘員が来ると、私は、「日経にまさる点を五つあげてみてくれ」と言う。すると、妙な表情になって帰ってゆく。義理堅さでもあるが、企業の動きに興味があるのだ」(『盗賊会社』新潮文庫版「あとがき」)。

これは、一九八五年に書かれた回想です。

「盗賊会社」等が連載されていた一九六七年から六八年といえば、ソ連とチャイナが支援する北ベトナムとアメリカが軍事支援する南ベトナムが内戦を激化させ、アメリカではベトナム反戦のスチューデント・パワー、日本では全共闘運動が興隆期をむかえ、チャイナでは紅衛兵が文化大革命を推進していました。

これらに対して、朝日新聞ほか日本のインテリ系メディアは、おおむね北ベトナムとベトコンを支持し、内外の学生運動や文化大革命にもかなり好意的だったのです。

しかしどこまでも実務家の見地から、企業の動きを報じてきた日経新聞は、それらがはんぱものの所業でしかないとクールに見切っていたのでしょう。

星新一は、そこに共鳴したのでした。

それでは星新一は、反政府運動や社会革命の類はすべて、青臭いはんぱもののはた迷惑な暴走として嘲笑排斥する立場だったのでしょうか。

ところがそうとも限らないのです。

『明治の人物誌』（一九七八）という作品があります。

野口英世、新渡戸稲造などお札の顔クラスから、知られざる岩下清周（北浜銀行総裁で、後のトヨタ、森永製菓、阪急、大林組などを興したベンチャー・キャピタリスト）、後藤猛太郎（後藤象二郎の道楽息子で、六本木の伝説的レストラン、キャンティ創業者の父）まで、星一と関わり合った明治の実務人十人を取り上げた列伝です。

誰の章も面白いのですが、ここで引きたいのは伊藤博文です。

司馬遼太郎が、生き残って栄達してゆく革命家だと否定的に扱い、星新一も「こいつは薩長閥の元締めで、権力主義者で、大陸侵攻へと国の方針を押し進めたやつにちがいない。尊大な顔をしている。（調べるのは…引用者）気が進まないな」と考えていた不人気者。

伊藤博文のおもしろさ

しかし、調べてゆくうちに先入観を改めた星新一は、じつに魅力的で闊達な伊藤博文伝を仕上げています。

そこで星新一は、自由民権運動についてこう記している。

「自由民権。なんという魅力的なスローガン。もっとも、その参加者のなかには、国会のなんたるかも知らない、さわぎの好きな連中も多かったらしいが」

はんぱものだけではなかったというのでしょう。

興味深いのは、権力者のなかの権力者伊藤博文が、じつは自由民権にけっこう理解があり、大阪の全国大会へ話し合いにゆこうとさえしているエピソードです。

最も洗練された権力者は、反抗者たちを上から弾圧（北風）するのではなく、理解して善用を図って（太陽）みせる。

星作品にも、「適当な方法」「取立て」など、そうしたナッジ理論応用のごとき、反逆者（はんぱもの）丸めこみを描いたものがあります。さらに「反政府省」、「クーデター」（いずれも初出は一九六九、『だれかさんの悪夢』所収）では、民主的国家らしさをアピールするため、政府が反体制運動をヤラセで整える物語や、反抗者をみつけだしては、国家のトップを務めさせる体制も、描いていたのです。

ところが、伊藤博文という人は、こうした逆張り的な奇想をも先取りしていた。

自由民権にも理解を示し、憲法制定と議会開設を自ら実現したのみならず、自由民権運動が、ただ騒ぎたいだけのはんぱものから脱却して、藩閥や有司専制と対峙できるオルタナティブとしての実を具えてきたとみるや、なんと自らが、民党である立憲政友会の初代総裁に就任してしまうのですから。

星新一はこれを「彼の政治活動のなかで、最もみごとな部分である」と讃えるのでした。

『人物誌』のみならず、『明治・父・アメリカ』、『夜明けあと』などを星新一にインスパイアした明治という時代のこれが奥深さなのです。

補論② 新自由主義（ネオリベラリズム）について

――「天使考」「学問の自由化」「年賀の客」ほか

天使を分割民営化

経済の視点を忘れないがゆえのクール。

甘い理想を掲げ、熱狂するものたちへの警戒。

「日本経済新聞」を信頼する星新一。

ここで疑問を感じる向きもありそうです。

経済的実利をかざして、甘えた理想を叩く方向の先には、経済至上主義、あらゆる理想を軽蔑する金権万能の姿勢が待ってはいないか。

昭和の終わり以降、日本は、規制撤廃とか自己決定・自己責任とか新自由主義（ネオ・リベ）とかを肯定的に吹聴する風潮の下、市場社会万能へ向かう改革を進めました。

その結果、共同体的企業は解体荒廃し、格差の拡大とあらたな貧困が深刻化してゆきます。「日本経済新聞」を愛読する星新一の姿勢は、それらを促進したいわゆるネオ・リベとどこが違うのか。

たしかにこれは、しっかり検討しておかねばならない疑問と思われます。

考えてみれば、そもそもこれらは、「日本経済新聞」を購読するようになるずっと以前から、星新一の裡にしっかり根をはっていた思考方法でした。

最初期の作品「天使考」（一九六〇、『人造美人』所収。文庫版『ようこそ地球さん』所収）。独占事業ゆえに、従業員である天使たちの態度が尊大となり、辿りついた魂たちへのサービスが低下するばかりの天国。

これを憂いた神様は、天使たちをガブリエル社とミカエル社の二つに分割民営化してサービスを競わせる。多くの魂を勧誘できたほうが勝者なのです。

たちまち血眼となってサービス改善に取り組み始め

る天使たち。繰り出されるあの手この手の落語的なおもしろさには、抱腹絶倒させられます。[*1]

あるいは――、

一九六八年から七〇年にかけて書かれたエッセイを集めた『きまぐれ博物誌』に収められた「学問の自由化」という一篇。

大学を株式会社化し、完全な営利団体としてしまえという極論が展開されています。

そうなった大学が儲けるためには、学生を集め高い月謝を取りたければ、優秀な教授を揃え、月謝に見合うだけの知識を授ける講義を行う必要がある。

金のない学生は、利息付きの金をローンで借りて、それを返済できる高給を払う企業が必要とするだけの学問を身につければよい。無利息の奨学金など人を怠惰にすると星新一は説くのです。

同じ趣旨のエッセイが、一九八二年にも書かれています。『きまぐれエトセトラ』所収の「教育への私案」です。

「学問の自由化」から十余年を経て、大学ローンは現実となっていました。中曾根政権の下、国鉄などの民営化も着手されはじめていた。

星新一はそこで、小学校まで民営化し、選択の自由を拡大せよと訴えています。

これも平成後半には、学区制の廃止として実現してゆきました。

ここにも、市場での自由競争への信頼がうかがえます。[*2]

しかし、です。

金は貯めるものではなく使うものだ

星新一の場合、市場経済、自由競争の肯定は、決してそれ自体を目的とするものではありませんでした。また、「成長」とか「国際競争力」といった抽象的お題目が至上とされ掲げられることもなかった。市場礼賛は、つねに具体的な効用とともに提案されていたのです。

「天使考」では、それはサービス向上です。

「学問の自由化」では、大学をめぐる諸問題の一挙解決であり、「教育への私案」では、学校等の選択肢拡大でした。

いずれも、社会からの欲求を充たすための最善策として、市場化が提案されているのです。

そのかぎりにおいてならば、星新一はたしかに、自由市場と競争を、金銭と経済からなる世の中を讃えていました。

あの「マネー・エイジ」が、金銭万能のディストピアを描いた諷刺作品でありながら、暴力や虚礼をなくした、きわめて合理的な人間交際がきらきらと躍動するユートピア小説とも読めるのも、そのせいでしょう。

「年賀の客」(一九六〇、『人造美人』所収。『ボッコちゃん』自選)という「マネー・エイジ」の前年に書かれた最初期作品があります。

金だけを信じて事業に打ちこんで富を築き、儲からないことは罪悪と考え、他人に情けなど一切かけないので有名な実業家が主人公。

ところがあるとき気が変わったかのようにひとりの青年へ出資し、潰れかけた彼の店を立て直させる。

なぜ私に援助をといぶかしがる青年へ老実業家は昔語りを始めます。

三十年前、おちぶれた旧友に借金を頼まれ、むげに断った。友人はその後生まれ変わりを信じると語り、まもなく死んだ。

それを一笑に付した老人が、一年前、青年の訪問をうけた日に気が変わったというのです。

青年は、その男が私に似ていたとでもと老人へ問います。

しかし、その友人は意外なところに生まれ変わっており、たまたま青年が訪れた日の朝、転生の証拠を見せたのでした。

この物語は、守銭奴スクルージが、旧友の幽霊に出会い改心するディケンズの『クリスマス・キャロル』とちょっと似ています。

しかし、老守銭奴の改心内容がじつは全く違う。

改心した守銭奴は、愛と感謝をこめて無償のプレゼントをするが、「年賀の客」の老人は、青年の店へ出資した。あくまでも投資行為なのです。

ここにあるのは金よりも心だとする説教ではありません。

といって、金がすべてだから、金をひたすら貯えよというご託宣でもありません。

金とは使うものだ。貯めこむものではない。投資してこそ金。それも「命がけの飛躍」であるベンチャー・キャピタルこそが投資の醍醐味だ。

そういう訴えかけなのです。

エッセイ「おやじ」（『きまぐれ星のメモ』所収）には、少年時代、父星一が「日本では金を貯めることばかり教え、金を使う方法はどこでも教えない」と来客に話しているのを聞き、「そのような見方もできるな」と感心したとあります。

幼い頃から星新一は、金とは貯めこむものではなく投資するものだ、くだいていうならば、金は目的ではなくあくまで手段、すなわち役立たせるものだと刷りこまれていたのでした。

ここには、アメリカ仕込みの星一の革新的ブルジョワジーならではの明朗さがあるとともに、一九世紀アメリカとも明治期ともかけはなれた現代日本で、どこかボタンをかけちがえた思想となりかねない危惧も感じられるのです。

最後の一葉を描きあげて

星新一の人生観をうかがわせるこんな寓話がありました。

異色ファンタジー『ブランコのむこうで』の「8道」では、他人の夢から夢へ渡ってゆく主人公が、どこまでも続く一本道のかたわらで、石に細工している老人を見つけます。その人の夢のなかへ入ったらしい。

何を作っているのと尋ねると、老人は彼の人生を語り始めた。少年時代、巨大な大理石を与えられ、それを彫り刻んで理想の世界を造形しようとした。そのためにいろいろ学び、さまざまな人の意見も聞いた。だが結局、そのあまりに大きなテーマは放棄し、次には理想の女性像を刻もうとさまざまな試行錯誤を繰り返したが、ついにこのテーマも放棄した。

そんなこんなの果て、巨大だった大理石はいまや、小さな石くれとなってしまった。老いた彼は、最後の企てとして、いまそれを削っている。

「それ、なんなのですか」と少年は訊きます。

いつも見ている前の道に、くぼみがある。ときたまそこでけつまずく人もいる。だから、あのくぼみにぴったり合うかたちに削ってはめこみ、ころぶ人をなくすのだ。老人はそう語るのでした。

ここではまず壮大な理想、夢が語られます。ファナティックではありませんが、ロマンティックな。そして、その理想、憧れ、ロマンが次々と挫折してゆく。しかし、その先に来るのは、金儲けのリアリズムではありません。といって地道な生き方をただ肯定するだけでもない。若き日から夢のために身につけた石を削る技術を活用して、誰かの役に立つ満足。これが残った。

「金ではなく心やロマン」ではない。かといって、「ロマンではなく金」でもないのです。

金であれ、（石を彫る）技術であれ、需要とぴたりはまる供給を。これが星新一の価値観でした。

自由市場も競争も、この需要と供給のもっともよいマッチングを導く可能性が高いかぎりで、推奨されたと考えるべきでしょう。[*3]

＊1　この天使たちの大騒ぎには、A・フランスの長編ファンタジー『天使の反逆』の影響がありそうです。

＊2　もっとも、奨学金についての議論など、今日からみると首を傾げたくなる論もあります。それはやはり、「学問の自由化」は高度経済成長のただなか、「教育への私案」はバブルへ向かう昭和末期のエッセイだからでしょう。敗者復活がまだまだ期待できそうな時代だったのです。

また、星新一はこれらのエッセイで、基本的に「知識は情報であり、情報は自由に流通すべき商品である」（「学問の自由化」）という考え方を採っています。

「教育への私案」には、先生方は「（聖職でも労働者でもなく：引用者）教育という貴重品を売る商人に徹していただきたい」とあるのです。「学問の自由化」では、要は本人が身につけた知識や能力であって、どこで学んだかではない。それゆえ「学歴」という考え方自体がおかしいという指摘があります。しかし、日本人の進学熱は、何を身につけたかよりも、どこで誰と学んだかにステイタスを見る学歴信仰ゆえのものでした。

星新一の教育商品化徹底論は、こうした日本の現実をはからずも浮かび上がらせているといえるでしょう。

＊3　『ブランコのむこうで』で、少年はいろいろな大人たちの夢を経めぐります。そこで目を閉じると少年は、その夢を見ている大人が、昼間の現実世界でどんな生活をしているのかがわかるのです。

「道」で、石を削りつづけた老人のはなしを聞いた少年は、彼が現世ではどういう生活をしてきたのか知りたくなり、目をつぶろうとする。しかし、彼はそれに失敗して、また別の人の夢へ入ってしまうのです。老人は、いったいどんな人だったのでしょうか。それを私は数十年間、考えてきましたが、ひとつ思いついた解答を記しておきましょう。

一度触れた0・ヘンリーの「最後の一葉」。あの短編で、ヒロインを救うため、嵐のなか、最後の蔦の葉を精緻に描きあげて死んでゆく老画家ベアマン。彼こそあの老人ではなかったか。若き日から、いつか傑作を描くというのが口癖の腕のいい画家だが、夢破れて酒浸り。しかし彼はついに、小さいながら終生の傑作を壁面に描きあげて、ひとりの命を救ったのです。

第8章

寓話の哲学をもう一度

——「老荘の思想」「ＳＦと寓話」「いわんとすること」ほか

哲学者か、寓話作家か

「私は星さんのことをSF作家であるとは思っていません。優れた哲学者だと思っています」。

最相葉月は、「CREA」誌二〇〇三年七月号のインタビューでこう語っていました。

二一世紀を迎えて、あらためて見えてきた星作品の驚くべき先見性を、殊に臓器移植、クローン、遺伝子工学など医療倫理を中心に指摘したエッセイ集『あのころの未来』の上梓をうけてのインタビューです。

最相は、『あのころの未来』に付した副題「星新一の預言」について、「〝予言〟ではなく「預言」としたのは、そこに哲学的メッセージがこめられているということを言いたかったからなんです」と解説しています。

そして、「星さんは未来を言い当てたのではなく、変わらない普遍的なものを指し示していたのではないか」と、本質を突いた分析を語るのです。

その四年後、星新一評伝を書き上げた最相は、同著が講談社ノンフィクション賞を獲た後、「現代」二〇〇七年十月号に掲載した「誰もが知ってる作家の誰も知らない生涯」で、評伝執筆の契機から取材の経緯等を語り、最後に当時「おーいでてこーい」が、「現代の寓話」として、アメリカの中学一年生向け国語教科書に掲載されたエピソードを報告して、こう結んでいます。

「香代子夫人によれば、「寓話作家」とは、星新一がもっとも好んだ肩書きだったという」と。

未来予見にとどまらない普遍性への漸近。すなわち哲学性。

寓話作家の肩書き。小説などよりもはるかに長く広い・スケールで読まれ語りつがれるアイデアとプロット。

星新一が殊にその晩年、その「人生を肯定的に総括できる」ために欲していた賞賛は、あるいはこれらについてのものかもしれません。★1

少なくとも「文学的評価」などよりは……。

★1――星新一が必要としたのは「文学的評価」だったという最相葉月の見解に異を唱えた手前、本章とエピローグで、それに代わる考え方を提示しました。考えられるのはこれだけではありません。

私として他に考えられるものとしては、まずひとつ、我が国にSF作家という職業を創った人という評価があります。

「セキストラ」や「おーいでてこーい」ほかの最初期作品を生みだし続けた時、SFという用語すら存在しないに等しかった。星新一は、日本最初のSF作家なのです。

すなわち当時の星新一は、幾多の傑作を創作して世に出ると同時に、日本SFというジャンル、自らが登壇する新たなステージそのものをもまた創造しつつあったわけです。

小松左京も筒井康隆も、新井素子も、伊藤計劃も、このステージが既に存在していたからこそ、その上でさまざまな傑作を発表し、才能を開花できたのです。

作品を生み出すだけでなくて、ジャンルというインフラを築いた人。これはある意味、チェーン店方式とか店主講習会、電灯広告など、画期的新商法を大正期に打ち出した星一のごとき、事業家と呼ばれる人であるといえないでしょうか。エッセイ「おやじ」で、自分が「作家になっていること」で、「私に対して父が抱いていた期待を、裏切っているような気がしてならない」と記した星新一は、この評価をこそ必要としていたかもしれません。

平井和正に「星新一の内的宇宙」という短編があります。日本のSF界は、社長業のつらさに音をあげた若き星新一（親一）が、現実逃避するため創りあげた妄想であり、作家たちもその産物で実在などしなかったという一種のパロディです。これは右の事情に対する見事なオマージュではなかったでしょうか。

もうひとつ、最初期作品ばかりが讃えられた星新一に対して、中後期以降の作品、仕事について、本格的な評価、位置づけがなされるべきだったのはもちろんです。本書自体がその実践であるゆえ、詳論は省きます。

こうした星新一評はこれまでにもありました。

石川喬司は「日本推理作家協会会報」で、『妄想銀行』が一九六八年に推理作家協会賞を受賞したのを受けて、「おびただしい軽妙な作品群を生みだしてきた老（SF界の長老星新一：引用者）は、しだいに東洋的な〝原思想家〟としての素顔を明らかにしはじめたのである」と、『おせっかいな神々』『妄想銀行』以降の作品を評しました。

しかし、東洋的な原思想家とはどういう意味なのかを、石川は語っていません。

また最相葉月も、なぜ哲学者なのか。星新一が唱えた哲学とはどういうものなのかは語っていないようです。

筒井康隆は、星新一＝「東洋的原思想家」という説に懐疑的でしたが、[★2] そうしたレッテルが「星新一の内面世界へのそれ以上の追求と可能性の穿鑿（せんさく）をあきらめさせるものである」（『ボッコちゃん』新潮文庫、解説）と筒井が警告しているのはなるほどです。

寓話作家という捉え方は、いつ頃からいわれはじめたのでしょうか。

本人自身の言としては、一九六〇年代末、エッセイ「人間の描写」で、主人公が点と化し、構成へ力がかかった、古びにくいが発表時のパンチ力が薄い自らの作風を分析し、「こうなると小説と呼ぶより寓話（ぐうわ）である」と結論づけていました。エッセイ「UFOの警告」で、現代のイソップを自称し、また他称もされてきました。一九七四年七月二五日付「サンケイ新聞」で『星新一の作品集』刊行開始をレビューした都筑道夫は「星新一はSF作家というよりも、現代のイソップといったほうがいい」と評しています。

しかしほとんどの場合、短くて具体性がとぼしく警世的だといった形式的な特徴において「寓話」だといわれる以上の考察はなかった。

この章では、星新一は哲学者なのか。いかなる哲学者なのかという問いと、寓話作家とはどういうもので、星新一はいかなる寓話作家なのかという問いを、同時に考えてゆきたい。

では、寓話とは何か。

字義のままに「寓意」がこめられた話といってよいのか。

そして普通、「寓意」とは、寓話が喩えで表す教訓的な内容を指します。

「哲学者」、「(原)思想家」とは何か。

字義は広いというべきですが、何らかのまとまった価値体系、を擁している人をイメージしていわれるのが普通でしょう。

星新一はどうでしょうか。

寓話作家で哲学者、(原)思想家だったら、その寓話でなんらかの哲学なり思想なりを語る人なのだろうか。

では、星新一はいかなる哲学、(原)思想を、その寓話に託して語っていたのか。

★2――『ほら男爵 現代の冒険』に見られる世俗的なものへの未練とやさしさがその理由です。しかし、これらと原思想家がなぜ両立しないのかを明らかにしていませんし、『ほら男爵』のような作品が以後、書き継がれたとはいえません。この件は石川喬司に分がありそうです。

寓話集とまちまちな教訓

前章で触れたように、最相葉月は、サンタクロースのイメージが作品ごとにまちまちなのに思わず戸惑いました。

星新一の、作品たちそれぞれが表していると考えられる寓意は、てんでばらばらです。そこに統一的世界観を見つけるのは至難でしょう。

「信用ある製品」と「契約者」はともに、人間以上の存在を矛盾の故事の通りに追いつめるお話ですが、前者では人間が破滅し、後者では悪魔が立ち往生します。

「はじめての例」と「ゲーム」は、ほぼ同じ手法で、願いを叶える悪魔に打ち勝とうとしますが、前者では悪魔を自縄自縛に陥らせ、後者は自分ルールを破った悪魔が勝利します。

寓意が寓話ごとにばらばらな寓話作家。そんなことがあり得るのでしょうか。

ところが、これは星新一に限った話ではないのです。

世界でもっとも有名な寓話作家はギリシャのイソップでしょう。そのイソップ寓話もまた、寓話ごとに教訓がばらばらで、相互に矛盾しまくりなのです。

岩波文庫版に収められたイソップ寓話は、全三五八篇（四七一篇の新訳版もあり）ありますが、例えば、巻頭、四話めの「鷲と甲虫」は、弱小な者でも、周到な計画と狙いで強者へリベンジし得るという教訓を垂れた噺だと付記にあります。イソップには、かの「ウサギと亀」など、こうした弱者が強者に勝ち得ることを教える寓話が幾つもある。ここから、奴隷出身だったとヘロドトスが伝えるイソップ（アイソポス）が、下層の者たちに希望を与え、知恵とねばりづよい努力を勧めた寓話集だと解釈する論者もいました。

ところが、その次の五話「鷲と烏と羊飼い」の教訓は、弱者が強がって強者と競おうとすると、ひどい目にあって恥をかくばかりだというもの。

右のような解釈は早くも裏切られてしまいます。

そういえば牛と大きさを競おうとして腹をふくらませ、破裂してしまう愚かな母蛙の噺も、イソップの一話でした。

こうした彼我の差をわきまえず張り合う愚を戒めて、身の丈に合った生き方を勧める噺もかなりの数見られる。

同じイソップでも、噺によって相矛盾する正反対の教訓が説かれているわけです。

興味深いのは、二二話、二三話で、漁師と獲物の多寡に喩えて、技量があっても結果は運の良しあしで決まってしまうとか、前回と同じように事が進んでいても、まるで違う結果が待っていたりもすると諭しています。深読みするならば、これらは、イソップのある一寓話だけを鵜呑みにして、弱者も勝てるのだと信じて破滅する者や、強者には逆らってはいけないと諦めて機会を失う者に向けて、早とちりしてくれるな、その逆の教訓も考慮しなさいと諭す、いわばメタな予防線的訓戒、「ご使用上の注意」として収められたのかもしれません。

寓話ごとに教訓がまちまちな寓話作家は、星新一には限らないのです。

まちまちな教訓が、打ち消しあうこともなく並列されている。

それは、寓話集のみにみられる光景ではありません。

ことわざと処世術

星新一のファンクラブ「エヌ氏の会」の出版局から刊行された「エヌ氏の内宇宙」という会誌があります。その4号から5号にかけて、星新一のショートショートをあいうえお順に並べ、その教訓をそれぞれ諺風のひと言に凝縮して付すという企画がなされました（会長林敏夫の筆かと考えられます）。

ちなみに冒頭は「ああ祖国よ」で、教訓は「金銭こそ最大の武器」でした。『ボッコちゃん』冒頭を飾る「悪魔」を諺化すると、「お金の命は短くて」。

こうした遊びを待たずとも、星新一自身が末尾に教訓のごときものを付した作品もあります。例えば「春の寓話」（一九六四、『妖精配給会社』所収）は、「教訓。女はだれでも、自分を美しいと信じているものである。また、男の結婚約束は、政治家の公約のごとし」という二行が、一行の空白の後、置かれています。

あの「服を着たゾウ」にも、一見蛇足とも思える作者からの一言が、一行とちょっと付されていました。

イソップ寓話では、あらかじめ各話ごとにこうした教訓が付されている。寓話というのは畢竟、一行の箴言に収斂してゆくものなのでしょうか。

諺。格言。箴言。日本だったらいろはがるたなど。これらはたしかに寓話の縁者なのでしょう。そして、それぞれまちまちな内容のものが打ち消し合わず並列されている点でも、これらは、皆似ています。「渡る世間に鬼はない」には「人を見たら泥棒と思え」があり、「善は急げ」には

「急いては事を仕損じる」があるといった具合に、相互に矛盾する対義的諺がたいがい見つかります。

考えてみれば、そうなるのも不思議ではない。寓話やことわざが提供するのは、さまざまな具体的状況ごとの処方箋なのですから。

それでは、相互に矛盾もするあまたのことわざ全てが、共通して最終的に目的とするところはあるのでしょうか。あるとしたら、それがイソップや星新一が寓話によって伝えたい寓意哲学だといえるのですが。

岩波文庫『イソップ寓話』旧版の訳者山本光雄が、その解説でここを端的にまとめています。いわく、イソップ寓話が説くのは「処世術」であり、「その主眼とするところは、如何にすれば人は安穏に幸福にこの世を過ごせるかということである」と。

そのためにイソップの説法は、信義を守り、恩を忘れず、運命を諦め、骨惜しみを戒めますが、さらに、長いものにまかれろとか他人の愚かさを利用せよといったことまで説くと、山本は指摘するのです。樋口桂子も『イソップのレトリック』（勁草書房、一九九四）でほぼ同じ結論を述べています。

山本のいう「安穏に幸福にこの世を過ごすには」……。

なるほど、イソップ寓話や箴言やことわざの総体は概して、ただここへ向かって収斂していっているといってよい。

山本光雄は、イソップ寓話を「範例による哲学」と呼ぶ例を紹介しつつ、ひとつ釘をさしています。「哲学」といってもこれはどこまでもものの喩え以上ではなく、ソクラテス、プラトン、アリストテレスなどの高邁な道徳哲学とは「大いに異なっている」のを忘れるなと。

殊に教育者は、イソップとはそも通俗的処世術を説くものでしかないのを忘れるな、児童には「特別な注意」なく教えることなかれと諭しているのです。純真な少年少女に、崇高な理想や人間のあるべき姿を教えるごとき道徳訓話とはそも異なるのだという注意でしょう。

ごもっともです。イソップはときに、強い者にはへつらえとか、愚か者をだしぬいたりせよと教えるのですから。

人間愚行図鑑、これはSFなのか？

しかし、だからといって、山本光雄は、イソップ寓話を評価しないわけではありません。ギリシャ民衆の道徳観や処生術が窺える点でも貴重ですが、それだけではないとする。

山本は、「凡俗醜悪な人生の活図」をそこに観ることができるがゆえに、「それによってわれわれは人間智を鋭く深く広くすることができるであろう」と説くのです。

この評価は、星新一のショートショート、殊に初期から中期の作品群にも、やはりあてはまるのではないでしょうか。

イソップが、キツネやカラスやライオンやセミなど鳥獣虫魚を擬人化し、また、あまたの奇人愚人を躍動させて右の活図を描いたように、星新一もまた、エヌ氏やアール氏やエフ博士、また犯罪者やスパイ、貧乏神や悪魔、異星人などで抽象化、図式化された、人間の愚かさ、いかんともしがたさの標本集、状況モデル集。人間愚行図鑑を編みつづけたのです。あとしまつを考えたがらない人間、秘密に弱い人間、どうしても近視眼から免れられない人間……などなど。

古来、こうした活図を描く文学はありました。

ギリシャなら既述のテオプラストス『人さまざま』、フランスならラ・ブリュイエールの『カラクテール』、イギリスではサッカレーの『いぎりす俗物誌』といった系譜。

モラリストと呼ばれる文人による人生智の書。ラ・ロシュフコーの『箴言集』もこの系譜上に位置づけられます。

日本では兼好法師の『徒然草』などが近いでしょうし、『日本霊異記』、『今昔物語』以来の説話文学、古典落語へ流れてゆく笑話の系譜もそうでしょう。箴言的なものでは、いろはかるたや狂歌、星新一の大叔父鷗外の翻案『知恵袋』、芥川の『侏儒の言葉』などもあります。

さて――、

都筑道夫が、星新一を「現代のイソップ」と呼んだのはまず早い例でしょうが、「SF作家というよりも」という前置きがついていたのは何を意味するのでしょうか。

SFといっても広いジャンルで、さまざまなタイプがあるわけですが、時空を遠くまで翔け、日常をはるかに超えてゆく壮大な物語こそSFらしいとされてきたではないか。

人類が進化の果てに神へ漸近したり融合したりする、小松左京の『果しなき流れの果に』やクラークの『幼年期の終り』。未来への無限の憧れと進歩への信頼を物語るハインラインの『夏への扉』。コミュニケーションの彼岸を探るレムの『ソラリス』。絶対的超越者との勝ち目なき対決を謳う光瀬龍の『百億の昼と千億の夜』。地球の滅亡を唯美的に寿ぐバラードの『結晶世界』。古典作品のベストに数えられるこれら名作の「壮大さ」から、星新一のほとんどの作品は、ずいぶんと遠くはないでしょうか。

むしろ前章でも「情熱」を例に言及したように、星作品はそうしたＳＦならではのロマンに冷や水をかける物語だった節があります。ＳＦ以外でも、「程度の問題」（一九六七、『盗賊会社』所収。『ボッコちゃん』自選）などは派手なスパイ物語のロマンの、「盗賊会社」（一九六七、『盗賊会社』所収）はルパンものなど義賊のロマンへの冷や水であり、相対化でした。

それぞれに愉快かつ痛快ですが、しかし、その後に残るのは、向こう三軒両隣のせせこましい日常ドラマだけとならないか。

星作品の立役者たる異星人も未来人も奇人博士も悪魔も、落語の幽霊や死神や天狗などと同様、長屋の並びの町外れあたりに住んでいそうでしょう。エイリアンとのコミュニケーションギャップだって、せいぜいこんにゃく屋と坊さんのやりとり程度なのです。

地球の危機とかにしても、「要求」が日米関係の暗喩と読めてしまうように、国際的視野が未だしだった昭和の日本知識人の田舎くささがどことなく漂うのです。

「廃虚」から老荘思想へ

むろん星ＳＦにも、例外は何作かあります。「ひとつの装置」、「午後の恐竜」は、双璧でしょう。『声の網』の十一話でも、壮大な宇宙史が物語られます。

傑作ではないかもしれませんが、最初期の「廃虚」（一九五九、『ようこそ地球さん』所収）という作品では、核戦争で異形のミュータントとなったはるか三十万年後の人類が、遠い過去の先祖が棲み自らの愚行で破壊した廃墟を見学している。子供たちは何の興味も持たないし、先生も義務的に引率してきただけ。休憩所をいとなむ偏屈な老人が、勝手な想いいれをしてみる程度。教科書に載ったら、教師が核戦争の愚かさなど説きそうなこの作品。しかし、当時の自作解説（「宝石」一九六一年七月号）にはこうあります。いわく——、

「現代の悩みが、時間という大きな流れを越えると、すべてが過去のものとなり、悩みでもなんでもなくなる、というテーマ」だと。

このシンプルな一篇、「ひとつの装置」や「午後の恐竜」を生み出したはるかな原点かもしれません。三作とも、核戦争による破滅が相対化されていますし。遠い未来に後ろを向いて寝そべり、現在や近未来を遠い過去としてふりかえり想いだしていると自ら説明した星新一の視点が絵解きされているようです。

はるかな未来から、現代をも近未来をも回顧する。それはあらゆる悩み、問題が、なんでもなくなるほど徹底した「価値の相対化」にほかならないでしょう。

英米のSFではちょっとないタイプかもしれません（例外として、E・ハミルトンの短編が挙げられます。「世界の外のはたごや」とか「世界のたそがれに」など）。

未来志向でも前向きでもなく、進歩的でもない。まさしく後ろ向きなのです。

日本のSF作家では、星新一に続くように「宇宙塵」からデビューした光瀬龍が、長大な時空

のなかに置かれた人為のむなしさを描き、無常ＳＦなどといわれて人気を博しました。

この光瀬龍も東洋的原思想家のおもかげがありますが、無常の形容が似合うように、その世界観は仏教的です。無常を説きつつ修行への精進を厳しく訴えたブッダよろしく、サイボーグ化して使命を遂行する宇宙技術者も、超越者と闘いつづける「あしゅらおう」も、絶望しつつ死力を尽くすのです。

しかし、星新一作品にそうした精進の思想は乏しい。

同じように東洋的思想と親和的であっても、仏教ではない。むしろ近いのは道家、老荘思想です。荘子の万物斉同（ばんぶつせいどう）の思想は、遠大な時空をもちだして、人事を相対化してみせます。そして、身分や能力、性の差別はもとより、人間と動植物、生と死の区別すら、ささいなことに見えてくるまで、相対化の論理を進めてゆくのです。戦争も社会の矛盾も人間の悩みも、すべてが悩みでも問題でもなく、じきに過ぎ去るささいな何かへと矮小化される。

「廃虚」以下の作品には、そんな道家的な趣があるのです。

そういえば、『別冊新評　星新一の世界』に編集部編として収められた「星新一大辞典」の「星新一」の項目には、「星新一はおそらく中国の思想家、荘子もしくは老子の生まれかわりであろう。したがって〝星〟の字をあてるのは誤りで〝胞子〟もしくは〝歩子〟が正しいと思われる」という冗談交じりの指摘が、「荒巻義雄編・二十一世紀用語辞典より」として引用されていました。★3

後期道家という問題

星新一作品の道家性を特に指摘したのは、後期道家という看過できない問題がからむからです。老荘思想の中核をなすのは、「荘子内篇」の思想。万物の徹底的相対化から斉同へ辿りつく論理の純度はきわめて高く、透徹しています。

だが、同じ荘子の「外篇」「雑篇」へ至ると、学派が分岐したり、さまざまな夾雑物が混じるようになり、哲学的純度は希薄となってゆきます。

ときには、儒教が尊ぶ家族とか身分とかの秩序や法家が唱える権力肯定論を、かつて鋭く相対化してみせたのを忘れたかのように肯定礼讃したり、健康長寿や権力への随順や処世保身を説くようになる。

これら後期儒家を森三樹三郎などは、思想的劣化堕落と断じます（『世界の名著4 老子 荘子』など）。

星新一も、「荘子内篇」に劣らず「価値の相対化」を徹底して駆使したSF作家でした。「白い服の男」以下のディストピアもの他で、人命至上も反戦も民主主義も相対化し、コンピューター支配による幸福を描いて、人間の主体性尊重や自由も相対化してしまう。

★3――知りたいと考えたテーマを、入門書から専門書まで漁って勉強した成果を開陳したエッセイ集『きまぐれ学問所』（一九八九）には、「老荘の思想」という一篇が収められています。知人が次々と逝く年齢となり、死生観の参考にと読み、自分ひとりを納得させるだけなら、「無」に還るという思想はけっこう気にいったと告げる星新一。思想や哲学に真摯に向き合ったエッセイは、星新一ではこれくらいかもしれません。

「きょうという日」などでかけがえのない想い出すら捏造できるとし、人生の固有性までも揺るがせる。「ツキ計画」、「服を着たゾウ」、「ベターハーフ」（一九七一、『さまざまな迷路』所収）の動物妻とかで、人獣も相対化され、悲惨な事故や死刑、終末や死後にまで、相対化の論理は及びます。父の仇として、「好きでない」と言い続けた官僚機構についてさえ、うっとうしさをゲーム感覚で乗り超える「第一部第一課長」（一九六八、『ひとにぎりの未来』所収）を物語って相対化をしてしまう。

後期から晩期にかけては、ショートショートの名手という自己イメージすら、オープン・エンド作品によって相対化してしまったのではないか。

こうした論理の徹底、純度の高さは、しかし、具体的な人生へ反映された場合、楽で気持ちよければなんでもありだとする享楽的、妥協的生き方をなんなく肯定してしまいかねません。怠惰や耽溺を厳しく戒める価値観は、すべて既に相対化済みなのですから。相対化そのものをも相対化するに至れば、かつて攻撃し嘲笑した既存の秩序や権力追従を都合のいい限度で復権させてしまえたりもします。

だとすれば、星新一のイソップにも落語にも負けず、せせこましい処世訓的な人間嘲笑ショートショートは、「廃虚」から発して「午後の恐竜」へ至るSF作家らしい壮大な視座となんら矛盾はしない。

すべての価値が相対化されたあとには、せせこましい現実を生きる処生スキルのみが残る。

すでにおわかりのように、これは高尚な荘子の哲学が、卑俗な後期道家を産んだのと同じ論理的帰結なのでした。

後期道家については、森三樹三郎のように、初期道家、荘子思想の劣化堕落とみるのが通常です。背景として、過酷な戦国の世をサバイバルしなくてはならぬ世相が指摘されたりもします。

道家は虎に騎って

しかし、老荘思想研究家のなかには、後期道家に積極的な意味を見出そうとする立場もあるようです。

例えば福永光司。福永光司は、荘子内篇中に後期道家の思想が混入したとされる「人間世篇」一二章に注目します。そこで荘子は、権力者に仕える心得として、蟷螂の斧の愚を犯すな、猛獣遣いが虎の本性をよく弁えて、怒らせないように細心の注意を怠らず、巧みに操る手腕に学べと説くのです。

虎に喰い殺されるのは、虎の本性を知らないで逆鱗に触れてしまう無知のゆえなのだと。蟷螂の斧の愚とは、自分の正義を信じて疑わず、権力者にもそれを訴えて怒らせてしまう青臭い未熟者を笑う喩えでした。

未熟者とはすなわち、ディストピアに対して、人間性の名のもとに反逆を企てる連中とか、断筆宣言で戦おうとする作家とかでしょうか。

対するに、猛獣遣いとは、ディストピア状況をも奇禍として、一儲けを企む星作品（「元禄お犬さわぎ」、「あるノイローゼ」、「契約時代」など）の主人公そのものでしょう。

森三樹三郎や山本光雄だったら、体制を否定せずニッチを見つけてうまい汁を吸おうとする生き方を、「長いものには巻かれろ」式の卑しく情けないイソップ的道徳だと否定するでしょう。

ところが、福永光司はそう解しません。

荘子が権力者に逆らわずその性質を知悉して操れというのは決して、「単なる長いものには巻かれろ式の無気力な屈従や卑しい妥協ではな」(『荘子内篇』朝日文庫)いと断言する福永は、荘子の「随順は大いなる肯定のための自己否定に外ならな」いと解します。

すなわち、「虎を撃ち殺し、もしくは虎から逃避するすべを説いているのではない」(同上)のです。虎を殺せ、虎をなくせという主張は、権力者への反逆、あるいは権力に一切加担しない潔癖のみをよしとする若者好みの思想でしょう。太陽の賢さはなく北風の愚かさしかない。

それと違って荘子は、「虎を虎としてその狂暴性とともに肯定し、その背に乗って遊ぶすべを説いているのである。ここに荘子の思想の不敵さと逞しさがあるとともに、老荘思想一般に通じる強烈な主我性と端倪すべからざる老獪さがある」(同上)と福永光司は結論づけます。

福永のこの理解は、あのニーチェの説く「能動的ニヒリズム」そのものといってもよい。

この考え方からすれば、現実を乗りこなす逞しさを放棄して、ただ格調高い理想へしがみつき自己満足する儒家やプラトニズムのほうこそが敗者の負けおしみであり、「奴隷の道徳」そのものだと逆転されることになるでしょう。

眉村卓や筒井康隆のヒューマニズムとは遠い、一見、おやじ臭い星新一の、しかし前章で見たごとく実業家の息子ならではの健康な逞しさを本性とする思想は、こうして肯定できないか。

もっとも、さらにそれでも、首を傾げたい向きもありましょう。才覚や知恵によって、猛獣をも乗りこなせると説く思想は、権力や腕力がすべてではないと教えますが、結局、才能や知力のある強者でなければ勝てない現実を否定できないではないかと。そこでは、力のないものは救われない。すなわち、新自由主義（ネオ・リベ）という陥孔（おとしあな）です。

福永光司も、その危険に自覚的でした。右のような後期道家のニーチェ的解釈にすぐ続けて、戦国末期の道家が、韓非子（かんぴし）の法家思想へ影響し、始皇帝の権力国家擁護へつながっていった経緯をも福永は指摘しています。ニーチェ哲学が、ナチズムに援用された史実を引用しながら。

本章の一連の議論はある意味、第1章と第2章の復習ともいえましょう。

ことわざにもイソップにも星新一にも、対義的教えがかならずあるのは、例のDD論にほかなりません。

はるかSF的な遠未来から、現実の諸問題を相対化し、たいしたことはないさと片づけるのは、現在の問題に真向かって闘っている者からすれば、超越者気取りの冷笑系そのものです。

彼らに対して、強い者への随順や追従こそ不敵でたくましいのだという反論は有意義と考えられますが、それは強い者だけができる戦いだという再反撃も説得力充分です。

ここは、前章補論の新自由主義論ともからむ星新一の限界、明治期の革命的ブルジョワジーの息子で、高度成長期に活躍のピークがあった作家の甘さといえるかもしれない。

しかし、ひとつ考えておきたいのは、星新一はなるほど当時のセレブであり、自身は生活苦も直接的戦災も空腹も体験していない幸運児だったとはいえ、高度成長以前の貧しさと格差のすさまじさを他人事としてであれ知っている大正生まれの日本人だったということです。

「いまの日本で貧困を理解できる子供がどれくらいいるだろう。貧困とは終りのない空腹であり、病気と死の多さであり、防ぎようのない寒さや暑さであり、娯楽のなさである」

「借金の山、浪費のつけ、ギャンブルへののめり込み、欲しいものが買えないというたぐいは、貧困とちがうのだ」

「いわんとすること」（一九八一、『きまぐれエトセトラ』所収）でこう記した星新一にとって、勉強や労働にどれだけ根をつめても結核で死ぬ可能性など低い時代に、学歴や金儲けによる階級上昇へ全力をかけるでもなく、格差や貧困を叫ばれても、娯楽の豊かさならセレブの自分をも凌ぐ高度成長以後の時代に育った若者たちの贅沢病にすぎないとしか感じられないのではないでしょうか。

「寓話にしている」と「寓話になっている」

じつは星新一の寓話は、いまDD論や冷笑系を批判したい人々こそが読んでおくべき一面を具えているのではないかと考えられます。

遠未来から全てを相対化する初期道家の哲学。

せせこましい現実主義を否定しない後期道家的処世術。

星新一からこれらのメッセージを受け取るのは可能ですが、星新一自身は決して、そうしたお説教を垂れたくて作品を創造していたわけではありません。

では星新一は何をもとめて作品を創ったのか。そこから我々は何を汲みとれるのか。

本章後半はその話とならざるをえません。

「ＳＦと寓話」（一九七四、『きまぐれ暦』所収。初出は「国文学」誌の「特集　ＳＦとミステリーの世界」）というエッセイがあります。星新一はここで「寓話」を二分します。

すなわち寓話になっている作品と寓話にしている作品とに。

これは各務三郎の分類を借りたもので、各務はジャクソンの「くじ」、ブラウンの「スポンサーから一言」、スタージョン、ブラッドベリ、シェクリイなど異色作家の短編を高く評価し、エリンの「特別料理」について、寓話になっている点が尊い、寓話にしているのではないからすばらしいと評したのです。

これを星新一は、「作者としての体験をふまえて」、「寓話とはそれを意識してはいいものができず、ストーリーの完成をめざすところから、自然ににじみでてくるもののようである」と引きとる。そして、否定されるべき「寓話にしている」寓話とはどういうものかを、こう説くのです。

「低次元の意味での寓話を作るには、ＳＦは非常に書きやすい手法である。現在の社会が、あるいはある人物が、自分の気に入らない。それを批判する意図をもって書くことは、ＳＦをもってすれば非常に容易である。そのようにして書かれた作品は、あげればかなりの数になると思う。／また、そのたぐいは意図がそのまま読者につながる。読めばそれなりに面白く、いちおうの風刺の役という意味もあるわけだが、それだけのことである。寓話としての時間的な持続力を持たない」と。

そして、「なにか新事態が話題になると「ひとつ、それをSFで」という注文が来るが、これぐらいいやなものはない。そんなことでいい作品ができるわけがない」と、ダメおしをするのでした。

星新一はさらに「注文に応じて試みた作品には、思わしくない出来ばえとなったのが多い」と付け加えています。すなわち、低次元の意味の寓話になってしまったわけです。

あらかじめ用意した寓意を盛ろうとして寓話を書いても、「低次元の寓話」しかできない。[★4]

それでは、その対極にあると星新一が考える「寓話になっている」寓話とはどのようなものでしょうか。星新一は、自作を例にそれを語ります。

「私の「冬の蝶」という作品について、エネルギー問題への風刺ですねという感想を聞いた。「おーい でてこーい」について、公害問題ですねという感想を聞いたこともある。それらを書いたころは、そんな問題などどんな新聞、雑誌にものっていなかった時期である」と。

先に挙げた「猿の手」以下の異色作家による奇妙な味の名作群も、「タイムマシン」『宇宙戦争』『火星人ゴーホーム』『火星年代記』『幼年期の終り』『この完全なる時代』などSFの古典も、一九七〇年代の世界的ベストセラー『かもめのジョナサン』、あるいはカフカの『変身』も、読者が、あくまでも結果として、社会諷刺だとか文明批評だとか受け止めて感心するものであって、作者にはそうした意図があったかは疑わしいとする星新一。

どうやら星新一にとって、「低次元ではない」と評価できる「寓話になっている」作品とは、「各人各様に受け止められ」、あるいは時代ごとにまるで違う受け止められ方がされて、正解が決して出ない物語であるようです。

だとすれば、「おーいでてこーい」はたしかに第一級品でしょう。公害問題すら意識せずに書き上げたこの作品、ネット時代が来れば、ラブレターから国家機密までが、だだ漏れしたりハッキングされたりする時代の予見として、原発事故が起これば、原子炉のカスの捨てどころという難点に六十年まえに気づいた作品として注目されつづけているのですから。

数十年後には、脳操作による悩み消去が招くとんでもない副作用の予見として読まれているかもしれません。

こうした寓話観を、星新一は、六〇年代に書かれたエッセイ「錬金術師とSF作家」(『きまぐれ星のメモ』所収)において、すでに表明していました。ブラッドベリのディストピアSF『華氏四五一度』が、一九五〇年代アメリカを騒がせたマッカーシズム(冷戦下の左翼系知識人弾圧)を批判した小説だと解釈され、当時のソ連でも翻訳された時、当のブラッドベリは、「じつはあ

★4――ここにいう「低次元の寓話」とはどのようなものでしょうか。

ヒントとなるのが、「公害・十年後の東京」とか「せまいながらも(空間の多重利用について)」(一九六九、『きまぐれ博物誌』所収)とかの「作品」です。

タイトルでもうおわかりのように、公害や住宅難が「新事態」として話題だった頃、「注文に応じて試みた作品」だと考えられます。星新一は、近未来SFであるこの二つを、作品集には収めず、エッセイ集に収録したのでした。

「公害・十年後の東京」には、(一九六九年三月十六日号「朝日ジャーナル」)と、当時のエッセイでは唯一、初出誌が明記されています。創作としてではなく、往時を偲ぶ一種の歴史資料として収めるといった意図が感じられます。これらの作品は、公害であれ住宅難であれ、その話題性が失われるとともに寿命を終えるのです。

れはソ連批判の書だった」と言ってのけたのを、星新一は「なんと愉快なことではないか」と讃えているのです。

一流寓話には「いわんとすること」などない

「ＳＦと寓話」の七年後、前にふれた一九八一年のエッセイ「いわんとすること」（『きまぐれエトセトラ』所収）においても、寓話論が再展開されています。

この頃、星作品は小中学校の教科書にしばしば採録されるようになりますが、その折、物語の後に、「作者がなにをいわんとしているのか考えよう」などと設問がくっついている。

星新一はここに大いに反撥するのです。当然でしょう。エッセイ「ＳＦと寓話」では、「いわんとすること」、すなわち寓意が先にあって、「寓話にした」作品がいかにダメかを力説し尽くしたのですから。

星新一は、当時の国語教科書が採用した物語にも反撥を隠しません。具体的には、ロシア民話とされる「大きなかぶ」。力を合わせようという優等生的お説教は、体制側の洗脳教材ではないか。引き抜けないほど大きなかぶを見つけたら、自分だけが「こっそり刃物で、掘るように切ってゆく」のが「生きる知恵」だ。

あるいは、太宰治の「走れメロス」。「太宰らしさがちっともない」、「しかるがゆえに教科書向き」な「愚作」。若き日、太宰文学に熱中した星新一は、「『いわんとすること』のわからない」「空前絶後の傑作」として「二十世紀旗手」を挙げます。そして、太宰を「走れメロス」で代表させる教科書を読まされ、太宰がきらいになったという少年の例を挙げ、少年も太宰のほかの作品群も、「いずれも気の毒である」と嘆くのです。「大きなかぶ」も「走れメロス」も、「いわんとすること」を説教するために「寓話にした」「低次元の意味での寓話」なのでした。

星新一はさらにこう言います。

「かつて、どこかの先生が生徒に私の作品を読ませたところ、各人がばらばらの受け取り方なので困ってしまい、ノイローゼ状態になって私に手紙をよこした。それが当然、それでいいのですと返事を書いた」

先生が読ませた作品が何かはわかりませんが、星新一はここでまたもや、「おーい でてこーい」を例に挙げます。「いわんとすること」などなく、不定形な何かがあっただけなのに、それは「公害」だとレッテルが貼られると、それだけで語られるようになり、面白さは薄れてしまう。「作者がなにをいわんとしているのか考えよう」という設問に対して、七〇年代なら「公害」、いまならば「環境問題」と教えるのが教師であり、そう答えるのが優等生でしょう。だがそれでは、「おーい でてこーい」の広がりや深みは消されてしまう。

小学校時代、教科書で「おみやげ」（一九六五、『きまぐれロボット』所収）を教わったとき、先生は核実験がいかに愚かかを力説していたという回想を、大学生から聞いたことがあります。それでは、例えば、完璧な文明を、異星人から教わるのは地球人としてはたして幸福かという、近代日本の外発的開化や戦後のアメリカ製民主主義の問題までを照らしだすかもしれない「おみやげ」の問いかけの広がりは、かき消されてしまいます。といって、こちらのみを教えるのも、やはり残念です。

イソップはB面を読め――山本夏彦とヴィゴツキー

星新一は「ＳＦと寓話」で、「さまざまな受けとられ方をされる作品のほうがいいのである」という持論の例としてイソップの「ウサギとカメ」を挙げます。「油断大敵を教えているのか、努力は幸運をもたらすと告げているのか、どちらともいえない。そこがいいのである」としています。

後にくっつけられたおせっかいな教訓さえ外せば、イソップも決して「いわんとすること」が一義的に定まった「低次元な意味での寓話」ではないのでした。

ここで連想した見事なるイソップ解釈があります。

辛口エッセイストとして知られた山本夏彦は、「昔話や童話を改竄するな」（『茶の間の正義』所収）で、イソップ寓話「蟻と蟬」のラストを、反省した蟬に蟻が食べ物を分けてやったと変えてしまう風潮を嘆く。「拒絶しなければ、話にならない」と。

その理由は、「冬、飢えないですむのは、夏の勤勉のたまものである。勤勉は美徳である。そして、利己的で残忍なものであると、表裏を同時に語るから、子供心にも強烈な印象を受ける。ながく記憶していて、長じて思い当ることがあるのである」というものです。夏のあいだ、楽しく遊ぶことも我慢して働きつづけているような奴らは、冷酷なエゴイストとなるというのが、「蟻と蟬」（日本では英国版を経由した「アリとキリギリス」が普及）のB面のメッセージだったのです。

低次元の意味ではない本当の寓話、寓話にしているのではない寓話になっている寓話、時間的な持続力のある寓話は、「いわんとすること」がひとつに定まらないとした星新一。[★5]

その例として、「ウサギとカメ」からもふたつの教訓を引き出してみせた星新一。

子供に強烈な印象を与え、長じて思い当たる寓話は、表裏を同時に語るべしとした山本夏彦。

ふたりの寓話観は、ほぼ一致していたといえるでしょう。[★6]

寓話は道徳から自立している——面白さは教訓を超える

しかし、星新一が、「さまざまな受けとられ方をされる作品のほうがいいのである」とするのは、そもそも何ゆえなのでしょうか。

道徳をストレートに啓蒙しようとする寓話など、説教臭くて誰も読みたいとは思わないから。

我々が考えるのはまずこれでしょう。

★5——既述（七八頁）のように星新一は、森鷗外晩年のショートショート「寒山拾得」を、日本の短編ベスト5に入るとしています。岩波書店刊『鷗外選集』第五巻の解説で比較文学者小堀桂一郎は、この短編を、「例へてみれば光のあて方によってさまざまの光彩を放つ玉虫色の織物の如きものである。読者がまた各々独自の光をこれにあてて、十人十色の味はひをこの一篇から汲み出さうとするのがよいかと思ふ」としています。この作品が、多人数で読まれるべき広場のごとき一篇であることに、小堀も気づいたのかもしれません。星新一も当然、さまざまな解釈を許し、「いわんとすることが」絶えず変容する「寓話になっている」作品であるがゆえに感嘆したのでしょう。ちなみに小堀桂一郎は、名著『イソップ寓話』（中公新書）の著者としても知られ、鷗外の箴言集『知恵袋』の講談社学術文庫版も編纂した、寓話やことわざにも造詣の深い文学者でした。

しかしです。

多義的であっても、低次元の意味ではなくとも、寓話は寓話ではないでしょうか。一義的ではなくても、お説教はお説教ではないか。

説教をどこまでも嫌悪するならば、寓話自体を否定すればよい。

ところが「寓話」にはこだわる。しかし、こだわるからこそ、寓意が一義的に定まっている「低次元の意味での寓話」はきっぱりはねつける。

それはなぜか。

ここを考えるために、「寓話にしようとして」書くことを否定する星新一が、高次元の「寓話になっている」作品をどのようにして生み出していたかを問題としてみたい。

あのエッセイ「SFと寓話」に、こんな一節があります。

「だから、フィクションの作家は物語の構成に努力する。そして、あれこれいじっているうちに、めったにないことだが、各部品がぴしりと組み合わさることがある。そのようにしてできあがった作品は、人工的技巧的な感じを与えず、変になまなましい余韻をひびかせるのである。フィクションは現実世界の投影のはずなのだが、それが現実以上のものとなり、読む者のほうのかげを薄くしてしてしまうのである」

ジェイコブズの「猿の手」が好例。アイデアはよくある三つの願いだが、展開と結末が「まったく異色」で、「読後、なにかうろたえさせられてしまう」。

サキの「開かれた窓」やコリアの「夢判断」も同様で、「現実とは、存在とは、人間とはなにかを、ふり出しに戻って考えなおさせられてしまうのである」。

「こういう作品こそ寓話である」

★6――フランス革命前夜、ドイツのレッシングは、『寓話と寓話論』で、星新一、山本夏彦とは真逆の寓話観を披瀝しています。啓蒙主義の徒で、寓話を道徳教育の具とのみ考えるレッシングは、日本の教師や「寓話にしている」SFを求めるジャーナリズムに似て、一義的道徳をストレートに伝えてこそよき寓話であるとし、当時、イソップを詩的文飾で飾ってリメイクしたラ・フォンテーヌなどを否定しました。

これに百年以上経った後、反論したのが、ソヴィエト初期の心理学者レフ・ヴィゴツキーだったのです。

ヴィゴツキーは、寓話を、小説や戯曲同様、物語固有の法則で進行してゆくものと考え、レッシングのように道徳の支配下に収めるのに反対します（『芸術心理学』）。そしてレッシング派の当時の作家が、アリとキリギリスの結末を道徳的に書き換えようとするのを批判するのです。山本夏彦と同じように。加えて、アリのみが正義と読まれることを危惧し、キリギリスにも、あるいはウサギとカメのウサギにも感情移入できるよう工夫すべきだと訴えます。レッシングが否定したラ・フォンテーヌやクルイロフの文飾は、それを促す効果があるゆえ、推奨すべきなのです。

レッシング対ヴィゴツキーだったら、星新一は正義の多義性と物語が道徳（いわんとすること）へ優位するとするヴィゴツキー派でしょう。

ただしレッシングにも、星新一を思わせる所論があります。シンプルな道徳伝達を求めるレッシングは、イソップがキツネやライオン、狼といった性格が定まった動物キャラクターを用いた点を評価します。個別具体的キャラを感情豊かに描写したのでは、一義的道徳伝達がぶれるからです。一義的伝達を否定する星新一が、「ねむりウサギ」のごとく動物キャラ起用に長け、人間キャラも個性や感情を捨象したエヌ氏等を常用するのと一致するのが面白い。レッシング流の非個性キャラによっても多義的寓話を創作できるあたりが星新一の天才的力量なのでしょうか。ただし、第1章で論じたように、普段禁じていた残虐描写を「白い服の男」でのみ敢えて多用したのも星新一です。ここを瞬殺などにすると、絶対平和主義の人気が高い日本では、白い服の男の正義が疑われなくなる怖れがあるため、弾圧される戦争温存者にも読者の感情移入を誘うための技法でしょう。ここはヴィゴツキーと一致するところです。

すなわち、「寓話になっている」、「高次元の意味での寓話」。ただただ、「ストーリーの完成をめざすところから。自然ににじみでてくるもののよう」に産まれた寓話なのです。

ＳＦの古典中の古典、「タイムマシン」や『宇宙戦争』は、不朽の社会諷刺と文明批評の力を持った寓話ですが、作者ウェルズはただ、発想とストーリーに最大限工夫をこらしただけだったろう。結果として、諷刺や批評がにじみでてきてしまった。

『火星人ゴーホーム』というアメリカＳＦの傑作も、作者ブラウンがエンターテインメイトを極限まで追求したからこそ、文明批評となった。

ＳＦ作家が目指すべきは、よき文明批評をではなく、何より「より面白い作品を」なのです。[★7]

読者というインスパイア

エッセイ「いわんとすること」でも、小説とくに短編の場合、いわんとすることがあって書いている人がどれだけあるだろうと、星新一は首を傾げています。

「むりにも（いわんとすることを：引用者）答えろというのなら、ただ一つ。読者が面白がってくれるように、だけである」。

ここには、寓話創作の核心が吐露されています。

「より面白い作品を」生み出そうと、エンタテイメントを極限まで追究し、発想とストーリーに最大限のくふうをこらそうと日夜努力しても、「各部品がぴしりと組み合わさる」など、めった

★7――ちょっと連想した例がありました。先に老荘思想と星新一作品の類似性を指摘しましたが、老荘思想、道家とされる始祖的思想家がもうひとりおります。

それは、列子です。列子は荘子の門下といわれ、『列子』にも『荘子』とかぶるエピソードや寓話が多い。しかし同一ではなく、有名な「朝三暮四」の話など、猿の飼い主の人物像が描きこまれていたり、朝三暮四の騙し方を古代の聖王も愛用していたのでは（ナッジ理論による統治ですね）などという尾ひれがついたりするのです。

列子のめずらしい入門書『ひねくれ古典『列子』を読む』を著した円満字二郎は、話をふくらませた分、荘子の哲学的な純度の高さが薄れ、じつはサルたちは百も承知でだまされたふりをしているのかもという深読みもできる幅が出ていると評しています。円満字は、列子は物語創作に淫して、思想的内容を緩くしてしまっていると批判します。しかしおかげで、多義的な幅のある寓話が生まれた。

星新一（元は各務三郎）流にいうならば、一義的な寓話に「しようとして」創作をしたのだが、物語を面白くするのに熱心すぎた列子のおかげで、「寓話になってしまった」のが、列子を充たす寓話群らしい。その幾つかの傑作は、現代SFを思わせる出来ばえです。

「湯問篇（とうもん）」にある一話では、扁鵲（へんせき）というブラック・ジャックのような天才外科医が、ふたりの患者の心臓を手術で交換し、双方の性格をよりよく矯正してしまいます。それにより生じた混乱と見事な収束が物語られる。まるで星新一の「月曜日の異変」「違和感」「過去の人生」などと並べても遜色なさそうなSFショートショートではありませんか。

「湯問篇」にはまた、シルクロードの彼方から来た技術者が発明したロボットが国王に献上される物語もあります。それも歌って踊れて役者もできる芸能アンドロイドです。王はおおいに喜びますが、ロボットのある挙動で激怒します。しかし……といったストーリー。こちらも、「ボッコちゃん」や「きまぐれロボット」（一九六四、『きまぐれロボット』所収）、「人間的」など、星新一のロボット発明ものを髣髴とさせる出来です。あるいは、円満字二郎が『列子』の中でも最大の問題作のひとつ」だとする「周穆王篇（しゅうぼくおう）」の一篇。鹿を獲（え）て埋めておいた男がその場所を忘却してしまう。男はあれは全て夢だったんだと思って忘れようとする。だが、それが他人に漏れ伝わったときから、現実と夢との境目がエッシャー的にゆらぎ始めるのです。夢幻想を好んだホルヘ・ルイス・ボルヘスがこれを、綺譚アンソロジー『ボルヘス怪奇譚集』へ収めていましたが、やはり夢ネタの傑作が幾つもある星新一作品ともどこか雰囲気が通じています。「天狗裁き」や「芝浜」などの落語に似ていなくもない。荒巻義雄に倣えば星新一は荘子、老子よりも、むしろ列子の生まれかわりなのではないでしょうか。

にない（「ＳＦと寓話」）。

ここで「読者」が登場してくるのはやはり重要ではないでしょうか。たゆまぬ努力、才能や運も不可欠でしょうが、作品は、何よりも読者あってのもの。

「相手に聞いたり読んだりしてもらわない限り、ことは少しも進まないのだ」

ですが、どうすれば聞いたり読んだりしてもらえるのか。面白がって、感心してくれるのか。「読者が面白がってくれるように」と心底考えて日々創作にいそしんでも、前章でも引用したように（「ＳＦの短編の書き方」）、「他人とはめったに感心してくれぬ存在」、つまりが面白がってくれない存在なのです。前章で詳論したように、作家は商品の売り手として、ただただ命がけの飛躍を試みるほかない。

それでもそのとき、さまざまな読者が、脳内に想定されていなくてはならないでしょう。固定ファン、マニア、たまたま手に取った読者、男、女、少年少女、学生、若者、サラリーマン、主婦、シニア……。

星新一の場合、ずっと未来の読者も、翻訳でよむ世界の読者も、視野のどこかにはいたはずです。

彼ら彼女らを面白がらせる。そうした心構えで、創作に向かうとき、その発想は、人間が人間であるかぎり免れないだろう、「現実とは、存在とは、人間とはなにかを、ふり出しに戻って考えなおさせられ」るような根源的なテーマから汲みあげられざるをえないでしょう。それこそが普遍だからです。

そして、そうしたテーマこそは皆が疑わず共有する常識へ、すでに少年時代から、鋭いつっこみを入れたがった星新一が、もっとも得意とするところだったのでした。

数あるSF作家のなかでも、とりわけ星新一が、我らがネット社会の諸問題を、的確すぎるほど照らしだせたのはなぜかという問いの答えも、きっとここにあります。

一九六〇年代、正月の未来予測記事に駆り出され、テレビ電話ができるでしょうといった定番を覆して、「テレビ電話は完成しても、だれもつけたがらないでしょう」と答えた星新一（「忙しい季節」『きまぐれ星のメモ』所収）。

他のSF作家や未来学者は、技術進歩の視点のみから予測して足れりとしていた。しかし、星新一のなかにいた多様な読者には、自分が映るのははずかしい人もいれば部屋が映ったらこまると悩む顔もあった。彼女ら彼らにも感心してもらえる話を書かなくてはと常日頃考えていたならば、誰もがテレビ電話をつけたがるかどうかは見えてくる。いま現在、自撮りとインスタ映え、動画配信は大流行りですが、テレワークには皆あたふたするばかりでした。星新一は基本正しかったのです。

多様な読者を意識しての創作。

そのとき、日常生活においてはその人に生きにくさをもたらすだろう発達障害、アスペルガー症候群（自閉症スペクトラム）的な性格が、かけがえのないほど有利な気質となったでしょう。

健常者ならば何も意識せず、ごく自然に空気を読んで伝えてゆけるコミュニケーションが、そうした気質の者には、それが相手に通じるか否かをいつもいつも迷いつつ試みるいのちがけの飛躍、はて知れぬ試行錯誤の連続なのですから。

相手が、はたしてどう受け取るかわからない。

だったら、それをあらかじめ想定して、どう受け取られたとしても、それなりに読んで聞いて、感心して、面白がってもらえる普遍性の高いネタを提供するほかないわけです。★8

そして至難の試行錯誤の果て、星新一の「うまくでき」たショートショートは、読者ごとに論者ごとにまた時代ごとに、さまざまな受けとらえかたをされる極めて高次元の寓話となったのでした。あたかも、あのたいへん「うまくできていた」ロボット、ボッコちゃんや、顔も見せないかぐや姫へ、群がる男たちがそれぞれの憧れや欲望を勝手に投影していったように。

★8——星新一を優れた哲学者だと思うとした最相葉月。本章ではこの卓見を踏まえ、ではどのような哲学者なのかを考察してきました。

しかし最相が同時に、星新一を「SF作家であるとは思っていません」と断じたところはどうでしょうか。SF作家と哲学者は、両立しないものなのだろうか。

物語のスタイルで述べられる哲学もあり得るとする専門哲学者は幾人もいます。今道友信は、荘子の寓話、ダンテの『神曲』、ゲーテの『ファウスト 第一部』、ニーチェの諸作などを、文学でありつつ論理的な哲学書でもあるとし、中村雄二郎は、啓蒙哲学者が小説をも哲学の発表形式としたと指摘しました。鶴見俊輔も、プラトンの洞窟の比喩とかW・ジェイムズのつねに木の幹の後ろに隠れて永遠にみえないリスの喩えとかいった寓話にこそ哲学の魅力はあると語りました。これらとSFとはもう隣り合わせではないか。中村のいう啓蒙哲学の雄ヴォルテールのコント「ミクロメガス」は、巨大異星人が登場するSFの先駆です。『ファウスト』だって、若返って時空を翔けます。

近年では、政治哲学の分野で、ハインラインの『月は無慈悲な夜の女王』とかル゠グィンの『所有せざる人々』が必読とされたり、哲学者永井均が、イーガンの「貸金庫」や「ぼくになることを」を哲学の文脈で語ったりしています。永井は、筒井俊隆の「消去」と並べて「おーいでてこーい」にも触れているのです。

現在の倫理哲学の分野では、フィリッパ・フットが考案したトロリー（トロッコ）問題とか、マイケル・トゥーリーのヴァイオリニストと癒着手術の比喩とか、奇想的な寓話によって問題を提起する哲学者が珍しくありません。これらはもう、一種のショートショートといってよいのではないか。最相葉月の指摘どおり、星新一が優れた哲学者であるとしたら、それはすなわち、優れたSF作家であるというに等しいのです。

補論① シラカバ派について

星新一と筒井康隆と中二病と

「中学生の頃は読んでくれるけどさ、高校入ると筒井康隆のほうがおもしれえぞとか、みんな言い出すじゃないの」

ただいちどお会いした八十年代半ば、「先生こそ僕たちの国民作家です」と心から訴えた私に、星新一は照れつつこう返しました。

私と同世代だった坪内祐三にこんな回想があります。「クラスのちょっとませた本好きたちが『ボッコちゃん』を夢中になって読んでいた。

古典的名作よりも『ボッコちゃん』の方がポップでかっこ良く見えたのだろう。私もつられて読んだ」と回想しています。「当時、私は中学一年生だったけど、そのことを良く憶えている」(「文庫本を狙え!」「週刊文春」二〇二〇年四月一五日号所収)と。

ショートショートのドライな文体。シニカルな結末。子供向きの物語にない大人のムード。小学校高学年か中学生が魅了されるのも無理はありません。

世の中の裏側、人間の愚かさ、ダークな領域を覗いてどきどきわくわく。同輩たちと背伸びや訳知りぶりを競いあう年齢を迎えた知的少年少女が共有する思い出でしょう。

そのとき彼らは、自意識を肥大させ、教科書的な良識をダサく感じ、偽悪や不良性に惹かれ始める。平成期「中二病」と名づけられたあの思春期症候群の入口に立っているのです。

しかし――。

彼らが第二反抗期を募らせて、洋楽を聴きだしたり、いわゆる鬼畜系マンガを読んだりカルトな映画を観たり、寺山修司などかつてアングラと呼ばれた美学に接近したり、ＬＧＢＴＱなど各種マイノリティの思想や、マイナーな反体制思想を勉強したり……と、症状が進み、サブカル浸り真っただ中となった頃には、星新一の世界は、早くも物足りなくなってくる。

坪内祐三の回想は、こう続きます。

「先に私は、誰もが星新一を読んだことがあるはずだ、と書いた。逆に言えば、皆、星新一を卒業してしまう（星新一好きだった私の級友たちは高校に入ると筒井康隆に夢中になった）」と。

ドライでシニカルでクールで、優等生的良識へ懐疑を突きつけますが、同時にスマートでソフィストケートされ、お上品で高尚でもある。星新一の作品世界には、不良性は乏しい。ワルっぽさはない。何しろ、教科書に載っているのですから。

対するに、筒井康隆は、パワフルで過剰極まる残酷描写、エログロ表現のエグさにしても、元祖鬼畜系というべき良識をいじりまくる姿勢においても、まさしく知的なワルそのものであり、彼らの偽悪趣味を充分満足させてくれるでしょう。

星新一を、知的青春への入口とした少年少女が、まもなくその時期を卒業して進む先としての筒井康隆。

ここにはけっこう重要なコントラストが見られます。

シラカバ派筒井とそうでない星新一

「シラカバ派」。これは、純粋まっすぐで清く正しく美しくを望む自分に照れてしまい、偽悪を気取ってしまう近代知識人の宿痾を、呉智英が諷した呼び名です。

筒井は、典型的なシラカバ派でした。彼の過剰にえぐい描写も、鬼畜系の露悪趣味も、形骸化した良識を撃たんがための挑発にすぎません。

その裏側には、「アルファルファ作戦」「わが良き狼」「秒読み」「わたしのグランパ」などを著した、初々しいヒューマニスト、エモくてさわやかな人情家筒井康隆がいるのですから。

この実態は、筒井が例えば寺山修司などと共に、中二病を重症化させた少年少女の知的アイドルにいかにもふさわしいことを証しています。

なぜなら、思春期に罹る知的中二病患者は、真性の鬼畜系となるわけではないからです（香山リカという人の軌跡はそのよき症例をなしています）。

要するに、小学生以来の優等生然とした自分を恥じる自意識ゆえに、知的ワルを気取ってみたくなっただけ。ダークもエログロも残酷も鬼畜も極悪もじつは、ヒューマンで優しく純粋な自分を防護するためのアリバイ作りなのでした。そうした心理メカニズムがそのまま重なる当代一のシラカバ派筒井康隆こそは、永遠の青春を生きる作家だったのです。

しかし、星新一はそうではない。

星作品を充たすシニシズムを剥いでも、その向こうに美しいヒューマニズムが顕れたりはしません。

そこにはどうしようもなく愚かで現金で憐憫を誘う、進化した猿たちがうごめいているばかりなのです。

ときに、「約束」（一九六一、『ようこそ地球さん』所収。『ボッコちゃん』自選）のように純粋さが讃えられても、青春のそれではなく、幼少期のきらめきにすぎない。

青春の作家は、醜悪な現実に対して、そのヒューマニズムゆえに立ち上がります。筒井康隆はディストピアへの反抗を描き、自らも断筆でポリコレに抗議し、文学者の反核声明に署名しました。

しかし大人からみたら、一文にもならぬ抗議など企てる暇があったら、過酷な状況を奇禍として一儲けを企み、のし上がる途を考えたほうがいい。

星新一はそんな大人の作家でした。

青春が昂じた少年少女が、星新一を卒業してゆく理由がここにもありそうです。

星新一に次いで筒井康隆を、十代で熱く迎えた最初の世代は、一九七〇年代、山口昌男、阿部謹也、栗本慎一郎などの文化人類学や社会史の知見で、前近代から戦後民主主義までの諸正義、平和や人権や民主主義を懐疑し相対化する知の洗礼をうけました。

一九八〇年代には、バブル前夜の好況の下、ニーチェ流の正義の相対化と脱構築、ポストモダンの思想に鼓舞された彼らは、高度消費資本制を謳歌満喫しました。

あれから四十年弱、停滞する経済下、格差拡大、ヘイトスピーチ等の台頭を迎え、老いた彼らは、そんな現実に対抗する知的武器が自分たちに欠けていたと気づかされます。

そんな彼らの多くは、筒井康隆の偽悪露悪の裏側をなしていたようなヒューマニズムへ帰還しようとしている。

しかし、そこから帰結する青春の反抗はやはりむなしく敗れるほかはないでしょう。

彼らが還るべきはむしろ、山本光雄が「凡俗醜悪な人生の活図」と呼んだイソップ的現実を踏まえて、逞しく利を得、サバイバルせんとする星新一の世界ではないでしょうか。

圧倒的現実を相手とする正義の闘いを本気で企てるつもりならば、状況につけこんで得た一儲け、のし上がるくらいの武器兵糧なくしては、勝ち目などないのですから。

そんな彼らを尻目に、喜怒哀楽その他人生のリアルを、驚異として目をみはる少年少女と、醍醐味としてかみしめる大人たちに支持されながら、星新一の全文業は、青春から最も遠いところで、今も変わらず咲き誇っているのです。

「中学生からやり直せよ／誰もが宇宙のど真ん中／教科書の隅でポツンと一人／星新一／ボッコちゃんをボッコちゃんを／ボッコちゃんを読み直せ」（大槻ケンジ「中学生からやり直せ！」より）。

補論② 賢慮について

ジャンバッティスタ・ヴィーコの方へ

多様な読者がそれぞれの立ち位置から食いつき、享受できる寓話という知的ツール。

その意義を考察する際に参考となるのは、中村雄二郎が紹介した「賢慮（フロネーシス）」という知のありかたではないか（『問題群』岩波新書）。

古代のアリストテレスやキケロが重んじ近代初頭、ジャンバッティスタ・ヴィーコが復権を志した知。それは、クリティカの知に対するレトリカ、トピカの知などともいわれます。中村によれば、近代の科学的な知に対するオルタナティブなのです。

どういうことか。

近代科学の知、クリティカの知（元祖はデカルト）は、しっかり証明できるところから一歩一歩ステップを飛ばさず真理を積み上げてゆきます。だから厳密で隙はなく信頼できます。

だが、それで全体がわかるまでには時間がかかる。

また、論証・実証しやすいところから手をつけてゆくため、視点が偏りやすい。知らぬうちに一方的な偏った見方となってゆきがち。

さらに、厳密な実証には専門的技術や数学的整理を要するがため、素人が誰でも理解するには難しい。

これに対して、賢慮、レトリカ、トピカの知は、厳密には真理とずれていてもまずおおざっぱな全体像をつかもうとする。

それが出来たならば、第一に、いま緊急の問いに対しても、即答できてしまえる。

第二に、まず全体から入るので、クリティカの知的に一方から攻めると後回しになったりなかなか視野にはいらない論点を、最初から意識して、衡量按配することが出来る。

第三に、おおざっぱな把握でよいので専門用語や数式は不要となり、誰にでもわかりやすく伝えられる。

そんな実用に資した利点があるのです。

賢慮の知でコロナ禍を概観すると

コロナ禍では、まずウィルス学者、医学者がその知見を語るでしょう。当然です。彼らの研究成果や導かれた対処法には耳を傾けるべきです。

しかし、彼らの多くは医学ファーストというか他の論点があることに気づかなかったり軽視する。

例えば、経済や社会ですね。厳格な感染防止策を完全施行できればコロナによる死者はなくせるだろう。だが、経済が麻痺して、困窮者や自殺者が増えてもかまわないのだろうか。

感染防止だけ考えるなら、東京五輪は中止すべきだったかもしれない。しかし中止で後々不都合なことはないのか。だいたいどんな不都合が生じそうなのか。

そうした諸論点を洗い出し、全体像を誰にもわかるように見せる。素人が判断できるよう材料を供する。それが、賢慮、レトリカでトピカの知なのです。

そんな知はどういうかたちで披露されるのか。それこそ、星新一が構想したことのある、人脈パノラマのような一枚絵がもっともそぐうのかもしれません。

しかし、寓話というメディアも活用できないだろうか。ヴィゴツキーや山本夏彦が喝破したように、イソップのアリとキリギリスは、アリの側からもキリギリスの側からもアプローチできて、それぞれ反対側の立場も理解させられる全体的知でした。

まさしくトピカの知、賢慮であって、ヴィーコの『新しい学』にもイソップの名はでてきます。

星新一が尊んだ幾つもの解釈ができる寓話とは、皆で解釈を出し合って議論して、その問題にかかわるあらゆる立ち位置、ステークホールダーを洗い出すことを促すツールなのです。

あらゆる立ち位置を慮る。それはいわゆるＤＤ論ではないかと非難する向きもありましょう。

しかし、ある思想や政策を支持して推進しようとする場合も、違う立場や相反する立場の者がどこにどれだけ居そうかをあらかじめおおまかにでも把握しておかないと、勝利はおぼつかない。

自分の周辺には与党に投票した人などひとりもいないのになぜあんな高い得票率であいつらが勝つんだという嘆きを、DD論や冷笑系を嫌う人びとから聴きます。それはむろん、全体をつかむ知を働かせるのを怠り、自分の周辺だけを全体だと誤認したがためでしょう。

DD論は、高みに立って冷笑するためにも使えますが、異なるいろいろな立ち位置を理解して、全体的視野を獲得するきっかけともなるのです。

「流行の病気」はこう読め

このあたりで、本書冒頭で紹介した星新一「流行の病気」の続きを紹介しておきましょう。

毎年繰り返されるパンデミックは、人工的なものでした。今回も囁かれた陰謀論など、半世紀前、星新一がとっくに考えていたのです。

毎年飲まねばならぬ予防薬には、権力に従順に従うようになる薬剤が混ざっていました。

むろんフィクションです。しかし、コロナ禍をそうした方向に利用する手はいろいろあるのではないか。その幾つかはすでに施行済なのではないか。

さらに「流行の病気」が興味深いのは、毎年の予防薬が無料支給ではなく、それによって消費が強制され、経済が活性化されているところです。人工的パンデミックは、お金を吐き出させるためでもあった。

現実はむろんこれとは違います。しかし、コロナ禍は、一律十万円その他数々の支援金、ワクチンや医療費の国庫負担により、膨大な財政を吐き出させ財務官僚を青ざめさせている。

何もなければまず許されないMMTなどの財政出動の実験がいつしか出来てしまっている。

「流行の病気」もまた、感染症の活用法というまともに語ったら大炎上しかねない問題を、各人各様の立ち位置に応じ、全体的に考えるたたき台となる一級の星寓話なのです。

もうひとつ興味深いのは、薬剤を拒んで体制をあわてさせる主人公が、いわゆる反逆者ではないことです。病気になれば仕事を休めるかもと思いついただけ。これは意識的な反抗が資本に取り込まれる危険を説き、むしろ、無意識的に自ずからサボることの有効性を訴える栗原康『サボる哲学』と奇妙に一致するのです。

エピローグ――「錬金術師とSF作家」「小松左京論」「科学の僻地にて」ほか

セリグマン『魔法』のインスパイア

「錬金術師とSF作家」というエッセイが星新一にあります。「錬金術の歴史を記した本を読むと、いろいろな意味で興味津々たるものがある」と書き出して、ヨーロッパ古代中世の錬金術師が考えた奇想の数々が紹介されてゆきます。

金鉱脈とは、地中で成長する植物の枝のごときものであると仮説し、枝を切っても幹を枯れさせない栽培法を開発すれば、金は無尽蔵……。この植物学や農学のアナロジーを星新一は、「まことに卓抜」、「現代常識からの批判をべつにすれば、大変な想像力といっていい」と絶賛するのです。

万物融化液の開発。こちらは、「そんなものができても入れる容器がないはずだ」といういじの悪いツッコミが入って幕となってしまった。

挙げられるこれらの例から、星新一が読んだ「錬金術の歴史を記した本」が何かはほぼ特定できます。

「世界教養全集」の第二〇巻に収められたヤリグマン『魔法——その歴史と正体』（現在、平凡社ライブラリーに収録されています）の「錬金術」の章です。[★1]

「金は地中で成長する」という説も、「ヘルメス・トリスメギストス」の項で紹介されていますし、「万物融化液」についても一項が立てられている。

錬金術への批判として引用されるアウグスティヌスの「無益で好奇的な研究欲のあらわれにすぎぬ」という非難も、「錬金術の起源」の項にそのまま見られます。

星新一は他に、「賢者の石」「宇宙の設計図」「寓意の詩」「精霊の図解」といった奇想に触れていますが、いずれもセリグマンが取り上げたネタばかりです。

錬金術師たちの奇想の数々を紹介した後、星新一は彼らがどういう人々だったのかを考察しています。

何世紀にもわたって研究が続けられた錬金術。

金がそうたやすく生み出せないことくらいわからなかったのか。さまざまな実験技術を開発しているのだから、金生成は諦め、他の何か実用できて儲かる発明へ向かえば成功したかもしれないのに、彼らはそうしなかった。

なぜか。

そこで星新一は、錬金術師たちは、地中で金鉱脈が育つとか、万物融化液とかいった、異質な学問分野を縦横に組み合わせては奇想を考え出す楽しさを覚えてしまい、夢中になって、現実に金を錬成することなど二の次となってしまったのではないかと仮説するのです。

こう論じる星新一は、すでにセリグマンの著から離脱しはじめています。錬金術というと、金を錬成するという目的は達せられなかったし、科学的にも誤っていたが、その過程で得られた実験の技術や化学上の諸知識は、その後の近代化学発展の基礎となったという科学史的理解がなされてきました。

セリグマンの書は、そういう近代主義的な視点には立っていません。じつは錬金術師というのは、金を造って儲けようといった人たちではなく、自らの魂をより高貴で完全なものとしようとする神秘哲学(オカルティズム)の実践者でした。純金錬成の実験も、金と共に自らの魂も純化され輝きだすと信じるがゆえの、修行のひとつだったのです。

セリグマンはそうした視点から錬金術を研究した古典、精神分析家C・G・ユングの『心理学と錬金術』などを引用しながら、オカルティスト錬金術師の歴史を紹介してゆきます。

しかし星新一は、そうした神秘主義の修行者という側面を完全にスルーしてしまっている。そして奇想のおもしろさに夢中になってしまった人たちといういささか勝手な理解のうえで、論を進めていってしまうのです。★2

星新一は錬金術師のそこが気に入ったのでしょう。そして、セリグマンを読んだ後も、神秘哲学修行者(オカルティスト)像は残らなかった。他方、若き日に読んだ『鳥料理レエヌ・ペドオク亭』でアナトール・フランスが描いた一種、陽性のマッド・サイエンティストたる錬金術師像は、「ボッコ

★1——『別冊新評　星新一の世界』所収の「星新一大辞典」、『火星年代記』の項目には、影響を受けた作家が数名挙げられた後、「役立った本は、セリグマンの「魔法——その歴史と正体」とあります。

ちゃん」の発明趣味のマスターから、「デラックスな拳銃」（一九六一、『ようこそ地球さん』所収）「デラックスな金庫」（一九六一、『悪魔のいる天国』）。『ボッコちゃん』自選）の好事家、「はじめての例」、「四で割って」に登場する知的享楽家たちへ発展していったのかもしれません。

つぎに星新一は、「錬金術師たちは、奇妙なことに大弾圧を受けることもなく、意外に安泰だった」と記します。宇宙の設計図とか、ビンのなかで人間を発生させる法など、「教会や支配者にとっても、危険きわまりない説をも口にしたにちがいない」が、「しかし、錬金術師狩りはおこなわれなかった」ともあります。

これらも史実に反します。セリグマンの『魔法』にも、五世紀にアレクサンドリアの錬金術師たちが、大規模な異教徒迫害の犠牲となったという記述があります。先のアウグスティヌスによる否定論も、これとの関連で引用されているのです[★3]。

このようにいささか都合のよい情報のみをセレクトして創り上げたきらいのある錬金術師像を援用しながら、星新一はＳＦ作家という独特の立ち位置をアピールしてゆきます。

奇想家としてのＳＦ作家

星新一が提示するＳＦ作家と錬金術師の共通項は三つあります。

ひとつ。専門的な学問間の垣根を無視して奇想を生み出している。

ふたつめ。実利よりも奇想空想の面白さを優先している。

最後の三つめ。治外法権的安全地帯で危険思想を含む奇想に没頭した。

これらです。まず、学問ジャンルの垣根を無視から考えてみましょう。これは、あの金鉱脈という地質学や鉱山学の知識と、植物学、農学の発想を、勝手に重ね合わせてしまうような発想です。実用になるわけもなく真理でもないですが、しゃれとしてはけっこうおもしろい。

ＳＦ作家もそうした発想が得意です。星新一に「小松左京論」という一文があります（『きまぐれ博物誌』所収）。ある時、小松左京が、「いかにもうれしそう」に「この道に進んだしあわせをかみしめている」といったようすで、星新一にこう語ったという。いわく――、「ＳＦというのは、じつにふしぎな性格を持っている。どんな点かというと、いかなる分野とも

★2――もっとも、星新一が、知的奇想に遊ぶ自由人のイメージで錬金術師を描いているのはあるいは、若き日に親友長谷川甲二から借りたアナトール・フランスの『鳥料理レエヌ・ペドオク亭』（『きまぐれフレンドシップPART1』）の影響からかもしれません。この長編小説は、学識も煩悩も豊かな破戒僧コワニャール師を主人公としますが、脇役としてダスタラックという錬金術師が登場するのです。コワニャールの弟子で物語の狂言回しであるトゥルヌプロシュ青年へ、この錬金術師は、カバラの秘法とか火の精サラマンドラの化身たる美女と結ばれる法とかを説いたりします。若き星新一は、そこに展開される奇想の数々に魅せられたのでしょう。そして、信仰にも学問にも色欲や犯罪においてさえも、あくまで真摯なコワニャール師と比したとき、錬金術師ダスタラックはどこまでも飄々磊落で快活な知的遊び人、トリックスターとして描かれているのです。

★3――もっとも星新一の理解が歴史をねじまげているとまではいえません。セリグマン『魔法』の十年ほど後、翻訳刊行された文庫クセジュの一冊『錬金術』（セルジュ・ユタン）では、正統カトリックから破門され、火刑に処された錬金術師もいたとしつつ、法王や国王から庇護もされたとか、弾圧はときたま偶発的に行われただけだったという記述がみられるからです。

接触できることだ。例えば、ミステリーともとなりあわせのような気分だし、文学や童話とも同様。天文学や考古学、エレクトロニクスや超心理学、学問のあらゆる分野に、ストレートにつながることができる。政治、経済、流行、社会現象、落語、アニメーション、その他ＳＦととなりあわせでないものを探すのに苦労するほどだ」と。

これに対して星新一は、同じころ、「それと似てまったく逆なことを思いついていた」そうです。いわく――、

「あらゆる分野から一定の距離をおき、その影響から無縁で、超然としていられるのはＳＦ以外にないのではないかという点だ。これについてはある雑誌に書いた。ヨーロッパの錬金術師たちは、政治、宗教、実利といった世俗的なものからの無風圏地帯、すなわち安全地帯に身をおいたからこそ、奇妙な発想ができた。ＳＦも同様であろう」との内容だというのですから、これはエッセイ「錬金術師とＳＦ作家」以外にはありません。

さて、このＳＦに関する両極的見解、いかなる分野とも接触できる点を喜ぶ小松左京と、あらゆる分野から距離をおける点を重んじる星新一とは、ようするに同じことをいっているとはいえないでしょうか。

すなわちどちらも、ＳＦ作家の発想が、特定のどの分野にも属してしまわないところを尊んでいるのですから。

異なる分野の発想をジャンルの垣根を超えて結びつけるには、稀代の百科全書的知性小松左京ほどではなくとも、諸分野についてある程度の知識は必要でしょう。

しかし、そうではあっても、星新一ほどきまぐれで軽やかではないにしろ、ある分野を自分の専門だとして固執しはしない距離感もまた不可欠なはずです。

金鉱脈の栽培法を思いついた錬金術師のごとく星新一は、死ぬ間際のパノラマ視現象と地球全生命圏の末期とを結び合わせて、「午後の恐竜」を創作しました。

小松左京のベストセラー『日本沈没』は、盤石に見える日本列島がわずか一か月の間にねじれ裂けて沈んでゆく地殻変動の可能性を示すために、量子力学にいうトンネル効果と似た大規模エネルギー移動がマントル層に生じたという説明をしています。

どちらも、専門家からすればありえない話なのですが、多少でもその分野について知識がある者には、嘘八百とはわかっていても、一種の知的しゃれとして感興をそそらずにはおかない気の利いた奇想、アナロジーなのです。金鉱の栽培法のように……。

星新一も小松左京も、こうした奇想のおもしろさに取り憑かれて、ＳＦ作家の途を嬉々として歩み通したのでしょう。

ただし、です。この当時、星、小松がとり憑かれたＳＦの魅力は、今日、数十年間にわたる浸透と拡散を経て、村上春樹以下の前衛的実験小説からエンタメ、ライトノベル等あらゆる文学、マンガにアニメ、ゲーム、映画、ドラマほかの映像文化へあまねく取りいれられた手法、モチーフである「ＳＦ」のイメージとは、かならずしも一致しないかもしれません。

トンデモ本作者の親戚だったあの頃

一九六〇年代当時、ＳＦは知的な新しさはそれなりに感じられるものの、いかにも幼稚でいかがわしい代物でした。

いま喩えるならば、それは何に近いだろうか。もしかしたら意外にも、蔑視され貶められているあるジャンルではないか。それは、山本弘らが「トンデモ本」と名づけた書物群です。

星新一のエッセイ集『きまぐれ暦』には、「あやしげな仮説」と題された奇妙な一篇が収録されています。その冒頭で、空想的な小説ではなく「空想的な随筆」を書くと宣言した星新一は、植物には人間の脳波などを自動的に記憶する能力があるという仮説を立てて、幽霊とか神木のたりとかテレパシー現象とかを「植物＝伝達媒体」説を軸に合理的に説明づけてゆくのです。

タイトルに「あやしげな」とあるように、これは一種の冗談として楽しむべき文章でしょう。しかし、意想外の奇想によって、さまざまな謎を一気に説明してしまう仮説を考え提示し検証してゆく星新一の筆は、嬉々として踊っています。

じつはこういう思考実験こそ、金鉱脈栽培可能説を思いついた錬金術師の衣鉢を継ぐと星新一が考えた、ＳＦの初心だったのではないか。

星新一は、こうした「トンデモ仮説」が終生、けっこう好きでした。

『できそこない博物館』（一九七九）でも、高橋実という工学者が手すさびで著した『灼熱の氷惑星』という著が好意的に取り上げられています。

大量の水を含んだ長楕円軌道惑星が、太古に地球に接近して水をもたらした。それは稀有な偶然であって、水にめぐまれた惑星が地球以外に存在する可能性は極小というほかない。

星新一はこれを、「とにかく大胆で、日本人ばなれしたスケール」、「まことに壮大な話で、金星が太古に地球をかすめたというベリコフスキーの『衝突する宇宙』以来の面白さだった」と讃えています。そして、しかし大量の水は月には影響しなかったのか、月に地下水が発見されたなら「私もこの仮説の支持者になるだろう」と、好意的つっこみまで入れているのです。[★4]

文中のベ（ヴェ）リコフスキーとは、ロシア出身のユダヤ系医師で、太陽系の惑星がいまと違った軌道を運行し時にいちじるしく地球へ接近したとする仮説を立て、旧約聖書のノアの洪水、ソドムとゴモラなど破滅的天変地異をその仮説で説明した『衝突する宇宙』が、専門家からは一笑にふされながらも世界的ベストセラーとなった人物でした。『衝突する宇宙』は、一九五一年、天文学者鈴木敬信による邦訳が刊行されており、空飛ぶ円盤研究会を経て「宇宙塵」に参加した星新一の周囲では、おおいに話題となったと考えられます。

これらも現在では、「トンデモ本」とされるのでしょう。[★5] しかし「トンデモ本」だって、カルト的に盲信することなく、あくまでも興味本位の奇想として提示して、読者もさまざまなつっこみをいれながら楽しむのならば、本格ミステリー（パズラー）やハードSF、アシモフやグール

★4――この記述から四十年が経ち、月の地下水はまだ発見されていません。しかし、月面探査機の発達により増大したデータは、月における大量の水（地下の氷）の存在を否定できず、各国は将来の利用開発を視野に、真剣にその探査を続けています。

★5――現在の「トンデモ本」の一源流、奇現象や超科学の紹介、研究の草分けである斎藤守弘（一九三二～二〇一七）は、「宇宙塵」の創刊時メンバーでした。

ドなどのサービス精神豊富な科学解説書と並ぶ知的読み物といえるのではないか。

考えてみれば、星新一は、ＳＦファンとなるまえに、まず最初期の空飛ぶ円盤マニアとなった人でした。

空飛ぶ円盤研究会の機関紙「宇宙機」一二号（一九五七年七月）に載った「航時機論　雑感」（『きまぐれ星からの伝言』所収）を読めば、星新一のそんな初心を感じることができます。UFO搭乗の金星人とテレパシーでコンタクトしたと称した元祖トンデモ教祖アダムスキーについても、頭ごなしに否定はせずにその証言を検討し、「もっとも著書が事実の場合である」と、その疑わしさもちゃんと示唆もしているエッセイ。

そしてアダムスキーを、「デッチ上げと判った時には怒る人もあろうが、私はその空想の非凡さで天才的ＳＦ作家と尊敬するつもりである」と締めるのでした。[★6]

「航時機論　雑感」は、「真理とは、より簡単でより多くを説明し尽くす仮説をいうのですから」という、矯激な相対主義を唱えた科学史家ファイアーアーベントばりの一文で終わっています。

昭和三十年代初めに自然科学をこう考えていたポストモダニスト星新一にしてみれば、ヴェリンスキーなどの良質のトンデモ仮説本と、科学解説、そしてＳＦは、「奇想」を尊ぶジャンルとして隣り合わせであって、かならずしも峻別されるべきものではなかったのでしょう。[★7]

あらゆる専門分野から等距離を置く地点で、アナロジーの妙、異質のものの組み合わせのおもしろさが生じ、さまざまな「奇想」が湧きあがってくる。

そのおもしろさにとりつかれた人々。すなわち、ＳＦ作家。あるいはそのすそ野をなす、遊び心ある科学者や、奇現象研究家などと称されるトンデモ本のライターたち。そして、彼らの大先輩だった錬金術師たち。

彼らはみな、ジャンルを超えた奇想を弄ぶ楽しさに淫するあまり、おしなべて実利をないがしろにしてしまった、それが、ＳＦ作家と錬金術師、第二の共通点でした。

錬金術師の場合、実利とは本来の目的、金の錬成（先述のようにこれは史実ではない）でした。

★6――星新一の空飛ぶ円盤への関心は、三つ子の魂のごとく存続し、エッセイ集『きまぐれエトセトラ』には「ＵＦＯの警告」（「現代」一九八〇年十二月号初出）が収録されています。

空飛ぶ円盤研究会の回想や、ＳＦ作家のＵＦＯへの態度など多くの話題に触れながら、最後で、ＵＦＯの正体について一仮説を提示しているのです。それは「成長志向」を戒め、いまでいう「持続可能」（星新一の表現では「長期安定」）を訴えるはるかな未来からのメッセージだというものでした。

これもまた、植物のテレパシー伝達機能説と同様、なかば以上は冗談として読むべきものでしょう。しかし星新一が終生、こうした奇想あふれる仮説遊びを好み、意義をも見出していたのは事実なのです。

★7――ちなみに、旧ソ連では、共産主義の教義に反せず、科学重視のハードＳＦ限定という枠内でしたが、ＳＦがたいそう盛んでした。しかし、ＳＦに該当する「ナウチナヤ・ファンタスチカ」というジャンルは、文学の一分野というよりは、未来予測や科学解説や飛躍的仮説（良質のトンデモ本ですね）まで含んで一範疇をなしていたようなのです。そこでは専門の科学者が、異常に小さい火星のふたつの月は大古に打ち上げられた人工衛星だとする説を発表したり、ＳＦ作家が、一九〇八年のツングース大爆発を核搭載宇宙船の落下事故だとする研究を載せたりしていたのでした（豊田有恒「ソビエトＳＦとの出会い」『世界ＳＦ全集 24』月報）。

日本において最初のＳＦ雑誌「ＳＦマガジン」を創刊する時の福島正実も、「この雑誌の読者は、他のジャンルのそれではなかなか読むことのできないＳＦ的ノンフィクション――例えば超常現象やＵＦＯや古代遺跡の謎や雪男やネッシーや……もちろんよりイマジナティヴな科学エッセーなどを、ＳＦと共に楽しめなければならない」と考えていました（『未踏の時代』）。

では、その後裔、SF作家にとって、ないがしろにされた実利とは何だったのでしょうか。

実利としての「文学的評価」

星新一は「錬金術師とSF作家」で、アメリカのガーンズバック、イギリスのアーサー・C・クラークの例を挙げ、才能も科学者としての実力もあった彼らなら、レーダーやナイロン、通信衛星の特許をとれば、巨億の富が得られたはずだが、奇想に生きるSF人生の満足度はその上をゆくのだと説きます。

しかし、星新一が見据えた実利とは、富だけではなかった。

星新一は、ヨハネス・ケプラーの例を出します。

ケプラーの法則で知られる天文学者ですが、占星術師でもあり神秘哲学者だった。奇想を好み、『夢』という一種のSFも書いています。

ケプラーは、オカルティストゆえ、友人のガリレイのように、科学史、近代思想史上に名を残すには至らなかった。

これもある意味、「歴史に大きく名を残す」という実利を捨てたといえなくもない。

星新一自身は、SF作家として生きる幸福とひきかえに実利を何か捨てたのでしょうか。

特許の案を持っていると書いていますが、ダブル・ミリオンセラー二冊という長者作家の収入を超えるほどの発明かどうかはわかりません。

星新一が、奇想に生きる代わりに諦めた実利。それはあの「文学的評価」だったのではないでしょうか。ＳＦであり通すために、あらゆる分野から一定の距離をおく。その「分野」には文学すら含まれていたのです。

ここでもまた、小松左京の例を出してみましょう。

小松左京の「文学的価値」への想いいれは、文学青年では全くなかった星新一とは比較にならないくらいあったのではないか。京都大学で高橋和巳と文芸同人誌をやっていたのですから。

しかしＳＦを書きはじめてから、「文学的完成」などどうでもよくなった。ＳＦ短編は、あふれる想いつきをメモするフィールドノート程度のものなのであり、それこそが最高なのだと小松は叫ぶのです（『神への長い道』「あとがき」のほか、「文学を遠く離れて」『世界ＳＦ全集23』月報所収）。

石川喬司は、文学的完成度をめざすことを諦めた小松左京の才能を惜しみます。あの博識と発想に、文学的完成が加わったなら……と。しかし、小松にとって、そんな「実利」（＝文学的栄光）はどうでもよかったのです。

錬金術師にとって本当に金を錬成することなどどうでもよく、ケプラーにとって近代思想の嚆矢として名が残ることなどどうでもよかったように。

もっとも、「文学的評価」のほうも、彼らを相手にしませんでした。

最相葉月が大きく扱った文学的不遇は、星新一の専売特許ではなかった。小松左京も、初期に直木賞候補となり、日本推理作家協会賞を『日本沈没』で受けた以外、文学賞から遠かった。星新一とまったく同じです。

「日本文学全集」に巻が与えられたことがない点では、星新一以上に不遇でした。

文学という固定した一ジャンルからは、垣根を縦横に超えて仕事する小松左京という知性は評価しようがないのです。

ただし、小松左京が星新一と異なるのは、ＳＦファンの投票による「星雲賞」を長編賞と短編賞それぞれ三回ずつ受賞しているところです。日本ＳＦ大賞も一回受賞しています（死後の特別功労賞は除いて。こちらは星新一にも授与されました）。

これは八〇年代以降、日本のＳＦ界自体が、ひとつのプチ文壇と化し、ＳＦもまた、ジャンルを自在に超えた第一世代の自由さを捨て、個別の一専門分野となっていった証かもしれません。

そして、小松左京はそこでなら受容されましたが、星新一はそこでもなお、大いに敬されつつも遠ざけられた感を禁じえません。小松左京をＳＦ作家とすることに違和感を覚える人は少ないでしょうが、星新一の場合、ＳＦファン以外では珍しくありません。

あらゆる専門分野を超え相対化してゆくＳＦの初心のみを結晶化した星作品は、ジャンル化したＳＦをすら突きぬけてしまっていたのかもしれません。

最相葉月の評伝には、「ぼくは星雲賞もらえないの？」と「宇宙塵」主宰者柴野拓美に問い、「ブラッドベリもヒューゴー賞もらってないよ」となぐさめられる会話が採集されています。例によって最相はかつて自らが開拓したジャンルの隆盛と流行から取り残されてしまった先駆者の悲劇をここに見ています。

だが、はたしてそうか。

錬金術師やケプラーに自らを重ねた若き日の自負を思えば、むしろここからは、一専門分野へと堕しかねない岐路へさしかかった日本ＳＦへの反語的警鐘を汲みとるべきかもしれない。エンタメ文学として物語性を蓄え、前衛文学としてニューウェーヴやディック再評価を追い風として、文学のサブジャンルとして体制を確立しつつあった日本ＳＦ。

そこにはトンデモ本や科学的奇想のいかがわしさや楽しさとお隣さんだったころのバイタリティは見失われつつありました。[★8]

筒井康隆独り勝ち、もしくは狙い撃ち

ＳＦが、こうして文学、殊に実験的前衛的小説と融合しかねない状況を迎えたとき、むしろ水を得た魚のごとく、力作を発表しつづけた作家がおりました。

星新一、小松左京とともに日本ＳＦの巨匠御三家といわれる筒井康隆です。

それかあらぬか、筒井はこの時期以降、泉鏡花賞を皮切りに、谷崎潤一郎賞、川端康成賞、読売文学賞などを受賞、日本文学の一巨峰となってゆきます。直木賞は受賞こそしませんでしたが、候補には三回選ばれました。

奇想の才においては、星、小松にひけをとらない筒井康隆ですが、その奇想には、他の二人のように、理系の教養をも踏まえて、異なる諸専門分野を超えたところで発想されている感触がもうひとつ乏しくはなかったでしょうか。筒井はどこまでも文系、あるいは芸術系の天才なのでし

★8――「トンデモ本」という表現を生んだと学会の中心山本弘は、逆説的にＳＦのこの初心を継承しているＳＦ作家といえるでしょう。

ょう。

彼はそれゆえに、文学という既存個別ジャンルの専門家たちからも迎えられ、無事、収まることができたのでした。

星新一、小松左京と筒井康隆とのあいだには、このように超えがたき一線がある。

こうした理解は、「錬金術師とSF作家」で星新一が示した第三の共通点を、おおいに腑におちるものとします。

なぜならば、第三の共通点とは、錬金術師もSF作家も、一種の安全地帯で活動していたがゆえに、政治的宗教的な弾圧を免れ、自由に奇想に耽っていられたというものだからです。

これは星新一にずばりあてはまります。小松左京にもまず、あてはまるでしょう。

しかし、筒井康隆はどうでしょうか。

第2章で扱ったように筒井は、一九九〇年代、作中にてんかん患者への差別を助長する表現があるとして糾弾され、断筆をもってそれに抗議するという事件に直面するのです。

これが星でも小松でもなく（ふたりにも、人権や反差別の見地から許容しがたい作品や描写は少なからずあるのです）筒井だったことは象徴的です。

筒井康隆は、三人のうち最も文学という専門分野のギルド（文壇）に容認され、SF作家がかつて帯びていた「文学から遠く離れて」いそうな別格イメージを離脱した作家だからです。

星新一の比喩でいうならば、どこまでもSF作家として生涯を全うした星、小松はいかがわしさを残す占星術師ケプラーであり、むしろ前衛文学者となっていった筒井康隆は、思想史上、認められてゆくガリレイだった。ケプラーは、奔放な宇宙論を唱えたが、迫害は免れ、ガリレイは地動説を著して、あの有名な宗教裁判にかけられたのです。[★9]

アジールに棲みつづける覚悟

錬金術師は、そしてSF作家はなぜ、政治的もしくは宗教的迫害を避けられたのか。なぜそこは「治外法権的な安全地帯」たりえたのか。

星新一は、「錬金術師とSF作家」でこう分析しています。

「「いまに本当に金を作るかもしれない」という世の期待があったかもしれないが、「錬金術師とはああいうものさ」ということで見のがされていたわけであろう。論難しようにも、各分野をわける垣根の上のネコのようなものだったから、手も出しにくかった」

それは現代では、「SF作家とはああいったものなのだ」という見逃され方となるわけです。それでは、「ああいうものさ」、「ああいったものなのだ」という了解はどうでしょうか。

錬金術師の場合、「ああいうもの」扱いとは、一種のくわせ者、ペテン師よばわりとさしてかわらなかったでしょう。

SF作家の場合の「ああいったもの」も、子供相手の紙芝居的雑文書きとか、いまでいうぃか

★9――もっとも今日の科学史上、この理解が史実としてどこまで正しいかはなんともいえません。ケプラーは母親が魔女の嫌疑をかけられ苦労していますし、ガリレイの受難はローマ教会内部の権力争いに巻きこまれたがゆえのものだと解されています。ここでは、星新一の理解に従って論を進めます。

がわしいトンデモ本ライター扱いにほかならない。

危険思想、異端的信仰として真剣に弾圧する価値もない有象無象としか見られていなかったといってよい。

世に見捨てられた最下層、もしくは最周縁（アジール）を安住地とし、代わりに本来許されない自由（言論の自由は無制限ではないといわれるときの、「制限」されてよい言説をあえて吐く自由）を獲（え）る。

それでよしと、星新一は本当に考えていたのでしょうか。

そうだったのかもしれません。

筒井康隆も、ＳＦ作家のメディア上での地位が、右のごとく低かった一九六〇年代には、「士農工商ＳＦ作家」という表現を好んで用いました。

しかしこれにも、単なる自虐ギャグにとどまらず、賤視される一群に甘んじる代償として、常人には許されぬ自由を看過してもらう生き方を選びとる覚悟があったはずです。

それと対極的なことに、旧ソ連では、星新一も「ソ連の旅」で報告していた通り、小説は純文学（社会主義リアリズム）とＳＦしか認められませんでした。刊行部数はおしなべて、一〇〇万部単位だったといいます。しかし、そこは全く安全地帯（アジール）ではなかった。内容には共産党の方針に沿うべく厳しい枷がはめられ、ストロガツキー兄弟のようにほぼ執筆禁止に等しい弾圧を被った作家もいました。大御所エフレーモフすら、力作長編『丑の刻』の再版を政治的理由で差し止められたらしい。

かの国のＳＦ作家は、「ああいうもの」でも、「士農工商以下」でもなかったのでしょう。

八〇年代以降、筒井康隆が、「文学的評価」を獲る代償として、そうなっていったように。しかし――、「ああいうもの」に甘んじて棲み続けるあり方を選んだ作家に、誇りある表現活動がはたして可能なものでしょうか。

自由だった星新一、正しかった星新一

第8章で論じたように星新一は、ただ「読者が面白がってくれるように」、「より面白い作品を」とだけ念じて創作を続けてきたと称していました。

この言葉に嘘はないでしょう。しかし、これらは一九七〇年代後半の発言です。

SFがまだまだ知られていなかった一九六〇年代には、もう少し積極的に、「治外法権的な安全地帯」でこそ発することが可能なSF的言説についての意義づけが試みられていました。

「SFの視点」というエッセイがあります。『きまぐれ博物誌』所収ですから、六〇年代末のものでしょう。そこで星新一は、「根源的問いかけ」にこそSFの意義があると強調しています。

具体的には、「ファシズムが悪の代名詞、民主主義が善の代名詞」というのが定着しているが、なぜそうかはまず解説できない。そういうムードがあるだけで、根源的問いかけの洗礼を経ていないからだ。

マイクル・クライトンの『アンドロメダ病原体』には、地球外起源の危険な病原体が地上に落下し、原爆で焼灼するほかパンデミックを防げない場合、どうするかという議論が出てくる。落下点が大都市だったら。共産圏の都市だったら。

こうした問題を、娯楽化して提供するのがＳＦなのだと。

そして――、

「娯楽化することによって、根源的問いかけの日常化ができるのではなかろうか。鬼ごっこで遊んでおけば、いざ本物の追跡の時にも役立つはずである」と。

人類滅亡防止のため、核兵器により都市を核焼灼するといった論議は、通常まずタブーでしょう。

それが忌憚なく縦横に議論できるためには、錬金術師やＳＦ作家が居場所とした「治外法権的な安全地帯」がどうしても必要とならざるを得ないでしょう。あたかも、前近代の王宮における道化の立ち位置のごとく。

ことは、常識人だったら言うを憚るしかないこうしたタブー破りにはかぎりません。

「錬金術師とＳＦ作家」で、ヨハネス・ケプラーの例を引いた星新一は、科学史上の栄光を獲たが宗教裁判で苦しんだガリレイと、名誉はゆずったが迫害をまぬがれたケプラーを対比させて、「どちらが賢明かは、なんともいえない」としたうえで、こう付け加えるのを忘れませんでした

いわく――、「なお、ケプラーは惑星軌道を楕円と算出し、ガリレイは円と算出し、現実はケプラーのほうが正確なのである」と。

数学と天文学の教授だったガリレイは、最先端の革新的学者ではあったがそれでも、天体軌道は円以外にはありえないというアリストテレス以来の専門家の常識を疑うことを知らず、ケプラーの仮説を一笑に付したのでした。ところが占星術師ケプラーは、そうした専門家ではなかった

ため、なぜ円でなければならないのだという根源的問いを発し、実証的真理へ到達できたのです。

こうした知性を育む治外法権的な安全地帯。

星新一はかつてSFにそれを託しました。

そして、SFがジャンル化し、硬直化を見せていった後も、少なくとも自身だけはそうした安全地帯にいるごとく発言をつづけ、筒井康隆のように糾弾され（てヒーローとな）ることもついになく、人生をまっとうしていったのです。

考えてみれば、錬金術師とSF作家の共通点としてあげられた、専門分野を超えた飛躍的発想、実利より奇想を尊重、治外法権的安全地帯に生きるという三点は皆、SF作家一般よりもそんな星新一本人にこそもっともあてはまる特質でした。

やはり『きまぐれ星のメモ』収録の「科学の僻地にて」には、星新一が、知人の一流メーカー課長に、火星と月とどちらが遠いのかと訊かれたとか、大新聞幹部が、人工衛星は大気圏という海の上を走る船のごときものだと彼なりの理解を語るのを興味深く聞いたエピソードが記されています。科学知識の僻地住人というべき彼ら素人。その実感的科学観を知ることは、星新一が、科学者という専門家にも、SF作家という専門家にも陥らないためには、必須のフィールドワークだったのでしょう。科学を、そしてSFを消費する人々の側へ、専門の垣根を超えて赴けることもまた、専門を超えたところで自在に発想する一過程だったのです。

そんな星新一が、例えば「おーい でてこーい」で、「原子炉のカス」という最大のやっかいものを登場させ、国家から個人までの秘密が突如だだ漏れとなる未来を読者に覗かせた。

『声の網』では、情報ネット社会とビッグデータ万能の時代を描きあげた。テレビ電話の普及がありえないことも、コンピューター時代の著作権の難しさも予言した。

すなわち、どんな原子物理学者や情報科学者、社会批評家や警世家、また新たな専門家と化していったSF作家たちよりも、星新一は、我らが二一世紀を洞察できていたのです。

あたかも、専門家ガリレイよりも惑星軌道を正しく算出できたオカルティストで占星術師のヨハネス・ケプラーのように……。

さあ、あなたの出番がやってきました

第7章で私は、星新一がついに「文学的評価」を得られずに終わった悲劇を謳い上げようとする最相葉月の解釈へ、あえて異を唱えました。星新一が我が意を得たりと感得するのは、はたして「文学的評価」なのだろうかと。そして第8章では、その最相が評した「哲学者」という星新一理解が、文学者よりははるかに穿っていると論じました。しかし、哲学者とか老荘思想家とかいう評価が星新一を納得させ得るのかも、どうも心もとない。

そこで星新一自身の文章のなかから、自らのあり方を語ったものを探った結果、「錬金術師とSF作家」へと辿りついたのです。

ただし――、

錬金術師の末裔なるいかがわしかった頃のSF作家、その実利をしのぐほど魅惑的なその奇想を讃える評価など、この世にあるのでしょうか。

あるわけがない。ないからこそ星新一も、エッセイをひとつ費やして論じたのでしょう。評価する言葉すらいまだないのですから、評価する基準も考えられない。ましてや、そうした奇想へ授与される賞などあるわけがない。考えられもせず、ありえないからこそ、星新一はその地点を讃え、そこに棲み続けることを矜持としたのです。

それでは私たちは、そんな星新一をどう寿げばよいのか。

まずはやはり、その作品をあらためて読み返し、時代のなかで、生活のなかで、日常のなかで、あたらしい意味を汲みあげ、語り合うことでしょう。

そのように「使いこまれてゆく」うちに、汲めども尽きぬ泉である星作品はいずれ、「おーいでてこーい」が民俗学者の都市伝説調査で採集されたように、近代的創作をはるかに超えイソップと並ぶ普遍的寓話となってゆくかもしれません。

あるいは――、星新一を、錬金術師とその末裔たるSF作家という視点から、考え、批評し、論じてゆく作業もまた、待たれているというべきでしょうか。

それには、アプローチしてゆく側もまた、専門分野の垣根を自在に超え、実利よりも奇想をよしとし、あらゆる干渉を免れ得る地点に身をおくという立ち位置から、星新一とその全作品へ真向かう必要があるはずです。

思えばこの小著は、かく考えた私が、まず「隗(かい)より始めよ」と任じて書き上げた一冊にほかなりません。

願わくば、「この書のごときは陳勝呉広のみ」（柳田國男）であらんことを。

星新一読書会へのお誘い――あとがきに代えて

表題にある星新一の名前に惹かれて、本書を手に取ってくださった皆さん、ごめんなさい。これはきっと皆さんを満足させる一冊ではないでしょう。あなたのなか、あなたの想い出のなかの星新一とその作品は、まずここには見当たらないでしょうから。

そもそも星新一の作品には、評論などというおせっかいな屁理屈はいらないし、まるでそぐわないのです。これだけ高名な作家でありながら、作品論が一冊もなかったのは、誰もがそれを知っていたからでしょう。

そんなところから、はるか遠いあたりで、ただ何百万人に読まれつづけている。それでよいのです。

本書を著した小生は、数年前より、「星読ゼミナール」と称する星新一の読書会を主宰している者です。毎月一回、現在、五十回に達しました。

十人ちょっとで始めたのですが、いまは人数が増えたのでＡＢのクラスに分けています。会場は、台東区の夜学 Bar Brat と新宿区のあひる社。快く使わせて下さる関係者各位には最敬礼しかありません。

毎回、指定した星作品数篇を参加者に読んできてもらい、全員順番に何か発言してもらう。ひとことふたことでもけっこう。縷縷述べる方も無論歓迎。星新一を研究する会ではないので、初めて読んだ方とか知識の全くない方も大丈夫。ディープなマニアや研究者も、逆に星新一は嫌いだ、あまり評価しないという方も来られます。みな大歓迎です。

学生からミドル、シニア、男性に女性、サラリーマンや公務員に、自由業に経営者、クリエイターやスペシャリスト、さまざまな方が、自分の体験に引きつけたり、時事ネタと絡めたり、ご趣味やご専門の情報を披露しつつ、星作品を語ってきました。

この催しに、より多くのより多様な方が参加していただきたい。

本書執筆の直接の動機は、何よりそんなＰＲのためです。

もしあなたがいらして下さったら、手狭になったクラスを増やしてお迎えいたします。殊に、本書に違和感をお感じの皆さま、どうかあなたの星新一を語って下さい。

参加希望の方は、お名前と電話番号明記の上 asabami@piko.to までご連絡を。メールにて詳細をお伝えいたします。

活動の簡単な状況は、@hoshiyomizemi の Twitter アカウントでご覧になれますのでよろしくです（現在オフラインのみで活動しております。地方在住の皆さんごめんなさい）。

小生は、中学一年生の時、『ボッコちゃん』が新潮文庫に入った世代です。中学生で星新一というのは多くの皆さんと同じでしたが、ただ最初に購入したのは角川文庫の『きまぐれ星のメモ』でした。ぼろぼろになるまで読みこみ、ショートショート以上にその考え方から影響を受けたものです。

ただ一度、星新一先生（ここでだけ「先生」と呼ばせてください）にお目にかかったのは、一九八五年一月。「幻想文学」誌のインタビューのサポートとして同行させてもらったのでした。

充実した二時間余。現在、「戦後・私・ＳＦ」として読めるインタビュー内容はもちろん、お嬢さんたちから教えてもらったというチェッカーズの話題から、絶品の語りで披露された小咄まで、脱線も雑談もきらめくばかり。

件の「幻想文学」誌に小生は、ごく短い星新一論を書きました。先生はなんとお読みになり、直後刊行された角川文庫版『ごたごた気流』解説として採用して下さったのです。その謝礼は、私が最初に受け取った原稿料（転載料？）でした。新井素子氏、江坂遊氏といった星々の後塵をはるかに拝して申しますが、小生もまた星新一デビューなのです。

星新一について書いてみたい。初期の作品でばかり語られ、思春期には誰もが卒業してゆく作家とされている状況に一矢報いたいという思い自体は、昭和末頃からありました。

通例と異なり、小生は、星新一をずっと卒業しなかった。ちなみに小生の星作品ベストは、完成度なら「門のある家」。好みは「黄色い葉」とか「はじめての例」。「四で割って」。そして、「城のなかの人」です。

星先生が没し、あらためてその作品全体を考えはじめたのが、前世紀末。やがて二〇〇七年、最相葉月氏の評伝『星新一――一〇〇一話をつくった人』が刊行されます。第一級のノンフィクション作家の綿密な取材で明らかになった事実の数々に、小生もただ圧倒されました。

同時に幾つかの違和感も禁じ得なかった。人間臭い星新一が押し出され過ぎていないか。いや、そうした伝記も必要でしょう。しかし……。

喩えるならば、島崎藤村の評価が何も定まらない時期、平野謙の人間藤村批判が最初の評伝として出てしまったようなものでしょうか。

小生は、この評伝で得られた新知識を踏まえてあらためて星新一作品論を考えはじめました。そんな折、もう二十数年お世話になりっぱなしの筑摩書房編集石島裕之氏が声をかけて下さり、まず筑摩書房のウェブサイトで、星新一論を連載させていただきます。

ちょうどその頃、ネット上に「星新一公式サイト」が登場、殊に高井信氏編、山本孝一、和田信裕両氏協力の偉業、全創作作品の初出リストという大労作が発表され、連載も本書も、これに全面的に助けられることとなりました、深謝というほかありません。

ウェブ連載は、公式サイトを運営される御令嬢星マリナさんのお目にとまり、サイトの寄せ書きを依頼される栄誉も得ました。その折のマリナさんの期待が、本書完成へ向けた励ましとなったのはいうまでもありません。

その他、多くの先行研究にお世話になりました。分量の関係で、引用出来ませんでしたが、牧真司氏、丁茹氏、また若き星テキスト検証者下村思游氏らの仕事には大いに力づけられたものです。

しかし執筆は小生の怠惰ゆえに長引き、ついに世界は、新型コロナ禍という星新一的状況へ突入してしまいました。そんななか版元の要請もあり、なんとかまとめたのが本書です。

当初、原稿は現在の倍以上に膨れ上がり、やむなく削除した箇所もまたおびただしいものとなりました。その幾分かは、ＰＤＦ化して頒布したいと考えております。希望者は、「『星新一の思想』削除原稿希望と付記して、上のメルアドへ送ってください。

なお紙媒体での頒布をご希望の方は、@Doranekodo において直販を予定しております。小生の他の時事論原稿等も販売しておりますので、併せてよろしくです。

それだけの分量を費やしても、小生の非才ゆえ、星作品中のごくわずかにしか迫れませんでした。題名のみ触れた作品を含めても、扱えたのは千余篇中の四分の一程度。

その扱い方、評価も、殊にファンの皆さんには納得ゆかないものばかりと存じます。政治、歴史、社会思想、人生論などからのアプローチが主となり、小生の野暮天ぶりをさらけ出してしまってもいます。それは星新一の粋とは最も遠いものでありましょう。

ですから繰り返しますが、本書をお読み下さり、「違う!」「わかってない」と感じられた皆さまの声が聴きたいのです。

しかし読書会へのいざないの意義はそれだけにはとどまりません。本文中で述べたように、星作品は、読んで考え語りあうかたちで使いこまれて、さらに輝きを増すものだからです。

小生主宰の未熟な集まりには限りません。ご自身で、星新一をめぐる催しをさまざまに展開する方があちこちから現れるのを小生は切望します。そしてそうした方々のお話も聞きたいのです。そんな試みが発展してこそ、星新一作品という、私たちが誇るべきこの国民的、否、人類的文化遺産は、より練りこまれ、未来のイソップとして共有されゆく歩みをより確かなものとするでしょうから。

最後に、本書編集で、これまでにも増してご迷惑をおかけしてしまった筑摩書房・石島裕之氏に、更なる深謝を表してあとがきを終わりたく存じます。ありがとうございました。

二〇二一年九月六日　星新一生誕九十五年

浅羽通明

【ら・わ行】

【さ行】

【か行】

星新一の作品索引

本書で取り上げた星新一の小説、エッセイのほか、インタビューや対談等の記事名を立項した。短編、エッセイ名は一重カッコで囲んでいない。短編を中心に、初出年が記載されたページ数はゴシック体で表記。書籍名は二重カッコで、対談、鼎談、インタビューなどの記事名は一重カッコで囲み、適宜、補足説明を加えた。

このかわいい鳥は、星新一がサインとともに描くことで知られたアイコン、「ホシヅル」です。
本書のオビでは The Hoshi Library 公式のものを使用させていただきましたが、こちらは1985年1月23日、星邸にて持参した『人造美人』にサインと共にいただいたものです。
使用を許諾された星マリナ様、ありがとうございましたm(__)m

（浅羽記）

浅羽通明 あさば・みちあき

一九五九年神奈川県生まれ。早稲田大学法学部卒業。星読ゼミナール主宰。著書に『ニセ学生マニュアル』三部作（徳間書店）、『大学で何を学ぶか』『昭和三十年代主義』『右翼と左翼』『君たちはどう生きるか』集中講義』（以上、幻冬舎）、『教養論ノート』（リーダーズノート）、『ナショナリズム』『アナーキズム』『「反戦・脱原発リベラル」はなぜ敗北するのか』（以上、筑摩書房）、『時間ループ物語論』（洋泉社）、『野望としての教養』（時事通信社）、『教養としてのロースクール小論文』（早稲田経営出版）、『澁澤龍彥の時代』（青弓社）等がある。

筑摩選書 0220

星新一の思想
予見・冷笑・賢慮のひと

二〇二一年十月一五日　初版第一刷発行

著　者　浅羽通明
発行者　喜入冬子
発行所　株式会社筑摩書房
東京都台東区蔵前二-五-三　郵便番号 一一一-八七五五
電話番号　〇三-五六八七-二六〇一（代表）

装幀者　神田昇和
印刷 製本　中央精版印刷株式会社

ISBN978-4-480-01738-3 C0395

筑摩選書 0142

徹底検証　日本の右傾化

塚田穂高 編著

日本会議、ヘイトスピーチ、改憲、草の根保守、「慰安婦報道」……。現代日本の「右傾化」を、ジャーナリストから研究者まで第一級の著者が多角的に検証！

筑摩選書 0173

掃除で心は磨けるのか

いま、学校で起きている奇妙なこと

杉原里美

素手トイレ掃除、「道徳」教育など、教育現場では奇妙なことが起きている。朝日新聞記者が政治家から教師、父母まで徹底取材。公教育の今を浮き彫りにする！

筑摩選書 0190

知的創造の条件

AI的思考を超えるヒント

吉見俊哉

個人が知的創造を実現するための方法論はもとより、大学や図書館など知的コモンズの未来像を示し、AI的思考の限界を突破するための条件を論じた、画期的な書！

筑摩選書 0197

生まれてこないほうが良かったのか？

生命の哲学へ！

森岡正博

人類2500年の歴史を持つ「誕生否定」の思想。古今東西の文学、哲学思想を往還し、この思想を徹底考察。反出生主義の全体像を示し、超克を図った本邦初の書！

筑摩選書 0208

「暮(くら)し」のファシズム

戦争は「新しい生活様式」の顔をしてやってきた

大塚英志

「ていねいな暮らし」を作り出した女文字のプロパガンダとは何か。パンケーキから二次創作まで、コロナとの戦いの銃後で鮮明に浮かび上がる日常の起源。

筑摩選書 0213

消費ミニマリズムの倫理と脱資本主義の精神

橋本 努

行き詰まりを見せる資本主義社会。その変革には「脱資本主義の精神」が必要であり、ミニマリズムにはそこへ通じる回路がある。その原理と展望を示した待望の書！